LA GRACIA DE UN DUQUE

LINDA RAE SANDE

Traducido por
T. SAUCEDA

A Kate, Karen, Kristi, Karie, Kaydee, Sue, Sarah y Wendy, que hacen de las reuniones de amigas el mejor momento del año

TAMBIÉN DE LINDA RAE SANDE

Las hijas de la aristocracia

El beso de un vizconde

La gracia de un duque

La seducción de un conde

Los hijos de la aristocracia

Martes por la noche

La condesa viuda

Mi bello novio

Las hermanas de la aristocracia

La historia de un barón

La pasión de un marqués

El deseo de una dama

Los hermanos de la aristocracia

El amor de un libertino

La caricia de un comandante

La epifanía de un explorador

Las viudas de la aristocracia

Los chismes de un conde

El enigma de una viuda

Los secretos de un vizconde

Los viudos de la aristocracia

El sueño de una duquesa

La visión de una vizcondesa

El enigma de un oficinista

La caridad de un vizconde

Los primos de la aristocracia

CAPÍTULO 1
SU EXCELENCIA Y EL SR. MCELLIOTT HABLAN DEL SALÓN

arzo de 1816

Garrett McElliott se detuvo antes de entrar en el estudio de Joshua Wainwright, seguro de que su amigo y empleador estaría de mal humor. Las noticias de los últimos tiempos no habían sido buenas, y con el nuevo duque aún recuperándose de sus heridas y la casa de la finca en proceso de renovación, había demasiado que hacer.

—El capataz ha vuelto a preguntar por el salón —habló finalmente, sin molestarse en hacer una reverencia o saludar de otra manera al duque. Llevaba una funda de papeles y los colocó en su lado de la gran mesa de biblioteca que compartían como escritorio.

Joshua Wainwright levantó la vista de un libro de contabilidad abierto, con la pluma preparada para escribir y su mente obviamente inmersa en el momento.

—¿Salón? —repitió, sin saber muy bien a qué se refería su mejor amigo con el comentario. Frunció el ceño cuando una gota de tinta cayó sobre el libro de contabilidad y luego observó cómo se extendía sobre el lugar donde pretendía escribir un número. «*¡Maldición!*.

—Dijo que te dio un libro entero de muestras de pintura para que las consideraras para el salón. ¿Elegiste alguna? —preguntó

Garrett, sus cejas sugiriendo que ya habían tenido esta conversación antes, quizás varias veces.

Poniendo los ojos en blanco, Joshua negó con la cabeza.

—No he tenido la oportunidad...

—Admítelo, viejo —interrumpió Garrett, llamando a su amigo «viejo» a pesar de que Joshua sólo tenía veinticinco años. Sin embargo, Joshua era *viejo*. ¿Cómo no iba a serlo si había perdido a toda su familia en un incendio y le habían impuesto el título y las responsabilidades de un ducado cuando aún se estaba recuperando de sus propias heridas del incendio? Las ojeras bajo sus ojos marrones eran un testimonio de las noches de insomnio, y el dolor de las cicatrices de las quemaduras era el culpable más probable. El pelo castaño oscuro que le crecía en el lado izquierdo de la cabeza casi coincidía con la longitud del pelo de la derecha, pero las zonas con cicatrices cerca de la oreja y en el lado izquierdo de la cara nunca parecerían normales. Y cuando Joshua caminaba, parecía inclinarse un poco hacia la izquierda, la piel cicatrizada a lo largo de su torso estaba tan tensa que le resultaba difícil enderezar su cuerpo.

—Estás perdido —acusó Garrett—. No tienes ni idea de qué color elegir. Tenemos que contratar a alguien. Un decorador, tal vez.

Joshua miró a su administrador de fincas antes de bajar la cabeza al libro de contabilidad y dejarla reposar allí durante varios segundos, sin importarle si la tinta húmeda podía mancharle la cara o el pelo. «Me *duele la cara*», pensó entonces, sorprendido por la repentina sensación que sentía donde no debería haberla.

Levantó la mano izquierda y tocó con cuidado la máscara de cuero que cubría ese lado de su cara, consciente de que podía sentir la presión de sus dedos pero no la sensación real del tacto a través del cuero. Pasando un dedo por debajo de la máscara, lo deslizó con cuidado sobre la piel en carne viva. Hizo una mueca de dolor cuando realmente lo sintió.

—Todavía no, Garrett. Sólo dame... dame unos días más. Tengo otro mes de facturas que pagar y algunas personas que desean hablar conmigo. Sólo quiero ponerme al día antes de empezar algo... —«Al menos», pensó con frustración.

—Le diré al capataz que tendrás una respuesta para el final de la semana —sugirió Garrett, sabiendo que su amigo se sentía un poco fuera de su elemento cuando se trataba de tomar decisiones de decoración.

A decir verdad, Joshua Wainwright estaba un poco fuera de su elemento cuando se trataba de tomar cualquier decisión que tuviera que ver con su ducado. Simplemente era demasiado nuevo como duque, y el hecho de haber nacido como segundo hijo significaba que no había planeado ser duque en ningún momento de su vida.

Garrett tampoco había planeado ser administrador de un ducado cuando partió de Edimburgo hace tantos años. Su intención era hacer fortuna en los infiernos del juego de Londres, convencido de que podría vencer las probabilidades de la casa y vivir de las ganancias. Pero tras conocer a Joshua mientras jugaba al faro, Garrett encontró un rápido amigo en el segundo hijo del duque de Chichester. Los dos se hicieron inseparables mientras jugaban en los clubes londinenses y terminaban sus noches en los burdeles de Covent Garden, gastando todo lo que ganaban mientras compartían una terraza en Grosvenor Square.

Durante la temporada, asistían a los bailes y se mezclaban con los miembros de la *ton*, siendo Joshua su entrada en los mejores eventos. Hijo soltero de un duque, Joshua había sido considerado un buen partido por todas las madres que hacían desfilar a sus hijas durante sus salidas. La decisión más difícil que tuvieron que tomar los dos hombres fue decidir a qué evento asistir o a qué club ir para tomar unas copas y echar un vistazo a los libros de apuestas. Todo estaba bien en el mundo.

—Gracias, viejo —contestó Joshua con amabilidad, levantando la cabeza y volviendo a prestar atención al libro de contabilidad. Garrett respiró hondo, aguantó la respiración un momento y salió de la habitación, recordando cómo había llegado a su posición actual cuando hacía sólo un año disfrutaba de la vida de soltero en Londres.

Joshua y su hermano mayor, John, habían sido llamados de nuevo a Wisborough Oaks por su padre, el anciano John Wainwright. Afirmaba que ya era hora de que sus dos hijos aprendieran a dirigir el ducado. El anciano Wainwright estaba seguro de que sus días estaban contados, citando la temprana muerte de su propio padre como excusa para que sus hijos volvieran al hogar de su infancia.

Reacio a dejar su vida despreocupada, Joshua mandó decir que se uniría a la familia después de un baile de fin de temporada al que ya se había comprometido a asistir.

Garrett permanecería en su terraza de Londres, optando por llevar una vida más respetable al obtener un puesto de supervisor para una finca en Chiswick. Mientras el terrateniente y su esposa viajaban por el continente, Garrett dirigía a los jardineros y cuidadores que trabajaban en los diez acres que rodeaban la casa y en los otros dos mil acres cultivados por los arrendatarios. Con un personal completo para supervisar el interior de la casa de la finca, el puesto le resultaba cómodo y satisfactorio, especialmente cuando podía pasar algunas tardes en Londres, como había hecho con Joshua.

Cuando Joshua llegó por fin a Wisborough Oaks, su hermano, el conde de Grinstead, había comenzado su tarea como heredero y estaba aprendiendo todo lo que podía sobre la finca y las tierras ducales. Y, al igual que había hecho en Londres, se había familiarizado bien con las trovadoras disponibles en la zona.

Sin estar especialmente interesado en la gestión de la finca, Joshua se ocupó de la contabilidad y pasó horas estudiando las cifras relacionadas con el mantenimiento de Wisborough Oaks y el pueblo cercano. No tenía ni idea de todo lo que suponía ser propietario de tierras —tratar con los arrendatarios, supervisar el pueblo de Kirdford con su escasa producción de hierro y las industrias de vidrio del bosque, asegurarse de que la posada y los pubs trajeran dinero de otras partes de Inglaterra— y no había tenido conocimiento de la mano de su madre para ocuparse del funcionamiento de la casa. Las comidas estaban servidas, los sirvientes aparecían cuando se les necesitaba y desaparecían cuando se les despedía, la casa estaba siempre limpia y el mobiliario y las alfombras y cortinas estaban simplemente allí. La duquesa siempre parecía ir a un evento social en Petworth o Shipley o a visitar a los ancianos o a los pobres del pueblo, llevando cestas de comida y telas en sus incursiones por la pequeña ciudad.

Así que fue un shock total para Joshua cuando se encontró de repente a cargo de todo.

Y todo por una vela volcada.

—Su Excelencia —dijo su mayordomo Gates desde el interior de la puerta de la biblioteca, al parecer por segunda o tercera vez.

Joshua levantó la cabeza del libro de contabilidad, sacudiendo la cabeza como para despejarla de la ensoñación en la que acababa de sumirse.

—Gates —respondió, sin querer parecer que el mayordomo le había despertado.

—Un coche privado acaba de entrar en el camino —anunció Gates mientras se ponía en guardia.

Se acercó rápidamente a la ventana que daba a la fachada de la casa, y Joshua se asomó a ella. Los visitantes de Wisborough Oaks eran escasos y raramente venían en carruaje.

—No estoy familiarizado con los caballos —comentó, dándose cuenta de que rara vez reconocía a la gente por su equipaje, sino por el equipo que tiraba de él—. Y no espero a nadie hoy —añadió en voz baja, imaginando de repente un hada madrina. «*Tal vez podría conjurar a un decorador para que se ocupara de las decisiones relativas a la reconstrucción de la casa.*

Sólo podía esperar.

—Realmente no tengo tiempo para ver a nadie. A no ser que sea un decorador, en cuyo caso, por favor, hágalo pasar —añadió Joshua con una pizca de diversión.

Gates asintió, comprendiendo el extraño comentario de su amo.

—Como desee, Su Excelencia—dijo antes de salir de la biblioteca y cerrar la puerta tras de sí.

Joshua siguió observando por la ventanilla, y observó que el carruaje negro estaba marcado y era de buena calidad, pero no pudo distinguir el escudo de armas desde su ángulo en la ventanilla. Un mozo de cuadra se había apresurado a abrir la puerta y a bajar los escalones antes de entregar a su pasajero.

Una mujer.

Enderezándose como pudo, Joshua miró a la mujer mientras observaba la casa, sin saber que el duque la observaba. Se enderezó la pelliza con una delicada mano enguantada antes de dar un paso hacia la casa. Por el pequeño tamaño de la elegante cofia que llevaba, él pudo ver que era rubia.

¿Su expresión era de excitación, quizás? ¿O era de inquietud? Cuando otra mujer, aparentemente una sirvienta, dado el estilo de su ropa de viaje, fue ayudada a bajar, la primera se volvió y sonrió.

Joshua se quedó helado.

Conocía esa sonrisa. Conocía la masa de rizos rubios amontonados bajo el pequeño sombrero. Conocía la tez de melocotón y crema, el labio inferior lleno y el pecho generoso…

Lady Charlotte Bingham. Ella estaba allí.

La única mujer en todo Londres que podía sacarlo de la sala de cartas y llevarlo a la pista de baile. Ella estaba allí.

«La prometida de mi difunto hermano.

CAPÍTULO 2
LADY CHARLOTTE
CONTEMPLA EL SALÓN

*I*ncluso antes de llegar a los escalones que conducían a la amplia entrada de Wisborough Oaks, Charlotte se sintió nerviosa, con el corazón latiendo a un ritmo que estaba segura que podría ser oído —si no visto— por cualquiera que se encontrara a pocos metros de ella.

Levantando las faldas, respiró hondo y subió las escaleras, con los ojos desviados para ver la casa reconstruida. Al parecer, las reparaciones exteriores se habían completado. No había indicios del incendio que había quemado la mayor parte del lado oeste, el ala que incluía las habitaciones del duque, la duquesa y los dos hijos que residían en ese momento. Tampoco había daños visibles en los lados de la casa que daban a la entrada o al parque.

Charlotte recuperó el aliento al recordar a la hija del duque, una rubia alta y delgada que se habría parecido a su madre dentro de cinco o diez años. «*Jennifer*», pensó cuando se dio cuenta de que la chica debería haber sido algún día su hermana por matrimonio. Había esperado eso, esperaba formar parte de una familia que se apreciaba mutuamente, esperaba asumir sus responsabilidades como esposa de un futuro duque, aunque no le gustara la idea de estar casada con John Wainwright II, conde de Grinstead.

Estaba segura de que John prefería un flujo constante de amantes y damas de la noche variadas. De hecho, él le había informado de sus preferencias mientras bailaba con ella en uno de los bailes de la temporada anterior. «*Te das cuenta, cariño, de que no tengo intención de abandonar mi actual estilo de vida una vez que nos casemos*», había dicho durante un vals.

Charlotte había respondido con un ligero:

—*Por supuesto que no, mi señor* —sin permitir que la débil sonrisa que había mostrado durante todo el baile flaqueara ni un poco. Su ceja levantada lo decía todo, como si se diera cuenta, justo en ese momento, de que ella era muy consciente de su reputación de pícaro y aún más de que sólo se casaba con él porque era su deber hacerlo. Los sentimientos mutuos de afecto no estarían involucrados en su unión.

Y ahora que John Wainwright II había perecido en el mismo incendio que se llevó a sus padres y a su hermana, Charlotte suspiró y dejó que un poco de alivio la invadiera. Porque era su hermano, Joshua, por quien Charlotte sentía realmente algo.

Los dos habían bailado en ese mismo baile, Joshua apareció desde la sala de cartas justo cuando ella terminó el vals con John. A pesar de no haber reclamado el baile en su tarjeta, él simplemente se acercó, se inclinó y tomó su mano, su cara se iluminó al ver la mirada de sorpresa cruzar su rostro y ser reemplazada por una brillante sonrisa. Parecía saber exactamente cómo levantarle el ánimo, y en pocos minutos, ella estaba riendo con él, deseando secretamente que fuera él con quien estaba prometida.

Tal vez su deseo se haya hecho realidad.

Se preguntó si Joshua podría sentir alguna vez afecto por ella. Se preguntó si al menos respetaría el acuerdo que sus padres habían hecho en nombre del ducado tantos años atrás. «*¡Dieciocho años atrás!*».

Un mayordomo corpulento, vestido con un abrigo negro y pantalones y con un bigote en lugar de una cabeza llena de pelo, abrió una de las enormes puertas dobles incluso antes de que ella hubiera llegado al último escalón del rellano. Charlotte le hizo un gesto con la cabeza cuando se apartó, y pasó junto a él para entrar en el enorme vestíbulo; su criada, Parma, se detuvo antes de seguirla. Una vez dentro, Parma se dirigió a una silla situada a un lado y tomó asiento, fijando su mirada en un cuadro.

Una extraña sensación de familiaridad se apoderó de Charlotte cuando miró a su alrededor, desabrochando los botones de su pelliza mientras le entregaba una cartulina blanca.

—Gates, ¿verdad? —saludó mientras se quitaba la pelliza—. Lady Charlotte Bingham viene a ver a Su Excelencia —declaró, esforzándose por mantener el creciente nerviosismo fuera de su voz—. ¿Está en la residencia hoy?

Los ojos de Gates se abrieron un poco cuando cogió la tarjeta de visita y le puso la pelliza sobre un brazo.

—Sí, por supuesto, mi señora. Pero está muy ocupado con los asuntos de la finca —replicó, recordando entonces el edicto de su amo.

—Puedo esperar —contestó Charlotte con una brillante sonrisa, quitándose la cofia y dándosela. «Llevo *toda la vida esperando*», pensó de repente.

—Permítame mostrarle el salón —respondió Gates, con la mirada fija en la rica tela de su vestido de viaje azul intenso, el adornado estilo de su cabello rubio, la regia forma en que se encontraba, su perfecta postura haciéndola parecer varios centímetros más alta de lo que era.

—¿Tienen un baúl o dos que necesiten ser descargados? —preguntó, habiendo enviado a un lacayo a la carroza para determinar qué ayuda podrían necesitar el conductor y el novio.

—Sí, gracias —respondió Charlotte, desapareciendo su nerviosismo al reconocer el entorno de su visita cuando era niña —. Mi doncella, Parma, se ocupará de mis cosas una vez que estén en la alcoba. ¿Tiene alguna habitación libre para la criada que pueda utilizar? —se preguntó, sin estar segura de qué parte del interior había sido restaurada desde el incendio. Si no había habitaciones libres, Charlotte no se oponía a que la criada compartiera su dormitorio.

—Por supuesto, milady —respondió Gates con una inclinación de cabeza mientras la conducía al salón. Cuadros familiares y apliques dorados adornaban las paredes color crema claro del gran salón, cuyo suelo estaba cubierto por una alfombra Aubusson de color escarlata. Al parecer, el incendio no había afectado a ninguna de estas zonas.

Sin embargo, el salón fue una decepción. Se preguntaba por qué parecía estar en el lugar equivocado y tan deteriorado. Los muebles no hacían juego, la tapicería estaba raída y las cortinas parecían un poco blanqueadas por el sol.

Consciente de la reacción de Charlotte en la sala, Gates suspiró.

—Por favor, disculpe el salón, milady. Es meramente temporal hasta que se pueda completar el nuevo. — Ante la mirada de confusión de Charlotte, añadió—: el original se perdió en el incendio.

Charlotte tuvo que luchar contra el impulso de poner los ojos en blanco.

—Oh, por supuesto —respondió, tratando de recordar la ubicación original del salón en la gran casa.

El mayordomo se inclinó y salió de la habitación, dejando la puerta abierta de par en par. Se preguntó por qué no le habían ofrecido un refresco —una taza de té, al menos— y empezó a arreglarse las faldas mientras se sentaba primorosamente en el borde del desgastado sofá.

Pensó en los que se despidieron de ella esta mañana en la casa de sus padres en Mayfair. Su amiga casada, Lady Bostwick, que se habría limitado a pedir té y galletas si no le hubieran ofrecido inmediatamente cuando hizo sus visitas matutinas. Elizabeth Carlington Bennett—Jones estaba embarazada ahora, su vientre se redondeaba de manera que casi llenaba su vestido, su piel brillaba como si estuviera iluminada desde el interior con docenas de pequeñas velas. Una mano enguantada se apoyaba protectoramente sobre su vientre mientras reía dulcemente y decía algo así como que *mi apetito era simplemente insaciable*, sin disculparse lo más mínimo por su petición ni por el hecho de que probablemente se refería a un apetito que no tenía nada que ver con la comida. De hecho, era una de las pocas mujeres de la *ton* que parecía disfrutar del lecho conyugal.

También estaba Lady Hannah Slater, que esta mañana tenía lágrimas en los ojos cuando vio a Charlotte subir al carruaje prestado que la llevaría a Wisborough Oaks. Romántica de corazón, Hannah había tenido por fin, a los veintiún años, su primera temporada en Londres. Sólo deseaba un marido para poder tener hijos. «*No necesito un hombre para mí*» —decía cuando asistían juntas a los bailes, su tarjeta de baile siempre estaba llena y su personalidad atraía a varios caballeros más jóvenes. Sin embargo, ella buscaba un hombre mayor. «*Tengo que encontrar uno que sea el padre de mis hijos*», decía con nostalgia. «*Alguien que aprecie a sus herederos y les haga un hueco en su vida*». Un deseo tan extraño para la hija de un marqués: querer sólo hijos a los que adorar y amar, porque esperar que un marido la amara era sencillamente imposible.

Aunque la llorosa despedida de Lady Hannah era de esperar —después de todo, era la mejor amiga de Charlotte—, fueron las palabras de despedida de Lady Bostwick las que le dieron mucho que pensar durante el viaje desde Londres.

«*Estoy segura de que te preguntarás por qué no acepté la oferta de Gabriel Wellingham para mi mano*», había dicho mientras colocaba su mano enguantada en el brazo de Charlotte, su forma de actuar sugería que estaba compartiendo información muy privilegiada.

Charlotte había hecho una pausa mientras guardaba las últimas de sus preciadas posesiones en una maleta, reconociendo el tono serio de Elizabeth. Lady Hannah se había enderezado en su silla, tan sorprendida como Charlotte por el comentario de Lady Bostwick. «*Supongo que tenía curiosidad por saber por qué no aceptabas una oferta del conde de Trenton, el soltero más guapo y codiciado de todas las Islas Británicas*», convino Charlotte con un brillo de humor en los ojos. «*Vosotros dos parecéis convenir*», había añadido, lanzando una mirada en dirección a Hannah cuando Elizabeth no pareció compartir su diversión.

De todos los caballeros que asistieron a los bailes de la temporada anterior, el conde de Trenton era el más solicitado. Podía presumir de tener vastas posesiones de tierra, unos ingresos anuales que, según se decía, superaban los veinte mil al año, y una personalidad aparentemente agradable, aunque tanto Charlotte como Hannah habían expresado sus reservas sobre el vanidoso hombre.

«*Supongo que sí*», convino Elizabeth, con su masa de rizos castaños recogidos captando la luz mientras sacudía la cabeza en contraste con sus palabras, con las manos apoyadas en su redondeado vientre. «*Aunque ciertamente no nos queríamos.*

Hannah se había encogido de hombros, pues no creía que los matrimonios entre los miembros de la *ton* pudieran ser nunca relaciones amorosas. «*Entonces, ¿por qué no aceptó su oferta?*

Elizabeth había tragado saliva y luego dijo:

—*Porque yo… bueno, no hubo oferta.*

Con las cejas arqueadas por la sorpresa, Hannah había mirado a Elizabeth mientras una atónita Charlotte se giraba para apoyarse en el borde del poste de la cama. «*¿Trenton no te ha pedido la mano? Espera… ¿sabías que Bostwick te pediría la mano?*».

Lady Bostwick ni siquiera había permitido que el conde de Trenton le hiciera una oferta el día que llegó para hacerlo. En su lugar, le había interrogado sobre sus amantes, decidiendo que no podía casarse con un hombre que siempre se vestía mejor y estaba más guapo que ella. Y, finalmente, decidió que no podía casarse con un hombre que besara como el perro de Lady Hannah, Harold. En su lugar, le propuso matrimonio a George Bennett—Jones, Vizconde Bostwick.

El vizconde, un hombre poco atractivo, poseía pocas tierras, pero tenía tres minas de yeso en el sur y unos ingresos anuales que representaban un tercio de los de Trenton. Tras conocer a Elizabeth en un baile de principios de otoño, la cortejó durante sólo unos días antes de presentarse en la casa de Elizabeth, con la intención de hacer su oferta, y sólo lo hizo una hora después de que Elizabeth rechazara a Trenton.

Al final, fue Elizabeth quien pidió la mano de George.

«*¿Porque amabas a George?*», Charlotte se había aventurado con cuidado. ¿Por qué, si no, rechazaría Elizabeth a Gabriel Wellingham? Charlotte se preguntaba a menudo si Elizabeth se había enamorado del vizconde. La mujer ni siquiera se enteró de que era un miembro de la aristocracia hasta momentos antes de la proposición, y sólo entonces porque su padre se lo había dicho.

«*No*», había respondido Elizabeth con un movimiento de cabeza, aunque su negación había sido demasiado rápida. «*Bueno, entonces no lo amaba*», había aclarado, insinuando que desde entonces había cambiado de opinión y que ahora estaba enamorada de su marido. Entonces había respirado profundamente, como si aún no estuviera segura de compartir su información. «*Charlotte, ¿recuerdas que en el baile de Weatherstone te dije que había experimentado mi primer beso, y que fue horrible?*», había preguntado entonces, con los ojos en blanco, como si hubiera decidido que podía contárselo todo a sus dos amigas.

Charlotte había asentido con la cabeza, recordando con claridad la velada. George había acompañado a Elizabeth a la cena y, ante la insistencia de George, Charlotte se unió a ellos en su mesa. No sabía muy bien cómo había cambiado la conversación, pero Elizabeth se había enfadado bastante por el hecho de que su primer beso fuera bastante desagradable.

«Bueno, si recuerdas, estaba hablando de Trenton. Y, de verdad Hannah, no te ofendas por tu perro, pero Trenton besaba como Harold MacDuff», anunció entonces, refiriéndose al querido mastín Alpino de Hannah.

Lady Hannah se quedó con la boca abierta, ya que nunca había oído comparar a su perro con un conde. *«No es cierto»*, murmuró Hannah sacudiendo la cabeza, ya que estaba de acuerdo en que su perro tendía a babear un poco cuando compartía su afecto.

«Pero George era... es un excelente besador», había suspirado Elizabeth con énfasis, sus mejillas se tornaron rosadas al hacer la declaración. *«Es un amante aún mejor. Y fue muy categórico al afirmar que, si aceptaba casarme con él, nunca tomaría una amante ni visitaría burdeles si yo aceptaba casarme con él»*. No añadió que George apoyaba especialmente su obra benéfica, *«Lady E's — Encontrar trabajo para los heridos»* mientras que Trenton parecía especialmente ofendido de que trabajara en su propia obra benéfica.

Charlotte se quedó mirando a Elizabeth durante varios segundos, y la implicación de los comentarios de la vizcondesa fue calando poco a poco. El grito de sorpresa de Hannah fue rápidamente enmascarado por una tos falsa. En un momento, las tres mujeres intercambiaron miradas nerviosas. *«¡Elizabeth!»*, Charlotte finalmente había amonestado a su amiga. *«¿Sabías esto de George antes de aceptar casarte con él?»*, había preguntado, sorprendida de sí misma por haberle hecho una pregunta tan personal a su amiga. Lo de los besos antes de casarse, lo podía entender. ¿Pero hacer el amor? Elizabeth estaba sugiriendo que ella y el vizconde habían compartido un congreso sexual antes de su compromiso.

«Pues sí, lo hice», había afirmado Elizabeth mientras levantaba la barbilla. *Bueno*, había vuelto a poner los ojos en blanco mientras

se corregía a sí misma. «*Sabía lo de los besos y… bueno, casi todo lo demás*».

Charlotte dejó escapar el aliento que había estado conteniendo.

«*George insistió mucho en que dejara mi virtud intacta en caso de que decidiera no casarme con él, lo que, por supuesto, sólo hizo que lo deseara más. Tenía que saber qué más podía haber después de aquella gloriosa noche*».

Charlotte había parpadeado. Y parpadeó de nuevo. «*Así que le permitiste acostarse contigo, pero…*».

«*Se lo pedí para demostrar que era capaz de complacerme*», había aclarado Elizabeth. «*Me consideraba una belleza, y sabía que no lo era.*

«*Acostándote* con él. Hannah se puso en pie y se situó junto a la cama de Charlotte, con el brazo rodeando el poste de la cama, presumiblemente para apoyarse.

«*Haciendo el amor conmigo*», susurró Elizabeth, con un rostro que se sonrojaba bastante. «*George estaba convencido de que no le daría la debida consideración como posible marido. Tenía razón, en ese sentido, ahora siento mucho admitirlo*», había explicado ella con bastante humildad.

Charlotte se había quedado tan sorprendida por la confesión de Elizabeth, que había dicho lo primero que se le ocurrió. «*¿Así que no tenías intención de casarte con él antes…?*».

«*¡Por supuesto que no!*», había contestado Elizabeth, y sus modales sugerían que le ofendía que alguien *pensara que* se casaría con George Bennett—Jones sin algún tipo de beneficio adicional. «*Pero, habiendo soportado el horrible beso de Trenton y encontrando repulsivo todo su enfoque sobre los amantes y el matrimonio, le pedí a George que me besara. Eso fue la noche del baile de Lady Worthington, justo unos días antes de que Trenton me llamara para proponerme matrimonio. Y la razón por la que no le permití hacerlo, supongo.*

Este último comentario provocó un par de jadeos entre su público. Ambos tenían la impresión de que el conde de Trenton se había declarado y había sido rechazado por Lady Elizabeth.

Elizabeth se detuvo un momento, frotando distraídamente una mano sobre su vientre, mientras una sonrisa débil aparecía en su rostro. «*George me besó porque yo se lo pedí. Estaba muy agradecido por el honor de besarme. Y una vez que George me había satisfecho completamente con sus habilidades en ese sentido, decidí darle una oportunidad de probarse en la cama. Pensé que si tenía que casarme con alguien, quería al menos disfrutar de mi tiempo en el lecho matrimonial con él*», había afirmado con rotundidad. «Como bien sabes, *él demostró ser bastante hábil*», había añadido, palmeando la evidencia de su embarazo con la palma de la mano. «*Te digo esto, Lottie, porque creo que deberías estar segura de que tu duque puede satisfacerte en la cama. O dondequiera que hagáis el amor*», había añadido con un gesto descuidado de la mano. «*Antes de que te encuentres con él en el altar. ¡Y malditas sean esas horribles cicatrices de quemaduras!*».

Charlotte había jadeado ante la sugerencia, había vuelto a jadear ante la insinuación de que Elizabeth había estado haciendo el amor en otro lugar que no fuera la alcoba, y una tercera vez ante la maldición de su amiga. «*Pero, ¡yo amo a Wainwright!*», había replicado a la defensiva, sin pensar que nada de lo que se hiciera en la alcoba pudiera afectar a sus sentimientos por el duque. Además, ya había aceptado su rostro lleno de cicatrices cuando aún estaba en el hospital.

«*El amor no tiene nada que ver, mi señora*», había respondido Elizabeth en voz baja. «*Confía en mí*». La falta de convicción en la forma en que hizo la proclamación sugería que podía creer que el amor tenía *algo que ver*.

«*Eso es porque los hombres no aman a sus esposas, Lottie*», había dicho Hannah alegremente, a pesar de sus ojos llenos de lágrimas. «*Porque si lo hicieran, no habría razón para las amantes.*

Charlotte miró fijamente a sus dos amigas, sin creerse ni la mitad de lo que decían y esperando, por su propio bien, que estuvieran equivocadas. «*¡Qué sencilla es la situación de Hannah!*», pensó mientras consideraba la suya. «*Sólo tiene que encontrar a un hombre mayor que necesite un heredero.*

Y, de todas las mujeres de la *ton*, ¡qué extraño que la bella Elizabeth Carlington se casara con un hombre basándose en sus habilidades entre las sábanas!

Charlotte quería un padre para sus hijos, por supuesto, pero, en secreto, también quería que ese hombre la amara.

Y si era un buen amante, ella lo consideraría una ventaja.

Lady Charlotte Bingham estaba contemplando si su anfitrión la complacería en alguna de esas situaciones cuando Gates regresó de repente al salón.

—Su Excelencia lo verá ahora.

ngus McFarland había seguido el carruaje del conde de Torrington desde el momento en que salió de una casa de moda en Mayfair. Su empleador, un caballero elegantemente vestido al que conocía de los infiernos de juego que frecuentaban, le había dado una corona e instrucciones para que siguiera el carruaje hasta su destino final. *Cuando sepas dónde se aloja, ocúpate de que no pase la noche*», había dicho el hombre, dándole otra corona. «*Habrá más si tienes éxito. Y, por el amor de Dios, hombre, haz que parezca un accidente.*

Los ojos de McFarland se abrieron de par en par al ver las monedas y asintió. Soy *tu hombre*, había respondido McFarland con un ansioso movimiento de cabeza.

Tras casi cinco horas de camino, McFarland empezaba a preguntarse si la misión merecía la pena. Estaba cansado, sediento, polvoriento y dolorido en la silla de montar. La única parada del carruaje había sido para cambiar de caballo en Guildford. McFarland se había visto obligado a quedarse entre los árboles y esperar a que el carruaje se pusiera de nuevo en marcha para poder entrar rápidamente en la posada para tomar una cerveza rápida y un trozo de queso y pan.

De vuelta a la carretera, obligó a su caballo a acelerar el paso y luego, cuando descubrió que el carruaje se había detenido para permitir que un rebaño de ovejas cruzara la carretera, se vio obligado a seguir adelante para evitar sospechas. Una vez que estuvo bien adelantado, tiró de su caballo hacia un matorral y esperó a que la diligencia volviera a pasar. Pasaron otras dos horas antes de que viera el carruaje saliendo de la carretera principal y entrando en el medio círculo de una casa de campo.

La casa cerca de Kirdford no era un castillo ni una casa de campo demasiado grande, simplemente dos alas a cada lado de un salón central. Se dio cuenta de que el ala del lado oeste parecía un poco más nueva, como si hubieran limpiado las piedras y lavado las ventanas.

Desde su posición ventajosa, bien alejada de la casa, observó cómo dos mujeres salían del carruaje. La que iba vestida con un traje de viaje sería la prima, pensó, recordando la referencia de su patrón a la gomina que debía matar durante la noche. La otra mujer, vestida de negro y que caminaba detrás de la joven, sería la criada de la señora.

Los lacayos se apresuraron a recoger el equipaje y los baúles de la parte trasera del carruaje mientras McFarland seguía observando desde su escondite. Cuando el carruaje se marchó repentinamente, sin siquiera cambiar de caballo antes de salir del camino de la finca, McFarland dirigió su caballo hacia el cercano pueblo de Kirdford. Supuso que, sin su medio de transporte, la mujer no saldría pronto de la finca.

Ahora sólo tenía que decidir el método para que se fuera en un ataúd.

CAPÍTULO 3
SU EXCELENCIA Y LADY CHARLOTTE CONTEMPLAN EL MATRIMONIO

A Joshua se le cortó la respiración cuando se dio cuenta de por qué Lady Charlotte había ido a Wisborough Oaks. Para presentar sus respetos, sin duda. Para ofrecer sus condolencias y preguntar si había algo que pudiera hacer.

Una punzada de culpabilidad le recorrió cuando recordó que la había conocido por primera vez. Ella lo había buscado aquella noche de hace varias estaciones, ya que su hermano no estaba presente en el baile de Lord Weatherstone. Vestida con un vestido de satén verde manzana y blanco que mostraba su escote, ella había hecho una reverencia a su saludo y sonreía como si fuera el único hombre del planeta. Y mientras bailaba, se mostraba desenvuelta y segura mientras le preguntaba por su vida. Él había mantenido su parte de la conversación, dándose cuenta demasiado tarde de que su feliz momento se había roto cuando él sacó el tema de su hermano, y ella dijo que esperaba el día en que él se convirtiera en su hermano por matrimonio.

Su padre afirmó en una ocasión que, como conde de Grinstead y heredero del ducado de Chichester, John Wainwright II no podía elegir con quién casarse. La hija de un conde, Charlotte Bingham, le fue prometida cuando sólo tenía diez años.

Sabiendo que un día se convertiría en el duque de Chichester, John aceptó el destino que un día le haría casarse con la mujer con la que estaba prometido. Y planeó hacerlo cuando ella cumpliera veintiún años. Ella daría a luz a su heredero y tal vez a un repuesto, y él seguiría viendo a su serie de amantes y a una ocasional ramera, que le contagiaría la viruela francesa antes de cumplir los veinte años.

Sin embargo, Joshua Wainwright no solía pensar en que Lady Charlotte Bingham se casara con su hermano. Le enfurecía pensar que una mujer tan hermosa, refinada y bien educada se desperdiciara con su poco agradecido hermano.

Y ahora estaba aquí.

Y su prometido estaba muerto y enterrado en el pequeño cementerio del límite oriental de la propiedad ducal.

La implicación de ese último pensamiento no había sido considerada del todo cuando Gates entró y se inclinó.

—Me disculpo, Su Excelencia —dijo, casi en un susurro—. Hay un…

—Hazla pasar —respondió Joshua con rapidez, volviendo a centrar su atención en el carruaje que se dirigía de nuevo a la carretera principal. «¿Se trata de la del *conde de Torrington?*», se preguntó, sorprendido de que ya estuviera partiendo. Tal vez habían hecho arreglos en una posada cercana para que los caballos recibieran agua y comida.

Finalmente se alejó de la ventana y volvió al escritorio de la biblioteca, y recordó su forma de vestir.

—Espera, ¿mi abrigo está por aquí? —preguntó. Al menos llevaba un chaleco, consideró, agradecido de haberse puesto algo más que sus habituales calzones y su suave camisa de lino aquella mañana. El problema con las cicatrices de las quemaduras era que la ropa tendía a vendarlas y rasparlas durante el día. Cuanto menos ropas llevaba, más rápido parecía sanar su piel.

—¿Debo enviar a un lacayo a por uno, Alteza? —preguntó Gates con una ceja arqueada, observando el comportamiento nervioso de su señor.

—No —respondió Joshua con un rápido movimiento de cabeza. Se levantó para asegurarse de que su máscara de cuero cubría la peor de las cicatrices de sus quemaduras faciales—. Por favor, haga pasar a nuestra invitada —dijo, tratando de adoptar un aire de interés casual—. Y asegúrese de que le den una habitación adecuada a su rango. —Sin su medio de transporte, era obvio que tenía intención de quedarse.

—Como desee —respondió el mayordomo mientras se inclinaba y desaparecía, sin recordar a Su Alteza que sólo había un apartamento disponible en toda la casa. En el ala este sólo había tres en el segundo piso, y dos de ellos estaban siendo utilizados por Joshua y Garrett. Al menos había varias habitaciones de servicio disponibles cerca de la cocina. Gates se ocuparía de la criada de la señora tan pronto como su ama fuera presentada en el estudio.

$\mathcal{A}$sombrada por la rapidez con la que había sido acompañada al estudio, Charlotte se aseguró de ofrecer al duque de Chichester su mejor reverencia, seguida de una brillante sonrisa y las palabras:

—Me alegro mucho de volver a verle, Su Excelencia.

Aunque habría bastado con un simple movimiento de cabeza, Joshua se inclinó, y su visión abarcó a la mujer que a menudo había soñado tener como propia. Parecía aún más hermosa que la última vez que la había visto. En un baile, sin duda, con su pelo rubio miel brillando bajo la luz de las velas del salón de baile, su contagiosa sonrisa borrando el desánimo que había sentido por su continua racha de derrotas en la sala de cartas.

Sin embargo, dudó de su comentario, pues sabía que verlo ahora no era tan agradable como antes del incendio. Seguía teniendo una mandíbula fuerte y una nariz más ancha de lo normal para un aristócrata, y sus rasgos se equilibraban con unos pómulos anchos y una boca que sonreía con facilidad.

Al menos, solía hacerlo.

Con una máscara de cuero que le cubría la mayor parte de la mitad izquierda de la cara y el lateral de la cabeza hasta justo después de la oreja, parecía que iba a asistir a un baile de máscaras. Si se miraba con atención, resultaba evidente que su párpado izquierdo estaba un poco estirado, deformado por la piel tensa y cicatrizada bajo la máscara.

—Y a usted, Lady Charlotte —respondió, con el rostro iluminado. Dio un paso adelante y tomó su mano entre las suyas, bajando los labios y rozándolos ligeramente sobre los nudillos—. Es un honor que haya venido.

Un escalofrío recorrió la mano de Charlotte al sentir que sus cálidos labios la tocaban. Verlo levantado, aparentemente a cargo de los asuntos ducales, fue un gran alivio. Y ver que sus cicatrices quedaban fácilmente ocultas por la máscara que llevaba significaba que probablemente había vuelto a llevar una vida algo normal. Si no supiera que todo el lado izquierdo de su torso y su brazo habían estado envueltos en llamas, no lo sabría al mirarlo ahora.

Se inclinaba un poco hacia la izquierda, sin duda debido a lo que el médico había explicado que era un estiramiento de la piel cuando se curaba. Sin embargo, si seguía el régimen recomendado por el médico, con el tiempo recuperaría el uso completo del brazo y del cuerpo, e incluso podría recuperar la sensibilidad en la piel dañada.

Gates se aclaró la garganta y Joshua apartó su mirada de Charlotte por un momento.

—¿Sí, Gates? —le preguntó, deseando que el mayordomo les dejara a solas. Luego sintió un poco de pánico al pensar que se quedaría a solas con ella.

—Su Excelencia, la cocinera necesita un menú para la cena de esta noche —entonó, con voz tranquila y una manera que sugería que había hecho la consulta antes y, ahora que tenían un invitado, la cena tendría que ser algo más que un asunto casual.

Joshua cerró los ojos por un momento, un pequeño dolor de cabeza se formó de repente en la parte delantera de su cabeza. Se frotó la sien con la mano derecha. Se había olvidado de hacer los menús de la semana y luego había pospuesto pedir algo en particular porque, bueno, estos días sólo comían Garrett y él en el comedor.

Charlotte se dio cuenta de su incomodidad.

—¿Si me permite, Su Excelencia? —ofreció en voz baja.

Joshua abrió los ojos, preguntándose al principio a qué se refería, y luego comprendió con una sensación de inmenso alivio que podía estar a punto de salvarle.

—Por favor —contestó, su voz era una súplica exagerada a pesar de no saber exactamente qué era lo que ella le ofrecía.

Volviéndose hacia el mayordomo, Charlotte pensó un momento.

—Empecemos con nueces y café en la biblioteca. Luego, en la mesa, una sopa de caldo de carne seguida de un plato de queso y panes. Pierna de cordero con salsa de menta y patatas nuevas a las finas hierbas, y cualquier verdura que haya madurado en ese hermoso jardín que he visto al llegar. Como plato de pescado, lenguado con una ligera salsa de mantequilla, y de postre —hizo una pausa para mirar a Joshua por un momento—, pudín de chocolate con una pequeña porción de crema de vainilla.

Con los ojos abiertos, Joshua la escuchó recitar el menú. «*Mi comida favorita*», pensó, preguntándose cómo lo podría recordar, si es que alguna vez lo supo. Asintió ante la mirada interrogativa de Gates en su dirección.

—Lo que ha dicho —habló rápidamente.

—¿Y podría decirle a la señora Gates que traiga el té, por favor? —Tal y como esperaba, el mayordomo se inclinó y salió del estudio.

—Gracias —dijo mientras miraba a Charlotte, con una expresión de desconcierto en su rostro—. Me ha salvado de la ira de mi cocinera.

La brillante sonrisa reapareció.

—De nada, Su Excelencia.

Joshua asintió, repentinamente incómodo.

—¿Acaba de llegar de Londres? —preguntó, esperando que su visita fuera algo más que un simple pésame por su familia fallecida.

Charlotte asintió.

—Efectivamente. Espero no haberle pillado en un momento inoportuno —dijo en voz baja, y luego miró a un sofá cercano como si quisiera insinuar que debían sentarse.

—Por favor —dijo mientras extendía un brazo.

Una vez que Charlotte ocupó su lugar en el sofá tapizado de terciopelo verde intenso, él ocupó la silla adyacente a su izquierda, queriendo asegurarse de que el lado derecho de su cara fuera el más visible para ella. No era sólo el por la colocación de la silla lo que le hacía sentarse a su izquierda. La audición de su oído izquierdo seguía siendo algo escasa, aunque un médico cercano le había asegurado que probablemente volvería a funcionar con el tiempo.

—Si le resulta más cómodo, puede quitarse la máscara —sugirió Charlotte, con las manos cruzadas en el regazo. El azul intenso de su vestido resaltaba la piel cremosa de su cara y su cuello, y su ajustado corpiño dejaba ver sólo un poco de escote—. Sus cicatrices no me ofenden.

Bastante sorprendido por su sugerencia y aún más por su declaración, Joshua negó con la cabeza.

—No podría —respondió con severidad—. Desde luego, no en compañía de una mujer tan hermosa como usted.

Asombrada tanto por el cumplido como por la idea de que él parecía haber olvidado que ella ya lo había visto en un estado mucho peor, Charlotte se calmó. *«Tal vez no lo recuerde»*, pensó de repente.

—Si no recuerdo mal, estuviste en el hospital durante casi un mes —dijo en voz baja, sin querer que el lacayo que estaba cerca de la puerta la oyera.

Joshua giró ligeramente la cabeza, mirándola con un poco de desconfianza y preguntándose cuándo había entrado un lacayo en el estudio. *«¿O es que siempre está ahí?»*, pensó distraídamente. *«Como si se hubiera convertido en piedra y formara parte del mobiliario»*.

—Veintinueve días —afirmo con un movimiento de cabeza, con los labios formando una línea recta que daba a entender que no le gustaba nada que ella supiera algo de su estancia en el hospital.

Recordar esos días era revivir un tipo de tortura que no podría desearle a su peor enemigo. Recordar esos días significaba que tenía que admitir que, siempre que había estado consciente, había deseado simplemente morir. El dolor había sido insoportable. La muerte habría sido un bienvenido respiro.

—¿Y de quién aprendiste esta información? —

Charlotte bajó la mirada, preguntándose si debía admitir su parte en esos primeros días infernales de su hospitalización y los días aún peores que siguieron.

—Estuve… Lo visité, por supuesto —dijo en un susurro, obligando a Joshua a inclinarse más cerca.

Percibió el familiar aroma del jazmín y, por mucho que quisiera inhalar profundamente, se obligó a permanecer quieto.

—Ya era voluntaria en la sala de niños varios días a la semana. Una vez que le trajeron, le dejé claro a su médico que iba a recibir los mejores cuidados.

Joshua frunció las cejas, la implicación de su declaración se hundió lentamente en su cerebro. *Dios, ¿me ha visto sin las vendas?».* ¿Había visto hasta la última quemadura y las heridas en carne viva que había tenido durante tantas semanas después del incendio? Creyó que no, porque allí estaba ella, como si sólo hubiera estado en el hospital recuperándose de una fiebre.

—Pero, ¿por qué? —preguntó.

Las cejas de Lady Charlotte se dispararon.

—Estábamos… estamos comprometidos ahora.

Aunque escuchó las palabras, Joshua no las comprendió inmediatamente.

—Tenía que sobrevivir. Es el único heredero del ducado. Tenía que asegurarme de que le trataran bien. A veces los quemados son tratados… —Charlotte hizo una pausa, sin querer poner voz a las atrocidades que había presenciado mientras era voluntaria en el hospital—. Mal —terminó finalmente, tratando de ocultar la incomodidad de su declaración con un encogimiento de hombros.

De repente, bastante cohibido, Joshua se movió en su silla.

—Entonces, ¿eres consciente del alcance de mis heridas? —replicó casi como una pregunta, sin que sus ojos hicieran contacto con los de ella. *«¿Prometido? ¿Matrimonio?».* Teniendo en cuenta los acontecimientos de hace seis meses y el trabajo posterior que había tenido que hacer para recuperarse y ocuparse de la recuperación del ducado de Chichester, lo último que consideraría sería el matrimonio.

«¡No puedo permitir que esta mujer piense que debe casarse conmigo!».

Fue el turno de Charlotte de fruncir las cejas, pensando que en ese momento Joshua se había librado de las quemaduras realmente espantosas que provocaron la muerte de otras tres personas y de las lesiones y quemaduras debilitantes que sufrió un mozo de cuadra que había perdido un brazo por amputación.

—Lo soy, pero… —empezó a responder con inseguridad,

preguntándose por qué hacía sonar sus heridas peor de lo que eran. No había perdido ningún miembro, las quemaduras estaban en el lateral del pecho y el hombro y en la parte superior de la cadera y la cara. «*¿Puede ser tan vanidoso?*».

—Entonces sabes por qué no puedo tomarte como esposa —interrumpió él, el tono de su voz hizo que pareciera que no era necesario que ella se disculpara y que se libraba de tener que pedir que la eximieran de su obligación de casarse con él.

Sacudiendo la cabeza, Charlotte lo miró por un momento.

—No veo por qué tus heridas te impedirían casarte conmigo —respondió, esforzándose por evitar que el creciente pánico que sentía tiñera su voz.

Si Joshua Wainwright se negaba a aceptarla como esposa, Charlotte no tendría dónde ir. Había pasado los últimos seis meses afirmando, públicamente, que se casaría con él después de cumplir los veintiún años. El hecho de haber estado prometida durante casi dieciocho años significaba que no había pretendientes para su mano. Ser rechazada por el duque significaría una mancha en su carácter. Los miembros de la *ton* la rechazarían.

Joshua alargó la mano para agarrarla del brazo, un movimiento que había olvidado que estaba prohibido con una mujer soltera. Pero Charlotte le permitió la impropiedad y se limitó a mirarle la mano mientras la sujetaba suavemente. Se inclinó hacia ella y le dijo, en voz muy baja:

—No tengo intención de someterte, ni a ninguna mujer, a una vida con una abominación —replicó, con su impaciencia en aumento.

A pesar de su mejor intento de decoro, Charlotte jadeó, con la boca abierta en una expresión de asombro. «*¿Cómo podía pensar algo así?*». A pesar de la máscara que llevaba, seguía siendo un hombre apuesto. Su cabello oscuro y ondulado había crecido demasiado. Sus ojos marrones, que en ese momento parecían casi negros, estaban enmarcados por pestañas oscuras y se asentaban sobre unos pómulos anchos divididos por una nariz ancha. Y esa boca. A menudo había pensado en esa boca y en cómo se sentiría al tenerla presionada contra sus labios. Prácticamente se estremeció al pensarlo.

—Y yo no tengo intención de incumplir mi obligación con

este ducado —dijo ella en un ronco susurro, enfadada por su actitud obstinada.

Fue el turno de Joshua de sorprenderse.

—¡Te estoy dando la oportunidad de retirarte con elegancia de este acuerdo! —afirmó, con la voz cada vez más alta.

—¡Y me niego a aceptarlo! —Charlotte replicó, su voz todavía un fuerte susurro.

En algún momento, durante su volea verbal, el lacayo había abierto la puerta para el ama de llaves. La señora Gates, que llevaba una antigua bandeja de plata con un servicio de té, se apresuró a llegar hasta donde estaban sentados Charlotte y Joshua—. Su Excelencia —dijo mientras hacía una reverencia en su dirección, consciente de que había interrumpido una discusión que se estaba volviendo algo acalorada.

—Sra. Gates —reconoció Joshua con una inclinación de cabeza, con los labios delineados. «*¿Cómo es posible que Lady Charlotte siga pareciendo tan serena después de ese pequeño desacuerdo?*», se preguntó, incapaz de apartar la mirada de su perfecto rostro ovalado, de sus labios —el inferior, grueso y bastante besable— y de su nariz recta, que terminaba de forma muy bonita. No era tan larga y puntiaguda como la de otras mujeres de la *ton*, pensó. Luego estaban sus claros ojos verdes, en los que se estaba perdiendo en ese momento.

La mujer redonda y mayor, llena de hoyuelos y sonrisas, dejó la bandeja sobre la mesa de té y comenzó a servir para la tranquila pareja. Llevaba el pelo gris en trenzas que se habían enrollado varias veces alrededor de su cabeza para formar una corona de plata. Un delantal blanco, recién planchado, cubría su bata negra de manga larga. Su sonrisa de felicidad iba acompañada de un guiño —¡un *guiño!*— al dar una taza de té azucarado a Charlotte.

—¡Lady Charlotte! Me alegro de volver a verla —dijo con voz emocionada.

La hija del conde sintió que el gesto y el comentario le subían el color a la cara. «*¿Otra vez?*». Sólo había estado en la finca una vez más en toda su vida. «*¡Cuando tenía tres años!*». ¿Y cuánto de su discusión había escuchado la mujer?

Cuando la señora Gates se giró para darle una taza a Joshua, después de añadir un terrón de azúcar y un poco de leche, le miró con el ceño fruncido como si fuera un escolar recalcitrante.

Consciente de que le estaban observando, Joshua apartó la mirada de Charlotte para mirar fijamente al ama de llaves. Intentó hacerle ver su indignación con la esperanza de que se fuera. En lugar de eso, la mujer mayor se llevó una mano a su imponente cadera e hizo un gesto con un dedo hacia su cara.

—¿Qué diría su madre? —susurró con disgusto antes de alejarse, hacer una reverencia y marcharse, con las faldas revoloteando sobre las patas de los muebles en su prisa por irse.

Joshua se giró para ver cómo el ama de llaves se alejaba a toda prisa. Cuando su atención volvió a Charlotte, vio que tenía una mano delante de la boca, intentando ocultar una sonrisa avergonzada.

—¡Me ha guiñado el ojo! —dijo Charlotte, con los ojos brillantes.

El ambiente tenso que había surgido entre los dos se rompió cuando Joshua puso los ojos en blanco y se permitió sonreír.

—Es una mujer formidable —explicó finalmente, encontrando fácil no reírse cuando le recordaban a su madre. En efecto, ¿qué diría Grace Wainwright si descubriera a su hijo negando su compromiso?—. Creo que la señora Gates ha estado aquí desde que se construyó la casa —añadió antes de suspirar con fuerza—. Me disculpo por mi… y por su… comportamiento —dijo, apenas pudo pronunciar las palabras antes de que Charlotte esbozara esa brillante sonrisa que lo dejaba sin aliento.

—Yo también —dijo Charlotte, esforzándose por recuperar la seriedad de sus rasgos. Era obvio que el ama de llaves llevaba mucho tiempo en la finca. No podía haber otra razón para que se tolerara su comportamiento familiar. Como no había ninguna madre que pudiera reprender a Joshua por su arrebato, la señora Gates se encargó de hacerlo. Y con su guiño, obviamente se había puesto del lado de Charlotte en el desacuerdo.

Sin embargo, la luz de los ojos de Charlotte pareció apagarse al recordar el otro motivo de su visita.

—Siento mucho su pérdida —dijo finalmente, reprendiéndose a sí misma al darse cuenta de que no lo había mencionado antes —. Por favor, acepte mis condolencias.

Joshua respiró profundamente, el humor desapareció tan rápido como había llegado.

—Gracias —respondió con una inclinación de cabeza. Quiso restregarse la cara con la mano, pero se obligó a mantenerla sobre el brazo de la silla. Podía haber llorado la pérdida de su familia durante seis meses, pero el dolor de sus muertes aún estaba fresco —. Creo que lo que más echo de menos es a mi hermana —dijo en voz baja—. Me burlé de ella sin piedad, pero en un par de años habría salido a la luz, y yo estaba bastante preparado para hacer el papel de hermano mayor y protector.

Charlotte dio un sorbo a su taza de té.

—Eso me lo imagino haciendo —dijo en voz baja—. Pero tengo entendido que ya estaba prometida. Con un conde, ¿no es así?

Moviéndose en su silla, Joshua sacudió la cabeza.

—Henry Forster, conde de Gisborn —anunció, aparentemente no muy satisfecho con la elección.

Paladeando de repente, Charlotte tragó saliva. Conocía a un Henry Forster de su juventud, pero ciertamente no era un *conde*. Tampoco lo era su padre. El Sr. Forster, un hombre agradable, bien vestido y obviamente educado, sólo había conversado con ella en un par de eventos de sociedad en Londres. Por los fragmentos que recordaba, Charlotte pensaba que sus intereses se centraban en la agricultura y los inventos. Era un caballero, sin duda, pero si era un miembro de la aristocracia, no lo dejaba entrever, ya que no utilizaba ningún título al presentarse. De hecho, había insistido en que le llamara «Henry», —quizá con la esperanza de que le permitiera llamarla «Charlotte». Ella nunca le había dado permiso para hacerlo, pero en su defensa, no había tenido la oportunidad ya que fueron interrumpidos varias veces por otras personas durante la noche en que él hizo su petición. Mientras pensaba en el Sr. Forster, se dio cuenta de que nunca lo había visto en un evento de sociedad durante la última temporada y se preguntó por qué.

En cuanto al conde de Gisborn, su padre había mencionado ese nombre y la había amenazado con él.

—¿No es bastante... viejo? —preguntó, pensando que tal vez era mejor que Jennifer hubiera muerto en el incendio. Y luego se reprendió a sí misma por haber tenido un pensamiento tan morboso.

—Su tío tenía casi setenta años cuando murió hace un mes, más o menos, así que Forster acaba de recibir su herencia. De unos veinte años, tal vez treinta, creo, pero, sí, habría sido demasiado viejo para mi hermana cuando estuviera en edad de casarse —convino con un suspiro.

Charlotte consideró la información, maravillada por la idea de que Henry Forster fuera un conde. Su padre… bueno, tendría que pensar en él más tarde.

Joshua la miraba con una mirada que sugería que podría estar cambiando de opinión con respecto a su futuro. Hizo todo lo posible por aparentar que ya era su duquesa, aunque seguía temiendo que la despidiera.

Joshua tomó un trago de té y pensó en la discusión de antes. Habían llegado a un punto muerto. Charlotte era bastante voluntariosa, decidió, y era obviamente obstinada en cumplir con su obligación. Pero estaba igualmente seguro de que no deseaba tomar una esposa y someterla a *él*, al menos en su estado actual, aunque necesitara un heredero. El ducado sobreviviría mientras él lo hiciera, y luego podría pasar al pariente más cercano, fuera quien fuera, y si no lo hubiera, volvería a la Corona.

Ciertamente, esa tarde no se decidirá nada.

Podría ofrecer la hospitalidad de Charlotte indefinidamente, por supuesto, aunque si se supiera que albergaba a una mujer soltera, probablemente habría un escándalo. A menos que…

—¿Tiene algún plan, aparte del matrimonial, en un futuro próximo? —preguntó, poniendo su taza de té en la bandeja de plata.

Charlotte siguió con su taza de té mientras consideraba la implicación de su pregunta.

—No —respondió finalmente, tratando de ocultar su repentino nerviosismo. Estaba segura de que estaba a punto de despedirla. «*¿Adónde iré?*», se preguntó, sabiendo que no podía volver a Londres. Una de las fincas de su familia estaba en Oxfordshire, pero no tenía ningún deseo de ir allí, especialmente antes del verano.

—Entonces le pido que se quede aquí en Wisborough Oaks

—ofreció el duque, inclinándose hacia delante, con los codos apoyados en las rodillas—. Creo que tiene una doncella que podría actuar como su carabina —sugirió, decidiendo que si se la consideraba su anfitriona, disponible para recibir a los visitantes y actuar como si algún día pudiera ser su duquesa, tal vez su propia posición como duque mejoraría. Sabía que había quienes no lo consideraban adecuado para el papel de duque. Después de todo, había pasado su vida siendo el segundo hijo y un jugador.

Pero en el transcurso de seis meses, Joshua había abandonado la vida de jugador y sus heridas le impedían buscar compañía femenina. Sin embargo, sintió que su ingle se tensaba ahora, cuando se dio cuenta de que Charlotte aceptaría quedarse y supervisar la casa. «*¿En qué estaba pensando al pedirle que se quedara?*».

Enderezándose en el sofá, Charlotte miró a Joshua y se permitió una brillante sonrisa.

—Me gustaría mucho, Su Excelencia —respondió con una inclinación de cabeza—. Gracias.

Joshua asintió, un poco inseguro de lo que debía hacer a continuación.

—Debe estar agotada de sus viajes —dijo entonces, consciente de que había pasado demasiado tiempo con ella dada la cantidad de trabajo que aún tenía que completar esa tarde—. Haré que Gates os acompañe a usted y a su criada a vuestras habitaciones. —Le tendió una mano para ayudarla a levantarse del sofá. Ella la cogió, sin darse cuenta del escalofrío que su contacto produjo en el brazo de Joshua—. Y luego la veré en la biblioteca para tomar nueces y café a las siete —añadió, recordando el menú que ella le había recitado a Gates. Se puso nervioso al pensar en ello. Al menos Garrett también estaría allí. Tal vez Charlotte no fuera tan terca en presencia de su administrador de fincas.

—Gracias —dijo de nuevo mientras hacía una reverencia y salía del estudio. Siguió a Gates hasta su dormitorio en el segundo piso. «*¿Cómo puede ser ese hombre tan insufriblemente obstinado?*», se preguntó mientras subía la escalera. «*Debería agradecer que haya alguien que quiera casarse con él*».

Pero un pensamiento bastante humilde se le ocurrió al llegar al rellano.

«*Sin duda, él piensa lo mismo de mí*».

CAPÍTULO 4

SU EXCELENCIA, EL SR. MCELLIOTT Y LADY CHARLOTTE EN LA BIBLIOTECA

*G*arrett se acomodó en la silla más cercana a la chimenea y soltó un gemido bajo.

—Estoy dolorido de montar —se quejó, estirando las piernas frente a la silla y cruzándolas por los tobillos. Gates acababa de darle un vaso de whisky, y se sintió tentado a tragarse el contenido de un solo trago. El efecto medicinal podría tardar unos minutos y la garganta le ardería como el demonio, pero era tentador.

—Casi me gustaría estarlo —se lamentó Joshua, lanzando los restos de su vaso a la boca. Lo sostuvo por un momento antes de dejar que el líquido ámbar se consumiera en su garganta—. He estado sentado sobre mi maldito culo la mayor parte del día, pero por fin tengo febrero completo. Mañana podré por fin empezar con los números de este mes.

Había trabajado en los libros de la finca la mayor parte del día y sentía una gran satisfacción por haber completado la contabilidad de todas las facturas y alquileres.

Garrett levantó la cabeza del respaldo de la silla.

—¿Y? —preguntó, ansioso por saber si su gestión se había traducido en un poco de tinta negra para el ducado.

Joshua frunció el ceño, sin entender la pregunta de su amigo.

—Bueno, sólo me tomé unos momentos con ella —dijo a la

defensiva—. Sabía que no podía gastar más que eso, especialmente hoy.

Sus ojos se abrieron de par en par, Garrett se preguntó si había, tal vez, alguien más en la biblioteca con ellos.

—¿De qué estás hablando? ¿Acaso la señora Thomas se presentó unos días antes? —preguntó sorprendido, sabiendo que la hermana del vicario había solicitado una audiencia con el duque, al parecer en un intento de obtener su aprobación para una fiesta del pueblo. Pero la mujer era puntual y precisa y nunca se equivocaría en el día de una visita a Wisborough Oaks.

—No —respondió Joshua con cuidado—. Espera. ¿De qué pensabas que estaba hablando? —preguntó entonces, disfrutando del entumecimiento que se estaba instalando en sus articulaciones. Por primera vez en el día, no le dolía la cara.

—Los libros —contestó Garrett, con un poco de dureza—. ¿Somos solventes?

Joshua sonrió y se sentó más recto en su propia silla.

—Mucho. En seis meses, esta finca ha conseguido recaudar más de tres mil libras —dijo con cierta satisfacción—. Gracias a usted, por supuesto —añadió con un gesto de aprobación. Ciertamente, él no había contribuido a la buena fortuna. Había estado ingresado en el hospital durante un mes de ese tiempo y recuperándose en su terraza de Grosvenor Square durante otros tres meses antes de volver a Wisborough Oaks.

—Salud, entonces —contestó Garrett con elegancia, sosteniendo su vaso vacío en alto y casi perdiéndose el sonido de un golpe en la puerta.

—Adelante —gritó Joshua, y luego recordó tardíamente quién había llamado.

Lady Charlotte Bingham, vestida con una confección de seda de color albaricoque que parecía flotar a su alrededor cuando se movía, entró en la biblioteca lenta y deliberadamente, sin saber en absoluto qué, o a quién, iba a encontrar.

—Buenas noches, caballeros —dijo, con la intención de hacer una reverencia a sus reverencias. *«Ah, ¡Garrett McElliott!»*, pensó felizmente, aliviada de que el invitado de Joshua fuera alguien con quien estaba familiarizada. Había pasado muchas tardes con el hombre en el hospital, informándole del estado de Joshua cuando venía a visitar a su amigo.

Joshua se levantó en un momento, todo su ser fue repentinamente consciente de que Charlotte Bingham era una duquesa encarnada. Y una mujer hermosa. Su perfecto peinado, con rizos rubios acumulados en lo alto de la cabeza y con mechones en espiral que se extendían alrededor de las sienes, era un estilo ornamentado que se solía ver en un baile. El color del vestido resaltaba su tez cremosa y su corte dejaba entrever una agradable figura. Los guantes blancos de cabritilla, abotonados hasta justo por encima de los codos, estaban bien hechos y se ajustaban perfectamente a sus delgados dedos.

Mirándola como si fuera una aparición, Garrett no se puso en pie inmediatamente.

—Debo haber bebido demasiado —dijo con una voz que daba a entender que se sorprendía de lo coherente que sonaba—. Podría jurar que Lady Charlotte Bingham acaba de entrar en esta habitación —añadió mientras miraba a Joshua y descubría que su amigo ya estaba de pie y se inclinaba en dirección a la aparición.

Charlotte hizo una reverencia digna de una audiencia con el rey.

—A su servicio, Sr. McElliott. Es muy bueno verlo de nuevo.

Si le molestaba que él no se hubiera levantado a su llegada, no lo demostró en sus rasgos. En cambio, parecía estar reprimiendo una buena cantidad de diversión a expensas de Garrett. Y una sonrisa cómplice mientras lo miraba.

Era tan guapo como ella lo recordaba, y el hecho de sentarse ante ella con esa actitud relajada y despreocupada que había perfeccionado durante sus días de jugador no hacía más que acentuar su elevada estatura. Los músculos de sus muslos se tensaban contra sus pantalones de piel de ante, y sus anchos hombros apenas se contenían en el abrigo verde oscuro que llevaba. Si había llevado corbata, ahora no había rastro de ella, pero su camisa de lino era de un blanco níveo contra su piel bronceada.

Garrett se puso en pie de un salto y se inclinó, los rápidos movimientos eran una señal de que en algún momento había practicado la esgrima por deporte.

—Le ruego que me disculpe, Lady Charlotte —dijo en voz

baja—. Esto es de lo más inesperado —dijo con asombro y un poco de vergüenza. Hizo un cálculo mental y luego decidió que probablemente no era tan inesperado. «*Charlotte debía de tener casi veinticinco años*», pensó. Lo que significaba que estaba aquí para...

Sus rasgos se endurecieron mientras miraba a Joshua.

—Podrías haber dicho algo —susurró a su amigo. Volviendo a prestar atención a su invitado, su mirada se suavizó mientras decía: «Bienvenido a Wisborough Oaks. Por favor. Siéntese». Hizo un gesto con la mano hacia una silla tapizada de terciopelo.

—¿Puedo ofrecerle un poco de vino? —preguntó, preguntándose si habría alguna bebida de este tipo en la colección de licores de la biblioteca. «*¿Y dónde estaba Gates cuando había que servir bebidas?*».

Como si pudiera oír los pensamientos de Garrett, el mayordomo entró en la biblioteca y se apresuró a llevar al aparador una cafetera y un plato de nueces. Sirvió tres tazas del humeante brebaje y se disponía a entregarle una a Charlotte, sólo para encontrarla a su lado.

—Me ocuparé de esto, Gates. Estoy seguro de que tienes deberes más importantes esta noche.

Los ojos de Gates se abrieron de par en par, pero le dedicó a Lady Charlotte una inclinación de cabeza y un «Muy bien, milady», antes de inclinarse y salir de la habitación.

Charlotte colocó una taza y un plato en la mesa junto a Joshua y otro en la mesa de té frente a Garrett, agachándose un poco al hacerlo. Sin siquiera mirar a Garrett, fue consciente de sus ojos sobre ella mientras la miraba el escote. Se preguntó si Joshua apreciaría igual el ver tanto de ella. Aunque no solía llevar vestidos escotados para cenar, pensó que la cena de esta noche requería uno. Había pasado las últimas horas contemplando cómo iba a convencer a Joshua de que el matrimonio, el matrimonio con ella, era lo mejor para él. Mostrar un poco de escote era al menos un comienzo.

Cuando volvió al aparador para coger el plato de nueces, fue doblemente consciente de los dos hombres que la miraban.

—Ahora, ustedes dos deben contarme todo sobre el ducado —sugirió, tendiendo el plato a cada uno de ellos por turno—. Tengo mucho que aprender si voy a ser su duquesa.

Una lenta sonrisa se extendió por el rostro de Garrett. *«Sin duda sabe cómo ir al grano».* Ignoró deliberadamente la mirada de asombro que apareció en la parte de la cara de Joshua que no estaba cubierta por su máscara.

«Está condenado», pensó Garrett con alegría. Y habría seguido permitiendo a Joshua su estado de shock, pero pensó en cambio en lanzarle un salvavidas al duque.

—Por supuesto, Lady Charlotte —dijo en su lugar—. ¿Por dónde empezamos?

Charlotte tomó asiento en un sillón con respaldo que permitía ver los perfiles de ambos hombres

—Por supuesto, por el principio —dijo antes de tomar un sorbo de café y esperar sus respuestas.

CAPÍTULO 5
CAPÍTULO 5 LADY CHARLOTTE INTENTA LA SEDUCCIÓN

*E*l sonido lejano de madera quebrándose y astillándose, y de *cristales rompiéndose,* sacó a Joshua de su sueño. Se quedó quieto un momento, escuchando y preguntándose qué podría haber provocado ese sonido, especialmente uno más fuerte que el del viento que golpeaba los árboles más allá de las ventanas de la habitación. Sin embargo, un sonido más cercano atrajo su atención y se concentró en él. ¿Murmullos, de un gato asustado o de *una mujer?*

La lluvia golpeó las ventanas de la alcoba y, por un instante, un relámpago tiñó de blanco la habitación. El maullido, que sonaba muy cerca, se convirtió en un grito de miedo. Con los sentidos en alerta, saltó de la cama y se dirigió hacia la fuente del sonido, dándose cuenta casi inmediatamente de que su bata no estaba cerca. Un trueno sonó a lo lejos. Observó su habitación en la oscuridad, y otro destello de luz iluminó la forma de una persona. Una mujer.

—¿Quién es? —preguntó, el sonido de su voz salió más fuerte de lo que pretendía. A la luz del siguiente relámpago, distinguió la identidad de su visitante. Charlotte, con las manos cubriendo sus oídos y los ojos cerrados, estaba ante él. Los gemidos se convirtieron en gritos cuando el sonido de los truenos llenó la habitación.

Joshua se acercó rápidamente a ella, colocándose de forma que su desnudez no fuera tan evidente si ella abría los ojos.

—¿Charlotte? —susurró, queriendo alcanzarla y taparle la boca para silenciar sus gritos. Si un sirviente la oía y acudía a su habitación a investigar, estaría arruinada. Pero se tranquilizó pensando que no habría sirvientes merodeando por los pasillos a estas horas de la noche, y que Garrett estaría en su habitación, al otro lado de la alcoba de invitados en la que debería estar Charlotte en ese mismo instante. Eso, y los sonidos del viento y la lluvia que ahora arremetían contra las ventanas, le permitieron dejar de lado su preocupación por la reputación de Charlotte mientras intentaba determinar qué era lo que la angustiaba.

—Me disculpo, Su Excelencia —dijo Charlotte entre sollozos—. Estoy muy asustada. La luz blanca llenó la habitación, y ella prácticamente gritó de nuevo.

—Charlotte —susurró, tomándola finalmente en sus brazos y atrayéndola contra la parte delantera de su cuerpo. Casi se arrepintió del movimiento. El olor a *mujer* invadió sus fosas nasales. Su bata satinada le acariciaba la piel. Su pelo, una masa de ondas rubias sueltas, desprendía el aroma del jazmín, y él luchó contra el impulso de enterrar su nariz en los hilos de seda.

Las manos de ella rodearon su cuerpo y se apretaron contra su espalda mientras el lado de su cara se acurrucaba contra su cuello y su hombro. Sintió el calor de su cuerpo, la humedad de sus lágrimas, sus temblores y sus sollozos.

—¿Qué ocurre? —preguntó, y sus manos se dirigieron al centro de la espalda de ella, sujetándola con fuerza contra él para que no pudiera ver sus cicatrices. O su desnudez.

La habitación volvió a llenarse de luz y el sonido de un trueno rodó inmediatamente. Los brazos de Charlotte se apretaron alrededor de su espalda y volvió a gritar.

—Por favor, no me obligues a marcharme —susurró, con sus lágrimas dejando rastros húmedos en la parte delantera de su pecho.

Su corazón palpitó como un tatuaje que Joshua sintió hasta el fondo. *«Está muerta de miedo»*, se dio cuenta, sintiendo los temblores de su cuerpo bajo sus manos.

—Shh —respondió él, sin saber qué podía decir para apaciguar su miedo. Muy consciente de las curvas de su cuerpo apretadas contra él, sintió que sus entrañas se tensaban y luchó por mantener el control de sí mismo. Si se quedaba allí abrazándola un minuto más, ella se asustaría aún más... «*de mí*», pensó.

Dejando un brazo firmemente apoyado en la parte baja de su espalda, se agachó y capturó la parte posterior de sus rodillas con el otro brazo, levantándola y llevándola a la cama. «*Una cosa de nada*», consideró él, tratando de no notar que su bata ya no estaba completamente cerrada alrededor de su cintura. Lo que llevaba debajo era brillante y resbaladizo y se ceñía a su cuerpo como un guante.

La bajó a la cama y la siguió, cubriendo rápidamente su cuerpo con las sábanas en un intento de mantener su desnudez oculta en caso de que otro rayo iluminara la habitación. También quería asegurarse de que ella terminara en su lado sin cicatrices.

Ella se aferraba a ese lado de su cuerpo incluso antes de que él pudiera cubrirse por completo. Apoyando la cabeza en la almohada, fue consciente de que todo su cuerpo temblaba a su lado, de los latidos de su corazón a través del suave satén de su bata, del aroma de ella mientras él le rodeaba el hombro con el brazo derecho y tiraba de su cabeza para que descansara en el hueco de su hombro. Y trató de no pensar en el pecho derecho de ella, que se apoyaba en el suyo, ni en la pierna vestida de raso que se deslizaba lentamente entre las suyas, mientras su pulso se ralentizaba y su respiración se volvía leve. Cuando la pierna derecha de ella se posó entre las suyas, se dio cuenta de que no podía ignorar el hecho de que la cadera de ella se apretaba firmemente contra su endurecida virilidad.

Suspirando ligeramente para disminuir el ascenso y descenso de su pecho, consideró la tortura mental que estaba experimentando como resultado de Charlotte Bingham. *Quería* a esa mujer. La había deseado incluso cuando iba a ser la esposa de su hermano. Ahora podía admitirlo. Ella era hermosa. Era educada. Era refinada. Y se comportaba como si fuera *una mujer*. Una mujer mucho mayor que sus veintiún años.

«*¿Cómo puede ser eso?*».

Charlotte no participaba en charlas ni se pasaba el día decidiendo qué chucherías adquirir en su próximo viaje de compras. Su familia rara vez era objeto de cotilleo. Su obra de caridad era San Bartolomé, una vocación que se tomaba muy en serio. Tenía un aire de responsabilidad y, sin embargo, un manto de derrota parecía haberse posado sobre ella, como si hubiera asumido demasiadas cosas en un momento de su vida y hubiera descubierto que no podía estar a la altura de las expectativas puestas en ella.

Y ella tenía miedo de algo —además de *los rayos,* pensó— o quizás de alguien.

Tendrá que preguntárselo a ella.

Entonces, ¿por qué negarle el matrimonio que estaba tan decidida a tener? «*Si se ha estado preparando para ser duquesa toda su vida, ¿por qué no tomarla como esposa?*». Podía considerarse desposada con él, aunque no supiera nada de los detalles de su dote, ni de la edad, ni de los *detalles,* consideró. Tendría que enviar a Garrett a Londres para averiguar lo que pudiera sobre el condado de Ellsworth y su familia. Sobre los arreglos hechos hace tantos años para un matrimonio entre su hija y el futuro duque de Chichester.

Charlotte había dejado claro durante la cena que no deseaba volver a Londres. Joshua se preguntó a dónde iría ella si no le ofrecía hospitalidad en Wisborough Oaks.

¿Sus padres la habían enviado aquí porque ya tenía la edad suficiente para celebrar la boda? Resultaba extraño que su madre o un pariente no la hubieran acompañado en el viaje desde Londres. ¿Qué padre permitiría que su hija, que aún no había alcanzado la mayoría de edad, viajara más de cuatro horas hasta la finca de un duque donde, además de los criados, sólo vivían hombres?

Las preguntas sobre Lady Charlotte seguían acumulándose en su mente, y aunque las encontraba desconcertantes, eran mucho más entretenidas de considerar que sus doloridas heridas y las preocupaciones del ducado. «*Podría simplemente hacerle las preguntas*», pensó entonces. O, tal vez, si le daban tiempo suficiente, ella le ofrecería las respuestas.

Joshua respiró profundamente y suspiró.

Simplemente esperaría a que Garrett le informara antes de tomar cualquier decisión precipitada. Hasta entonces, tal vez podría poner a Charlotte a trabajar. Dirigir la casa era su tarea menos favorita como duque. Si realmente se había entrenado para ser duquesa, podría asumir las responsabilidades de la casa y del césped y los jardines circundantes. Planificar los menús, supervisar las compras de alimentos del cocinero, hablar con el personal, orientar al jardinero sobre el aspecto que debían tener los terrenos para el verano «*y decorar ese maldito salón*», consideró, recordando cómo cada vez que la hermana del vicario asistía a una función en la finca, mencionaba lo destartalado que había quedado el viejo salón.

Mientras tanto, tendría que soportar la otra tortura que estaba experimentando. Su hombría era muy consciente de la mujer casi desnuda que se apretaba contra él. Las yemas de los dedos de ella se posaban ligeramente en su pecho y unos rizos rubios le hacían cosquillas en la piel del hombro. El satén resbaladizo de la bata, que aún envolvía la mayor parte de su cuerpo, se sentía fresco, casi sensual, contra la piel del lado derecho de su cuerpo, y se preguntó por un momento cómo se sentiría contra su lado izquierdo, lleno de cicatrices. Aunque no muchas terminaciones nerviosas habían sobrevivido al trauma de las quemaduras, las que lo habían hecho deseaban sentir algo agradable, algo suave y reconfortante.

Como si Charlotte pudiera leer sus pensamientos, enderezó el brazo que descansaba sobre su pecho. Sus dedos se deslizaron distraídamente por las cicatrices alrededor de las costillas y bajo el brazo izquierdo, y su suave caricia le provocó una serie de escalofríos. Se le cortó la respiración y ella se revolvió, moviendo un poco la cabeza y recorriendo deliberadamente con sus dedos el camino que le hacía temblar la piel. Estaba a punto de colocar una mano sobre la de ella, no muy seguro de si quería dejarla quieta o sostenerla para *tocarla*, su cuerpo aún se estremecía al pensar en su cuerpo presionado contra el suyo.

—¿Ha parado? —susurró ella, levantando un poco la cabeza del hombro de él.

Joshua contuvo la respiración por un momento, pensando: «*Dios, no, no te detengas*», mientras los placenteros frisones se le escurrían bajo la piel. No se dio cuenta de lo que le preguntaba hasta que un tenue resplandor de un relámpago lejano apareció en la ventana.

—Ya casi ha pasado —susurró, su brazo izquierdo se movió

para descansar bajo el brazo que ella había colocado sobre su pecho—. ¿Qué te ha asustado? —preguntó él, girando la cabeza para que la de ella quedara bajo su barbilla. El aroma del jazmín le llegó a las fosas nasales y respiró profundamente. *«Si me caso con ella, podría tener este aroma bajo mi nariz cada noche durante el resto de mi vida»*, razonó una parte de su mente.

Charlotte estaba tan quieta que pensó que podría haberse dormido, pero su suave voz volvió a sonar.

—Una vez vi un árbol alcanzado por un rayo. Se hizo pedazos… y salieron pedazos por todas partes —murmuró, y su cabeza se hundió de nuevo en él—. Y luego el árbol se quemó, y parte de los establos se quemaron, y uno de nuestros mozos de cuadra murió en el incendio. Su habitación estaba en el ático de los establos, y no pudo salir.

«¡Maldita sea!», pensó Joshua, comprendiendo de repente su miedo mientras la idea de oler siempre a jazmín volaba de su cerebro.

—¿Alguien más se hizo daño? —susurró, su abrazo sobre ella más protector mientras giraba su cuerpo un poco hacia el de ella. Su polla se apretó contra el satén sobre su vientre. Cuando ella no se apartó ni reaccionó, Joshua respiró profundamente. Si no tenía cuidado, esta misma noche podría tomarla como su prometida, tanto si ella realmente lo quería como marido como si no.

—No recuerdo que nadie más se quemara —susurró Charlotte, su voz sonaba muy lejana—. Pero hubo varios que no pudieron respirar muy bien durante mucho tiempo.

«Inhalación de humo», pensó, recordando con demasiada claridad cómo habían ardido sus propios pulmones mientras intentaba en vano sacar a su hermana de su habitación, bajar las escaleras y salir por la puerta principal de la casa de la finca. Ni siquiera se había dado cuenta de que su ropa estaba ardiendo, su lado izquierdo estaba envuelto en llamas mientras bajaba los escalones de la entrada. Antes de desmayarse, por el dolor o por la falta de oxígeno, no lo sabía, fue consciente de que alguien le quitaba a su hermana sin vida de los brazos y de que otra persona lo tiraba al suelo y lo cubría antes de que un intenso dolor y la negrura lo rodearan.

Durante cuatro semanas, estuvo entrando y saliendo de la

conciencia, sólo ocasionalmente consciente de que había alguien en una habitación con él, y generalmente porque un dolor intenso o la fiebre o los escalofríos lo despertaban.

—Eras un paciente muy tranquilo.

Sacado de repente de sus pensamientos del pasado, Joshua contuvo la respiración. Consideró las palabras que acababa de escuchar.

—¿Qué has dicho? —preguntó, su ronco susurro se quebró un poco mientras un sollozo silencioso le quitaba el aliento. «*Mi hermana murió en mis brazos esa noche*», recordó, preguntándose cuánto tiempo había pasado desde que pensó en su inútil intento de salvarla. A pesar del recuerdo diario del incendio que destruyó la casa de la finca, «*cada vez que me miro en un espejo*», pensó con sorna, trató de no pensar en qué más se había perdido además de la mitad de su cara y la piel de su lado izquierdo hasta la parte superior de la cadera. «En *quién más se había perdido*». Porque pensar en la pérdida de su hermana y de su madre le llenaba de una sensación de desesperación y de falta de esperanza que tardaba días en superar, y no podía permitirse el lujo de llorar su pérdida. No ahora.

En ese momento no sabía que su hermana había muerto en sus brazos aquella noche. De hecho, pasaron semanas antes de que descubriera que había muerto y que había sido enterrada en la parcela de la familia, en el extremo este de los terrenos de la finca, bajo un gran roble de hoja perenne.

Y que también se había cavado una parcela para él.

—Dije que eras un paciente muy callado —repitió Charlotte, su voz aún sonaba lejana.

Las palabras finalmente penetraron en su cerebro adormecido y se movió para levantar la cabeza de la almohada.

—¿Cuándo... cuándo fue eso? —respondió, su voz sonó fuerte a sus oídos.

Charlotte inclinó la cabeza sobre su hombro para que pudiera oírla mejor.

—Cuando estabas en el hospital, recuperándote de tus quemaduras —respondió somnolienta—. No podían atenderte en Petworth. El médico de allí no tenía experiencia en quemaduras, así que dispuse que te trasladaran al donde yo hago de voluntaria en Westminster. No mencionó al médico de Kirdford que había logrado mantenerlo con vida esos primeros días. Era evidente que el hombre tenía experiencia con pacientes quemados, pero el botiquín de su clínica estaba lamentablemente desabastecido. La morfina se había acabado al segundo día.

Joshua consideró lo que significaban sus palabras. Recordó el viaje en la parte trasera de una carreta, recordó cómo una mujer le rogaba al conductor que tuviera más cuidado al sortear el camino accidentado, pues con cada sacudida, su cuerpo gritaba de dolor y se desmayaba durante algún tiempo. «Un tiempo *feliz*», pensó, recordando que no sentía ningún dolor cuando estaba desmayado. Pero estaba colgado en una especie de hamaca que permitía que los peores baches simplemente lo balancearan mientras la carreta hacía el agónico viaje a Londres.

—¿Lo organizaste tú? —respondió él, sin recordar haberla visto durante su estancia en el hospital de Londres. Tal vez era la mujer que se sentaba con él, que le daba sorbos de agua cuando estaba algo consciente, que le hablaba en tono sereno y tranquilizador, que le leía. Volvió a oler su pelo, el aroma le recordó suavemente.

—Quería que tuvieras la mejor oportunidad de vivir —explicó, sabiendo que sus razones eran tan egoístas como humanitarias. Con su hermano mayor muerto, ella podría ser su duquesa. Si él moría antes de que se casaran, su padre simplemente organizaría otro matrimonio, sólo que el siguiente hombre sería un viejo conde decrépito que aún no tuviera heredero, como el conde de Gisborn.

Se estremeció, aliviada de que su padre no la persiguiera en ese momento para obligarla a casarse. Su madre se había encargado de ello, pensó, algo agradecida por lo que su madre había hecho, pero lamentando mucho que su padre hubiera tenido un destino tan horrible.

—¿Cómo... cómo llegaste a saber lo que pasó? —preguntó, girando su cuerpo de lado para poder mirar su rostro. Incluso desde este ángulo, esperaba que sus cicatrices faciales siguieran ocultas en su mayor parte en las sombras de la oscura habitación.

Pudo sentir cómo se encogía de hombros, pero también escuchó una débil inhalación de aire, como si de repente le doliera.

—Un lacayo me dio la noticia al día siguiente de lo sucedido —susurró ella, abriendo los ojos para mirarle a él—. Y hablé con el médico de St. Bartholomew, donde me ofrecí como enfermera en la sala de niños. Nos fuimos a Sussex esa misma tarde. Tenía mucho miedo de que no sobrevivieras. La mayoría de los que se queman tanto como tú no lo hacen.

Joshua frunció el ceño, sorprendido de que la noticia de sus heridas pudiera suscitar tal respuesta en una mujer que sólo había bailado con él en un par de bailes.

—Pero si apenas me conoces —replicó.

Charlotte luchó contra las lágrimas.

—Eras mi prometido. He pasado toda mi vida preparándome para ser tu esposa —contestó, con la respiración entrecortada al final.

Cerrando los ojos por un momento, Joshua consideró sus palabras, todavía aturdido por su convicción del deber. Porque eso era todo. Su verdadero prometido era su hermano, lo había sido desde que ambos eran muy jóvenes. Con la muerte de su hermano, tal vez ella era su prometida ahora. Pero ella no lo conocía, no sabía su carácter ni cómo trataba a sus sirvientes o cómo llevaba los asuntos del ducado.

«Es una tonta», pensó. Luego se maldijo a sí mismo, pensando que, si ella lo era, él también lo era. Si no hubiera sido el único hijo superviviente del séptimo duque de Chichester, no habría tenido que asumir las obligaciones del ducado. Podría haber continuado su vida como segundo hijo, disfrutando de los frutos del ducado y de la vida de acostarse con amantes, de apostar toda la noche en infiernos de juego, de asistir a bailes y veladas sin ninguna intención de casarse. Podría haber tenido esa vida si no hubiera sido el único hijo que quedaba vivo después de la desastrosa noche del incendio.

Todas las responsabilidades del ducado estaban ahora sobre sus hombros.

—Dada la situación, yo... Yo insistiría... Insistiría en que encontraras otro candidato más digno para ser tu marido —susurró, pensando que si la sacaba de su alcoba sin que un sirviente los viera juntos, su reputación permanecería intacta y aún podría ser considerada oferente.

—¡No! —estuvo a punto de gritar, moviendo su cuerpo por delante del de él para poder establecer un mejor contacto visual. El mero movimiento de sus pechos cubiertos de raso contra el suyo hizo que el deseo se disparara en sus entrañas. Necesitó toda su determinación para no aceptar su condición de doncella en ese momento—. No deseo casarme con otro —añadió en voz baja, sabiendo que su comentario le parecía ingenuo.

Era demasiado pronto para decirle que se había enamorado de él durante los días que había pasado junto a su cama, las interminables horas sosteniendo sus manos y atendiendo sus heridas. Había sido una tortura para ella tener que hacerle daño cuando el médico insistió en que fuera ella quien le quitara la piel quemada con unas pinzas diminutas, segura de que cada contacto de los dientes de metal desnudo con su carne en carne viva le producía un dolor punzante. *«No va a gritar si lo hace una mujer»*, explicó el médico, su comentario sonó tan cruel que estuvo a punto de hacer que lo retiraran del cuidado de Joshua.

—Tengo la obligación con —«tigo», casi dijo—... este ducado. Y tengo la intención de cumplir con mi obligación.

Especialmente ahora. Especialmente después de todo lo que había sucedido desde que Wisborough Oaks se quemó, matando a la familia de Joshua e inutilizando la mitad de la casa principal de la finca. Una vez que estuvo segura de que Joshua se había recuperado, pero aún no tenía edad para casarse, Charlotte había vuelto a la vida de sociedad en Londres. Asistía a bailes y reuniones sociales e insistía en que su prometido estaría como nuevo cuando llegara el momento de su, esperaba, boda en primavera.

Pero la mayoría de la sociedad londinense opinaba que Joshua Wainwright nunca se recuperaría del todo de las quemaduras que cubrían gran parte de su lado izquierdo. Conocían su afición a llevar una máscara de cuero sobre la mitad de la cara, tanto para proteger a los ojos curiosos de un espectáculo digno del infierno como para proteger la tierna carne de mayores daños.

Después de varios meses en Londres, donde sólo salía de su casa para asistir a las sesiones parlamentarias en la Cámara de los Lores, Joshua había regresado a Wisborough Oaks para supervisar la reconstrucción de la casa de la finca y asumir sus obligaciones como octavo duque de Chichester, sin volver a Londres desde antes de Navidad, ni para la temporada ni para el Parlamento. Envió a Garrett McElliott en su lugar cuando los asuntos de la finca lo requerían.

—¿Me consideras digno como duque? —preguntó Joshua, mientras los dedos de su mano izquierda se enroscaban en su sedoso cabello. Observó cómo ella cerraba los ojos, oyó su ronroneo cuando las uñas de él le peinaron el cuero cabelludo. Sintió que sus dedos acariciaban ligeramente la piel rugosa que ahora formaban las cicatrices de su pecho y su cadera. Las placenteras sensaciones que ella le inducía corrían bajo su piel, y se encontró luchando por mantener la cordura.

—Por supuesto —respondió ella, preguntándose por qué parecía tan reacio a casarse con ella. ¿Podría estar realmente tan acomplejado por sus quemaduras como para rechazarla por ese motivo? Estaba dispuesta a ofrecerse como su amante si él seguía insistiendo en no tomar una esposa. «*¿Qué otra cosa podía hacer?*». Había venido a Wisborough Oaks para casarse con él, para asumir sus obligaciones como duquesa, para darle hijos. «*Y para amarlo*», pensó con una sonrisa desconcertante—. Creo que es usted un duque perfecto. Por lo que he oído, es respetado en la Cámara de los Lores, está bien considerado por su personal, y por la gente del pueblo y aquellos con los que hace negocios —murmuró ella, con sus dedos todavía acariciando distraídamente su piel en proceso de curación.

Sin embargo, el padre de Charlotte no estaba tan convencido de que Joshua Wainwright fuera el marido perfecto para su hija perfecta. Cuando le insinuó que estaba buscando otro marido para ella, uno que no estuviera tan desfigurado que no pudiera aparecer en público sin causar una escena, Charlotte le aseguró que estaba bastante satisfecha con su compromiso arreglado. Incluso estaba deseando que llegara el día en que se trasladara a Wisborough Oaks para reunirse con su paciente recuperado. «*Para convertirse en su esposa*».

Convencido de que el duque de Chichester estaba quemado hasta quedar irreconocible y no era apto para ser miembro de la *ton*, Ellsworth había decidido buscarle otro marido. Se había decantado por el conde de Gisborn. Pero cuando Charlotte insistió en que iba a cumplir su obligación con el ducado de

Chichester casándose con Joshua Wainwright, Edward, conde de Ellsworth, se enfadó bastante. Ante su obstinada negativa a considerar siquiera el acuerdo, su padre la había maldecido, la había llamado con nombres que ella estaba segura de que pretendían describir a las rameras de Londres, y luego se había bebido una botella entera de whisky escocés mientras ella y su madre asistían a un *musical* en Westminster.

A pesar de que Charlotte y Lady Ellsworth regresaron a su casa, no había sirvientes. Lord Ellsworth, aún más enfadado que cuando se fueron, llevó a Charlotte a su estudio, le ordenó que se quitara la pelliza y luego la azotó por la espalda con un látigo de caballo, alegando que no iba a permitir que un hombre con media cara tuviera a su hija a menos que compartiera algunas de sus feas cicatrices. A pesar de que el corsé le protegía la mitad inferior de la espalda del cuero cortante, el dolor que sentía la había dejado sin aliento, y luego, cuando respiraba, el dolor parecía aún peor.

El resto ocurrió tan rápido que pensó que sólo estaba experimentando una vívida pesadilla de la que despertaría en cualquier momento. Porque cuando su padre estaba a punto de azotarla por segunda vez, su madre se abalanzó sobre él, empujando a su marido con la suficiente fuerza como para que tropezara de lado. Cayó con fuerza, su cabeza impactó contra el borde de su escritorio. El charco de sangre…

—Bueno, este perfecto duque tendrá que dar un paseo por la mañana temprano para descubrir qué daños puede haber causado esta tormenta —dijo Joshua, el lado derecho de su boca se torció mientras repetía su palabra para él. Esperaba que Garrett planeara hacer la cabalgata él mismo, pero había mucho terreno que cubrir. Era mejor que ambos cabalgaran y cubrieran todo el terreno posible—. Y debo pedirte que vuelvas a tu alcoba ahora —«*o perderás tu condición de doncella*», estuvo a punto de añadir, y luego pensó que tal vez ella no encontraría ese resultado tan indeseable como debería.

Aliviada por la interrupción de sus horripilantes recuerdos, Charlotte asintió para comprender.

—Oí cómo se rompía un árbol —dijo entonces, recordando el sonido de la madera astillándose al entrar en su habitación, pensando que estaba tan cerca que las ramas podrían estrellarse contra la ventana de su dormitorio—. Y cristales rompiéndose.

—Yo también lo he oído —contestó él, retirando a regañadientes los dedos del pelo de ella y poniéndose de espaldas, seguro de que su erección estaba haciendo que el contrapiso formara una tienda de campaña sobre él. Vio una mueca de dolor en la cara de ella mientras se ponía la bata alrededor de la cintura y se preguntó si había visto su cara—. Así que... ¿realmente fue una de mis niñeras? —preguntó entonces, dándose cuenta de que probablemente ella lo había visto, a todo él, en su peor momento.

—Lo fui —respondió con un movimiento de cabeza, su expresión no indicaba si se sentía mal por pensar en ello—. ¿Puedo acompañarle en su paseo matutino? —preguntó entonces, sabiendo que su herida aún en proceso de curación probablemente le causaría dolor todo el tiempo. Pero quería tener la oportunidad de ver las tierras del ducado. Y deseaba desesperadamente volver a montar a caballo. Había pasado demasiado tiempo desde su último paseo en Hyde Park.

—¿Puede montar? —Preguntó Joshua.

—Por supuesto —respondió Charlotte con una sonrisa, saliendo de debajo de las sábanas sin exponer la desnudez de Joshua—. Desde que tenía cuatro años.

Joshua alcanzó a ver una de sus largas piernas desnudas antes de que la bata cayera a su alrededor y la cubriera. Se esforzó por evitar que un gruñido se le escapara de la garganta.

—Tengo previsto salir a las nueve. ¿Puede estar lista para entonces? —le preguntó, pensando que probablemente ella estaba acostumbrada a despertarse a mediodía, como solían hacer la mayoría de las damas de la *ton*.

—Por supuesto —dijo en un susurro que contenía humor. Se movió para enderezar las sábanas y el cubrecama, alisando la tela donde había estado su cuerpo—. Gracias por soportar mi momento de lágrimas —dijo entonces, haciéndole una reverencia.

—De nada —respondió Joshua con una sonrisa mientras la veía dirigirse a la puerta. *Zorra*, pensó mientras ponía los ojos en blanco.

Charlotte se cerró la bata y se cruzó de brazos mientras se asomaba a la puerta del dormitorio del duque. Segura de que no había nadie, salió y cerró la puerta tras de sí, asegurándose de que el pestillo no hiciera demasiado ruido.

Caminando suavemente por el pasillo hacia su habitación, contempló lo que acababa de suceder. Había ido a la habitación de Joshua con la intención de fingir que era una chica asustada, asustada por los rayos y los truenos, con la esperanza de parecer vulnerable ante el hombre. Su anterior discusión en el estudio probablemente le había hecho pensar que ella era demasiado voluntariosa y obstinada para ser una esposa adecuada. Si podía convencerle de que le necesitaba tanto como él a ella, podría reconsiderar su compromiso y pedir su mano.

Y entonces, justo cuando entraba en su habitación, las ventanas se llenaron de luz blanca y naranja y se oyó el sonido de una gran explosión, seguido del crujido y el astillado de la madera y los cristales rotos. Sobresaltada, lanzó un grito que tuvo el efecto de despertar al duque —si es que el fuerte estallido no lo había hecho por sí mismo— e hizo que su corazón latiera con tanta fuerza que estaba segura de que él también podía oírlo.

Sin tener que seguir fingiendo su miedo, cayó en sus brazos, sin saber, hasta justo antes de enterrar la cabeza en su cuello, que él estaba desnudo. El resplandor de un rayo había iluminado la habitación cuando él salió disparado de la cama, resaltando sus anchos hombros, su torso y piernas musculosos, el pelo oscuro y los ojos casi negros, y las cicatrices que cubrían el lado izquierdo de su cuerpo y su cabeza.

Él la había levantado como si fuera una muda de ropa, y ella se había agarrado como si su vida dependiera de ello. Antes de que pudiera comprender lo que estaba sucediendo, estaba en su cama y apretada contra él.

La parte asustada de ella se aferró a él mientras la parte lógica se dio cuenta, demasiado tarde, de que él olía ligeramente a sándalo, tabaco y brandy. Y la parte de ella que era mujer era muy consciente de la excitación de él y de que su propio cuerpo respondía cuando se apretaba contra la dureza de su cuerpo, cuando él le rodeaba los hombros con su brazo musculoso, cuando murmuraba palabras tranquilizadoras y le acariciaba el pelo mientras ella pasaba sus dedos temblorosos por su carne arruinada.

A pesar de no tener ninguna experiencia en la materia, podría haber sido capaz de seducirlo. Pero el brazo de él alrededor de su hombro había bajado para cubrir la parte de su espalda donde todavía estaba abierta por los azotes. El dolor la había atravesado, haciéndole dar un respingo y devolviéndola al aquí y al ahora. *«¿En qué estaba pensando al visitar su habitación?»*, se preguntó entonces, reprendiéndose por haber sido tan tonta. Podría haber sido descubierta en su habitación, ¡y entonces estaría arruinada!

Al menos había podido explicarse y salir con elegancia. Joshua parecía creer en su miedo; al fin y al cabo, era real. Seguramente habría sentido los latidos del corazón de ella contra su pecho mientras ella se reconfortaba con el pulso fuerte y uniforme del suyo. Y había accedido a que le acompañara en su paseo matutino.

Ahora sólo tenía que desarrollar algo de fortaleza y ocultar su vergüenza cuando se encontrara con él por la mañana.

Cerrando la puerta de su habitación tras ella, respiró profundamente. El aroma de él seguía en sus fosas nasales, en su bata y en su barandilla. Sin duda, él sentía algo por ella si podía excitarlo tanto que su endurecida virilidad permanecía presionada contra su vientre durante el tiempo que pasaban juntos.

Ciertamente, él tenía ese efecto en ella, recordando cómo el tacto de él hacía que todo su abdomen se agitara con una sensación placentera, el espacio entre la parte superior de sus muslos se convertía en calor líquido, sus pezones se endurecían en brotes apretados que se tensaban contra el satén de su camisón. Si él hubiera decidido tomar su virtud, ella se la habría dado de buena gana, sin importar el decoro. Sólo después de haber estado alejada de él estos últimos minutos, notó que la sensación de calor desaparecía lentamente de su torso.

Mientras se acercaba con cuidado a la cama, la única vela que había dejado encendida se había apagado en algún momento de su visita a la habitación del duque, dio una patada a algo. El objeto patinó un poco y chocó con otra cosa, haciendo un sonido tintineante. Sintió que el aire se movía por su pelo y se volvió hacia la ventana. El cristal se había roto, sin duda por la rama de un árbol, dejando fragmentos de vidrio esparcidos por la alfombra de Aubusson.

Como no había forma de volver a encender la vela sin salir al pasillo, pensó que lo mejor era esperar hasta la mañana antes de llamar a una criada para que se ocupara de los cristales rotos.

Subiendo a la gran cama, se colocó con cuidado de lado para no causarse más dolor en la espalda. Sin embargo, le dolía, un recuerdo constante de lo que había sucedido aquella horrible noche en la que el conde quedó inconsciente e inmóvil.

La lesión de su padre fue considerada un accidente por el policía de la calle Bow que fue enviado a investigar, el hombre inmediatamente notó la botella de licor vacía y el olor a whisky escocés que impregnaba todo el estudio.

Para cuando llegó, su madre había vendado la espalda de Charlotte lo suficiente como para que la sangre que se filtraba por el corte de la espalda pudiera ocultarse bajo la pelliza que había llevado a la velada. Las lágrimas que derramó mientras respondía a las preguntas del policía no eran por su padre, sino por el dolor ardiente que sentía cada vez que se movía o respiraba. Y su madre se había encargado de devolver el látigo a las caballerizas, cogiéndolo ella misma y colgándolo en su gancho justo dentro de la puerta de la casa de carruajes. Aquella noche no había sirvientes que presenciaran lo sucedido.

Eso había sido hace apenas cinco días, recordó Charlotte, pensando en el torbellino de actividades que se produjo antes de su partida a Wisborough Oaks. La hospitalización —su padre seguía en coma, por lo que ella sabía—, las maletas y los preparativos del viaje en un carruaje prestado que la llevó al ducado de Chichester y a los brazos de su prometido.

«Tiene el cuerpo de un dios», pensó al recordar el tacto de los músculos esculpidos bajo las yemas de sus dedos, el tacto de la ligera capa de pelo que cubría su pecho. Aunque sus cicatrices le acompañarían el resto de su vida, su carne se había curado de modo que ya no había heridas abiertas que pudieran infectarse. Su contacto no parecía causarle ningún dolor. *«A diferencia del mío»*, pensó mientras maldecía a su padre.

¿Vendría el conde de Gisborn a buscarla algún día? ¿Para reclamar lo que podría considerar legítimamente suyo por acuerdo con su padre? *«Me pregunto cuánto de mi dote exigió»*, se preguntó. *«¿La dote estaba todavía en una cuenta de depósito en algún lugar de*

Londres?», se preguntó, maldiciendo en silencio su ignorancia de los detalles que se habían hecho cuando ella tenía sólo tres años.

Aunque un viejo conde decrépito viniera a reclamar sus derechos sobre ella como esposa, ella sabía que no se casaría con nadie más que con el duque de Chichester.

Era eso o escapar a un convento, decidió antes de caer en un profundo sueño.

CAPÍTULO 6
EL SR. MCFARLAND INTENTA
UN ASESINATO MUY SUCIO

*A*ngus McFarland llevaba casi dos horas cabalgando en su huida de Kirdford. Aunque estaba dolorido y cansado de la silla de montar, seguía emocionado al recordar lo que consideraba una explosión espectacular en la casa de la finca cercana al pequeño pueblo. Ciertamente, ninguno de los presentes en el lado este de la casa pudo sobrevivir al impacto de la pólvora que estalló empaquetada en tubos de papel. No había sido necesario destruir el resto de la casa, descubrió al escuchar a unos carpinteros que estaban bebiendo en el pub *Foresters Arms*. Nadie vivía en el ala oeste, más nueva.

¿Y lo mejor de todo?

Había encontrado los explosivos cerca de una mina abandonada, con la caja de madera que los contenía ya abierta. Los cilindros, cubiertos de papel rojo oscuro, se habían desparramado alrededor de la caja y estaban allí para ser tomados. Recogió unos cuantos en cada bolsillo y, cuando se apagaron las últimas luces de la casa, los amontonó en el tronco de un gran roble que crecía justo al lado de la ventana central de la pared este de la casa. La inminente tormenta proporcionó mucho viento y truenos para cubrir cualquier sonido que él y su caballo pudieran haber hecho.

Su mayor reto había sido conseguir encender una mecha. La mayoría de las mechas que llevaba consigo estaban húmedas por haber atravesado una tormenta en las afueras de Chiswick.

Pensando que sería demasiado difícil encender la mecha directamente, encendió un mechero de una lámpara cercana al patio del establo, el mechero todavía seco por haber estado metido en el bolsillo de su chaleco. A continuación, encendió la mecha con ella y volvió a montar rápidamente en su caballo. Mientras salía a toda prisa de la finca y se dirigía hacia el norte, se encontró disfrutando del puro como si fuera una especie de recompensa anticipada por el trabajo bien hecho.

Al oír la explosión, había mirado hacia atrás a través de los árboles para ver cómo una magnífica bola de fuego envolvía el viejo roble, y el sonido de la explosión le llegó al cabo de unos segundos. Seguro de que su trabajo había concluido, clavó las rodillas en el costado de su caballo y cabalgó hasta la mitad del camino de regreso a Londres, antes de que su caballo se negara a continuar. Ansioso por cobrar sus ganancias a su empleador, un caballero al que había visto en varios infiernos de juego a lo largo de los años, completó el viaje a Londres a la mañana siguiente.

La reunión había sido superficial. Nicholas Bingham le advirtió que nadie podía saber lo que había ocurrido, y que si alguien se enteraba del incidente en Londres, debía atribuirse a un fuerte rayo. McFarland aceptó de buen grado y se embolsó la pesada cartera mientras se despedía de la pequeña casa de su empleador en Golden Square.

Tenía los medios para cambiarse de atuendo en su pequeña residencia de soltero cerca de Covent Gardens antes de dirigirse a un pub para tomar una o dos cervezas. Luego se dirigiría a su lugar de juego favorito. No consideraba que debiera bañarse si tenía alguna esperanza de conquistar a la bonita croupier de faro a la que pensaba ver.

O que podría retrasarse un poco en su persecución.

Tal vez, cuando la señorita Jane Wethersby viera el tamaño de su cartera, consideraría seriamente su oferta. A él le gustaba bastante la croupier de faro —de hecho, le llevaba gustando durante muchos años— y pensaba que tenía tantas posibilidades de ganarse sus favores como cualquiera de los otros jugadores que la consideraban un buen partido. No para casarse, por supuesto, pero ¿no se merecía todo hombre trabajador una amante bonita?

CAPÍTULO 7
SU EXCELENCIA Y LADY CHARLOTTE SALEN A CABALGAR

*J*oshua observó cómo Charlotte miraba el caballo que había elegido para ella. El alazán no era grande, ni especialmente rápido, pero la preocupación de Joshua era saber cuánto tiempo hacía que nadie montaba el caballo. Se preguntó si habría sido de su hermana. Una punzada se apoderó de él al recordar a la joven. Largos rizos rubios, delgada y alta y con apenas quince años cuando murió *en sus brazos*. Había estado llena de vida, era la viva imagen de su madre y tan testaruda como la duquesa, según su padre. El duque y la duquesa acababan de concertar su matrimonio con un conde de uno de los condados del centro cuando sus vidas se vieron truncadas.

—¿Cómo se llama? —preguntó Charlotte mientras se acercaba al caballo por delante y levantaba una mano enguantada para acariciar la frente del bayo. El caballo emitió un chillido y se inclinó hacia su mano. Volvió a centrar su atención en el caballo y empezó a susurrar.

Joshua dejó escapar el aliento que había estado conteniendo mientras se preocupaba por la reacción del caballo ante Charlotte. Su propia montura se contentó con quedarse perfectamente quieta mientras esperaban. No era que Charlotte hubiera tardado demasiado en prepararse para el paseo matutino. La mujer era bastante puntual, de hecho. Pero había que encontrar una silla de montar lateral y asegurarla en el bayo. Ahora sólo esperaban a que un mozo de cuadra trajera la cuadra de montar.

Joshua pensó brevemente en desmontar y subirla él mismo a la montura, pero la idea de que su hombro herido no aguantara al levantarla por encima de la altura del hombro le hizo dudar. La noche anterior había podido levantarla porque la había mantenido baja y pegada a su cuerpo.

—Creo que mi hermana lo llamaba «Blackie» —respondió Joshua, casi avergonzado por el nombre que Jennifer le había dado al pobre caballo.

A Charlotte se le escapó una risita mientras subía los peldaños de la cuadra y se acomodaba en la silla de montar; su hábito de montar verde oscuro y la cofia a juego eran el complemento perfecto para el color de su caballo.

—Parece que «Brownie» sería un nombre más apropiado ahora —respondió mientras tomaba las riendas del mozo de cuadra y le daba las gracias. Hizo un par de movimientos experimentales, el caballo siguió sus órdenes como se esperaba antes de que los dos se movieran junto a Joshua y su semental negro azabache.

—En efecto, y dudo que le importe mucho que le cambien el nombre —dijo Joshua, curvando los labios. El lado izquierdo de su cara estaba cubierto por la máscara de cuero, con sus lazos asegurados alrededor de la parte superior de su cabeza y alrededor de su cuello. Su sombrero de copa, una versión de perfil bajo, tenía un ala que mantenía la mayor parte de su rostro en la sombra. Charlotte pensó que iba bastante elegante con un abrigo de montar azul oscuro y un chaleco azul brillante sobre unos pantalones de piel de gamo que se ajustaban a un par de Hessians. Bastante elegante, en efecto.

Joshua echó otra mirada superficial a Charlotte antes de dirigirse al oeste, consciente de repente del ajuste de su ropa alrededor de la cintura y el pecho. Por su soltura en la silla de montar, supuso que probablemente había montado a caballo desde su infancia.

Charlotte oteó el horizonte arbolado mientras cabalgaba junto a Joshua, asombrada por la vista y el cielo casi despejado. El aire, recién salido de la lluvia y el viento de la noche, era fresco pero presagiaba un día cálido. Dado el buen tiempo, Garrett se había adelantado a ellos con su caballo y se dirigía al norte para buscar daños causados por la tormenta y comprobar la situación de algunos granjeros.

—Quédate a mi derecha —ordenó Joshua mientras instaba a su caballo a acelerar el paso—. Y avísame si no eres capaz de mantener el ritmo —añadió al notar que probaba las reacciones del bayo a su movimiento con las riendas.

—Por supuesto, Su Excelencia —respondió ella, algo molesta porque él dudara de sus habilidades como jinete. Cuando él clavó los talones en su semental, ella estuvo lista e hizo lo mismo con su talón izquierdo. El bayo respondió como ella esperaba, obviamente contento por la oportunidad de hacer ejercicio y tener un jinete.

—Es una pena lo del roble —comentó Charlotte mientras miraba hacia la casa. El fuerte crujido que ambos habían oído la noche anterior era el árbol que se había partido, casi por la mitad. Las raíces estaban parcialmente expuestas mientras que las copas de las dos mitades se inclinaban hacia el suelo. El jardinero ya había recortado varias ramas bajas para preparar el árbol para cortarlo completamente y convertirlo en leña y materiales de construcción.

Sin mirar atrás, Joshua se encogió de hombros.

—El pueblo no carecerá de leña este invierno —dijo mientras su caballo aumentaba la velocidad hasta alcanzar un trote fácil—. No es que falte nunca. Alrededor de un tercio de la tierra de aquí está arbolada. Sin embargo, creo que utilizaremos las partes más grandes del roble para la casa. Todavía queda mucho por hacer en el interior —añadió al ver la expresión de curiosidad de Charlotte.

—Debo decir que me sorprendió mucho la parte de la casa que ya había sido reconstruida —contestó ella, el trote de su caballo coincidía fácilmente con el suyo—. Casi esperaba encontrarte viviendo en la casa de campo.

Joshua consideró sus palabras. Si no hubiera tenido que pasar tanto tiempo en el hospital y luego varios meses más en Londres recuperándose de sus quemaduras, podría haber tenido que vivir en una casa de campo destinada a una duquesa viuda. Pero Garrett, que sin que Joshua lo supiera se había encargado de supervisar la finca en ausencia de su amigo, se encargó de limpiar los terrenos, retirar los restos del incendio y dejar el ala no dañada de la casa en condiciones de ser habitada. Su experiencia previa como administrador de fincas había resultado muy valiosa. En pocos meses, había completado lo que a Joshua le habría llevado años.

Acababa de terminar la construcción de la sala central y el ala de reemplazo, igualando el ala existente para que el observador casual no notara que había una diferencia de edad de al menos cincuenta años en las estructuras, los carpinteros estaban comenzando a trabajar en los interiores cuando Garrett anunció que ya estaba harto de lidiar con los capataces de la construcción, los albañiles y los carpinteros y las decisiones que aún debían tomarse. Tenía más que suficiente con la gestión de los arrendatarios y los aldeanos, los bosques y los huertos, y los empleados.

Un Joshua bastante abrumado se encontraba ahora tratando de administrar la casa, supervisar la construcción del interior y llevar la contabilidad del ducado. Sólo dos días antes de que Charlotte llegara a su puerta, un capataz le preguntó de qué *color* quería que se pintara el nuevo salón. *«¡Horror!». Preguntando* si podían mostrarle algunas opciones, Joshua se dio cuenta de que estaba fuera de su elemento cuando el hombre le dejó un libro —un *libro* — *con* docenas de posibles colores.

—Tengo que agradecer a Garrett el progreso de la reconstrucción —respondió Joshua, con su atención puesta de repente en la lejana línea de árboles—. Pero afirma que ya ha tenido suficiente con la reconstrucción y que necesita concentrarse en otros asuntos.

Oteó el horizonte, buscando daños evidentes de la tormenta.

—¿De qué color debe pintarse un salón? —preguntó entonces, con su atención aún en los objetos distantes, mientras redirigía su caballo hacia el sur.

Charlotte le dirigió una mirada de diversión.

—Depende —respondió con un encogimiento de hombros, dirigiendo su caballo hacia el sur junto al suyo.

—¿De qué? —replicó Joshua, volviendo la cara hacia ella. *«Ella monta muy bien»,* decidió, observando lo a gusto que parecía en la silla de montar, cómo su postura era tan erguida, su bota izquierda firme en el estribo pero no presionada demasiado mientras su pierna derecha estaba doblada alrededor del pomo de la silla.

—Mobiliario, alfombras, cortinas, dónde están las ventanas…

—Oh, al diablo —maldijo Joshua, molesto. Por su vehemencia, Charlotte pensó que tal vez había visto alguna evidencia de daño en la distancia. Miró hacia el horizonte.

—¿Qué es? —preguntó, sin ver ningún daño.

—No puedo dedicar tiempo a considerar esas cosas ahora mismo —respondió, con un poco de impaciencia en su voz—. Hay asuntos mucho más importantes que considerar que la decoración de la casa.

Su agravamiento se hizo patente cuando su caballo, que había estado galopando durante varios pasos, rompió de repente a un galope fácil. Cabalgaron en silencio durante varios minutos, dirigiéndose al suroeste hacia el pueblo. Aunque algunas hojas y pequeñas ramas ensuciaban el camino, no había indicios inmediatos de árboles derribados o fuegos humeantes provocados por un rayo.

Una vez en Kirdford, redujeron la velocidad de sus caballos al trote y saludaron con la cabeza a los habitantes del pueblo que los saludaban o hacían una reverencia en su dirección. Charlotte reconoció a algunos de los habitantes, ya que los recordaba de cuando había organizado el traslado de Joshua de la casa de la viuda a Londres.

Cuando Joshua no frenó su caballo, ella preguntó:

—¿No tienes ningún asunto en el pueblo esta mañana?

Joshua la miró.

—Estos días no —respondió, con un poco de nostalgia en su voz—. El Sr. McElliott está aquí casi todos los días por asuntos de la finca, así que realmente no hay necesidad de que venga a caballo.

Charlotte pensó en su respuesta mientras se fijaba en el cartel del pub del pueblo, el *Forester Arms*.

—Pero debes venir a tomar una cerveza de vez en cuando —insinuó, con la esperanza de sacar el lado más alegre del hombre. Ella lo conocía por su capacidad de humor. Había sido testigo de su brillante sonrisa y su fácil comportamiento en varios bailes y entretenimientos nocturnos.

Sacudiendo un poco la cabeza, Joshua suspiró antes de contestarle.

—No he estado en el *Arms* desde antes del incendio —dijo finalmente, señalando con la cabeza en dirección al pub.

Charlotte se agarró el labio inferior con un diente.

—Es una pena —ofreció, sin estar segura de lo que podía decir. Era evidente que le molestaba no haber visitado a la gente de su ducado—. Tal vez podamos venir a almorzar esta semana —sugirió ella, esperando que él aceptara. «*Necesita salir de esa casa*», pensó. «Se ha *convertido en un prisionero en su propia casa*».

—Quizás —respondió, su tono sugería que era más probable que no lo hicieran.

Una vez que atravesaron el pueblo, Joshua permitió que su caballo volviera a un ritmo más rápido, y el caballo de Charlotte le siguió, ansioso por volver al galope fácil que habían disfrutado en el sendero boscoso.

Cuando el sendero se abrió en un prado y giró hacia el este, Joshua instó a su caballo a seguir adelante, permitiéndole disfrutar de una carrera franca. Charlotte bajó sobre la parte delantera de su pierna doblada y soltó las riendas, su caballo aceleró rápidamente para alcanzar al semental que les precedía. Se rió cuando su gorro voló hacia atrás, sus cintas alrededor del cuello se tensaron mientras el gorro ondeaba detrás de ella. Mirando hacia atrás, Joshua vio su mirada de alegría y sonrió, sin saber que su máscara había hecho lo mismo. Los lazos de cuero se soltaron y la máscara cayó en la hierba del prado. Los caballos aminoraron la marcha al acercarse a un estanque alimentado por un manantial y Joshua tiró de las riendas para que su montura se detuviera junto a la orilla del agua. Charlotte siguió su ejemplo, pasando su mano enguantada por el cuello de su montura y murmurando su agradecimiento por el paseo mientras el caballo inclinaba la cabeza para beber del estanque.

Al desmontar, Joshua ató sus riendas al delgado tronco de un árbol junto al agua y se apresuró a ayudar a Charlotte a bajar de su silla.

Todavía sin aliento, Charlotte se puso de lado en la silla de montar, y cuando Joshua se acercó para poner sus manos en su cintura, ella puso las suyas en sus hombros. Tuvo cuidado de no presionar demasiado su lado izquierdo.

Al notar la cicatriz de la quemadura que cubría el lado

izquierdo de su cara y que se extendía más allá de lo que quedaba de su oreja, ella se esforzó por no reaccionar y continuó sonriendo. *«Su cara se está curando»*, notó, la textura rugosa es un desafortunado efecto secundario de la carne quemada. Aunque todavía estaba muy roja, era una mejora respecto a lo que recordaba de cuando estaba en el hospital.

Joshua la bajó fácilmente hasta que sus pies pudieron tocar el suelo, pero no quitó las manos de su cintura. Sus ojos se concentraron en su mirada alegre. *«Dios, es hermosa»*, pensó.

—Parece que has disfrutado mucho —se burló suavemente, tratando de no imaginar lo que podría estar haciendo con ella tan lejos de las miradas indiscretas.

—Lo hice. Mucho —respondió ella, sonriendo, con las manos aún apoyadas en la parte delantera de los hombros de él. Mientras él seguía mirándola fijamente, la sonrisa se desvaneció lentamente. *«¿Está a punto de besarme?»*, se preguntó ella, notando el cambio en la forma en que él la miraba. Sus ojos se habían oscurecido, su rostro se había vuelto ilegible.

—Nunca me han besado bien —murmuró entonces, sin saber que lo había dicho en voz alta.

—¿De verdad? —contestó Joshua, enarcando una ceja de forma sugerente mientras sentía una extraña sensación de alivio—. ¿No enseñan eso en la escuela de duquesas? —preguntó entonces, tratando de mantener el ánimo ligero.

—No —dijo Charlotte sacudiendo rápidamente la cabeza, sin apartar los ojos de él—. Tampoco le enseñan a uno cómo…

Estaba a punto de decir: «Hacer el amor con un duque», cuando la boca de él cubrió repentinamente la de ella, sus labios se deslizaron sobre los de ella hasta que parecieron encajar.

Charlotte se estremeció ante la sensación que le produjeron sus labios. Su tacto era suave, pero su agarre era firme, como si la desafiara a romper el beso o a alejarse de él. Ella no hizo nada de eso y se permitió sentirlo todo: el calor de su cuerpo cuando se apretaba contra el de ella, sus pestañas rozando sus mejillas, sus manos en la cintura. Intentó imitar sus movimientos, devolviéndole el beso justo cuando sus labios se separaban ante el impulso de su lengua. Una sensación totalmente nueva la invadió, una mezcla de placer y deseo, de dar y recibir. *«Tal vez me acepte como esposa»*, pensó, y la felicidad la invadió mientras alzaba la mano derecha hacia el lado de su cara, ahuecando suavemente la carne cicatrizada mientras una de las manos de él se dirigía a su mejilla.

El beso podría haber continuado si no fuera porque sus labios se separaron repentinamente de los de ella cuando se enderezó y se le cortó la respiración. Dio un paso atrás y la miró fijamente. Pasó un momento antes de que sus párpados se abrieran y sus ojos se aclararan lo suficiente como para poder mirarle con un mínimo de razón.

—¿He… he hecho algo malo? —preguntó Charlotte, con una voz tan tranquila que era casi un susurro. *«Oh, Dios, ¡él piensa que soy una libertina!»*.

Las cejas de Joshua se fruncieron mientras la miraba fijamente, su mano izquierda cubriendo repentinamente su mano derecha y retirándola a la fuerza de su cara.

—¿Qué… qué has hecho? —preguntó en un ronco susurro, con un toque de ira tiñendo las palabras.

Con los ojos muy abiertos por el susto, Charlotte le miró fijamente, sin entender lo que quería decir.

—Nada, Excelencia —susurró en respuesta, aún sin saber qué quería decir. *«Aparte de permitirte besarme»*, pensó, y luego se preguntó si tal vez había sido ella la que había iniciado el beso. Su mano seguía agarrada a la de ella, bajándola para acercarla a su pecho.

—¡Mi máscara*!* ¿Qué has hecho con mi máscara? —preguntó entonces, con un poco de ira más evidente en su voz. No podía creer que ella pudiera mirarle como si no le pasara nada en la cara.

—Nada, se lo aseguro, Excelencia —respondió Charlotte, moviendo la cabeza de un lado a otro. Al ver su mirada de desconcierto, miró a su alrededor—. Pensé que tal vez se la había quitado después de salir de la aldea —añadió, comprendiendo por fin el motivo de su pánico.

—¡Yo no he hecho tal cosa! —respondió él, con un enfado evidente en su voz. Le soltó la mano con bastante dureza antes de escudriñar la zona que les rodeaba.

—Es mejor para vos que no lo lleve todo el tiempo —replicó ella a la defensiva, volviendo su voz a un nivel normal. Sin embargo, cuando se dio cuenta de que su pánico era real, tragó saliva—. Estoy segura de que si volvemos atrás, podremos encontrarla —le ofreció, volviéndose para ver que su camino a través de la alta hierba del prado seguía siendo evidente.

Se dispuso a caminar por la hierba separada, escudriñando el suelo en busca de la máscara perdida. Después de unos diez pasos, Joshua, que ya estaba montado en su caballo, pasó junto a ella en su prisa por encontrar la cubierta de cuero. Suspirando, Charlotte continuó su búsqueda a pie, y su caballo se unió a ella, sin proponérselo, mientras caminaba. Tomando las riendas, caminó junto al bayo, murmurándole incluso mientras era consciente de los golpes de los cascos delante de ellos. Levantó la vista para ver que Joshua ya había cabalgado hasta el borde del prado y había dado la vuelta para regresar en su dirección.

Cuando la máscara de color camello apareció contra el verde de las hierbas altas, Charlotte se apresuró a levantarla de su lugar de descanso. Cuando Joshua redujo la velocidad de su caballo para situarse junto al de ella, ella le tendió la pieza de cuero, cuyas ataduras se agitaban con la brisa.

—¿Necesitas ayuda para atarlo en su sitio? —le preguntó, tratando de mantener la voz neutra mientras notaba la mirada de alivio de él ante su descubrimiento. «*No tiene motivos para sentirse cohibido conmigo*», pensó. «*Debe saber que he visto todas sus heridas*».

Enfadado consigo mismo por su arrebato, y avergonzado por haberse permitido el beso, Joshua miró fijamente a Charlotte, manteniendo su lado derecho hacia ella.

—Puedo arreglármelas —respondió en voz baja mientras tomaba la máscara—. Pero gracias.

Por un momento, pensó que debía desmontar y ayudar a Charlotte a volver a su silla de montar, pero era consciente del sol que le daba en la cara y pensó que era mejor cubrir sus cicatrices antes de que la tierna carne sufriera aún más daños.

Levantó la máscara y comenzó a atarla alrededor de su cabeza, preguntándose cómo hacer para disculparse. Reprendiéndose a sí mismo por su reacción exagerada, pensó en qué decir. No podía admitir que sentía afecto por ella, que incluso podría estar enamorado de ella, no cuando ella no parecía sentir afecto por él. Solo se casaría con él porque había sido prometida al Conde de Grinstead

—el heredero del Duque de Chichester— y porque sentía la responsabilidad de cumplir con la obligación contraída en su nombre.

Tal vez ella podría llegar a amarlo algún día, y podrían tener un matrimonio muy parecido al de sus padres, pero eso significaba un matrimonio de conveniencia mientras tanto. No iba a casarse con una mujer porque sintiera la responsabilidad de hacerlo. Y, desde luego, no le parecía justo que se comprometiera con él cuando parecía un monstruo. No, sería mejor que pusiera fin a sus esponsales y la enviara de vuelta a Londres.

Insegura del estado de ánimo de Joshua, Charlotte permaneció muda mientras se colocaba el gorro sobre sus rizos. Luego se dirigió a su caballo y le habló en voz baja al oído mientras se colocaba las cintas del gorro. El caballo bajó el lomo hasta el suelo y Charlotte se montó en la silla lateral, sintiendo un gran dolor en la espalda al hacerlo. El caballo se tambaleó un poco cuando sus patas traseras volvieron a la posición de pie.

Asombrado por el espectáculo, Joshua la miró fijamente.

—¿Cómo has hecho eso? —le preguntó mientras terminaba su tarea, su opinión sobre sus habilidades equinas mejoraba por momentos.

—Creo que tu hermana lo entrenó bien —respondió Charlotte con frialdad, manteniéndose muy erguida en la silla de montar como medio para disminuir el dolor de la herida que le atravesaba la espalda.

Joshua había notado su gesto de dolor cuando se sentó en la silla de montar. Se preguntó qué le había causado el dolor, o si se estremecía porque estaba molesta con él. Tampoco le extrañó el tono de su voz.

—Quiero disculparme por mi arrebato —dijo, bajando la cabeza en señal de súplica—. Por favor, perdóneme.

Podría disculparse por pensar que ella le había quitado la máscara, pero no tenía intención de disculparse por besarla.

Charlotte miró a su anfitrión, con el corazón encogido, ya que había llegado a la conclusión de que, a pesar del beso, él no parecía sentir afecto por ella.

—Por supuesto, Su Excelencia —respondió con una inclinación de cabeza. Se agarró el labio inferior hinchado con un diente, preguntándose cómo había salido todo tan mal. El beso había sido mágico. Al pensar más en ello, estaba segura de que Joshua había sido quien lo había iniciado. Fueron sus labios sobre los suyos los que la indujeron a responder de la misma manera, igualando sus movimientos, su tacto, su respiración, todo ello mientras él la mantenía tan cerca. Sintiendo que sus mejillas se sonrojaban repentinamente, respiró hondo y trató de aclarar su mente.

—¿Quizás podamos reanudar nuestro recorrido? —sugirió ella, educando su voz en un tono más ligero.

Arrugando las cejas, Joshua la estudió durante unos segundos antes de asentir.

—Si te apetece, todavía hay que revisar las tierras del perímetro occidental —respondió, preguntándose todavía qué le había hecho hacer una mueca de dolor cuando volvió a montar.

—Guíe el camino, Su Excelencia —respondió Charlotte, dedicándole una sonrisa desganada. Se sintió un poco aliviada de que no insistiera en que volvieran a la casa. El día era demasiado hermoso para pasarlo en otro lugar que no fuera al aire libre.

Joshua asintió y clavó los talones en el semental. El bayo de Charlotte le siguió y pronto galoparon codo con codo mientras se dirigían al oeste, hacia Wisborough Green, y luego al norte. Sólo había dos árboles caídos en la frontera, aunque los senderos que seguían eran a veces intransitables debido a las ramas caídas.

—Haré que el señor McElliott envíe a algunos hombres para que los corten para hacer leña y despejen el camino —comentó Joshua, buscando puntos de referencia para poder proporcionar información sobre la ubicación exacta a su administrador de la finca.

—¿Suelen tener este tipo de daños por una tormenta? —preguntó Charlotte mientras su caballo se abría paso por el sendero cubierto de basura. Estaba segura de haber oído a Joshua resoplar en respuesta y se volvió para mirarle.

—No tengo ni idea —respondió él mientras le devolvía la mirada—. Es la primera vez que salgo por aquí desde…

Hizo una pausa y se dio cuenta de que probablemente nunca había recorrido el perímetro del ducado en toda su vida. La enormidad de la zona le impresionó. Al pensar que era el dueño de todo, se sintió un poco abrumado. No era de extrañar que Garrett tuviera problemas para gestionar todo.

Joshua decidió que tendría que ocuparse más de las operaciones cotidianas, especialmente de la casa, si quería restaurar adecuadamente y luego mantener intacto el ducado. No podía hacerlo solo, lo sabía, mirando a Charlotte mientras guiaba su caballo alrededor de un tronco que bloqueaba el camino. Si realmente había sido criada para ser duquesa, y si realmente estaba prometida al duque de Chichester, entonces podría ser suya.

Pero no hasta que pudiera ganar su corazón.

Finalmente, los dos se dirigieron hacia el sur, hacia Wisborough Oaks, dejando que sus caballos marcaran la velocidad a medida que se acercaban a la casa. El roble partido, que en su día fue un elemento majestuoso, seguía teniendo un aspecto impresionante. Con su tronco principal dividido casi por la mitad y sus ramas inferiores ahora cortadas y apiladas en las cercanías, seguiría siendo un árbol atractivo cuando estuviera completamente florecido.

Charlotte condujo a su caballo en dirección al árbol, permitiéndole abrirse paso entre las astillas y las ramas que ensuciaban el césped. Cuando el caballo se detuvo de repente y resopló, Charlotte miró hacia abajo y vio un trozo de papel rizado, con los bordes chamuscados, que descansaba en la hierba. Desmontó por su cuenta y se arrodilló para recogerlo, ignorando el dolor que le brotaba de la espalda.

—¿Qué pasa? —preguntó Joshua mientras cabalgaba junto a su montura.

Pero la atención de Charlotte se había desplazado del papel que sostenía a otro trozo de escombro más cercano al tronco del árbol. Se apresuró a bajar al suelo para recoger el objeto cilíndrico. Sosteniéndolo a la distancia de un brazo, lo miró primero con curiosidad y luego con horror. Su grito fue bastante fuerte cuando lo dejó caer y dio un paso atrás, llevándose el brazo a la cintura como si se hubiera quemado.

Aunque no había visto un objeto así de cerca, había crecido sabiendo cómo se hacía la minería en esta parte de Inglaterra, había oído historias de cómo se abría el suelo para permitir la entrada a la tierra rica en yeso. Pero no había minas cerca de la casa, ni razones obvias para que hubiera un cilindro de *pólvora* tirado en el césped. «*Entonces, ¿cómo llegó la pólvora hasta el árbol?*», se preguntó. Sus ojos se abrieron de par en par con horror. «*Por eso se rompió la ventana*».

Joshua se bajó del caballo y estuvo a su lado en un momento.

—¿Qué es? —repitió, con sus ojos siguiendo los de ella hacia el objeto. Se agachó para recoger el cilindro mientras la atención de Charlotte se dirigía al espacio del árbol donde el tronco se había partido en dos.

Aunque había una marca de quemadura en lo que había sido la parte superior del tronco, no había una continuación del ennegrecimiento hacia abajo del tronco, como ocurriría con un rayo. De hecho, había pocas marcas de quemaduras que indicaran la existencia de un rayo. En su lugar, había un agujero en el lugar donde habría estado el tronco, cuya madera astillada estaba ahora esparcida por el césped. Una parte de otro cilindro yacía en las grandes raíces que se extendían en una enorme circunferencia en la base del árbol.

Charlotte se giró para encontrar a Joshua mirándola fijamente, su cara mostraba al menos tanta confusión como el horror que ella sentía.

—A este árbol no le cayó un rayo —murmuró, con la respiración contenida por el miedo—. Fue algo deliberado.

Joshua asintió con la cabeza, aún sosteniendo la barra de pólvora en su mano enguantada, mientras su rostro palidecía y su respiración se detenía. Su mente se agitó. Estaba seguro de que el fuerte crujido del árbol al partirse lo había despertado esa mañana temprano, pero tal vez fuera el sonido de la pólvora al explotar. Y recordó que estaba a punto de investigar cuando Charlotte apareció en su habitación, muerta de miedo. Tuvo que oír la explosión, pensar que era un rayo y venir corriendo hacia él en busca de consuelo.

La lluvia había comenzado poco después de la explosión. Si el árbol había empezado a arder, como parecía haberlo hecho cerca del espacio donde dos grandes ramas se unían al tronco, la lluvia habría apagado las llamas o, al menos, habría impedido que el árbol ardiera. Y la barra de pólvora que sostenía estaba entera, lo que significaba que no había detonado junto con las otras barras que sí lo habían hecho.

Se preguntó cuántos palos había habido en el árbol, y miró a su alrededor para encontrar papeles enroscados y varios cilindros hechos pedazos. Quizá sólo uno había explotado realmente. El resto... ¿demasiado húmedo para explotar? ¿O demasiado mal embalados? ¿O demasiado viejos, tal vez?

¿Se había colocado la pólvora para que el árbol se incendiara y ardiera? ¿O para volar la mayor parte posible de la casa? El árbol estaba muy cerca de la ventana de la habitación que Charlotte estaba utilizando. Si toda la pólvora hubiera explotado, como sin duda se esperaba, ella podría haber muerto. Él y Garrett podrían haber muerto también. Todo el ala este podría haber volado por los aires o haberse incendiado y quemado.

Antes de que pudiera decir nada, Charlotte alargó una mano para tocarle la manga y luego la retiró rápidamente hacia su cuerpo.

—Una de las ventanas de mi habitación está destrozada. Creía que se debía a la tormenta, pero ésta fue la razón por la que se rompió. Alguien ha intentado destruir tu *casa* —susurró, con el rostro pálido y los brazos enrollados en la parte delantera de su cuerpo.

Tras llegar a la misma conclusión, Joshua se preguntó por el incendio que había quemado toda el ala oeste.

Siempre había pensado que fue una vela la que inició el fuego aquella noche. Pero quizás... Se inclinó más hacia Charlotte.

—Un pirómano, sí —susurró con voz ronca. Pero se encontró en un dilema. ¿En quién podía confiar? ¿A quién podía preguntar sobre esa posibilidad? ¿Quién quería a su familia, y a *él mismo*, muerto?

¿Quién se benefició de la muerte de la familia Wainwright?

Incluso mientras consideraba las posibilidades, era consciente de que Charlotte tenía los mismos pensamientos que él.

—¿Qué vamos a hacer? —preguntó ella, con un poco de asombro todavía en su pálido rostro.

«¿*Qué* vamos *a hacer*?», se repitió Joshua. «No, ¿*qué harás* tú?». Sacudió la cabeza.

—Nada, por ahora —respondió con urgencia. Tomó una de

sus manos entre las suyas—. No debes decir nada a *nadie* de lo que hemos encontrado aquí —ordenó, con la voz baja—. Yo… hablaré con Garrett, y llegaremos al fondo de esto —juró.

Charlotte le observó durante un momento, consciente de las preguntas que sin duda se estaba haciendo y sabiendo, también, que no había respuestas. Al menos, todavía no.

—Por supuesto —asintió ella. No serviría de nada alarmar a los criados. Si Joshua tenía enemigos en la *ton*, ella no los conocía. No había escuchado nada en los chismes que circulaban en Londres que indicara que alguien tuviera problemas con que Joshua Wainwright heredara el ducado—. Probablemente deberíamos llevar los caballos a los establos antes de que alguien se dé cuenta de que hemos estado aquí demasiado tiempo —sugirió, moviéndose para tomar las riendas de su caballo.

—De acuerdo —respondió Joshua, escondiendo la pólvora en el bolsillo de su abrigo. Ante las cejas alzadas de Charlotte, añadió—: Está bastante húmeda. Dudo que funcione como se pretende.

No añadió que debería haber explotado cuando el otro —o los otros— estallaron.

Cuando el sol ya había pasado el cenit, dejaron sus caballos con un mozo de cuadra y se dirigieron a la casa, ambos sumidos en sus pensamientos.

—Gracias por la visita, Excelencia —dijo Charlotte mientras se recogía la falda del hábito de montar con una mano y subía las escaleras hacia la puerta principal.

—Wainwright —dijo Joshua. Ante la ceja levantada de Charlotte, añadió—: Creo que deberías llamarme Wainwright cuando estemos en público.

Al final de la escalera, Charlotte se soltó la falda y miró al duque.

—Wainwright —repitió, buscando en sus ojos algún tipo de señal. «*Sólo se permitía llamar al duque por su nombre de pila a quienes estaban muy cerca de él*», recordó con cierta esperanza—. Entonces deberías llamarme Charlotte —le ofreció con ligereza mientras entraban en la casa.

Joshua asintió, preguntándose cuánto tiempo tendría que pasar para que ella le llamara por su nombre de pila. Ya había compartido su cama, aunque no de la manera que él hubiera preferido.

Una vez en el vestíbulo, Charlotte arrugó la nariz.

—Huelo a *caballo* —murmuró sacudiendo la cabeza y entonces se dio cuenta de que Joshua había escuchado fácilmente su comentario.

—Yo también —dijo.

—Un baño se encargará de ello —dijo, su cara se sonrojó con el primer color que Joshua había visto en ella desde su descubrimiento de la pólvora bajo el árbol.

—Comamos primero.

Joshua la acompañó al comedor, diciéndole a una criada en el camino que Lady Charlotte deseaba bañarse. Luego tomaron un almuerzo ligero con Garrett.

El administrador de la finca había terminado su paseo de exploración sólo unos momentos antes que ellos, afirmando que todo estaba bien en el norte. Aunque Joshua no dijo nada de los explosivos, presumiblemente porque había varios criados cerca, Charlotte intuyó que lo haría en cuanto los dos estuvieran secuestrados en el estudio. Se excusó, dejando a los caballeros con su discusión de negocios, y subió a sus habitaciones para tomar el baño que esperaba.

Joshua invitó a Garrett a reunirse con él en el estudio. Al notar la seriedad del duque, Garrett lo siguió en silencio. En voz baja, Joshua le contó al administrador de la finca lo que él y Charlotte habían encontrado en su viaje.

Las cejas de Garrett se unieron al considerar las ramificaciones de su descubrimiento.

—¡Dios mío, hombre! ¿Pero quién haría una cosa así? —susurró en respuesta.

—No tengo ni idea —respondió Joshua en voz baja—. Pero tenemos que averiguarlo. Tenemos que estar atentos a cualquiera que parezca… sospechoso. O averiguar quién se beneficiaría de mi desaparición.

Garrett lo miró, todavía con el ceño fruncido.

—¿Has considerado…? —Se detuvo, suspirando mientras se preguntaba si debía dar voz a su sospecha.

—¿Qué? —dijo Joshua, con los ojos muy abiertos.

—¿Podría Lady Charlotte haber hecho esto? —preguntó en un susurro silencioso. Por la inmediata mirada de ira de Joshua, Garrett se arrepintió de haber dicho algo. Se sorprendió entonces cuando Joshua se preocupó y finalmente negó con la cabeza.

—No veo cómo. Ella estaba tan sorprendida —horrorizada, en realidad— como yo al encontrar las pruebas —respondió finalmente—. Y sé dónde estaba ella cuando ocurrió.

Las cejas de Garrett casi se unieron a la línea del cabello.

—¿Ah, sí? —respondió, sustituyendo su profunda preocupación por una pizca de curiosidad. «*¿O era diversión?*».

Joshua puso los ojos en blanco.

—No fue así —dijo a la defensiva—. Estaba bastante asustada por los rayos y truenos y buscó consuelo conmigo. Se detuvo a mitad de la frase al ver que la cara de Garrett se enrojecía, ya fuera por vergüenza o por humor reprimido; no podía saber cuál de las dos cosas. Y entonces recordó algo más.

«*¡Maldición!*».

No había terminado su discusión sobre la decoración del salón con Charlotte. Y no le había preguntado sobre la posibilidad de hacerse cargo de la casa. No había pasado tanto tiempo desde que ella se despidió de él después del almuerzo. Todavía estaría en su alcoba.

—Necesito hacer un par de preguntas a nuestro invitado —dijo entonces. Ante las cejas levantadas y la expresión divertida de Garrett, Joshua añadió—: Preguntas de decoración.

Garrett asintió, reprimiendo su sonrisa y esperando que el duque se ocupara de convertir a Charlotte en su esposa lo antes posible.

—Y yo voy a echar un vistazo a ese maldito roble —respondió—. No es un juego de palabras.

CAPÍTULO 8
SU EXCELENCIA EN EL BAÑO
DE LA DAMA

*J*oshua se despidió de Garrett y se dirigió a la suite de invitados. Situada junto a su dormitorio, pensó distraídamente en designarla como la nueva suite de la duquesa.

La suite original de la duquesa se había arruinado en el incendio. *«La antigua habitación de mi madre»*, pensó mientras subía los escalones. Todos esos años que pasó fuera de casa y, sin embargo, nunca echó más de menos a Grace Chichester que ahora. Una dolorosa punzada se apoderó de su corazón al pensar en ella, una mujer amable que siempre tenía una sonrisa para él. Llevaba el pelo rubio plateado recogido en lo alto de la cabeza en una masa de rizos y trenzas, y sus vestidos eran siempre de último corte y de telas de buena calidad.

Elegante dama e hija de un conde, Grace se había casado con su padre en una unión más de conveniencia que de amor. Sin embargo, su padre había llegado a amarla, lo que se hacía evidente en la forma en que el mayor de los John podía ser visto tomándola de la mano mientras disfrutaba de su oporto después de la cena, o ser sorprendido por su ayuda de cámara saliendo de sus habitaciones en las primeras horas de la mañana después de haber pasado toda la noche en su cama. La llamaba «querida», incluso entre amigos. Y ella le llamaba «Jack», no «Chichester», como habría hecho cualquier otra esposa del ducado.

Joshua respiró profundamente y se sacudió de su ensoñación. ¿Había alguna esperanza de que pudiera tener una unión parecida a la de sus padres? Repasó los acontecimientos de la mañana en su cabeza. La conversación fácil que compartió con Charlotte, el momento incómodo en que se dio cuenta de que le faltaba la máscara, la comprensión de que ella podría ser de ayuda para el ducado aunque no se casara con ella. Era una belleza, una excelente jinete, muy versada en asuntos de la *ton* y educada. Llevaba toda la vida preparándose para el papel de duquesa de Chichester, o al menos desde los tres años, la edad que tenían sus padres cuando concertaron su matrimonio.

Si hubiera estado buscando una esposa, podría haberlo hecho mucho peor en el Mercado Matrimonial. Pero dadas las circunstancias, aún no estaba convencido de que debiera considerar el matrimonio.

A Charlotte no parecían molestarle lo más mínimo sus cicatrices. Probablemente las había visto todas: había estado en el hospital durante todo el mes que él estuvo allí, aparentemente supervisando su cuidado. Tal vez sabía de las cicatrices rojas que abarcaban desde el lado de las costillas hasta la parte superior de la cadera, de la espantosa cicatriz roja que le cubría todo el hombro izquierdo y que le hacía casi imposible levantar el brazo por encima de la cabeza, y que le dificultaba levantar cualquier cosa, especialmente una silla de montar en un caballo. Y si ella lo sabía, no parecía considerar su enfermedad como un perjuicio para su unión concertada. Tal vez…

Llegó a la puerta del dormitorio, llamó un par de veces y entró cuando escuchó lo que parecía una invitación a entrar. Se oyó un coro de jadeos femeninos cuando entró en la alcoba, y su atención se centró inmediatamente en la apertura de la cámara de baño y más allá.

Una criada nerviosa, con los ojos muy abiertos, hizo una reverencia junto a la bañera de cobre, en la que se encontraba una Charlotte muy desnuda, de espaldas a él y sólo con las extremidades inferiores ocultas por el agua con burbujas.

Avergonzado, su primer pensamiento fue excusarse y marcharse, pero sus ojos se fijaron en la imagen de la espalda de Charlotte, de hecho, de todo su trasero. El corte de color rojo intenso, que empezaba en un omóplato y terminaba justo debajo del otro, no concordaba con la perfección de su piel blanca y cremosa, su elegante pelo rubio peinado, su largo cuello que se curvaba en unos hombros ligeramente inclinados, las curvas que definían su pequeña cintura, su trasero perfectamente proporcionado y los muslos que prometían hermosas pantorrillas y quién sabía qué más por debajo de la línea de flotación.

La raya roja debe ser un trozo de cinta roja pegada a su piel, pensó mientras se acercaba a la bañera. Pero al acercarse, recordó cómo se había estremecido ella cuando había vuelto a montar en su caballo. El corte rojo era realmente una herida. *«Ella no gritó»*, pensó, su propia espalda sufrió una punzada involuntaria en ese momento.

—Dejadnos —le ordenó, con la voz más alta de lo que pretendía, su atención puesta en la criada de Charlotte, Parma, que estaba junto a la bañera. La criada se atrevió a mirar a Charlotte antes de bajar la mirada. Parma hizo una reverencia antes de rodear a toda prisa al duque y salir de la habitación. Otra doncella, una que reconoció de su propio personal, también salió de la bañera cuando el cuerpo de Charlotte se puso rígido de repente.

Estaba a punto de sentarse en la bañera, y ahora se encontraba preguntándose, entre otras cosas, por el protocolo.

¿Qué se hace cuando un duque entra en las habitaciones de una dama y esta está desnuda y con el agua hasta las rodillas?

¿Debe mirar hacia él y luego hacer una reverencia? ¿Cubrirse primero y luego hacer la reverencia? ¿Pero cubrirse con qué?

Una parte de su cerebro le recordó que su bata estaba colgada sobre una silla, fuera de su alcance. Otra parte de su cerebro se dio cuenta de lo que Joshua debía estar viendo, y todos los pensamientos sobre el protocolo adecuado salieron volando de su cabeza.

Joshua cogió una toalla de baño de un montón que había en el tocador, con la intención de envolverla en ella. Sin embargo, cuando se acercó a la bañera, vio lo profundo que era el corte en la espalda, la crudeza de los bordes y las gotas de sangre fresca que brotaban de varias zonas más amplias de la herida.

—¿Quién ha hecho esto? —preguntó, con una voz tan ronca que no la reconoció como propia.

Cuando Charlotte no respondió de inmediato, él se puso a su lado, observando que al menos se había cubierto los pechos con los brazos cruzados. Dejó que la ropa se desplegara y la sostuvo frente a ella mientras mantenía los ojos fijos en el lado de su cara. La parte más baja de sí mismo deseaba desesperadamente verla entera.

La atención de Charlotte estaba en algo lejano, pero una lágrima siguió un camino por su mejilla antes de ser consciente de la ropa de cama. Agarró los bordes y lo sostuvo contra la parte delantera de su cuerpo, su cabeza se agitó de lado a lado, su labio inferior tembló antes de que un diente finalmente lo atrapara.

—¿Quién te ha hecho esto? —repitió Joshua en voz baja mientras estiraba la mano y colocaba una palma abierta sobre el hombro más cercano, con la intención de ver de cerca la herida.

Visiblemente estremecida, Charlotte jadeó.

—Mi p... mi padre —tartamudeó, con una voz apenas audible. Su mano estaba tan caliente contra su hombro que pensó que le dejaría su huella, como si la estuviera marcando.

Una quietud se apoderó de Joshua Wainwright, en la que el tiempo parecía detenerse y en la que podía imaginar los acontecimientos que se avecinaban en una especie de cámara lenta que precedía a la rabia y la reacción.

—Tú, la de ahí —gritó cuando se giró y vio a una criada que miraba desde la alcoba. Los ojos de la mujer se abrieron de par en par, y parecía bastante asustada al ser descubierta observando a los dos en la cámara de baño—. Que Gates mande llamar al médico de inmediato —ordenó, con una voz tan autoritaria, que la criada se apartó inmediatamente de su vista. Volvió a mirar a Charlotte, con los labios apretados en una fina línea.

—¿Cuándo? —susurró con voz ronca.

Charlotte finalmente giró un poco la cara en su dirección, pero sus ojos permanecieron abatidos.

—Hace cinco días —respondió, con otra lágrima cayendo por su rostro.

Joshua frunció las cejas, pensando en el dolor que debió de soportar mientras viajaba en un carruaje desde Londres con una herida tan profunda que aún sangraba. ¿Su padre le había clavado un cuchillo en la espalda?

—¿Qué...?

—Una fusta para caballos —respondió Charlotte antes de que él pudiera completar la pregunta. Oyó su repentina inhalación, pudo ver cómo se acumulaba en él una especie de rabia que amenazaba con explotar en cualquier momento.

—¿Tu *padre* te azotó con una fusta? —susurró, con evidente incredulidad, o tal vez con el deseo de creer que debía ser otra persona la que se atreviera a hacerle algo así a una mujer.

—Pensó que era obstinada —empezó a explicar Charlotte, sus ojos se elevaron para encontrarse con los de él, su cuerpo temblaba como lo había hecho la noche anterior.

—¿Obstinada? —repitió, al principio con incredulidad. Consideró su comportamiento con él en el estudio el día anterior y se dio cuenta de que, sí, podía ser voluntariosa. ¿Pero lo suficiente como para justificar una paliza? Era la hija de un conde—. ¿Qué has hecho...?

—Quería que aceptara casarme con un conde en lugar de cumplir mi obligación con este ducado —susurró, con el labio inferior temblando y los dientes casi castañeando—. Pero le dije que rechazaría cualquier otro acuerdo. Ya hay un compromiso en vigor, uno que él arregló con tu padre, y no quería renunciar a él —. Su cabeza se movía de un lado a otro mientras declaraba, sus rodillas se debilitaban bajo ella.

Joshua se dio cuenta de que ella estaba a punto de desplomarse y cogió su cuerpo por la cintura, bajándola suavemente al agua mientras intentaba permitirle un poco de pudor. Cuando estuvo sentada, con las rodillas ligeramente dobladas y las manos apoyadas en el borde de la bañera, la soltó y se arrodilló junto a ella. Dejó los antebrazos mojados apoyados en el lateral de la bañera mientras observaba su perfil durante varios segundos y consideraba sus palabras.

—¿Te ha ofrecido una salida para no tener que casarte conmigo? —replicó finalmente, preguntándose por qué no había aceptado la oferta. Ella sabía que estaba muy desfigurado, conocía el alcance de sus heridas visibles. ¿Por qué insistiría en cumplir una obligación de compromiso hecha cuando tenía tres años?

—No quería *que se me* eximiera de la obligación —afirmó ella, con la barbilla inclinada de tal manera que daba a entender que era testaruda en el tema. No se atrevió a decirle la verdadera razón de la herida: que su padre no quería que su perfecta hija acabara con un hombre lleno de cicatrices. En su furia de borracho, el conde de Ellsworth había razonado que tenía que dejarle una cicatriz tan mala como las del hombre con el que pretendía casarse.

Una cicatriz que llevaría de por vida.

A juzgar por la reacción de Joshua y la reacción anterior de la criada que la había ayudado a desvestirse para el baño, la herida era peor de lo que pensaba. Se levantó y se secó las lágrimas de la cara, decidida a dejar de llorar.

—Sea como fuere, ¿te das cuenta de que los esponsales se hicieron en nombre de mi hermano mayor, que ha *muerto?* —razonó, preguntándose si un acuerdo de este tipo le transfería las tierras y el título de propiedad.

Charlotte asintió.

—Siento mucho su pérdida. Siento mucho lo que le ha pasado a toda tu familia —dijo en voz baja. Respiró profundamente, superando un sollozo. Enderezando el torso mientras seguía sujetando la ropa de cama contra la parte delantera de su cuerpo, declaró—: Según entiendo los esponsales, debo casarme con el conde de Grinstead, y si él ha ascendido, entonces con el duque de Chichester, cuando cumpla veintiún años—. Se preguntó, al menos por tercera vez, si el incendio que había destruido la mitad de la casa había destruido también el acuerdo escrito entre su padre y el antiguo duque.

Joshua miró a Charlotte durante unos instantes, contemplando si debía cambiar de opinión sobre su renuncia al compromiso. Luego se preguntó cómo podría salir de la incómoda situación en la que se encontraba en ese momento, en un baño de señoras, arrodillado en el suelo junto a la bañera en la que se suponía que se estaba bañando una dama desnuda y herida.

Había oído hablar de mujeres francesas que invitaban a los aristócratas a que las atendieran mientras se bañaban, pero estaba bastante seguro de que las mujeres llevaban al menos sus chemises mientras estaban en la bañera. Sin embargo, cuando pensó en la transparencia de una camisa mojada, se preguntó por qué se molestaban en llevarla.

Se salvó de tener que hacer un movimiento inmediato cuando

el médico del pueblo apareció en la puerta, con una cartera de cuero negro en una mano y la otra en la cintura mientras se inclinaba.

—Su Excelencia. Perdone el retraso. He venido en cuanto he podido conseguir un caballo ensillado —dijo el hombre, más bien alto, mientras sus ojos pasaban entre el duque y la mujer de la bañera, que estaba de espaldas a él.

Charlotte se puso rígida al oír la voz, reconociéndola de su estancia en Kirdford el día después del incendio. Su dueño era el testarudo médico del pueblo que insistía en que podía atender las heridas de Joshua incluso cuando ella disponía su traslado a Londres. Al tercer día del incendio, el médico había cedido y permitió que se llevaran a su paciente en una hamaca asegurada en la parte trasera del mejor carro que ella pudo alquilar.

Charlotte estaba segura de que era solo porque el antiguo médico del ejército, que había gastado hasta la última gota de morfina que tenía para tratar a Joshua, había decidido que su paciente no pasaría la noche.

Su muerte sería entonces para ella.

Pero Joshua superó ese horrible día y noche, con su cuerpo sufriendo fiebre y escalofríos y todo tipo de dolor tortuoso. Una vez en el hospital de Londres, el médico que le atendió dijo que la atención médica que recibió esos dos primeros días fue lo que finalmente salvó la vida de Joshua Wainwright.

El viejo médico del pueblo sabía lo que hacía.

Mientras estaba sentada junto a la cama de Joshua al quinto día, escribió una nota al Dr. Regan, agradeciéndole su trabajo y pidiéndole que perdonara su obstinación en insistir en que Joshua fuera tratado en Londres.

Si el médico envió una respuesta, ella no la recibió.

Joshua se puso de pie con un movimiento fluido que contradecía la tensión en el lado izquierdo de su cuerpo.

—Gracias por venir, Dr. Regan —dijo con una inclinación de cabeza—. Mi... «*prometida*», casi dijo—: La *invitada*, Lady Charlotte, tiene una herida bastante fea que creo que puede requerir algunos puntos de sutura —dijo, yendo directamente al grano mientras indicaba el tajo rojo que le cruzaba la espalda. La herida era bastante visible por encima del agua mientras Charlotte se inclinaba hacia delante en la bañera, mortificada por el hecho de que no sólo un hombre, sino dos, estuvieran viendo su espalda descubierta.

El médico enarcó una ceja desgreñada mientras echaba un vistazo desde donde estaba y luego, con un gesto de ánimo de Joshua, se adelantó y miró la espalda de Charlotte.

—Lady Charlotte —dijo a modo de saludo.

Charlotte giró ligeramente la cabeza y asintió.

—Dr. Regan. Es muy bueno que haya venido —respondió con ligereza, esperando que el hombre no le guardara rencor.

El Dr. Regan colocó su bolsa en el suelo, la abrió y sacó una lupa. La colocó unos centímetros por encima del corte y empezó a examinar los daños, haciendo de vez en cuando un

—T*sk.* —Sacudió la cabeza.

—¿Cuánto tiempo hace que ocurrió esto? —preguntó finalmente, guardando la lupa. Aunque no parecía demasiado curioso, Joshua se dio cuenta, por la forma en que los ojos del médico miraban de la herida a él, de que estaba imaginando algún escenario horrible.

—Hace cinco días —respondió Charlotte, tragando con fuerza para reprimir un sollozo—. Pensé que no era más que un rasguño y que se curaría solo —explicó, esperando que el médico entendiera que había ocurrido *antes de* llegar a Wisborough Oaks—. Me acerqué demasiado a un mozo de cuadra que estaba trabajando con uno de nuestros caballos —explicó, con una voz tan convincente que casi podía creerse la historia.

—Oh, querida —respondió el Dr. Regan, con un poco de horror en su voz—. Bueno, podría haberse curado si hubiera sido capaz de permanecer quieta durante varios días —dijo con un toque de advertencia—. Pero creo que puedo cerrar la herida. Hay que dar puntos de sutura, le advierto.

Charlotte asintió con la cabeza, preguntándose si el duque tenía intención de permanecer en la habitación mientras el doctor Regan realizaba el trabajo.

¿Sería el procedimiento tan doloroso que gritaría con cada puntada? ¿O no serían más dolorosos que los pinchazos que sentía al hacer labores de aguja?

—Si puede, milady, lo mejor sería que saliera de la bañera y se sentara en esa silla de allí —dijo mientras señalaba el asiento de respaldo bajo que había frente al tocador—. Por supuesto, necesitaré una silla en la que pueda estar sentada detrás y un poco más alta que Lady Charlotte —añadió, mientras sus ojos se dirigían al duque.

—Por supuesto, Dr. Regan —respondió Charlotte con un movimiento de cabeza, preguntándose si esperaban que simplemente saliera de la bañera y se dirigiera al tocador mientras ellos se quedaban mirando. Cuando Joshua no hizo ningún movimiento para salir de la habitación, miró con nerviosismo la pila de ropa.

—¿Podría tener una toalla seca? —susurró.

Con la cara desenmascarada de un rojo intenso, Joshua miró al médico y luego se acercó para coger varias toallas de la pila, desenrollándolas una a una. El médico, ocupado en preparar una aguja y suturas, no pareció darse cuenta del malestar de su paciente.

Joshua se inclinó sobre la bañera.

—Si mi señora me lo permite, la cubriré y la ayudaré a salir de la bañera y la llevaré al tocador —susurró, esperando no sonar como el libertino que de pronto deseaba ser. Hacía meses —no, *más de un año*— *que no* veía el cuerpo desnudo de una mujer, y nunca antes con una luz tan brillante.

Los ojos de Charlotte se abrieron de par en par.

—Le aseguro que soy muy capaz de llegar al tocador, Su Excelencia —le susurró ella, y sus mejillas adquirieron un rubor rosado intenso que Joshua encontró muy atractivo.

Frunciendo los labios, Joshua asintió.

—*Wainwright* —susurró—. Se supone que debes llamarme «Wainwright». —Mantuvo un lienzo ligeramente abierto detrás de la bañera y giró la cabeza hacia otro lado—. Lady Charlotte, le aseguro que no estoy espiando —dijo en voz baja.

Al girarse ligeramente, Charlotte se dio cuenta de que intentaba evitar que la viera el médico y, presumiblemente, sus propios ojos. Se puso de pie en la bañera, soltó la ropa de cama húmeda que le cubría la frente y cogió la ropa de Joshua, envolviéndola rápidamente alrededor de su torso.

—¿Me das otra, por favor? —susurró.

Joshua permaneció con la atención puesta en la dirección opuesta y le pasó otra sábana abierta. Charlotte la envolvió en sus caderas y estaba a punto de salir de la bañera cuando el brazo de Joshua apareció de repente para ayudarla.

—Por favor, permítame —insistió él, levantándola como lo había hecho la noche anterior, pero asegurándose de que su brazo derecho pasara por su espalda y estuviera lo más bajo posible para no tocar su herida. Su brazo izquierdo, aún falto de fuerza, se limitó a sostener la parte posterior de sus rodillas. Mientras sus manos se aferraban a los extremos de las sábanas, a Charlotte se le cortó la respiración cuando la llevaron los tres pasos hasta la silla y la bajaron en ella.

—Gracias, Su Excelencia —dijo Charlotte, observando cómo se enderezaba y notando que sus ojos miraban sus pantorrillas, tobillos y pies desnudos. Su primera reacción fue esconderlos bajo el asiento, pero luchó contra el impulso y los dejó a la vista. *«¿Acaso le resulta agradable mirar un tobillo bien torcido?»*, se preguntó. Y luego se reprendió a sí misma, recordando que él ya había visto bastante de su cuerpo desnudo.

—Wainwright —consiguió decir sin que se le quebrara demasiado la voz—. Permítame traerle otra ropa para sus... sus... —tartamudeó mientras sacaba otra ropa y la colocaba sobre sus rodillas—. Extremidades —dijo finalmente, con la voz un poco ronca mientras miraba hacia el espejo de la parte posterior del tocador.

—Gracias, Wainwright —dijo Charlotte con la cabeza, y en ese momento fue consciente de su propio reflejo en el espejo. A pesar de la vergüenza que sentía por los acontecimientos de la última media hora, decidió que el paseo matutino le había sentado muy bien. Su cabello seguía en forma razonable, su color era bueno —la vergüenza sin duda ayudaba en ese sentido— y sus labios parecían un poco más carnosos, más rosados, quizás debido al beso que había experimentado con el duque. Lo sorprendió mirándola en el espejo y le dedicó una sonrisa débil.

Joshua agradeció la sonrisa con una propia. Vio a una sirvienta que rondaba por allí, nerviosa, observando el proceso y sin saber qué hacer.

—¿Podría traer el té, por favor? —preguntó, observando cómo parecía aliviada por la oportunidad de salir de la habitación.

—Enseguida, Su Excelencia —respondió la doncella mientras hacía una reverencia y se apresuraba a marcharse.

El médico colocó su bolsa en el tocador y preguntó dónde podía lavarse. Parma le llevó a un lavabo y le dio una sábana cuando hubo completado sus abluciones mientras otra criada movía una silla de escritorio detrás del asiento bajo de Charlotte. El Dr. Regan se colocó detrás de Charlotte y luego dijo:

—Primero limpiaré la herida y luego sentirás una serie de pinchazos...

—Asegúrate de que los puntos sean lo más pequeños posible —interrumpió Joshua. Se colocó frente a Charlotte para mirar al médico y a la espalda de Charlotte.

—Me esforzaré por hacerlo, Su Excelencia —asintió el médico, sin dejar de prestar atención a la herida de Charlotte.

—Muy bien —respondió Joshua, tomando aire. Se preguntó qué debía hacer. *Debería* haber salido de la habitación en cuanto descubrió que Charlotte se estaba bañando. Pero la visión de su trasero desnudo en el agua, *«como Venus surgiendo de las profundidades»*, lo había hipnotizado. Hasta que se dio cuenta del corte en la espalda, tuvo que hacer uso de todo su autocontrol para no considerar la posibilidad de hacer algo con ella, o al menos unirse a ella en la bañera. La idea de sus propias cicatrices chillonas invadió sus pensamientos y se sacudió. Las criadas se horrorizarían doblemente.

—¿Wainwright? ¿Te encuentras mal? —susurró Charlotte, con los ojos muy abiertos y todavía brillantes por las lágrimas no derramadas.

Frunciendo los labios mientras consideraba su pregunta, Joshua se encogió de hombros.

—Todo lo bien que se puede esperar —susurró de vuelta, *«considerando que he descubierto que un árbol fue volado por un aspirante a pirómano y que mi perfecta duquesa está bastante malherida a manos de su propio padre».*

«¡Podría matarlo por eso!».

A pesar de la pila de trabajo que quedaba en el escritorio de la biblioteca, no estaba dispuesto a dejarla a solas con el médico. Se agachó para sentarse en el suelo frente a Charlotte, con un brazo apoyado en una rodilla levantada mientras se apoyaba en el otro. Sus ojos se encontraron con los de ella justo cuando el Dr. Regan pasaba un paño húmedo por la herida abierta. A pesar de haber sido advertida, Charlotte dio un pequeño respingo, se agarró el labio inferior con un diente y se agarró al borde del lino que tenía alrededor de las caderas. Su agarre era tan fuerte que sus nudillos se volvieron blancos.

Joshua levantó la mano y la tomó entre las suyas, llevándosela a los labios.

—Supongo que ya has estado en Wisborough Oaks —comentó, como si estuvieran sentados en el salón tomando el té.

Con una sonrisa de oreja a oreja, Charlotte asintió cuando se dio cuenta de que intentaba distraerla del trabajo que estaba realizando el médico. Ya había sentido el pinchazo de la primera puntada.

—Hace muchos años. Tuve que estar presente en los esponsales, por supuesto, pero tu padre insistió en conocerme antes de acordar nada —contestó, y su mente se trasladó a la época en que los escalones y las columnas de la casa de la finca estaban recién encalados y los árboles que rodeaban el terreno eran más pequeños—. Recuerdo que llevaba una bata y un bonete rosas, y según recuerdo, me pasé la mayor parte de la tarde jugando con un pequeño perro negro.

Con los ojos muy abiertos, Joshua miró fijamente a Charlotte.

—¿Eras *tú?* —respondió con una mirada incrédula—. Mi hermano creía que eras la hija de nuestro padre que había venido a vivir con nosotros —dijo en voz baja, con los ojos brillando de picardía.

La boca de Charlotte se abrió con sorpresa antes de poder cerrarla a la fuerza.

—¿No se lo *dijeron?* —preguntó, frunciendo las cejas ante el comentario. Su hermano había tenido por lo menos diez años en ese momento. *«Su futuro marido»*, recordó que le dijo su madre de camino a casa aquel día. No tenía ni idea de lo que su madre quería decir con esas palabras, ni le importaba, ya que recordaba que quería llevarse el perro a casa.

—Cielos, no —dijo Joshua en respuesta, su cara aún mostraba su diversión—. Padre no nos habló mucho de nada hasta que fuimos mayores de edad. —Hizo una pausa—. Eras una niña adorable —comentó. *«Que se ha convertido en una hermosa mujer»*, estuvo a punto de añadir.

La criada apareció con una bandeja de té y examinó la habitación, preguntándose dónde colocarla. Joshua le indicó que la pusiera en el suelo junto a él.

—Servirá a nuestros invitados desde aquí —dijo cuando la sirvienta dudó.

—Muy bien, Su Excelencia —contestó, con los ojos desviados mientras se arrodillaba y colocaba la bandeja sobre la alfombra de Aubusson. Hizo una reverencia antes de salir en silencio de la habitación.

—Ninguno para mí, gracias —dijo el médico, con su atención claramente puesta en la espalda de su paciente—. Mi esposa acaba de servir un almuerzo muy satisfactorio hace apenas una hora.

Joshua sirvió el té y miró a Charlotte.

—¿Leche y azúcar? —preguntó con una cuchara llena de azúcar sobre una de las tazas humeantes.

—Sí, a los dos —dijo ella, observando cómo removía el líquido caliente como si lo hubiera hecho cien veces—. Gracias, Wainwright —dijo ella mientras tomaba la taza y el platillo de él, aspirando el aroma mientras esperaba que él se sirviera una taza.

—¿Te enseñó tu madre a servir el té? —le preguntó, observando cómo él seguía todos los pasos correctos.

Joshua casi resopló.

—No. Supongo que aprendí observando —respondió mientras devolvía su mirada al encuentro de la de ella—. ¿Y tú?

Charlotte quiso encogerse de hombros, pero el médico la estaba pinchando de nuevo con la aguja. Había contado once pinchazos de este tipo en el poco tiempo que llevaban conversando.

—Mi madre, por supuesto, y luego algunos detalles más finos en la escuela de señoritas.

Asintiendo con la cabeza, Joshua intentaba pensar en otro tema de conversación cuando el médico dijo:

—Mi señora, debo insistir en que no haga ningún ejercicio riguroso ni monte durante al menos unos días. Le pondré un vendaje sobre la herida, pero no puede llevar corsés ni otras prendas que puedan tensar los puntos. Y tendrá que dormir de frente —añadió, esforzándose por encontrar una palabra adecuada.

Joshua endureció sus facciones para ocultar su primer pensamiento siguiendo las órdenes del médico. «*¿Charlotte, sin corsé? Tranquilo, mi corazón*». Tomó un trago de té como si no hubiera escuchado nada de lo que dijo el médico.

Inhalando, Charlotte se enderezó un poco.

—¿No se puede montar a caballo? —repitió, obviamente decepcionada por el edicto—. ¿Puedo caminar, al menos? —preguntó entonces, notando la atención de Joshua en ella mientras bebía su té.

—Con cuidado —contestó el Dr. Regan, apuñalándola de nuevo—. Volveré al final de la semana para quitarte los puntos, y entonces veremos cómo está —dijo mientras le quitaba otro punto. «*Son quince*», pensó Charlotte, al darse cuenta de que sólo estaba en la mitad de la espalda. Se miró en el espejo del tocador, intentando ver el trabajo del médico y la cicatriz, pero su espalda estaba inclinada y no podía distinguir ningún detalle.

—Me voy a volver loca de aburrimiento —le dijo Charlotte a Joshua mientras volvía a prestarle atención. Cuando él no dijo nada, sino que parecía estar pensando en una respuesta, ella recordó cómo había entrado de repente y sin invitación en sus habitaciones. *Como si hubiera entrado en su habitación anoche*, pensó entonces.

—¿Puedo preguntar el motivo de su visita?

Los ojos de Joshua se abrieron de par en par.

—Oh, le aseguro que sí tenía una razón para irrumpir en su habitación —dijo en tono de disculpa—. Aunque llamé a la puerta antes de hacerlo —añadió en su propia defensa—. Tal vez pueda salvarte del aburrimiento, y tú puedas salvarme de un destino mucho peor que casi cualquier cosa que pueda imaginar.

Los ojos verdes de Charlotte se abrieron de par en par.

—¿Qué puedo hacer? —preguntó, preguntándose cómo podría haber algo peor que lo que ya había soportado.

Suspirando, Joshua se inclinó hacia delante, con los codos apoyados en las rodillas.

—Dame tu respuesta sobre el color para el salón —afirmó con rotundidad—. Mejor aún, dale la respuesta al capataz de la construcción. Y, de paso, elige todos los colores para las nuevas habitaciones. Y los muebles y cortinas y los adornos y lo que sea necesario para completar la casa... toda la casa. Y dirigir la casa. Como lo harías si fueras la duquesa.

Charlotte miró fijamente a Joshua durante varios segundos, sintiendo varias puñaladas más en su espalda. *«Veintidós»*.

—¿Deseas que sea tu *decoradora?* —aclaró, con la boca abierta de tal manera que lo único que Joshua quería hacer era acercarse y besarla.

—¿Hay un nombre para eso? —replicó él, escudriñando sus rasgos en un encantador signo de interrogación. «No *llevará corsé hasta dentro de una semana», se recordó a* sí mismo, y sus lomos se tensaron al pensarlo.

Sonriendo, Charlotte consideró su petición.

—Será un honor —respondió, y su sonrisa se convirtió en una sonrisa—. ¿Cuándo puedo empezar? —preguntó, divertida al ver la expresión de alivio en la parte de la cara del duque que no estaba cubierta por la máscara.

Joshua se inclinó hacia un lado para ver a la doctora, que seguía rondando la espalda de Charlotte.

—¿Cuándo podría empezar semejante tarea? —preguntó, echando una rápida mirada a la cara de Charlotte cuando se dio cuenta de que el médico seguía dando puntos.

—¿Has estado contando? —le susurró a Charlotte, con un tono acusador en su pregunta.

—Seis y veinti... siete —respondió ella con un leve movimiento de cabeza. Su diversión la abandonó rápidamente cuando vio la expresión de sorpresa en la cara de Joshua. Por supuesto que se escandalizaría, pensó ella, porque sabía que su espalda quedaría marcada de por vida. ¿Le importaría a él? Un modista, preferiblemente uno que practicara una buena dosis de discreción, probablemente podría diseñar vestidos muy modernos que ocultaran la cicatriz, pero Charlotte frunció el ceño al pensar en todos los vestidos de gala que ya tenía y que habría que rehacer. Sus vestidos de baile favoritos eran todos de corte bajo en la espalda. Tendría que cambiarlos todos.

El Dr. Regan levantó la vista de su trabajo y dirigió su atención a Joshua.

—Hoy, si está dispuesta —dijo con ligereza—. Le ayudará a olvidarse de estos puntos.

Cogió unas pequeñas tijeras de su bolso y dijo que su trabajo estaba terminado.

—Oh —respondió Joshua, bastante aliviado de que no fuera a estar en cama durante días—. ¡Perfecto! —Se levantó del suelo y, con un poco de dificultad y una ayuda del médico, se puso de pie —. Se lo haré saber al capataz enseguida. Cuando esté en condiciones de hacerlo. No hay prisa —dijo mientras se inclinaba ante Charlotte y el médico—. Venid al estudio cuando podáis y os presentaré al capataz —añadió, con un humor considerablemente más ligero que el que tenía desde su entrada en la habitación.

«No llevará corsé».

—Haré una doble reverencia más tarde —contestó Charlotte, con un humor también más ligero. *«Algo que hacer»*, pensó felizmente, *«ya que al parecer no me voy a casar pronto»*.

CAPÍTULO 9
SU EXCELENCIA ENVÍA AL SR. MCELLIOTT A HACER UN RECADO

*J*oshua salió de la habitación de invitados, con la mente todavía en los corsés perdidos y en la visión del trasero de Lady Charlotte y de las extremidades inferiores que había vislumbrado antes de darle otra ropa de cama. Sus rápidos pasos le llevaron a la escalera y al piso de abajo en apenas unos instantes. Irrumpió en el estudio y encontró a Garrett McElliott estudiando un plano, supuestamente del ala oeste. Si hubiera mirado un poco más de cerca, podría haber reconocido el plano de la casa de la dote cercana.

—¿He visto al Dr. Regan venir a la casa? —preguntó Garrett antes de que Joshua pudiera decir nada. El duque estaba un poco sin aliento por su rápido descenso desde la escalera del ala este, y asintió antes de detenerse junto a la mesa de la biblioteca—. ¿Estás bien? —añadió, frunciendo las cejas mientras miraba a Joshua.

El duque volvió a asentir con la cabeza, preguntándose si Garrett se refería al bulto que disminuía lentamente en la parte delantera de sus calzones.

—Debes investigar un poco para mí —anunció Joshua mientras se inclinaba sobre el borde de la mesa de la biblioteca, esperando poder ocultar su estado de excitación.

Su mejor amigo lo miró con desconfianza.

—¿Qué has hecho ahora? —le preguntó, dejando de prestar atención a la gran hoja de pergamino que tenía delante.

—He encontrado a alguien que se encargue de la casa y supervise la decoración de las nuevas habitaciones —respondió Joshua con orgullo.

Los ojos de Garrett se abrieron de par en par.

—De verdad. ¿Quién podría ser? —preguntó, con la sospecha evidente en su voz.

El duque rodeó la mesa de la biblioteca y tomó asiento en el borde delantero de la misma.

—Lady Charlotte —afirmó triunfante—. Aunque ha salido a la luz una *información* que me hace sentir curiosidad por algo. Debes ir a Londres en mi nombre —se esforzó por decir.

Garrett asintió con la cabeza, no muy sorprendido por la petición. Al fin y al cabo, un árbol había estallado junto a la casa, y habría que investigar para determinar quién era el responsable.

Ya había cabalgado hasta Kirdford para preguntar por algún extraño que hubiera sido visto allí la noche anterior. El tabernero que atendía el grifo del *Forester Arms* recordaba a algunos viajeros, aunque ninguno parecía fuera de lo común. Mencionó que uno de ellos había dicho algo de ir a caballo desde Londres, pero eso ocurría con suficiente frecuencia como para que no le pareciera inusual. Sin policía local y con la ley más cercana en Petworth, Garrett pensó que era mejor volver a Wisborough Oaks.

—Salí a ver el roble —dijo Garret en voz baja, esperando que ningún criado estuviera escuchando en la puerta. Joshua enarcó una ceja, sorprendido por el cambio de tema, pero Garret continuó antes de que Joshua pudiera interrumpir—. Actuó como si lo estuviera evaluando para un viaje al aserradero. —Su comentario pretendía sugerir que nadie encontraría en su examen del árbol roto nada de lo que asombrarse—. Las pruebas son bastante *evidentes* —afirmó con firmeza, sacando varios papeles crujientes de su bolsillo y colocándolos sobre el escritorio—. Alguien, en efecto, voló el árbol —dijo con un movimiento de cabeza. El asentimiento se convirtió en un movimiento de cabeza—. Josh, si la lluvia no hubiera empezado cuando lo hizo, ese árbol se habría convertido en una enorme bomba de fuego. Estoy bastante seguro de que hay una ventana rota en uno de los dormitorios. Me sorprende que el ala este de este lugar no se haya incendiado y, bueno, el resto ya lo sabes por experiencia —terminó con otro movimiento de cabeza.

—¿Era una ventana en tu dormitorio?

Joshua enarcó una ceja.

—No. —En su prisa por dejar a Lady Charlotte, había olvidado inspeccionar la ventana de la que ella habló durante su paseo.

—No era una de las mías. Acabo de comprobarlo —replicó Garrett—. Lo que significa que es una de las ventanas de la habitación de invitados, justo en la que se encuentra Lady Charlotte.

—Lo es, en realidad —respondió Joshua, asintiendo. Se preguntó si la ventana se había roto antes de que ella viniera corriendo a su habitación o si había ocurrido mientras ella estaba en su habitación—. Lady Charlotte me lo contó esta mañana cuando fuimos a dar un paseo. No quería molestar al resto de la casa y pensó que era mejor que el cristal roto se limpiara a la luz del día. El ama de llaves se encargó de ello esta mañana antes de que Lady Charlotte pudiera arriesgarse a pisar algún fragmento.

—Qué amable de su parte —ofreció Garrett, restregándose la cara con una mano—. Me ocuparé de su sustitución inmediatamente. Todavía debe haber un vidriero por aquí. Suspiró e iba a decir algo más cuando Joshua se le adelantó.

—La pregunta es, ¿quién me quiere muerto? —preguntó Joshua.

—¿A quién he ofendido para que mi muerte sea su venganza?

Frunciendo las cejas, Garret miró al duque por un momento.

—Creo que la verdadera pregunta es: ¿quién quería a toda tu familia muerta? —preguntó entonces—. Porque casi han conseguido acabar con el linaje de los Wainwright.

Joshua se apoyó en la mesa, con los brazos cruzados delante del pecho.

—¿Crees que esto está relacionado con el incendio? —preguntó, con un tono cauteloso. Había llegado a esa conclusión, por supuesto, pero escuchar a otra persona confirmar sus sospechas le garantizaría ser objetivo.

Todo el tiempo había creído que había sido una simple vela volcada la que había provocado el mortífero incendio de hace seis meses. Había estado tan seguro de que su hermano John había iniciado el fuego. Las llamas parecían brotar de la habitación del libertino. John no había dado ningún aviso ni había gritado que estaba atrapado, sin duda porque estaba en su habitual estupor de borracho a esas horas de la noche. Su muerte fue probablemente la única indolora de los que murieron, pensó Joshua con disgusto.

—Por supuesto, está relacionado —insistió Garret, apartando su silla de la mesa. Volvió a restregarse la cara con la mano, suspirando con fuerza—. ¿Confía usted en Lady Charlotte? —preguntó en voz baja, repitiendo la pregunta más para ver la reacción del duque que por cualquier sospecha real que pudiera tener de la mujer. Ante la expresión de sorpresa de Joshua, añadió—: ¿Existe alguna posibilidad de que te quiera muerto? ¿Gana algo con tu muerte? ¿Su padre se beneficia de alguna manera? Además de no tener que pagar una dote, quiero decir.

Su enfado ante la afirmación de su amigo hizo que Joshua se pusiera de pie con los puños por delante.

—¡Ella no ha tenido nada que ver con esto! —respondió un poco demasiado rápido. Intentó calmarse, sabiendo que su reacción le hacía parecer un joven cachorro enamorado.

Un joven cachorro bastante defensivo.

¿Podría Charlotte haber organizado la muerte de su familia? Pero, ¿con qué fin? No ganaba nada si no se casaba con uno de los hermanos Wainwright. Parecía bastante comprometida con la idea de su compromiso. Si lo hubiera querido muerto, podría haberlo matado mientras estaba inconsciente en el hospital.

Luego estaba la expresión de horror en su rostro cuando encontró la pólvora antes; apenas podía tocarla. El susto en todo su cuerpo cuando había visitado su habitación la noche anterior.

—Te olvidas de que anoche estuvo en la casa. Fue su ventana la que se rompió. Ella habría estado en tanto peligro como cualquiera de nosotros. —Joshua contraatacó, tratando de mantener la voz uniforme.

—¿Lo estuvo? —preguntó Garret, con una ceja que sugería lo contrario.

Joshua suspiró.

—Sí, lo estuvo. — Ante la continua mirada de Garret, añadió —: Lo sé porque estuvo conmigo. En mi alcoba.

Garret se recostó en su silla y cruzó los brazos sobre el pecho.

—¿Ahora sí? —murmuró, con la boca curvada hacia un lado.

«Bueno, al menos los esponsales van bien», decidió con una pizca de diversión. *«Ahora bien, si los dos se casaran y tuvieran un heredero y un repuesto en el transcurso de la próxima semana...»*.

—Le dan bastante miedo los rayos —respondió Joshua en defensa de la dama, queriendo parecer impasible.

—No hay necesidad de poner excusas, viejo —replicó Garret con ligereza, alegrándose en silencio de que Joshua no sospechara de ningún sabotaje a Charlotte. La mujer sería una duquesa perfecta para él. Ella se preocupaba de verdad por él, Garret lo sabía—. Sólo estoy tratando de considerar todas las posibilidades. Guardó silencio un momento.

—¿Alguno de los sirvientes parece insatisfecho? —preguntó entonces, el ojo de su mente imaginando a cada uno de ellos uno por uno. *Devoto*, diría de todos y cada uno de ellos. Ayudaba el hecho de que el séptimo duque de Chichester fuera querido por el personal y los aldeanos cercanos, su duquesa aún más. Los inquilinos eran felices en su mayoría. Podía dar fe de ello, ya que había visitado a todos ellos con regularidad durante los últimos seis meses, y varios de nuevo hoy. No, no parecía posible que nadie del lugar quisiera ver muerto al duque.

—No —dijo Joshua mientras se pasaba los dedos por el pelo —. Esto tiene que ir más allá. Alguien tiene que beneficiarse de mi muerte. ¿Quién podría ser? —preguntó, volviendo su atención a Garrett.

—¡No me mires a mí! —replicó Garrett, ofendiéndose por la insinuación de que conocía a esa persona, o peor aún, que podría haber sido él quien colocó los explosivos.

—Perdóname. No quise insinuar que fueras *tú*. Quiero decir, ¿a quién *he* ofendido? —

Garrett volvió a suspirar, dándose cuenta de que Joshua se había tomado la situación demasiado a pecho.

—No creo que se trate de *ti, per se* —habló en voz baja. Ante las cejas fruncidas de Joshua, añadió—: Probablemente se trate de una propiedad ducal, o de todo el ducado. ¿Quién se beneficia si todo el linaje de los Chichester se extingue? —aclaró mientras se inclinaba hacia delante para apoyar los brazos en los codos.

Joshua negó con la cabeza.

—La Corona, supongo —consideró, sabiendo que las tierras

revertirían al rey si no había herederos que las heredaran—. Aunque no *me gusta* especialmente, no tengo ninguna disputa con Prinny. Así que… no tengo ni idea. Pero lo *vas a* averiguar —afirmó con rotundidad mientras señalaba con un dedo a Garrett.

—¿Yo? —respondió Garrett mientras se levantaba, aturdido.

—Te voy a enviar a Londres. De hecho, si pudieras salir en la próxima hora, podrías llegar antes del anochecer.

Frunciendo las cejas, Garrett miró a su amigo.

—Debe saber que no hay nada que prefiera hacer, Su Excelencia, que ir a Londres —dijo con cautela, preguntándose exactamente qué tenía Joshua en mente. *«Puedo visitar a Jane. Puedo jugar al faro. Puedo…»*—. ¿Exactamente por qué voy a ir?

Joshua puso los ojos en blanco y consideró lo que debía aprender.

—Debes ir a ver al padre de Lady Charlotte. Averigua los detalles de los esponsales y asegúrate de que realmente hay un acuerdo entre él y mi padre —dijo mientras echaba un vistazo a los papeles que tenía sobre su escritorio—. Es posible que haya hecho arreglos con otra parte, tal vez por razones financieras.

El administrador de su finca consideró sus palabras.

—¿Y si Ellsworth no quiere verme? —preguntó Garrett, pensando que el conde no tendría ningún motivo para aceptar a alguien que no conociera personalmente o por recomendación.

Haciendo una pausa antes de responder, Joshua pensó a quién más podría llamar Garrett para obtener respuestas.

—Conoces a Milton Grandby. El Conde de Torrington. Es amigo de Ellsworth, y fue amigo de mi padre. Puedes encontrarlo en White's casi todas las noches antes de que comiencen los eventos sociales. Oh, —apuntó con un dedo al aire—. Y pregúntale a Torrington si sabe de alguien que se beneficie de la muerte de los Wainwright. Además de la Corona, por supuesto. Frunció el ceño mientras examinaba el escritorio y luego miró la habitación —. Pensaría que un compromiso requiere algún tipo de acuerdo por escrito, ¿no es así? Preguntó entonces Joshua, frunciendo las cejas mientras su mente saltaba entre los temas que le producían curiosidad en ese momento.

Garrett se encogió de hombros.

—Creo que sí —dijo, aunque había oído hablar de muchos

esponsales que no eran más que acuerdos de caballeros hechos sobre la cuna de un bebé.

—No has encontrado ningún documento de este tipo, ¿verdad? —preguntó entonces Joshua, pensando que tal vez el contrato de esponsales estaría todavía en los archivos que no habían ardido en el incendio.

Garrett negó con la cabeza.

—No lo he hecho. Pero entonces, sólo buscaba papeles que tuvieran que ver con las operaciones de la finca. Si estuvieran en el escritorio privado de tu padre, estarían perdidos —añadió, sin necesidad de mencionar que el escritorio privado estaba en el apartamento del duque y que había sido total y completamente destruido junto con todo lo demás en el ala oeste.

—¿Qué más? —preguntó entonces, sabiendo que habría algo más en la petición de Joshua.

—Hace unos minutos, el Dr. Regan cosió una herida bastante fea en la espalda de Lady Charlotte.

Garrett aspiró aire entre los dientes ante el comentario.

—¿Tuvo un accidente durante el viaje de hoy? —preguntó, frunciendo las cejas en señal de preocupación. Ella había estado en el almuerzo con un aspecto perfectamente sereno hacía apenas un par de horas. ¿Qué podría haber ocurrido en tan poco tiempo para justificar la visita del Dr. Regan?

Sacudiendo la cabeza, Joshua se inclinó sobre el escritorio y bajó la voz.

—Dijo que su padre la azotó porque se negó a considerar la posibilidad de echarse atrás en el compromiso. —Observó cómo la expresión facial de Garrett pasaba de la preocupación a la conmoción—. Quiero saber si el bastardo realmente lo hizo, y si, tal vez, ya ha hecho arreglos para que ella se case con otro. Posiblemente un conde. No recordaba si Charlotte había mencionado un nombre, pero sin duda alguien en uno de los clubes de hombres sabría algo.

El ceño de Garrett se frunció.

—¿Eso es todo? —respondió retóricamente, preguntándose por dónde empezar.

Joshua ladeó la ceja derecha en respuesta.

—Empieza por White's y sigue hasta Boodles si es necesario. Y debe haber una dote en algún lugar, probablemente en un banco. Encuéntralo. Envía un mensaje como puedas; contrata a un mensajero. —Hizo una pausa para abrir un cajón y sacó un monedero repleto de monedas—. Y yo revisaré lo que pueda aquí —añadió, dándose cuenta de que esperaba mucho de su mejor amigo. Le entregó el monedero y Garrett lo cogió, levantando el puñado con una mirada de agradecimiento—. Usa lo que necesites y quédate con el resto.

Cruzando los brazos, Garrett consideró las órdenes que Joshua le había dado, así como el generoso pago.

—¿Vas a casarte con ella? —preguntó finalmente, manteniendo el rostro impasible. *«Di que sí. Entonces ve a buscar la licencia especial y hazlo».*

Joshua le devolvió la mirada, molesto por la contundente pregunta.

—Yo... eso depende —respondió, sin querer admitir lo que sentía por la hija del conde de Ellsworth.

Sin duda, sentía algún tipo de afecto por la joven. Recordó lo celoso que había estado de su hermano mayor cuando finalmente tuvo la oportunidad de conocer a Charlotte el año en que cumplió dieciséis años. Era guapa, desenvuelta, agradable de ver y no estaba nada orgullosa de su posición en la vida. Pero Joshua sabía que su hermano se casaría con ella. Y a pesar de la insistencia de John Wainwright en que no abandonaría sus aventuras con putas y cortesanas, incluso después de su matrimonio, el hombre sabía que Charlotte Bingham sería una duquesa perfecta y una madre adecuada para sus herederos.

Ahora Joshua entendía por qué su hermano se sentía así.

—Puede que no sea mía para casarme —respondió finalmente Joshua con un suspiro. El escozor que sintió al decir las palabras en voz alta le sorprendió.

—¿Te ves casado con ella? —Garrett preguntó entonces, enderezándose para que todo su marco de seis pies y dos pulgadas se elevara sobre el escritorio—. Porque, si no puedes, creo que me gustaría lanzar mi sombrero. —La mirada letal de Joshua detuvo el comentario burlón de Garrett—. Por la mano de su hermana —terminó rápidamente. La reacción de Joshua confirmó que al duque probablemente le gustaba la joven un poco más de lo que estaba dispuesto a admitir.

—No tiene una hermana —respondió Joshua, a punto de preguntar si Jane ya no era de interés para Garrett. Sin embargo, inhaló bruscamente, preguntándose cómo sabía esa información.

«No tengo hermanos ni hermanas», había dicho.

¿Pero dónde?

Recordó su suave voz, procedente de algún lugar cercano, mientras sus ojos estaban cerrados, y agarró su pequeña mano entre las suyas.

¿En el hospital?

Debía haber sido allí. ¿Cuánto tiempo había permanecido junto a su cama? ¿Cuántos días se había sentado con él? El tiempo que había pasado con él en el hospital explicaba, sin duda, por qué no parecía asustada cuando él estaba sin la máscara ese mismo día. Ella ya había visto las heridas en su cara. Las había visto en su peor momento.

¿Pero había visto a los otros? ¿En su hombro? ¿En el lado del pecho y hasta la cadera? Eran mucho peores, pensó. Tal vez había visto algo durante la tormenta de la noche anterior, cuando el destello de la luz iluminó el dormitorio antes de que él la atrajera contra su cuerpo en un esfuerzo por ocultar su desnudez y sus cicatrices. Esas cicatrices eran realmente horribles, pensó. Ya era bastante malo que sintiera que no podía aceptar un matrimonio cuando Lady Charlotte no hacía más que cumplir con una obligación.

«¿Podría un hombre desfigurado esperar algún grado de afecto de su esposa?», se preguntó entonces. «¿Sentiría Charlotte Bingham alguna vez afecto por él?».

Sacudiéndose de su ensoñación, Joshua consideró las implicaciones de su declaración. *«No tengo hermanos ni hermanas»*.

No tenía *hermanos*. Si el Conde de Ellsworth no tenía herederos directos, entonces ¿quién heredaría su título? ¿Sus tierras? ¿Había un sobrino o un primo, tal vez?

—Voy a hacer la maleta ahora mismo —dijo Garrett, interrumpiendo la ensoñación de Joshua.

—Coge mi carruaje. Quiero que parezca que estás en un asunto oficial, al menos —ordenó entonces Joshua—. Puedes cambiar de caballo en Guildford y estar allí esta noche. Usa la terraza de Grosvenor Square.

—Por supuesto, Su Excelencia —respondió Garrett, repentinamente pensando en el negocio de nuevo. Enrolló los planos de la casa de campo y juntó varios montones de papeles, decidiendo que podría utilizar las tres o cuatro horas en la diligencia para hacer algo de trabajo antes de que se pusiera el sol—. Volveré cuando tenga las respuestas. —«*Que podrían ser varios días*», pensó, dada toda la información que necesitaba descubrir. «*Tiempo para un poco de faro y una o dos vueltas con Jane*».

Ese último pensamiento le hizo detenerse. ¿Cómo podía pensar algo tan burdo sobre Jane? Sentía afecto por la mujer, y sabía que el sentimiento era mutuo. Sus dos noches juntos habían sido importantes, para ambos. Ella había sido sincera con sus sentimientos hacia él cuando por fin se quedaron solos en sus habitaciones del segundo piso *del Jack of Spades.*

Aunque ella afirmaba que no esperaba nada de él en términos de propuesta de matrimonio, él dejaba claro que no tenía intención de acostarse con ninguna otra mujer que no fuera ella. Y a pesar de los dos meses transcurridos desde la última vez que la vio, no se había acostado con otra, sino que dedicaba unos minutos cada semana a escribirle una breve nota recordándole que pensaba en ella a menudo, y que la volvería a ver cuando estuviera de nuevo en Londres.

—Envía un mensajero aunque no encuentres nada —ordenó Joshua, su comentario subrayando su impaciencia.

Garrett hizo una pausa mientras recogía sus papeles y miró a su amigo por un momento. «*Hay algo que deberías saber sobre Lady Charlotte*», quiso decir. Pero le había prometido a la hija de Ellsworth que no le contaría a Joshua su participación en la organización del transporte y la atención médica de su amigo tras el incendio. No sabía por qué insistía en que su papel en la recuperación del duque siguiera siendo un secreto para Joshua, pero Garrett no había dicho nada que delatara su participación. Y Joshua no había parecido sorprenderse lo más mínimo de encontrarse en un hospital londinense cuando finalmente recuperó la conciencia, así que no había que inventar una explicación.

—Debes saber que está muy enamorada de ti —dijo Garrett

en voz baja, esperando poder insinuar al menos lo que Lady Charlotte sentía por el duque.

—Porque está obligada a ello —replicó Joshua, preguntándose brevemente por qué Garrett pensaría que Charlotte sentía algo por él.

Suspirando, Garrett consideró la posibilidad de contarle a Joshua todo lo que sabía de la mujer que había invadido su casa apenas el día anterior. ¿Qué pensaría el duque si supiera que ella había arriesgado tanto para que él recibiera los mejores cuidados para sus quemaduras? ¿Que había enfadado a su padre en tantas ocasiones insistiendo en público en que iba a casarse con el duque de Chichester cuando estuviera convenientemente recuperado, cuando el conde afirmaba que no lo haría?

La noticia de que Bingham había azotado a su hija no fue una sorpresa para el administrador de la finca. Sólo que el momento en el que se produjo el suceso le pareció erróneo, de alguna manera. Supuso que pronto cumpliría veintiún años, edad en la que debía ser reclamada por un marido.

Quienquiera que fuera.

Garrett sólo esperaba poder encontrar pruebas de que se trataba de Joshua Wainwright, octavo duque de Chichester, y no de algún viejo y canoso conde que carecía de un heredero adecuado.

En una hora, Garrett estaba de camino a Londres.

CAPÍTULO 10
EL SR. MCFARLAND ATACA DE NUEVO

Con una bolsa llena de soberanos y la barriga repleta de cerveza de un pub cercano, Angus McFarland estaba listo para dejar su huella en *el Jack of Spades*. Sabía que olía a caballo; no se había bañado desde su larga cabalgata desde Kirdford, pero había conseguido ponerse unos pantalones limpios y un chaleco verde bordado que algunos habrían considerado de estilo elegante. Su abrigo oscuro, más viejo y con olor a tabaco, al menos había sido cepillado, al igual que sus botas. Creía que estaba tan preparado como nunca lo estaría para la obra de esa noche.

Una rápida mirada a las mesas y a la creciente multitud que los rodeaba, y Angus supo en qué dirección llevar su bolso.

—Buenas noches, señorita Jane —dijo con una sonrisa que revelaba que le faltaban dos dientes delanteros, ambos arrancados en peleas de bar.

El rostro de Jane Wethersby no cambió su expresión de concentración mientras asentía y respondía:

—Buenas noches, señor McFarland.

Angus hizo sus apuestas, asegurándose de que Jane pudiera ver fácilmente su cartera. Si ganaba una mano, le acercaba una moneda a su lado diciendo:

—Una propina para el crupier —en voz baja, con un olor a bebida cada vez más intenso mientras se bebía varios vasos de whisky. Si Jane miraba hacia él, le guiñaba un ojo y le dedicaba su mejor sonrisa.

Pero a lo largo de la tarde y hasta la noche, Jane mantuvo una expresión fría y de negocios, tal y como hacía las otras tres noches a la semana que repartía faro y veintiuno en el *Jack of Spades*.

Cuando su jefe, Frank O'Laughlin, acudió a su lado para dejarle un tiempo de descanso, ella se excusó de la mesa con un gesto de saludo a los jugadores. Rápidamente se dirigió a una parte del salón del juego prohibida a sus clientes. Las escaleras de atrás conducían a los apartamentos de arriba, donde ella y otros crupieres y algunos de los empleados del salón tenían su hogar. Sin embargo, incluso antes de llegar a las escaleras, se dio cuenta de que alguien la seguía.

Al girarse, se encontró con Angus McFarland que se apresuraba a alcanzarla.

—Señor McFarland, no puede estar aquí atrás —dijo con voz firme. Aunque el hombre le sacaba varios centímetros de ventaja y tenía un pecho que podría describirse mejor como un barril, Jane no se preocupó inmediatamente.

—Oh, pero creo que puedo —respondió con un movimiento de cabeza—, ya que estoy aquí para hacerte una oferta que no puedes rechazar.

Jane miró al hombre con sorpresa y luego miró más allá de él, esperando que alguno de los porteros del salón de juego se diera cuenta de que McFarland ya no estaba en el suelo. El ligero movimiento le produjo un gran dolor; estaba agarrotada de tanto tiempo de pie, y algunas noches se sentía más tensa que otras simplemente por la difícil clientela.

Esta fue una de esas noches.

—Quizá podamos hablar de esto cuando vuelva de mi descanso —replicó, esperando que McFarland aceptara y la dejara en paz.

—Ah, vamos, señorita Jane. Tengo mi moneda —dijo mientras levantaba su bolso, como si fuera un pase para estar en la zona prohibida a los clientes—. Hice un trabajo para el señor Bingham, lo hice —dijo, el alcohol le soltó la lengua—. Volé una casa para matar a su primo. —Se tambaleó y luego se enderezó, sus ojos tratando de enfocar a su presa—. Así que sería prudente que… me diera lo que merezco.

Jane frunció las cejas. Vio que sus ojos estaban vidriosos y que su comportamiento, normalmente jovial, se volvía hosco al mirarla. «*¿Voló una casa?*».

—¿Por qué, dónde estaba la casa? —preguntó ella con ligereza, esperando poder mantenerlo hablando. Aunque su ropa estaba recién cepillada y limpia, olía como si hubiera estado en un caballo. Durante mucho tiempo.

El hombre grande hinchó el pecho.

—En Kirdford —respondió con orgullo.

—¿De verdad? ¿Hasta Sussex? —respondió, levantando la voz con la esperanza de que alguno de los otros empleados pudiera oírla—. Espero que este… Sr. Bingham… le pague bien —añadió, mirando finalmente el bolso que llevaba en una mano. «*¡Oh, Dios, no!*». Garrett estaba en algún lugar cerca de Kirdford. «*¿Qué más dijo de Bingham?*», se preguntó.

Bingham quería a su primo muerto.

«*Quienquiera que sea*».

McFarland se puso más erguido.

—¿No te basta con mi dinero? —preguntó entonces, con una expresión de ofensa que sustituía a su mirada interrogante.

Alarmada por lo que estaba imaginando, Jane dio un paso atrás, su pie golpeó el escalón inferior y esencialmente detuvo su retirada.

—¡Sr. McFarland! Está siendo impertinente! —anunció en voz alta—. No estoy *disponible* de esa manera —afirmó ella, levantando la voz para sonar tan severa como podía hacerlo—. Por eso tenemos a Rosy y a Violet —añadió en tono conciliador, refiriéndose a las prostitutas que ejercían su oficio en la tercera planta del establecimiento. Giró sobre sus talones, se levantó las faldas y subió rápidamente las escaleras, con una repentina sensación de *miedo*. Sin embargo, cuando el brazo de McFarland la rodeó por la cintura y la levantó de la escalera, soltó un grito y empezó a patalear. McFarland parecía inseguro en los escalones. Quizás sus patadas le obligarían a soltarla. Sin embargo, una mano le tapó la boca cuando empezó a gritar de nuevo, y cuando se agarró a ella con las manos libres, un dolor punzante le atravesó la mejilla. El color gris envolvió su visión antes de que la sensación de caída sustituyera a todos los demás sentidos, y entonces todo se volvió negro.

CAPÍTULO 11
LADY CHARLOTTE Y EL
DOCTOR

—*E*sa era la última puntada, lo prometo —murmuró el doctor Regan mientras terminaba la hilera de pequeñas puntadas en la espalda de Lady Charlotte.

«*Treinta y tres*», pensó, sintiéndose un poco mortificada.

—¿Puedo ver en un espejo? —preguntó, sabiendo que si no miraba al menos ahora, su imaginación inventaría imágenes espantosas que serían mucho peores que la realidad.

El Dr. Regan se acercó al tocador y cogió un espejo de mano.

—Por supuesto, mi señora —respondió mientras le daba el espejo. Charlotte se puso de espaldas al espejo del tocador y sostuvo el espejo frente a ella. Al ver el espejo, Charlotte tuvo que respirar y cerrar los ojos por un momento.

—Parece peor de lo que es, se lo aseguro —dijo el médico en voz baja—. Sí, estará roja durante algún tiempo, y luego se volverá blanca, y todas esas marcas de puntos se convertirán en pequeños puntos blancos, pero será mucho mejor que la roncha levantada que habrías tenido —explicó con suavidad.

Una lágrima se deslizó por el rostro de Charlotte.

—Gracias por no decirle nada al duque —dijo en voz baja mientras forzaba una sonrisa débil—. Y gracias por los puntos de sutura. Espero que esto sea mucho mejor de lo que podría haber sido —añadió, tratando de parecer tan amable como debería—. Y gracias también por todo lo que hiciste por Su Excelencia después del incendio. —Finalmente hizo contacto visual con él—. El médico de Londres dijo que Su Excelencia no habría sobrevivido si usted no hubiera hecho exactamente lo que hizo esos primeros días. —Charlotte aún esperaba que el Dr. Regan no le guardara rencor.

Decidida a llevar a Joshua a un centro más moderno que la clínica de la aldea del médico rural o el escaso hospital de Petworth, había sido testaruda el primer día que llegó para organizar el transporte de Joshua a Londres. ¿Cómo iba a saber que William Regan tenía experiencia con pacientes quemados? Había servido primero como médico del ejército y luego como médico de los mineros cercanos que sufrían todo tipo de males como resultado de sus trabajos.

—Deseo disculparme por mi comportamiento. Fue grosero de mi parte tratarlo como lo hice.

El Dr. Regan miró a su paciente con una sonrisa melancólica.

—Mi señora, no tiene necesidad de disculparse por amar tanto a un hombre que haría cualquier cosa por verlo sobrevivir —replicó, encogiendo su huesudo hombro al hacer el comentario. Sacó un rollo de lino blanco de su bolsa junto con un trozo de pelusa.

Charlotte se quedó mirando al doctor, sorprendida al escuchar sus francos comentarios en voz alta.

—¿Cómo… cómo lo ha sabido? —preguntó en un susurro, esperando que no hubiera ninguna criada al alcance del oído.

Una de las tupidas cejas del médico se enroscó casi en su delgada línea de cabello.

—Nunca he conocido a una dama de la aristocracia que mostrara tanta preocupación por un hombre horriblemente desfigurado como usted —afirmó en voz baja mientras cubría sus puntos con la pelusa—. La madre de Wainwright podría haberlo hecho, tal vez. Era una buena mujer. Una buena duquesa. Pero hubo quienes pensaron que debía permitir que Lord Joshua muriera… para que se liberara del dolor que tuvo que soportar —dijo las últimas palabras en un susurro tranquilo, como si estuviera compartiendo un secreto que no había compartido con nadie más.

—¡No! —contestó Charlotte, horrorizada ante la idea de

perder a Joshua en lo que algunos consideraban una muerte piadosa.

—Hice un juramento —dijo entonces el Dr. Regan—. Y lo cumplí. Pero si usted no hubiera estado allí, podría haber dejado pasar a Su Excelencia por un sentimiento de piedad. Estaba sufriendo mucho. Odio admitirlo ahora, pero realmente pensé que moriría. Y, al no haber supervivientes, ni siquiera ningún sobrino de Wainwright para heredar, nuestro ducado se habría extinguido y las tierras habrían vuelto a la Corona. —Empezó a envolver la venda de lino por debajo de su brazo y alrededor de su frente y luego se detuvo cuando se dio cuenta de que tendría que pasar por debajo y por encima de sus pechos. Charlotte le quitó el rollo y suspiró, haciendo ella misma los honores. Ya que no iba a llevar un corsé en breve, la venda podía al menos cumplir parte de su función. Entre los dos continuaron envolviendo el vendaje de lino alrededor de su torso varias veces para cubrir la herida hasta que él se detuvo y ató los extremos.

Charlotte consideró las palabras del médico mientras trabajaban en silencio. Así que la línea Wainwright terminaba con Joshua. ¿Cuántos eran conscientes del tenue control que tenía ahora sobre Chichester? Joshua tendría que engendrar herederos para asegurar la continuidad del ducado. Él tenía que saber eso. Tenía que saber que debía aceptar a Charlotte como su prometida y casarse con ella, cuanto antes, mejor.

Se miró en el espejo y consideró sus opciones en caso de que él decidiera no aceptarla. En realidad, no tenía ninguna. Si Joshua Wainwright no la aceptaba como esposa, no tenía ningún lugar al que ir. A menos que…

—¿Puede engendrar un hijo? —preguntó Charlotte con una voz tan baja que el médico tuvo que inclinarse para oírla.

Sus dos cejas se alzaron y Charlotte estuvo segura de que el hombre se sonrojó.

—Perdone mi sorpresa, pero supuse que ustedes dos ya habían consumado su compromiso —tartamudeó. Al ver la expresión de asombro de Charlotte y recordar el estado de su espalda, añadió—: Le ruego que me disculpe, Lady Charlotte. Cuando llegué, ustedes dos parecían… —Se enderezó, tratando de recuperar un poco de control sobre sus facciones—. Creo que sí puede —se esforzó por salir, avergonzado por su suposición—. No estaba herido… *allí* —añadió con un rápido movimiento de cabeza.

Una de las cejas de Charlotte se arqueó elegantemente mientras una sonrisa iluminaba su rostro.

—Si Su Excelencia decide que nos casemos, serás la primera persona a la que invite al desayuno nupcial —dijo con una inclinación de cabeza—. Y espero que estés cerca cuando llegue el momento de entregar a sus herederos —añadió, y su gesto se transformó en una sonrisa.

La mirada de asombro del Dr. Regan se transformó en alivio. Después de otro momento, sonrió.

—Será un honor atenderla, mi señora. —Con eso, cogió su bolsa negra, le hizo una rápida reverencia y salió de la alcoba.

Una vez que se fue, Parma se apresuró a reunirse con ella.

—Mi señora, ¿se encuentra bien? —preguntó casi en un susurro, mientras su rostro pasaba del vendaje de lino al reflejo de Charlotte en el espejo.

—Lo estoy —respondió en voz baja. *«Tengo que estarlo»*—. Tengo responsabilidades que atender para el resto de mi estancia aquí en Wisborough Oaks —anunció entonces, con el rostro iluminado—. Estoy pensando en el vestido de día de muselina con ramitas. Y vamos a hacer algo diferente con mi pelo. Nada elaborado, sin embargo. No quiero hacer esperar al duque —añadió al ver la expresión de sorpresa de Parma en el espejo. *«Algo que hacer»*.

Realmente lo estaba deseando.

CAPÍTULO 12
UNA CONVERSACIÓN EN WHITE'S

A las siete en punto, el carruaje del duque de Chichester llegó a White's, en St. James Street. Garrett McElliott, elegantemente vestido de una manera a la que se había acostumbrado, aunque no necesariamente cómoda, bajó y miró a su izquierda y a su derecha. Un lacayo le abrió la puerta y bajó el escalón, otro le abrió la puerta del club masculino y otro se ocupó de su sombrero de copa y su abrigo.

Vestido más formalmente que de costumbre, Garrett consideró que lo mejor era parecer que pensaba asistir al teatro o a una velada cuando hiciera las preguntas que iba a hacer a los clientes que encontró dentro. Varios le saludaron, algunos se limitaron a asentir y otros le ignoraron por completo. Al fin y al cabo, no era un caballero con título.

—McElliott, ¿dónde demonios has estado? —gritó un caballero mayor, apresurándose a estrecharle la mano.

—¿Lord Torrington? —dijo Garrett asombrado, observando la sorprendente exuberancia juvenil del anciano y su vestimenta bastante a la moda. *«¡Parece que ha contratado a Weston para que le haga la sastrería!»*—. Dios mío, ¿qué has hecho? Parece que has rejuvenecido diez años. —*«Y Wainwright no bromeaba cuando decía que Milton Grandby estaba aquí todas las noches».*

El conde de Torrington le dio una palmada en la espalda a Garrett.

—Es «Grandby», y qué bien que lo digas —respondió. A pesar de ostentar un título desde los dieciséis años, Milton Grandby descubrió que detestaba «Torrington» como apodo e insistía en que sus amigos lo llamaran «Grandby». Hizo un gesto a un mayordomo—. Whisky, por favor —dijo. Volviendo su atención a Garrett, Grandby sonrió.

—¿Y cómo está Wainwright? ¿De verdad? —susurró, llevándolos a una mesa alejada de los jugadores de cartas y de los clientes que estudiaban el libro de apuestas.

Garrett se extrañó del interés del conde, pero decidió que podía confiar en el hombre. Milton Grandby había apoyado que el duque conservara Chichester cuando algunos pensaban que el ducado debía ser transferido a la Corona después de que el incendio dejara a todos muertos menos a Joshua.

—Está bastante bien. Trabajando mucho en los libros y… —Hizo una pausa, no muy seguro de si debía mencionar los esponsales todavía.

Grandby enarcó una ceja.

—¿Pensando en el matrimonio? —sugirió, con una pizca de picardía en los ojos. El mayordomo les llevó las bebidas a la pequeña mesa que separaba sus sillas y Grandby cogió la suya.

Garrett miró fijamente al conde.

—¿Qué sabes? —preguntó, con una expresión de preocupación que sustituía a la de humor en su rostro.

El conde lo miró por un momento y finalmente se inclinó hacia adelante.

—Bueno, después de que ese maldito Bingham entrara en coma la semana pasada, se ha sugerido que lady Charlotte se ha ido a casar con su duque antes de tener que guardar luto. Anoche no asistió al *musical* de Lady Worthington, y todo el mundo sabe que Charlotte Bingham asiste a las mejores veladas —dijo antes de dar un sorbo a su bebida.

Ensayando sus rasgos para no mostrar su sorpresa ante la noticia de que Bingham estaba en coma, Garrett ladeó la cabeza.

—Entonces, ¿lo sabes porque…? —dejó la pregunta en el aire, preguntándose cómo pudo el conde enterarse tan rápidamente de que Charlotte Bingham no asistía *al musical* de su anfitriona favorita.

—Yo fui el anfitrión —respondió Grandby con orgullo, sentándose más erguido. Su pecho estaba prácticamente hinchado al hacer el anuncio. No se molestó en añadir que fue su equipaje el que transportó a Charlotte Bingham y a su doncella a Wisborough Oaks.

Garrett se permitió una enorme sonrisa.

—¿Usted y Lady Worthington? —susurró, un poco sorprendido por la implicación.

—¿Hay matrimonio en *su* futuro, tal vez? —preguntó entonces, dándose cuenta de que las nupcias inminentes podrían ser la razón por la que el conde parecía mucho más joven de lo habitual.

El hombre se destacaba por elegir una viuda diferente cada temporada con la que asistir a todos los mejores eventos de la Sociedad, pero nunca parecía sentir suficiente afecto por ninguna de ellas como para convertirla en su esposa. Lady Worthington era ciertamente rica, ya que su marido había hecho una fortuna con la construcción de los primeros barcos de vapor, y, a sus treinta y tantos años, era más joven y ciertamente más bella que la mayoría de las viudas de la *época*.

El conde sonrió.

—Creo que visitaré Ludgate Hill esta misma semana —admitió tímidamente—. No debes decírselo a nadie. Excepto quizás a ese maldito Chichester. Podría llevarle al altar un poco más rápido. Por cierto, ¿dónde *está*? —preguntó, echando un vistazo a la habitación antes de vaciar su vaso.

Garrett bebió un trago, saboreando el cálido y ahumado sabor antes de dejar que el líquido ámbar se deslizara por su garganta.

—Ha vuelto a Wisborough Oaks. La reconstrucción del exterior está terminada, y ahora está supervisando las obras del interior —explicó, esperando que no le pillaran en la mentira piadosa—. El lugar debería volver a la normalidad antes de que acabe el año.

Grandby parecía impresionado mientras asentía.

—¿Está realmente recuperado? —preguntó en voz baja—. Lo pregunto sólo porque, bueno, Bingham estuvo aquí hace un mes insinuando que podría estar abierto a otros pretendientes para su hija. Afirmó que el chico nunca se recuperaría de sus quemaduras, y que no quería que su única hija se viera obligada a casarse con una abominación.

Haciendo una mueca ante el comentario, Garrett tragó saliva.

—¿Alguien aceptó su oferta? No puedo imaginar que alguien acepte casarse con Lady Charlotte cuando su compromiso con un duque ha sido de dominio público toda su vida —razonó, esperando que los demás lo vieran así—. Aunque supongo que hay una dote considerable asociada a ella. De todos los hombres a los que podía preguntar sobre Bingham, lord Torrington estaba resultando una gran cantidad de información. Sin embargo, Garrett todavía tenía que averiguar más sobre la situación de su padre.

Con los ojos muy abiertos, Grandby asintió con la cabeza.

—Diez mil libras es un pequeño incentivo para cualquier hombre, sin duda, pero he oído que Bingham estaba negociando con un vizconde o un conde o algo así. Pero no sé con quién. Alguien que necesitaba un heredero, según recuerdo.

—¿Supongo que las negociaciones terminaron cuando Bingham fue al hospital? —Garrett insinuó, esperando sacar más información del conde.

—No tengo ni idea —respondió Grandby, sacudiendo la cabeza y frustrando las esperanzas de Garrett de saber más sobre ese tema. Grandby le tendió el vaso vacío al mayordomo—. Otro, por favor, para mí, y otro para el señor McElliott —le indicó mientras el criado cogía el vaso y hacía una reverencia.

—Bingham se dio un cabezazo en su estudio. Fue considerado un accidente por Bow Street —dijo Grandby en voz baja—. Al parecer, estaba bastante hecho polvo, tropezó y se golpeó la cabeza con el borde de su escritorio. Lady Bingham y Lady Charlotte acababan de regresar de una velada cuando ocurrió.

Garrett consideró la explicación. Ciertamente sonaba plausible.

—¿Lo encontró un sirviente? ¿O lo hizo una de las mujeres? —preguntó. Una sensación de frío creció de repente en la boca del estómago mientras su mente se apresuraba a rellenar los huecos.

—Oh, no había sirvientes en la casa en ese momento. Afirmaron que Bingham les dijo a todos que se tomaran la noche libre, con las damas fuera y todo, así que su pobre esposa lo encontró.

Garrett intentó cubrir su reacción con el dorso de la mano

sobre la parte inferior de su cara. Su aversión a encontrar a alguien aparentemente muerto estaba claramente grabada en ella.

El mayordomo regresó con sus bebidas y las puso sobre la mesa. Garrett se terminó la primera de un solo trago y le dio el vaso vacío al hombre.

—Gracias —dijo mientras asentía al sirviente—. La condesa Ellsworth tenía que estar bastante disgustada —comentó, volviendo su atención a Grandby—. Y ahora estará junto a su cama, sin duda —añadió con nostalgia, esperando que el conde confirmara su suposición.

—No has respondido a mi pregunta —acusó entonces Grandby, con una ceja poblada arqueada en señal de molestia.

Las cejas de Garrett se fruncieron.

—Le ruego que me disculpe, milord —respondió antes de recordar la anterior pregunta de Grandby sobre Joshua—. Usted preguntó por Chichester, por supuesto —dijo mientras levantaba un dedo—. Como he dicho, está bastante bien y probablemente hace demasiado, con toda la reconstrucción y el trato con el pueblo y los inquilinos y todo eso, pero ha aprendido mucho sobre la gestión de un ducado, es bastante hábil con la contabilidad, y probablemente tendrá los libros al día a finales de mes. Espero que asista a la próxima sesión del Parlamento, de hecho. Será un buen duque. De verdad.

Grandby bebió un trago y miró al joven.

—¿Y un heredero? La sucesión requiere que haya un heredero. Hablé en su nombre asegurando que la línea no moriría con él. Pero, debo admitir, tenía mis dudas de que una mujer estuviera dispuesta a casarse con un hombre tan desfigurado como él. A menos que sea ciega…

—O en el amor.

—O Lady Charlotte —afirmó Grandby, desafiando a Garrett a rebatir la afirmación.

—Chichester está prometido y se casará con la mujer prometida al ducado —respondió Garrett rápidamente, casi interrumpiendo al conde y luego poniendo los ojos en blanco al darse cuenta de su metedura de pata.

La expresión de Lord Torrington lo decía todo. Volvió a inclinarse hacia delante.

—¿Así que Lady Charlotte se casará con su duque después de todo? —preguntó retóricamente, obviamente disfrutando de la idea. Su rostro se transformó en una enorme sonrisa, pero no era obvio por qué el hombre parecía tan feliz. *¿Quería* que Lady Charlotte acabara con el nuevo duque? ¿O creía que era una broma colosal que el duque acabara con la hija de Ellsworth?

Garrett afinó los labios y luego se inclinó para que su boca estuviera muy cerca del oído de Grandby.

—Ella fue bastante decisiva a la hora de ocuparse de su cuidado, y está aún más decidida a cumplir su obligación con el ducado. Se enderezó y miró al conde, levantando una ceja como si acabara de comunicarle el más crucial de los secretos de estado.

—Es muy valiosa para mí, McElliott —respondió Grandby en voz baja—. A pesar de su legendaria obstinación, entiende la importancia del deber y la obligación. Si ese maldito John siguiera vivo, probablemente yo mismo mataría a ese imbécil para que ella no tuviera que casarse con *él* —juró, con la voz aún baja y adquiriendo matices que advertían a Garrett del peligro que se avecinaba—. No tenía ningún honor y toda la intención de vaciar el ducado de todos sus bienes para poder sumergir su polla en todas las prostitutas del distrito teatral y beber hasta el exceso mientras lo hacía.

Garrett inhaló muy lentamente y luego asintió, sabiendo muy bien que John Wainwright II no era el mejor modelo para un duque.

Pero entonces, él tampoco habría pensado en Joshua como uno. No hasta hace poco.

—Espero que tu opinión sobre Lord Joshua sea más generosa. Su carácter es bastante mejor que el de su hermano, te lo aseguro —dijo Garrett en defensa de su amigo—. Y su ética de trabajo es bastante agotadora.

Grandby se lamió el labio inferior mientras consideraba las palabras de Garrett.

—Tener cicatrices antiestéticas en buena parte del cuerpo tiende a ayudar a uno a darse cuenta de lo que es importante en la vida, ¿no crees? —preguntó—. Bueno, me importa un *bledo el* aspecto horrible que tenga, o que nunca ame a lady Charlotte, pero más vale que nunca le haga daño a ella ni lleve su ducado a la quiebra, o me encargaré de que *lo* pierda *todo* —dijo el hombre con tanta vehemencia que Garrett pensó por un momento que Grandby podría haber organizado el incendio que mató a John Wainwright II.

O quizás la caída que hirió a Edward Bingham, conde de Ellsworth.

Garrett miró al conde durante varios segundos, sabiendo que tenía que ir con cuidado o invocar un buen montón de rencor.

—¿Puedo preguntar por qué os preocupáis tanto por Lady Charlotte y el ducado?

El conde de Torrington se recostó en su sillón y respiró profundamente, su ira se disipó tan rápidamente como había aparecido.

—Es mi ahijada favorita —dijo en voz baja—. Y todo es culpa mía, en primer lugar, que se haya comprometido con el heredero del duque de Chichester. Yo fui el bastardo que sugirió el emparejamiento.

Garrett tuvo que controlar sus facciones para no mostrar demasiado asombro al escuchar la confesión del conde.

—Le aseguro, milord, que si se demuestra que existe un compromiso sin trabas, Joshua Wainwright se casará con lady Charlotte y la convertirá en duquesa. Y, si se me permite decirlo, creo que Lady Charlotte es una novia muy dispuesta —añadió antes de terminar su whisky—. Creo que está enamorada de él. Y lo mismo —añadió, pensando que no podía hacer daño dejar que el viejo pensara que Joshua estaba enamorado de Charlotte.

El conde asintió, con una sonrisa maliciosa en sus facciones.

—Si recuerdo con quién estaba negociando Bingham, enviaré un mensajero de inmediato —prometió. Parecía dispuesto a marcharse, pero notó la mirada de incertidumbre de Garrett y se acomodó en su silla.

—¿Qué más? —preguntó con un suspiro, con los ojos casi entornados.

Respirando profundamente, Garrett se inclinó hacia delante.

—Tenemos razones para creer que el incendio original en Wisborough Oaks fue provocado. Hubo un intento de nuevo anoche. Con explosivos.

El conde de Torrington palideció al instante, y sus pobladas cejas se juntaron para convertirse en una sola. Miró fijamente a Garrett hasta que el joven se vio obligado a apartar la mirada.

—¡Por Dios! ¿Y crees que *yo* podría saber algo al respecto? —preguntó entonces Grandby, con un toque de ira en su voz. Pero el enfado fue rápidamente sustituido por una genuina preocupación—. ¡El *diablo!* ¿Están todos vivos? ¿Está Lady Charlotte...?

—Nadie resultó herido. Wisborough Oaks no sufrió. Bueno, excepto el viejo roble del lado este de la casa y una de las ventanas de la suite de Lady Charlotte. La explosión se produjo justo cuando empezó a llover, y la mayoría de la casa atribuyó el sonido de la explosión a los truenos —explicó Garrett rápidamente—. La mayor parte de la pólvora estaba podrida, pero fue un intento deliberado de quemar la casa, no hay duda. —Levantó la vista para ver a Grandby mirándole fijamente—. ¿Tienes alguna idea de quién querría que toda la familia Wainwright muriera? —susurró, con los ojos recorriendo el lugar para asegurarse de que nadie estuviera espiando.

El conde sacudía la cabeza y maldecía en voz baja.

—Sin herederos, Chichester vuelve a la Corona —murmuró Grandby—. Pero no es un ducado especialmente lucrativo —consideró—. No es que haya duques potenciales haciendo cola para hacerse con él —murmuró, haciendo más evidente su leve rebaba de Northumberland—. Incluso cuando se produjo el incendio, no recuerdo que nadie preguntara quién iba a heredar hasta mucho después de que lord Joshua saliera del hospital y se recuperara en su casa de Londres.

Garrett captó el indicio de que alguien había preguntado.

—¿Y quién fue el que preguntó?

Grandby miró de reojo a Garrett.

—Ellsworth. Pensó por un momento, recordando la línea de preguntas del conde—. Parecía bastante preocupado por los herederos, de hecho. No tiene un hijo, ya sabes.

La ceja sobre el ojo derecho de Garrett se arqueó.

—En efecto. Entonces... ¿quién hereda *su* título cuando muera?

—El primo mayor de Charlotte, Nicholas Bingham —respondió Grandby encogiéndose de hombros—. Un inútil, en mi opinión. Él y el mayor de los Wainwright mantuvieron abiertos muchos burdeles en esta ciudad —se quejó con un movimiento de cabeza—. Pero no lo he visto… —Pensó por un momento—. No desde hace más de un año, supongo —dijo, con la cabeza todavía sacudiéndose de lado a lado—. Lady Charlotte probablemente sabe dónde está —añadió, pensando que Garrett querría hablar con él.

—Gracias, mi señor. Le agradezco su tiempo —respondió Garrett, dándose cuenta de que el caballero quería marcharse. Metió la mano en el bolsillo de su abrigo y sacó el monedero que le había dado Joshua—. Las bebidas van por mi cuenta.

Grandby sonrió.

—Te debe ir muy bien como administrador de la finca, ¿eh? —se burló.

Garrett asintió.

—De hecho, sí —reconoció, y una sonrisa sustituyó por fin su mirada agria.

—Mientras tanto, gracias por las bebidas. Tengo que volver a mi dulce —dijo Grandby mientras se ponía en pie, asentía con la cabeza y se marchaba.

Así que el ducado de Chichester no se consideraba lucrativo, pensó un ofendido Garrett. «*Humph*». Dejó escapar el aliento que había estado conteniendo, sintiéndose más aliviado de lo que esperaba por la partida del conde. La cabeza le daba vueltas a lo que acababa de escuchar. En esencia, no había ninguna pista sobre quien quería a los Wainwright muertos, aunque Ellsworth era una posible apuesta arriesgada. Sin embargo, el hombre habría estado en coma cuando se colocaron los explosivos, pero podría haber dispuesto que alguien lo hiciera con antelación. No habría sabido que su hija estaría en la residencia cuando ocurrió la explosión. Realmente había habido un compromiso, al menos en un momento dado, pero luego Bingham había intentado buscar otro yerno y ahora estaba en coma.

Garrett tenía que encontrar alguna evidencia de un compromiso, ya sea con algún conde o con el Duque de Chichester. «*¿Cuál debería ser mi siguiente paso?*», se preguntó.

«*Sigue el dinero*», pensó, dejando un billete de una libra en la mesa antes de dirigirse a las puertas. «*El dinero habla*».

CAPÍTULO 13

LADY CHARLOTTE, DECORADORA DEL DUQUE DE CHICHESTER

*J*oshua acababa de terminar un mes más de pagar las facturas de la casa y cuadrar los libros del ducado cuando por fin llamaron a la puerta del estudio. Hacía tiempo que lo esperaba, y ahora sonreía al imaginar cómo estaría vestida Charlotte para su reunión con el capataz de la construcción.

—¡Entre! —gritó mientras echaba la silla hacia atrás y se levantaba.

Charlotte Bingham abrió la puerta con cautela y se asomó por el borde.

—Perdone la interrupción, Excelencia —dijo al entrar y luego realizó una perfecta reverencia.

Asombrado de que pudiera estar tan guapa a pesar de lo que le habían hecho en las últimas dos horas, Joshua se esforzó por ordenar sus rasgos.

—Lady Charlotte —dijo a modo de saludo mientras se inclinaba. Llevaba un vestido de muselina con ramitas, y parecía tan fresca y feliz como cuando se encontraron para cabalgar esa mañana. Se había arreglado el pelo, con una masa de rizos rubios recogidos en un moño sobre la cabeza, mientras que unos mechones en espiral colgaban de sus sienes. Intentando no pensar en su falta de corsé, Joshua sólo fue más consciente de sus curvas femeninas, ya que su pecho llenaba muy bien el corpiño del vestido.

—Estoy lista para ver al capataz sobre el salón ahora —dijo. Si se esforzaba por reprimir cualquier signo externo de vergüenza por su anterior desnudez, no era evidente en sus rasgos. Ni siquiera un bonito rubor rosa coloreaba su rostro en ese momento, para decepción de él.

Una punzada de celos recorrió a Joshua cuando recordó que el capataz de la construcción tendría su atención durante el resto del día.

—Te llevaré a ver al señor Thatcher enseguida —dijo mientras se reunía con ella, ofreciéndole el brazo. Se dirigieron por el pasillo principal a la parte delantera de la casa y luego a la otra ala, Parma los siguió a una distancia respetuosa. En el ala oeste, los obreros se apresuraban con maderas, cajas de herramientas y escaleras.

—¿Cuántos? —preguntó Joshua de repente, con su atención puesta en ella mientras se dirigían al nuevo salón.

—¿Cuántos? —repitió Charlotte, sin entender su pregunta.

—¿Puntos? —preguntó en voz baja, inclinándose para que sus labios estuvieran cerca de su oído. Olfateó lo más silenciosamente posible, cerrando los ojos mientras aspiraba el fresco aroma de ella, los ligeros cítricos del jabón de baño mezclados con el olor a jazmín que flotaba en su cabello.

Charlotte suspiró, y su porte erguido decayó un poco.

—Treinta y tres —murmuró—. Me temo que tendré una cicatriz bastante antiestética. —*«Para el resto de mi vida»*, estuvo a punto de añadir, pero decidió que el comentario podría ser malinterpretado por el duque. Él tendría cicatrices mucho peores para el resto de su vida.

Joshua no pudo evitar sisear ante la noticia. A pesar de lo sucedido, ella parecía bastante tranquila.

—Se curará —consiguió decir, con una voz lo más tranquilizadora posible—. Al menos, eso es lo que me dicen de las mías —añadió, *sotto voce*.

—Su Excelencia —llamó un hombre desde el otro lado del salón. El capataz de la construcción, Alan Thatcher, se inclinó.

El duque y Lady Charlotte devolvieron la cortesía antes de que Joshua hiciera las presentaciones.

—Lady Charlotte tomará las decisiones relativas a todos los interiores —explicó rápidamente, sin querer enredarse en ninguna discusión con el capataz—. Me despediré de ustedes dos y volveré precisamente... —Hizo una pausa mientras sacaba su cronómetro del bolsillo—. Parece que es mucho más tarde de lo que pensaba. Suelo perder la noción del tiempo cuando no llevo mi Breguet —dijo como una idea tardía, refiriéndose a su reloj—. Volveré a las siete para llevar a Lady Charlotte a cenar —dijo antes de hacer una somera reverencia y salir de la habitación.

Charlotte le vio marcharse y luego se dirigió al hombre alto y calvo.

—Me alegro de conocerle, Sr. Thatcher. Tengo entendido que necesita tomar algunas decisiones sobre los colores de la pintura para esta habitación —preguntó a medias, esperando poder empezar a revisar las muestras de pintura.

Las cejas de Alan Thatcher bailaron.

—Sí, mi señora. Y también alfombras, muebles y cortinas, si quiere saberlo. Se dirigió a una zona relativamente despejada donde había una caja con varios libros—. Pienso enviar a uno de mis hombres a casa de Dan McMillan mañana. —Ante la expresión expectante de Charlotte, añadió—: Es el aceitero y colorista de Leadenhall.

Charlotte se agarró el labio inferior con un diente.

—¿Un pintor? —aventuró, sin haber participado antes en el proceso de renovación de una casa.

Thatcher asintió.

—Y si elige algunas telas bonitas, puedo hacer que Crompton empiece con la tapicería —añadió, su manera de actuar sugería que no esperaba que ella tuviera siquiera los colores de pintura elegidos ese día.

—Muy bien. Déjeme empezar, entonces —ofreció, ignorando la aparente falta de fe del capataz. Al cabo de unos instantes, ella y Parma estaban sentadas frente a un escritorio improvisado con una pila de muestras y muestrarios y una larga lista de habitaciones para elegir.

Lo que parecía que iba a ser una tarea fácil se convirtió de repente en una tarea desalentadora. ¡Tantos colores! ¡Tantas opciones de telas! No era de extrañar que Thatcher no pensara que podría tomar todas las decisiones ese día.

Empezando por el salón, se abrió camino a través de los muestrarios y comenzó una estrategia para elegir un esquema de color general para cada habitación y luego hacer las elecciones de pintura y tela basadas en el color. Sabiendo que el capataz necesitaba primero las opciones del salón, trabajó en un esquema para toda la habitación y luego seleccionó dos colores para las paredes. Cuando se dio cuenta del aburrimiento de Parma, la envió a seleccionar vestidos de cena con espaldas lo suficientemente altas como para cubrir sus vendas. Esperaba que hubiera suficientes para permitirle un vestido diferente cada día de la semana. Si no, tendría que llevar un pañuelo modificado o chales hasta que se pudieran rehacer todos sus vestidos.

Charlotte estaba eligiendo las telas para un sofá y tres sillas cuando Joshua apareció a su lado, con la atención puesta en los montones de telas que había reservado para cada habitación.

—¿Rojo? —preguntó a medias mientras miraba los brocados que ella sostenía junto a las muestras de pintura. Si había un indicio de desaprobación en la elección del color, Charlotte no lo oyó en su voz. Se levantó, pero él le puso una mano en el hombro —. Por favor, quédate sentada —murmuró él, uniéndose a ella en la mesa improvisada en la que había extendido sus opciones.

—Y un poco de verde espuma de mar y de verde oscuro para que no parezca un tocador —añadió, cogiendo un montón de telas verdes. Siseó de repente y retiró lentamente el brazo hacia su cuerpo, dejando salir el aire de sus pulmones al hacerlo.

—Debes tener más cuidado —susurró Joshua mientras le ponía una mano en la espalda, justo debajo de la herida.

El calor se filtró en ella a través de la fina muselina y se sentó más erguida, recordando que no llevaba corsé.

—Es fácil de olvidar —respondió ella, volviéndose para mirarle. Con él sentado tan cerca y su cara de perfil, no había evidencia de sus quemaduras faciales—. ¿Lo haces? ¿Olvidar, quiero decir? —preguntó ella, con una voz tan baja que él apenas podía oírla por encima del bullicio del resto del salón. A pesar de lo temprano de la noche, todavía había varios carpinteros serrando y clavando molduras.

Joshua la miró por un momento.

—A veces —admitió con un movimiento de cabeza—. Pero me lo recuerdan rápidamente cuando veo la cara de una doncella que pasa por encima de mí cuando he extraviado mi máscara —añadió, con su ceja visible bailando. Aunque su comentario podría haberse hecho con sorna, había diversión en su tono. Se sentaron en silencio durante un momento—. Es hora de cenar, y me encuentro bastante hambriento. ¿Te apetece acompañarme? Le dije a Gates que nos sentara en la mesa de la terraza trasera —sugirió. Esperaba que pudieran comer sin que Parma tuviera que estar presente.

Charlotte asintió, dejando que una sonrisa sustituyera su expresión pensativa.

—Sería estupendo —respondió. Puso su mano en el brazo de Joshua y salieron de la zona de construcción.

—¿El Dr. Regan le dijo…? —Joshua se detuvo un momento. No quería asustar a Charlotte con el conocimiento de cuánto tiempo sus puntos podrían decorar su espalda, pero pensó que ella merecía saberlo.

—¿Sobre los puntos? —adivinó ella.

—¿Que tu cicatriz sería *visible* durante mucho tiempo? —Estuvo a punto de decir «para siempre» —pero pensó que era mejor dejarla con alguna esperanza. El médico de la aldea le había dicho que pasarían años antes de que su cara volviera a tener cierta apariencia de normalidad, pero que siempre tendría una textura rugosa y un color diferente al del resto de la cara. Sin embargo, probablemente nunca tendría que afeitarse ese lado de la cara.

Charlotte asintió mientras bajaban las escaleras.

—No tenía por qué hacerlo. Sé que llevaré la cicatriz hasta el día de mi muerte —respondió, tratando de mantener el temblor en su voz al mínimo. Había llorado por la herida la noche en que ocurrió y también el día en que ella y Parma hicieron las maletas para ir a Wisborough Oaks. En ese momento, se sintió aliviada de que los puntos de sutura hubieran cerrado completamente la herida.

—Fuiste muy valiente —dijo el duque. «*Y vulnerable*», pensó él, algo que nunca habría pensado de ella dada su afición a exhibir una voluntad fuerte, un talante seguro y quizá un carácter formidable.

Una de las cejas de Charlotte formó un elegante arco mientras se giraba para mirarle.

—Ciertamente no me sentí valiente. De hecho, me sentí bastante… —Su rostro se coloreó con el rubor rosado que Joshua encontraba bastante atractivo.

Una lenta sonrisa se dibujó en el rostro de Joshua.

—¿Expuesta? —ofreció, cerrando inmediatamente los ojos e inclinando la cabeza, como si supiera que su comentario era inapropiado.

—Iba a decir «desnuda», pero creo que tu palabra es más *apropiada* —replicó Charlotte con una sonrisa de autosuficiencia, subiendo una mano para apoyarla en una mejilla caliente.

—Me disculpo. No es normal que haya entrado en tu habitación y que haya permanecido allí después de que fuera evidente que no estabas en condiciones de recibir una visita. —Se relamió los labios, preguntándose si podía atreverse a decir lo que realmente pensaba. No lo lamentaba en absoluto, ya que pensaba que al descubrir su herida y conseguir un médico, Charlotte se había salvado de una cicatriz más notable o, peor aún, de una infección galopante.

—Acepto tus disculpas, por supuesto —dijo Charlotte con voz tranquila, la mano en su brazo dándole un suave apretón de seguridad.

Joshua sintió el calor de su mano y la suave presión de sus dedos a través de la manga de su camisa y pensó en cómo su simple gesto le hacía sentirse perdonado. Pensó en eso y en el hecho de que ella no llevaba corsé mientras la acompañaba por la puerta trasera hasta una terraza pavimentada con losas.

Una pequeña mesa de metal, creada a partir de una serie de intrincadas volutas soldadas entre sí, estaba vestida con manteles y preparada con la cena de esa noche. Dos sillas, hechas con el mismo trabajo de marquetería, tenían asientos con almohadas de brocado.

Gates estaba de pie con las manos a la espalda mientras un lacayo servía vino y otro colocaba un plato cubierto en el centro de la mesa.

—¿Supongo que el Sr. McElliott no nos acompañará en la

cena? —Preguntó Charlotte mientras tomaba la silla que un lacayo le acercó.

—Garrett se va a Londres. De hecho, —Joshua hizo una pausa para comprobar su Breguet—. Debería estar en White's ahora mismo.

El rostro de Charlotte mostró su sorpresa.

—¿Lo envía a menudo? —preguntó, inclinándose hacia un lado mientras un lacayo servía otra copa de vino. Otro lacayo sirvió champán mientras el primero que había traído la comida traía otra bandeja, ésta con embutidos y quesos.

—No, pero teniendo en cuenta lo que pasó con el árbol —dijo con cuidado—, pensé que era mejor que investigara un poco. —Joshua asintió en su dirección, animándola a servirse la comida. Hizo un rápido saludo a los lacayos, y los sirvientes se dirigieron de nuevo a la casa—. Tendrás que disculpar la informalidad de la cena de esta noche. Yo… Me olvidé de darle el menú a la cocinera —dijo encogiéndose de hombros.

—Está excusado —respondió Charlotte con una sonrisa, haciendo un movimiento de barrido con las manos—. No parece que no esté planeado. Además, es bastante agradable cenar *al aire libre* cuando hace tan buen tiempo.

Se sentaron en un silencio agradable mientras cenaban, hablando sólo cuando comentaban algo sobre la carne, el pan o el vino.

—¿Puedo preguntar cómo has podido vivir estos últimos cinco días con ese corte en la espalda y no haberte desmayado o gritado de dolor todo el tiempo? —preguntó Joshua, antes de dar un largo trago a su vino tinto.

Charlotte lo miró por un momento antes de tomar ella misma un trago. El vino era afrutado, algo ácido, y en conjunto perfecto con la carne.

—Parma me lo ha envuelto todas las mañanas con una venda, y mientras no me estiraba demasiado, ni me sentaba torcida, ni me retorcía… apenas lo he notado —mintió. ¿De qué serviría decirle que le dolía muchísimo y que le impedía dormir por la noche?

—¿Y puedes dormir por la noche? —preguntó entonces, con las cejas fruncidas por la preocupación. ¿Cómo podía «apenas notar» un corte tan grande? Debe dolerle sólo respirar, pensó. Las cicatrices de sus quemaduras tenían seis meses, y a veces todavía le causaban dolor.

Bajando la mirada a su plato, Charlotte se calmó, no queriendo admitir que había dormido sólo por puro cansancio, y sólo cuando encontró una posición algo cómoda sobre su costado.

—Me cuesta encontrar la comodidad en una cama —admitió, y sus pestañas se abrieron finalmente para encontrar sus ojos atentos a ella. Recordó haber leído en un libro una descripción de ojos ardientes. Los ojos de Joshua ardían mientras la miraba. Luego respiró profundamente y sus ojos se aclararon.

—Habrá que asegurar su comodidad —comentó con ligereza, tomando otro trago de vino mientras esperaba que el bulto de su entrepierna se calmara antes de que se levantaran para volver a entrar en la casa.

—Ha sido usted muy amable —respondió Charlotte, y sus ojos se dirigieron de nuevo a su plato—. Quiero que sepa lo agradecida que estoy por la oportunidad que me ha dado —añadió—. Porque, si no me permitierais seguir aquí, no tendría ningún lugar al que ir.

Por un momento, Joshua se dio cuenta de que había adivinado correctamente sus circunstancias. Pero que ella pensara que no habría sido bienvenida en otro lugar que no fuera Wisborough Oaks era ridículo.

—Sé de buena tinta que los Devonville o lord Bostwick la habrían acogido con gusto —respondió con ligereza. Se dio cuenta demasiado tarde de que Charlotte se preguntaría cómo lo sabía. Y luego se preguntó por qué las mujeres tenían tanta reputación de cotillas cuando los lores del Parlamento eran tan buenos en eso.

Pero Lady Charlotte parecía haber pasado por alto el comentario, pues se esforzó por evitar un bostezo.

—Oh, Su Excelencia —dijo en tono de disculpa—. Toda esta comida y las conversaciones sobre el sueño me han dado sueño —susurró con una sonrisa débil.

—Wainwright, por favor —la amonestó Joshua mientras echaba su silla hacia atrás y se movía alrededor de la mesa para ofrecer su mano.

Charlotte lo cogió y apoyó la cabeza en su hombro mientras giraban en dirección a la casa.

—Gracias. Wainwright —añadió, ampliando su sonrisa.

Y mientras volvían a entrar, había un pensamiento que seguía invadiendo los pensamientos de Joshua.

«¡No lleva corsé!».

CAPÍTULO 14
UNA CROUPIER DE FARO
CUENTA SU CALVARIO

—¿*S*rta. Wethersby? —
La pregunta fue acompañada por una sacudida en el hombro y un olor a vinagre. Jane abrió lentamente los ojos y se encontró con tres pares de ojos que la miraban fijamente.

—¡Gracias *a Dios!* —exclamó Frank O'Laughlin mientras se enderezaba y miraba hacia alguien que estaba oculto a la vista de Jane—. ¡Irás a Newgate por esto! —gritó, con el dedo clavado en el aire en dirección al delincuente—. ¡Si la has incapacitado para trabajar, me encargaré de que *te cuelguen!*

Jane estaba segura de que nunca había oído a Frank levantar la voz de esa manera, ni siquiera al pobre perdedor ocasional que montaba una escena en el salón del juego y tenía que ser expulsado a la fuerza del local. Como propietario del establecimiento y su casero, y, a falta de un pariente vivo, su padre adoptivo, Frank, solía ser bastante tranquilo y silencioso. Las amenazas que profería lo hacía en voz baja para que sólo las oyera la desafortunada persona sobre la que se dirigía su ira.

Alarmada por su posición, desplomada contra la amplia pared del pasillo cerca de la escalera trasera, intentó enderezarse. Al menos la falda le cubría los tobillos, pensó, y luego se preocupó de no haber aterrizado tan cubierta y de que alguien se hubiera encargado de devolverle un poco de decoro a su estado.

Avergonzada por las miradas de los otros dos que se cernían

sobre ella, Jane se movió para levantarse. Sin embargo, su cabeza protestó, un dolor punzante detrás de un ojo la hizo hacer una mueca.

—Espere al médico, señorita Wethersby —decía Annie, la cocinera del salón de los juegos de azar empujando suavemente su hombro, como si la delgada mujer pudiera sujetarla si realmente hubiera querido levantarse. Al pensarlo, Jane se dio cuenta de que realmente no quería hacerlo—. Te has llevado un golpe muy feo por parte de ese lamentable tipo —añadió Annie con un pulgar por encima del hombro.

El recuerdo de McFarland abordándola mientras intentaba dirigirse a sus habitaciones vino de golpe, seguido de la confesión que había hecho sobre una casa en Kirdford. Había descrito la voladura de una casa, recordó ella. *«¡Garrett!»*, pensó, sintiéndose un poco frenética.

Había conocido a cientos de hombres en su trabajo como repartidora de faro y veintiuno en el salón del juego, pero no fue hasta la noche en que repartió por primera vez faro a Garrett McElliott y su amigo, Lord Joshua, que Jane se permitió pensar que algún día podría encontrar la felicidad con un hombre.

Cada vez que Garrett parecía rozar accidentalmente el dorso de su mano con un dedo, en el transcurso de una apuesta o de la recuperación de sus ganancias, un escalofrío la atravesaba y sus ojos se encontraban. Él se disculpaba, por supuesto, ya que un jugador nunca debía tocar a la banca. Ella lo miraba y se esforzaba por no sonrojarse. Y en esos pocos momentos en los que sus ojos se fijaban, no había nada más ni nadie a su alrededor; ella no se atrevía ni a respirar por miedo a que el hechizo se rompiera. Sólo podía esperar que la casa en ruinas en cuestión no fuera aquella en la que vivía Garrett.

Annie vio su angustia y se inclinó hacia ella.

—¿Qué pasa? No puede volver a hacerte daño. Frank ha mandado llamar a un policía para que lo arreste.

«¡Un policía!». Su jefe había enviado a la calle Bow a buscar a un agente de la ley. Podía contarle lo que McFarland había admitido, aunque era demasiado tarde para quien había sido el objetivo de la explosión de Angus McFarland.

Levantando una mano hacia su cara, palpó con cautela el

costado de la misma, preguntándose dónde había impactado el puño de McFarland. Sin embargo, antes de que sus dedos llegaran a su ojo, Annie la había apartado y la sostenía con su propia mano huesuda.

—Ahora, señorita Wethersby, no hará nada de eso —dijo la cocinera mientras le apretaba la mano suavemente—. El Dr. Watt sabrá lo que hay que hacer.

Como si fuera una señal, el médico apareció junto a Frank, con la respiración entrecortada. Al parecer, había salido corriendo de donde estaba cuando el caddie de Frank lo había encontrado. Hablaba en voz baja con el dueño del salón de juego.

Jane se preguntó cuánto tiempo había estado inconsciente. Los sonidos del salón de juego indicaban que la mayoría de los presentes en el edificio no eran conscientes de este espectáculo. Los gritos y abucheos eran bastante audibles incluso aquí atrás, lejos de la acción. Fue entonces cuando se dio cuenta de que otro crupier de faro, Jack, estaba arrodillado frente a ella.

—Vine en cuanto me di cuenta de que estabas en problemas —dijo en voz baja—. Pero realmente desearía que hubieras gritado algo horrible en lugar de intentar razonar con el bastardo —le regañó suavemente.

No mucho mayor que Jane, Jack había trabajado en *The Jack of Spades* durante sólo unos meses. Al principio de su empleo, pensó que era inaceptable que un salón de juego empleara a una mujer como crupier. Pero después de unas cuantas noches viendo a Jane enseñorearse de su mesa, y viendo la cantidad de jugadores que acudían a su lado, Jack pronto cambió de opinión.

Jane consideró sus palabras.

—Realmente no creí… No creía que el señor McFarland fuera a *hacer algo así* —replicó, y el dolor detrás del ojo se convirtió en un dolor sordo.

—Soy el doctor Watt —dijo el médico mientras ocupaba el lugar de la cocinera frente a Jane.

Ella asintió, aunque no sin sentir un buen dolor en el proceso.

—Soy Jane Wethersby —respondió, extendiendo la mano derecha.

El médico pareció sorprendido por el gesto, pero le dio un

rápido apretón de manos y luego la miró, fijándose en su aspecto general y en la zona oscurecida alrededor de su ojo derecho.

—¿Tienen hielo aquí? —le preguntó a nadie en particular.

Annie asintió.

—Por supuesto —respondió, aparentemente ofendida por la pregunta.

El Dr. Watt ignoró su tono y pidió que le trajeran un puñado de patatas fritas en un paño de lino. Annie se apresuró a traer el hielo. El doctor le pidió a Jane que moviera la cabeza y le mirara fijamente a los ojos mientras le acercaba una cerilla encendida a la cara. La miró durante varios segundos, con los ojos clavados en los suyos mientras movía la cerilla de un lado a otro.

Sus dedos palparon la zona que rodeaba la cuenca del ojo, obligando a Jane a inhalar bruscamente cuando tocó el punto sensible donde el puño de McFarland había impactado.

—Bueno, aparte de un ojo morado y un dolor de cabeza, debería estar recuperada por la mañana —anunció, con su atención puesta en Frank—. Un poco de hielo ayudará a mantener la hinchazón, sin embargo. Extendió la mano para apoyarla, al igual que Jack, cuando Jane se movió para levantarse. Permitió que la pared la sostuviera en pie una vez que estuvo de pie.

Frank la miró por un momento, con una expresión ilegible. Luego asintió.

—Gracias por hacer la llamada. Tengo entendido que mi caddie interrumpió tu cena.

El médico sonrió por primera vez desde su llegada.

—Una interrupción bienvenida, le aseguro, Sr. O'Laughlin —contestó socarronamente—. La madre de Lilith era nuestra invitada.

Frank asintió con la cabeza en señal de reconocimiento, sabiendo que al hombre le disgustaba su suegra, pero no había un brillo de humor equivalente en sus propios ojos.

—Jack, ocúpate de la compensación del doctor Watt —ordenó, queriendo hablar con Jane en privado antes de que la cocinera volviera con el hielo.

El otro repartidor de faro se fue con el médico. Fue entonces cuando Jane se dio cuenta de que Angus McFarland estaba retenido en una silla de espaldas a ella, con las manos y los pies atados con una cuerda, mientras uno de los porteros del club se situaba a su lado, vigilando a su cargo así como la parte de la acción del salón de juego que podía ver.

—Por el amor de Dios, Jane, ¿por qué no *gritaste?* —susurró Frank con voz ronca, su manera de actuar sugería que estaba enfadado con ella.

Jane se estremeció.

—No quería causar alarma. La casa está casi llena esta noche.

—Tu seguridad es mi principal preocupación, Jane. Se supone que soy tu *protector*, ¡maldita sea! —Frank contraatacó, su dura mirada se suavizó cuando se dio cuenta de que las lágrimas corrían por el rostro de Jane—. Lo siento. Por favor, no llores —suplicó, sintiéndose como un matón. Sabía que ella ya había sufrido bastante, y su ojo ennegrecido era un testimonio de lo que había pasado.

Se preguntó qué había pretendido McFarland. ¿Violación? ¿O sólo quería robar un beso?

Mirando la espalda del canalla, Frank se puso las manos en las caderas y volvió a centrar su atención en Jane, con la intención de preguntar. Tenía los ojos muy abiertos por el susto, y las lágrimas seguían brotando de sus comisuras.

—¿Qué pasa? —preguntó, manteniendo la voz baja.

Jane sacudió la cabeza en dirección a McFarland y se arrepintió inmediatamente del movimiento cuando palpitó en señal de protesta.

—Se jactó de haber hecho estallar explosivos en una casa cerca de Kirdford. Le *pagaron* por hacerlo, y tiene una cartera bastante grande para demostrarlo —susurró, moqueando y limpiándose la mejilla con el dorso de una manga.

Frank frunció las cejas mientras se acercaba, su curiosidad era mayor que su alarma ante la noticia. Si el hombre tenía una gran cartera para demostrar que había hecho una mala acción, significaba que alguien le había contratado para hacerlo.

—¿Quién le pagaría por hacer algo así? —preguntó, con un susurro apenas audible. Con retraso, sacó un pañuelo del bolsillo y se lo ofreció.

—Se llamaba Nicholas Bingham —contestó Jane rápidamente, tomando el pañuelo que le ofrecían e intentando secarse la cara sin apretar el paño contra ella.

Frank enarcó las cejas con asombro.

—¿Bingham? —susurró con voz ronca.

—¿El que está a punto de ser conde?

Jane se encogió de hombros, sin saber a quién se refería Frank.

—Pensó que su repentina generosidad me impresionaría lo suficiente como para querer agasajarlo —siseó. Se sintió manchada sólo de pensar en haber sido tocada por el pagano.

Las cejas de Frank, ya altas, casi le llegaban a la línea del cabello.

—¡Maldición! —maldijo, justo cuando Annie regresaba con un fajo de lino lleno de hielo. Lo acercó a la cara de Jane, pero ésta se lo quitó y se lo puso suavemente sobre el ojo y lo mantuvo allí, dando las gracias a la cocinera.

Frank rechazó fríamente a la mujer y continuó mirando a Jane sólo un segundo más. Luego se dirigió a McFarland. Cuando McFarland se atrevió a mirarle, Frank cerró una mano en un puño y la golpeó contra la cara de McFarland, y el impacto hizo que la mandíbula de McFarland se desviara. Un *chasquido* nauseabundo y un aullido de dolor emanaron de McFarland antes de que sus ojos se pusieran en blanco y su cabeza se inclinara hacia un lado.

—¡Nadie *toca a* la señorita Wethersby! —siseó en el oído de McFarland—. Es una *dama* y está bajo mi protección —añadió por si acaso, aunque McFarland se había desmayado obviamente por el dolor del puñetazo y la mandíbula rota. Al darse cuenta de que no obtendría más satisfacción de McFarland, Frank volvió a prestar atención a Jane. Ella seguía apoyada en la pared, con la bolsa de hielo apretada contra el ojo.

Como banquera de faro, Jane Wethersby era una de las mejores. En un juego de cartas que daba las mejores probabilidades de ganar al jugador, un banquero tenía que ser rápido. Sus hábiles manos barajaban las cartas con rapidez. Las repartía con precisión. Felicitaba a los ganadores y realizaba los pagos con eficacia. Y, al final de la noche, sus ganancias solían ser las más altas de la casa.

Para Frank O'Laughlin, Jane Wethersby había sido una contratación perfecta. Pero él había sabido desde el principio que los hombres que jugaban también tendían a beber en exceso, e invariablemente se hacían insinuaciones no deseadas en el transcurso del juego. La mayoría eran frustradas por otros jugadores que se encargaban de proteger o defender a su banquero favorito. Lo que había ocurrido esta noche era inusual, lo sabía, pero no era inesperado.

Frank miró a Jane durante un largo momento, dándose cuenta de que la huérfana que había acogido hacía ocho años podía ser considerada ahora por algunos como «de muestra». Sabía que tenía admiradores; sabía que tenía uno que la visitaba fuera de su horario de trabajo. Sonrió al recordar la última vez que Garrett McElliott había aparecido una tarde en la puerta de la casa, con una mano agarrando un ramo de flores de la casa caliente, la otra sosteniendo su sombrero mientras una caja de frutas confitadas estaba precariamente atrapada bajo un brazo. Jane había parecido muy complacida por su aparición, quejándose de que no había visitado *The Jack of Spades* en quince días. Frank sabía lo que le había ocurrido al mejor amigo del hombre: sabía que Garrett se había trasladado a una finca en Sussex para gestionar la propiedad y que ya no vivía en Londres.

Cuando el escocés estaba a punto de despedirse esa misma tarde, Frank había sido testigo del beso que le dio a Jane. O tal vez fue Jane quien besó a Garrett; no podía estar seguro, ahora que lo pensaba. Desde aquel día, Jane parecía *mayor*. Más madura, tal vez. Como si hubiera tomado una decisión sobre su futuro. Cuando Frank le preguntó por su cambio de actitud, ella se volvió recatada, afirmando que seguía siendo la misma Jane de siempre.

«Jane difícilmente es simple», pensó con un poco de diversión. Si hubiera tenido veinte años menos, la habría tomado como esposa.

Ahora pensaba en lo que había sucedido aquí, en el pasillo, al final de la escalera. Un desagradable patrón le había hecho una proposición y luego la había agredido cuando ella rechazó sus avances.

Ya era hora de que encontrara un marido para su cargo.

Tal vez si se le aseguraba una dote decente, Garrett McElliott consideraría casarse con Jane. McElliott era alguien que podía proporcionarle un verdadero hogar y protección. Después de todo, administraba una finca decente en Sussex, una posición que probablemente tendría mientras el nuevo duque estuviera vivo.

Sí, Frank decidió entonces que Garrett McElliott sería un marido adecuado para Jane Wethersby.

Ahora todo lo que tenía que hacer era convencer a Garrett McElliott.

—¿Sr. O'Laughlin? —una voz profunda sonó desde su izquierda.

Frank se giró para mirar al hombre alto y musculoso que estaba frente a Angus McFarland. A primera vista, pensó que el hombre vestido de azul podría estar allí para preguntar por un trabajo como portero, pero cuando el hombre de pelo oscuro mostró su tarjeta de visita, Frank se dio cuenta de que era de Bow Street.

—Marcus Leonarde, a su servicio —dijo el policía de Bow Street a modo de saludo, señalando con la cabeza la silla que sostenía al todavía inconsciente McFarland.

—Frank O'Laughlin. Soy el dueño de este establecimiento. Este *cretino* —señaló a McFarland—, ha atacado a una de mis crupieres de faro. Hizo un gesto en dirección a Jane, que por primera vez desde el incidente se apartó de la pared que le servía de apoyo y se acercó a él.

Jane extendió la mano derecha al mismo tiempo que se quitaba la bolsa de hielo del ojo derecho.

—Jane Wethersby —dijo mientras estrechaba la mano del policía. Se fijó en que su abrigo azul oscuro, adornado con una hilera de botones de latón, se ajustaba a su cuerpo atlético como si estuviera hecho a su medida.

Marcus la miró desapasionadamente, ocultando su sorpresa por la identidad de la víctima. No solía tomar declaración a las mujeres. Le sorprendía aún más que una mujer estuviera empleada como banquera de faro en un salón de juego. Se dio cuenta de que había estado llorando, pero dada la hinchazón alrededor de un ojo en el que obviamente había recibido un puñetazo, Marcus supuso que era de esperar. Observó que llevaba un paño de lino húmedo en una mano, sin duda con hielo que debía estar en el ojo.

Cuando decidió darle la oportunidad de ser escuchada, hizo un gesto en dirección a McFarland y finalmente preguntó:

—¿Ha estado aquí antes?

—Muchas veces —respondió Jane con un movimiento de cabeza—. Esta es la primera vez que… —Se encogió de hombros, sin saber cómo describir su comportamiento—. Vino con un bolso bastante lleno. Miró a su alrededor y finalmente localizó la bolsa de tela que estaba apoyada en la parte delantera de los escalones. Se acercó para cogerlo, pero Frank la tranquilizó cogiéndola del brazo—. Permítame —dijo en voz baja mientras se movía para recuperar la bolsa de monedas.

—Dijo que hizo un gran trabajo para un caballero. Le contrataron para volar una casa cerca de Kirdford —susurró al policía. Con cada parpadeo de sus ojos, el dolor irradiaba desde el lugar donde había sido golpeada. Volvió a colocar la bolsa de hielo sobre la zona que rodeaba su ojo amoratado.

Leonarde frunció las cejas y se atrevió a echar una mirada en dirección a McFarland, que recuperaba lentamente la conciencia.

—¿Dijo quién era su *patrón*?

—Nicholas Bingham —contestó mientras asentía, contenta de que el dolor de los simples movimientos de cabeza no fuera tan intenso como cuando se había despertado.

El policía enarcó una ceja.

—¿Conoces a este Bingham? —preguntó, el nombre le resultaba demasiado familiar dado lo que había ocurrido en Ellsworth House apenas una semana antes.

Jane meditó su respuesta antes de decir:

—Bueno, ha venido a jugar, por supuesto, pero no me lo han presentado formalmente. —Se encontró agarrando su falda con la mano libre y se obligó a dejar de hacerlo, alisando la tela y apoyando el brazo en la cintura.

—¿Y la casa que iba a ser volada?

Jane lanzó una mirada de confusión al policía.

—Dijo que en algún lugar cerca de Kirdford. No sé de quién era la casa. No lo dijo, pero la explosión estaba destinada a matar al primo de Bingham —explicó mientras señalaba hacia McFarland. Un gemido bajo provenía del bruto mientras sus ojos se abrían. Jane dio un paso atrás para no estar en su línea de visión.

Marcus notó su aparente miedo y le hizo un gesto con la cabeza.

—Gracias por su ayuda, señorita. Ya puede volver a su trabajo —dijo de forma despreocupada mientras dirigía su férrea mirada hacia el canalla.

Jane asintió, preguntándose qué pasaría con Angus McFarland. Se preguntó si, debido al carácter de McFarland, Nicholas Bingham seguiría libre. Si era cierto que Bingham estaba a punto de convertirse en conde, entonces era un miembro de la *ton; lo* más probable es que fuera intocable, consideró. Podría alegar que McFarland le había tendido una trampa. Las monedas del abultado monedero no podrían ser rastreadas hasta él. Era su palabra contra la de un tipo de mala reputación que quería crear problemas.

Decepcionada, estaba a punto de volver a la planta de juego cuando la mano de Frank la cogió por el codo.

—Oh, no, no lo hagas —dijo en voz baja, en lugar de guiarla hacia las escaleras de atrás—. Vas a subir a tu habitación y vas a descansar —le ordenó mientras la acompañaba escaleras arriba.

—Pero ni siquiera son las nueve…

—Shh —respondió Frank, dándole unas palmaditas en el brazo mientras la guiaba por el pasillo hacia sus habitaciones. No quería decirle que su ojo estaba amoratado. Sus clientes no apreciarían que alguien hubiera herido a su traficante de faro favorito, y ciertamente no quería que pensaran *que* la había golpeado.

Sabía que estaba siendo egoísta al considerar sus motivos. Sin embargo, tenía razón en que no debía obligar a Jane a terminar su turno después de lo que le habían hecho. Tenía a otra persona en mente para debutar, y la situación de Jane hacía que este fuera el momento perfecto para probar a la nueva chica.

Jane sacó la llave de un bolsillo de su bata y abrió la puerta, consciente de que Frank parecía querer decir algo más. Pero el dueño del salón de juego se limitó a negar con la cabeza hasta que la puerta se abrió.

—Siento mucho que te haya pasado esto en mi casa.

A Jane se le cortó la respiración antes de responder.

—No es necesario que te disculpes, Frank. No puedes estar en todas partes.

—Buenas noches, Jane —dijo en voz baja, decidiendo que era

mejor no discutir el punto. Era una mujer sensata, un rasgo que le parecía muy valioso.

—Buenas noches, Frank —respondió ella, tratando de mantener su voz ligera. Al entrar en su salón y contemplar la pequeña pero confortable habitación, se preguntó si estaba a punto de perder su puesto. *«Soy demasiado vieja»*, pensó de repente, mirándose en el espejo que había sobre la chimenea y encogiéndose al ver la evidencia del golpe de McFarland. *Veintiséis años*. La mayoría la consideraría una solterona. Algunos la llamarían solterona.

Después de ocho años de trabajo en *The Jack of Spades*, había conseguido ahorrar una buena cantidad de dinero, la mayor parte de él procedente de las propinas, mientras utilizaba sus ganancias para construir su guardarropa, asegurándose de tener trajes de noche, vestidos de mañana, un hábito de montar —aunque no había montado en varios años— y trajes de día para la vida en Londres o en el campo.

Y lo que es más importante, había gastado dinero para amueblar y decorar sus tres habitaciones en un elegante salón, una alcoba femenina pero sin florituras, y un baño y un vestidor. Aunque rara vez recibía visitas, había crecido en una casa que tenía muchas, y esperaba el día en que fuera la dueña de su propia casa. Hasta entonces, estas tres pequeñas habitaciones eran su mundo.

Ahora se preguntaba cuánto tiempo seguirían siendo estas habitaciones su mundo.

CAPÍTULO 15
EL SR. MCELLIOTT VISITA A
LA SRTA. WETHERSBY

Garrett sumergió una pluma en el tintero y reflexionó sobre cómo terminar su misiva a Joshua. Había salido de White's no hacía más de una hora, un poco sorprendido al encontrar al conde de Torrington justo donde Joshua dijo que estaría. Los hábitos del hombre eran tan predecibles que podrían ser utilizados en su contra, pero ciertamente habían ayudado a Garrett a comenzar su búsqueda de información.

El conde era una fuente de información, pero lo que más intrigaba a Garrett sobre los comentarios de lord Torrington tenía más que ver con lo que *no había* dicho. Su comentario sobre la relación de Lady Charlotte con él fue un poco sorprendente, sin duda, pero su insistencia en que hubiera un heredero en poco tiempo implicaba algo más.

El duque de Chichester sólo tenía veinticinco años. ¿Por qué era tan imperativo que Joshua tuviera un hijo lo antes posible? Para asegurar la sucesión, ciertamente. ¿Pero por qué tan rápido? Algunos duques no se casaban hasta los treinta años y lograban poblar sus guarderías con mucho tiempo de sobra.

¿Por qué Grandby parecía especialmente satisfecho de que Lady Charlotte estuviera ya en Wisborough Oaks? Aparte de su doncella, no tenía ningún compañero de viaje o pariente con ella. Charlotte tenía todavía una edad en la que esas convenciones eran necesarias. Era la hija de un conde y sin duda debía seguirlas.

Desde la muerte del duque y su familia, era ampliamente conocido que Wisborough Oaks estaba habitado por hombres solteros, ambos con reputación en la ciudad de ser unos mujeriegos.

Al menos, habían tenido esa reputación antes del incendio. Ahora ninguno de los dos había hecho mucho por llamar la atención. A pesar de pasar más tiempo en Londres que Joshua, Garrett se había limitado a visitar algunas salas de cartas y a hacer una visita ocasional a una croupier de faro sin compromiso que vivía en *The Jack of Spades*. Aunque nunca habían hablado de matrimonio, pensó que podría proponerle matrimonio si la mujer seguía estando disponible dentro de unos meses.

Sin duda, era apta para la cama.

Garrett se movió un poco en la silla del escritorio, consciente de repente de la tensión de su miembro. El mero hecho de pensar en Jane siempre parecía provocar esa respuesta. Se preguntó si ella le permitiría una visita esta misma noche. Si estaba trabajando esta noche, estaría en la planta principal del salón de juego. Si no, estaría en sus habitaciones del segundo piso. Tendría que hablar con el propietario para poder entrar en esa parte del edificio.

Súbitamente impaciente, firmó la carta con su nombre y procedió a doblarla en un cuadrado ordenado. Aunque pasarían unos minutos más antes de que llegara el mensajero que había mandado llamar, podía encargar al mayordomo que se la entregara. Dado el buen tiempo, el mensajero podría estar en camino hacia el sur antes de la medianoche y entregar la carta en Wisborough Oaks al amanecer.

Mientras Garrett entregaba la misiva al mayordomo con sus instrucciones y varias monedas, miró por la ventana del vestíbulo delantero para encontrar su carruaje aún aparcado en la acera.

—Me conoces demasiado bien —le comentó a Twickham, el mayordomo obviamente esperaba que volviera a abandonar la casa—. No pienso volver antes de la mañana —dijo, más para sí mismo que para el criado.

El alto mayordomo asintió.

—Muy bien, Sr. McElliott. ¿Debo hacer que Cook se ocupe de un desayuno por la mañana?

Garrett pensó a dónde tendría que ir al día siguiente. Por lo menos a un banco, tal vez a varios, y a un abogado o dos. Y a la casa de Lady Charlotte, dondequiera que estuviera.

—Eso sería magnífico, Twickham. Buenas noches —dijo con una inclinación de cabeza mientras se ponía el sombrero de copa que le ofreció el mayordomo y se echaba la capa sobre los hombros.

Mientras Garrett se dirigía al carruaje, con el corazón martilleándole en el pecho ante la idea de volver a ver a Jane, recordó que no tenía ningún regalo para ella. Al menos algunas tiendas estarían todavía abiertas, pero encontrar flores a estas horas de la noche podría resultar difícil. Sacó su reloj de oro y la cadena tintineó suavemente en la oscuridad. *Nueve y cuarenta y cinco.* El anillo de boda de su madre, su única joya, estaba enhebrado en la cadena, la banda de oro montada con un solo zafiro grande y dos más pequeños a cada lado. Una vez en el carruaje, sacó el anillo de la cadena y lo miró a la tenue luz de las lámparas de gas que bordeaban la carretera.

Después de dar al conductor la dirección de *The Jack of Spades* y las instrucciones de parar en una confitería de Oxford Street, volvió a pensar en Lady Charlotte. Se preguntó por su madre. Al parecer, la condesa había encontrado a su marido poco después del accidente. ¿Dónde podría estar ahora? Debía saber algo sobre los esponsales. Tal vez sabía dónde se podía encontrar la documentación. Seguramente se había hecho otra copia de los arreglos y se había guardado para su custodia. Nunca se sabe cuándo un incendio o una inundación accidental pueden destruir documentos importantes.

El carruaje estaba girando hacia Oxford Street cuando los pensamientos de Garrett volvieron a centrarse en el incendio original de Wisborough Oaks. Si el incendio no había sido accidental, ¿se suponía que todos los miembros de la familia Wainwright iban a morir en él? ¿O se suponía que alguien iba a vivir? Y si todos morían, ¿quién, además de la Corona, se beneficiaría de sus muertes?

El carruaje se detuvo y Garrett se asomó para ver una tienda de caramelos justo enfrente. Abriendo la puerta antes de que su chófer pudiera bajarse del asiento, Garrett se apresuró a cruzar los adoquines. *«Ciruelas azucaradas»*, pensó mientras entraba en la confitería. Podía lamer el azúcar de los labios de Jane mientras comía las golosinas dulces y picantes. Su polla se endureció al pensarlo, y agradeció que la noche fuera lo suficientemente fresca como para necesitar una capa que ocultara su excitación.

El propietario atendió su pedido con prontitud, asegurándole que los caramelos estaban recién hechos y con fruta y cilantro de la mejor calidad. Garrett sacó una corona del monedero que le había dado Joshua y sintió un poco de orgullo cuando el dueño de la tienda abrió los ojos. Cogió la caja del hombre, disculpándose por su prisa y salió de la tienda antes de que el hombre pudiera hacer el cambio. No habían pasado ni dos minutos desde que había dejado el carruaje hasta que regresó. El cochero hizo avanzar a los caballos y se dirigieron a la curva de Kingly Street. Los pensamientos de Garrett volvieron a su punto focal anterior: Jane.

Tan sumido estaba Garrett en su ensoñación que no se dio cuenta de que el carruaje se detenía frente al salón de juego. De hecho, un mozo de cuadra tuvo que abrir la puerta y bajar los escalones antes de que Garrett se diera cuenta de que habían llegado *al Jack of Spades.*

—Gracias —murmuró mientras salía del carruaje y se volvía hacia el edificio—. Un momento —le dijo al mozo de cuadra, queriendo asegurarse de que Jane no estuviera trabajando y tuviera ganas de recibirlo. *«Las diez en punto»*, leyó en su reloj de bolsillo, sorprendido por lo rápido que había pasado la noche. Entró en el salón y fue recibido por el mayordomo, un hombre corpulento vestido de blanco y negro que le reconoció inmediatamente.

—Buenas noches, Sr. McElliott. ¿Puedo tomar su abrigo y su sombrero? —preguntó Parkham cuando Garrett no se los ofreció inmediatamente.

—Eso depende. ¿La Srta. Wethersby trabaja esta noche?

El mayordomo hizo todo lo posible por no reaccionar, pero Garrett captó la ligera mueca en el borde de la boca de Parkham.

—Ya no, señor.

«Mi amuleto de la suerte», pensó Garrett con alegría.

—Entonces, ¿está disponible el Sr. O'Laughlin? Deseo hablar con él si puedo.

Obviamente, Parkham no esperaba la petición, pero asintió.

—Le llevaré a su despacho —ofreció, dándose la vuelta y

guiando el camino a través de la planta de juego, algo abarrotada, hasta un pasillo del fondo. Aunque algunos jugadores saludaron a Garrett, éste se limitó a asentir mientras seguía al mayordomo.

Sin embargo, al pasar por delante de una mesa de faro, no pudo evitar fijarse en una mujer muy joven que hacía de banquera. Era atractiva, con el pelo de color marfil y el rostro pálido, y sonreía con facilidad a los que se agolpaban alrededor de su mesa. Garrett se preguntó cuándo la había contratado Frank. Un rápido vistazo a la sala confirmó sus sospechas de que era la única mujer que ejercía de croupier en la sala.

Una vez dentro del despacho de Frank O'Laughlin, se hizo a un lado mientras Parkham salía a buscar al propietario. La llegada de Frank fue más rápida de lo que Garrett esperaba, y el hombre parecía no sólo sorprendido de verlo, sino más bien complacido.

—Sabía que se corría la voz rápidamente en este pueblo, pero no tenía ni idea de lo rápido que era —dijo Frank a modo de saludo, con la mano derecha extendida incluso antes de que hubiera superado la jamba de la puerta—. Creía que íbamos a mantener todo en silencio hasta que Bow Street pudiera terminar su investigación —añadió con el ceño fruncido. Se dirigió al mayordomo—. Tráiganos un poco de whisky —dijo, antes de cerrar la puerta.

Garrett se preguntó por la frase inicial de Frank.

—¿Y qué voz podría ser esa? —preguntó con cuidado. ¿Debería estar en guardia?

Frank señaló una silla tapizada cerca de su escritorio.

—Hablemos de Jane —ofreció, y luego, al ver la expresión de horror de Garrett, se dio cuenta de que éste no sabía nada de lo que acababa de ocurrir.

—¿Qué pasa con Jane? —preguntó Garrett, con la voz ronca y su preocupación bastante evidente mientras se inclinaba hacia delante y casi volvía a ponerse de pie.

—Se pondrá bien —dijo Frank rápidamente, yendo a ocupar su propia silla detrás del escritorio—. Tuvo un pequeño altercado con un cliente beligerante. Le he dado el resto de la noche libre.

La cara de Garrett enrojeció de ira.

—¡Maldita sea, Frank! ¿Está herida? ¿Mataste al bastardo?

Frank inhaló y contuvo la respiración un momento, para finalmente soltarla con un cortante:

—Sí, y no. Antes de que Garrett pudiera levantarse de su silla, Frank le tendió la mano—. Estará bien, Garrett. Tendrá un poco de moretones por un día o dos...

—¿El bastardo la golpe*ó*? —Garrett gritó con incredulidad.

—Pero el bastardo está en custodia con un policía de la calle Bow. Estará bien —repitió Frank con voz muy calmada.

Llamaron a la puerta y Parkham entró con dos vasos de whisky en una bandeja. Garrett tomó uno a regañadientes, sin ganas de beber. Su preocupación era por Jane. Si le habían dado un puñetazo en el ojo, sin duda le dolía mucho.

—¿Alguien a quien conozca? —preguntó entonces, dándose cuenta de que tenía que controlar su temperamento o arriesgarse a ser expulsado del salón de juego antes de tener la oportunidad de ver al menos a Jane.

—Lo dudo —respondió Frank encogiéndose de hombros—. Sinvergüenza de poca monta que tenía una cartera gorda y ganas de acostarse con tu futura esposa. —Observó atentamente la reacción de Garrett, con curiosidad por saber si el hombre admitiría tener sentimientos por el traficante de faro.

No le decepcionó.

—¡Lo mataré! —Garrett juró, su mano se sacudió para que el whisky casi se derramara. Bebió un trago rápido en un esfuerzo por disminuir la cantidad de líquido en el vaso. El aroma ahumado le llenó las fosas nasales y le quemó al bajar por la garganta.

Entonces se dio cuenta de lo que había dicho Frank.

Se recostó en su silla.

—¿Te ha dicho...? —empezó a preguntar. Jane debió dejar a Frank con la impresión de que ella y Garrett se casarían algún día.

Frank se esforzó por mantener una expresión impasible en su rostro.

—No —respondió con un rápido movimiento de cabeza, pero sintió un enorme alivio. Tal vez Garrett McElliott no necesitara un fuerte incentivo para casarse con Jane. Tal vez incluso podría convencerse de casarse con la mujer de inmediato, aunque sólo fuera para protegerla—. Admito que he tenido la esperanza de que sintiera algo por mi Jane. Me gustaría verla casada, los dos casados, tan pronto como sea posible —dijo Frank, decidiendo que no era necesario dar explicaciones—. Por supuesto, proporcionaré una dote generosa, digamos… mil libras, y Jane tiene algunos bienes muy bonitos que aportar al matrimonio. Muebles, plata, cristal. Sin duda has visto sus habitaciones en el piso de arriba. Me encargaré de que obtengan una licencia especial y podrán casarse esta semana.

Garrett miró a Frank con incredulidad, con la boca abierta. Sabía que, algún día, a pesar de que Jane tenía más de veinticinco años, tendría que pedirle permiso a ese hombre para pedir su mano. Supuso que tendría que rogar, suplicar y razonar con Frank para obtener ese permiso. Y supuso que el permiso vendría acompañado de un calendario de boda muy lejano.

Pero que le digan que puede casarse con ella de inmediato…

Frank se revolvió un poco.

—¿Buscas una ganga de Smithfield, entonces? —acusó con una ceja arqueada.

Los ojos de Garrett se abrieron de par en par ante el comentario.

—¡Claro que no!

—De acuerdo, dos mil libras, pero esa es mi última oferta —afirmó Frank con firmeza.

El administrador de la finca se quedó mirando a Frank durante mucho tiempo. «*¿Dos mil libras?*». Se habría conformado con Jane y sin dinero alguno. ¿Qué pudo haber poseído a Frank para ser tan generoso?

Garrett terminó su whisky.

—Yo… acepto —dijo finalmente, sin estar seguro de lo que debía decir ante la extraña proposición—. Pero, *¿por qué?*

El propietario del salón de juego parecía sorprendido por la pregunta.

—Lleva aquí *ocho años*, Garrett. Si no consigo casarla pronto, no será elegible, ¡y estaré atascado con la responsabilidad de ella por el resto de mi vida!

Aunque no había querido que el comentario fuera tan duro, Frank se dio cuenta de que era un alivio admitir por fin que no le gustaba la idea de una paternidad prolongada. Y, sí, perdería a su mejor distribuidor de faro y veintiuno en el proceso, pero podría encontrar otro. Tal vez ya lo había hecho, si Penélope Winthrop seguía repartiendo en el puesto de Jane, donde la había dejado por última vez.

Garrett asintió.

—¿Y quién es la chica nueva? —preguntó con una voz que sugería que estaba burlándose del propietario—. Tiene una mesa bastante ocupada esta noche.

Frank se coloreó un poco mientras abría un gran libro de contabilidad.

—Esa sería la señorita Penélope —dijo con rigidez. Escribió un billete de banco.

—Déjame adivinar. Huérfana. Diecinueve, tal vez veinte… —La manera burlona de Garrett todavía era evidente en su comentario.

—Eso no es de tu incumbencia —interrumpió Frank mientras firmaba un cheque con su nombre. Le entregó el cheque a Garrett. *«Dos mil libras»*, estaban escritas con una letra uniforme, legible para cualquiera que hubiera sido educado. Y cualquiera que trabajara en un banco.

Era más dinero del que Garrett había visto en una sola vez en toda su vida.

—Gracias —dijo Garrett mientras seguía mirando el cheque. *«Estoy a punto de que me encadenen las piernas»*, pensó de repente. Pero descubrió que ese pensamiento no le molestaba lo más mínimo. No había estado con otra mujer desde que había tomado la virtud de Jane; descubrió que no tenía ningún deseo de *estar* con otra mujer. *«Estoy haciendo lo correcto»*, se aseguró. Además, si no se casaba pronto con Jane, y teniendo en cuenta lo que Frank acababa de decir, ¿cuánto tiempo más estaría empleada en *The Jack of Spades*?

Como si Frank pudiera escuchar sus pensamientos, dijo:

—Me imagino que a Jane le quedaban tal vez seis meses, tal vez un año, antes de que tuviera que buscarle una alternativa en la vida.

Garrett consideró la línea de tiempo. Habría pedido su mano mucho antes, sobre todo teniendo en cuenta lo que Joshua pensaba pagarle por sus primeros seis meses en su puesto en

Wisborough Oaks. Sin embargo, con esta dote, podría casarse con Jane mañana mismo. O cuando una licencia especial lo permitiera.

—¿Puedo verla? —preguntó en voz baja, con una mano rebuscando en los bolsillos de su abrigo y chaleco. Había un anillo en alguna parte. Lo había metido en un bolsillo justo antes de salir del autocar. No tenía la intención de presentarlo como parte de una propuesta de matrimonio exactamente, pero quería que ella lo tuviera. Quería que ella supiera que su intención de pedirle la mano iba en serio. Un dedo índice se deslizó finalmente por el lazo del anillo y lo sacó del bolsillo—. Tengo que hacer una propuesta de matrimonio —dijo a modo de explicación.

Frank fijó su mirada en el anillo que Garrett llevaba en el nudillo del dedo índice, y una abrumadora sensación de tristeza se apoderó de él. Si no sacaba a Garrett de su despacho en ese mismo instante, temía que el hombre fuera testigo de las lágrimas que le brotaban de las comisuras de los ojos.

—Sube —ordenó en voz baja, cerrando el libro de contabilidad.

Garrett se puso de pie y extendió la mano.

—Gracias, Frank. Cuidaré bien de ella, puedes estar seguro —prometió solemnemente.

Frank asintió mientras estrechaba la mano de Garrett.

—Lo sé. Con eso, el propietario salió de su oficina. Garrett lo vio irse, preguntándose por el repentino cambio en Frank.

«Así que el hombre es un blandengue», pensó. Un vistazo a su reloj le dijo que era demasiado tarde para ir a ver a Jane Wethersby, pero debía ignorar el decoro sólo por esta noche. Salió al vestíbulo y subió las escaleras de atrás. Ante él se extendía un largo vestíbulo con apliques iluminados y una serie de puertas a ambos lados. Le recordó a un hotel. Sin embargo, sabía exactamente a qué puerta dirigirse y llamó tres veces antes de decir en voz baja:

—Jane, soy Garrett.

Pudo percibir movimiento detrás de la puerta, pasos apresurados y un cerrojo que se echaba hacia atrás antes de que la puerta se abriera. Jane estaba de pie ante él con una mirada de asombro, con el pelo rubio oscuro suelto, con mechones de color rubio más claro y rizos ondulados cerca de las sienes. Con sólo una bata azul oscuro que envolvía su cuerpo alto y esbelto, Jane era tan hermosa como nunca la había visto. Sin embargo, tuvo que reprimir su rostro para no reaccionar ante la visión de su ojo ennegrecido.

—Hola, Jane —dijo en voz baja mientras hacía una profunda reverencia y le tendía la caja de caramelos. No quería que los vecinos que tuviera pensaran mal de ella si oían a un caballero llamar a una hora muy alejada de las horas de visita de cortesía, aunque sus vecinos estuvieran todos empleados en *The Jack of Spades*.

Asombrada, Jane lo miró por un momento, como si no creyera que estuviera realmente allí, y luego sonrió.

—Hola, señor McElliott —dijo con una inclinación de cabeza, obviamente sorprendida de verlo.

—*Por favor*, llámame Garrett —la corrigió suavemente, aún sosteniendo la caja de ciruelas azucaradas frente a ella.

Al principio parecía insegura, pero finalmente cogió la caja de cartón blanco y abrió más la puerta.

—Gracias —murmuró, asomándose a la caja para ver los caramelos azucarados que había dentro. Sacó uno y le dio un mordisco, cerrando los ojos mientras el sabor de la fruta y las especias llenaba su boca—. Siempre sabes cuáles son los regalos perfectos para mí, ¿verdad?

Cerró la puerta tras de sí.

—Me disculpo por mi llegada tardía. Llevo unas horas en la ciudad, pero quería… —«A ti», pensó de repente mientras Jane cogía su capa y su sombrero y los colgaba en unos ganchos junto a la puerta—. Quería avisarte de que estaba en la ciudad, y me preguntaba cuándo podría llamarte para dar una vuelta. —Dejó de hablar cuando ella se giró para mirarle. La mejilla debajo de su ojo morado estaba roja, aparentemente por el golpe que había sufrido esa misma noche.

Jane inhaló bruscamente al ver su reacción y levantó una mano para cubrirse el lado derecho de la cara, como si se hubiera olvidado de los moretones que se oscurecían.

—Me he puesto hielo —murmuró, avergonzada de que la vieran con un ojo morado.

Garrett inclinó la cabeza mientras miraba el rostro magullado de Jane.

—Frank me contó lo que pasó —dijo en voz baja, extendiendo la mano para tomarla en sus brazos—. Lo siento mucho, Jane.

Jane se relajó contra los duros músculos y huesos del pecho de Garrett, rodeando su cuello con los brazos mientras él la estrechaba. En unos instantes, toda la parte delantera de su cuerpo estaba presionada contra la de él. Respiró el aroma del jabón cítrico de lavandería, del sándalo y del tabaco, y de *él*.

—No hay nada que lamentar, Garrett —respondió finalmente, inclinando la cabeza hacia atrás para mirarlo.

Garrett sacudió la cabeza, contemplando sus ojos, con la ligera inclinación de las esquinas exteriores bajo las oscuras cejas que se arqueaban hacia arriba y hacia fuera, dándole un aspecto casi exótico. Su larga y recta nariz y sus altos pómulos eran de porcelana. Y esa boca, con el labio inferior lleno y dividido con una ligera línea en el centro, y los trozos de azúcar que quedaban de los caramelos… Garrett se dio cuenta de que no podía resistirse a un beso.

Sus labios tomaron los de ella, con suavidad al principio, y luego no tanto cuando separó los suyos con la lengua y utilizó la punta de ésta para probar sus dientes y su lengua, el azúcar y el picante una combinación deliciosa. La lengua de ella se unió finalmente a la de él y le permitió saquear su boca. El deseo brotó en él. Sí, ésta era la mujer que quería para el resto de su vida. No podía imaginarse tener que pasar otro día sin ella.

Apartándose lentamente, Garrett respiró profundamente y permitió que su mirada se fijara en la de ella. Sus ojos parecían desenfocados, pero él esperó un momento hasta que ella pareció recuperar la cordura.

—Jane, yo…

—Por favor, no me dejes —susurró, sus ojos repentinamente brillantes—. No creo que pueda pasar esta noche… —Dejó que la frase se interrumpiera, temiendo que si lo decía todo, él pensara que era una libertina.

Garrett la miró un momento, sacudiendo la cabeza antes de bajar la frente para apoyarla en la de ella. Era, quizás, la mejor invitación que podía esperar.

—No lo haré —le susurró. Levantó la mano para quitarle la

suya del cuello y estrecharla entre las suyas—. Pero tengo que pedirte algo —añadió mientras se arrodillaba.

Jane observó sorprendida cómo se aferraba a su mano izquierda y rebuscaba en el bolsillo de su abrigo.

—¿Me harás el honor de convertirte en mi esposa? —preguntó en voz baja, sosteniendo el anillo de oro tachonado de gemas.

Con su mano derecha moviéndose hacia su pecho, Jane miró sorprendida tanto a Garrett como al anillo, conteniendo la respiración hasta que finalmente sonrió.

—Oh, sí, por supuesto —dijo. Se inclinó un poco, queriendo tomar la cabeza de Garrett en sus manos para poder besarlo, pero él se aferró a su mano izquierda, deslizando el anillo en su cuarto dedo. Se puso de rodillas y besó a Garrett con alegría, con lágrimas en las mejillas.

Garrett la rodeó con sus brazos, con una sensación de profundo alivio y *felicidad que* lo inundaba.

—Si obtengo una licencia especial mañana, podremos casarnos cuando queramos —sugirió mientras se levantaba y tiraba de ella para que se pusiera frente a él, rodeándola con sus brazos para que se entrelazaran en la parte posterior de su cintura—. Esta semana, incluso.

«Esta semana». Jane asintió con la cabeza y echó un vistazo a la habitación.

—Debo hablar con Frank…

—Ya lo sabe —dijo Garrett en voz baja, con los brazos todavía sueltos alrededor de su espalda.

La boca de Jane se abrió con sorpresa.

—¿Cuándo?

Sonriendo, Garrett la acompañó hasta un par de sillones con respaldo cerca de la chimenea.

—Antes de subir. Tuve que pedirle permiso para pedir tu mano —dijo mientras la colocaba frente a la silla para que pudiera sentarse. Él ocupó la otra silla.

—¿No está enfadado? —No podía imaginar que Frank permitiera que Garrett se casara con ella y se la llevara. ¡Ella había sido su empleada durante ocho años!

Garrett pensó en qué decirle, se preguntó si no sería mejor dejarle creer que la repentina proposición era obra suya y no porque Frank la hubiera alentado. Habría pedido su mano, pero el momento fue idea de Frank.

—No lo es. De hecho, fue bastante agradable. Creo que porque ha estado esperando esto. Y porque se siente un poco responsable de lo que te pasó esta noche.

Ella levantó la vista bruscamente al oír eso, con una expresión de confusión en su rostro.

—No puede estar en todas partes a la vez en este lugar —comentó, sabiendo que estaba excusando a su padre adoptivo.

—Sin embargo, se supone que estás bajo su protección —replicó Garrett, con su seriedad en la voz—. Si te parece bien, seré tu protector a partir de este mismo momento.

Jane miró a Garrett por un momento, dándose cuenta de que su oferta era más que eso: le estaba haciendo una promesa, una que un hombre no haría normalmente hasta el día de su boda. Asintió con la cabeza.

—Me gustaría mucho —murmuró, su rostro se coloreó un poco. Se lamió el labio inferior, saboreando un grano de azúcar aún atrapado allí. Mientras se recostaba en la silla, admiró las piedras de la banda de oro—. Tengo algunos ahorros... para una dote —ofreció de repente—. Y —señaló la habitación—, todo el mobiliario y la decoración son míos para llevarme de mis habitaciones aquí —añadió, con un aire más comercial.

Garrett se acercó y le cogió la mano.

—Frank ya se ha ocupado de tu dote —dijo con una sonrisa, admirando su idea de que ella debía llevar algo al matrimonio—. Pero estaré encantado de ayudarte a empaquetar todo lo que quieras llevar. O, si lo prefieres, puedo contratar ayuda para hacerlo todo.

Asombrada por la información sobre la dote, Jane asintió.

—¿Dónde... dónde iremos? —preguntó en un susurro.

—La finca del Duque de Chichester en Sussex —respondió Garrett rápidamente—. Seré el administrador de la finca durante el resto de mi vida —dijo con una sonrisa.

Con los ojos abiertos, Jane asintió.

—¿Viviremos en esa casa que has estado reconstruyendo? —La idea de vivir en una casa grande, con jardines y césped y una enorme entrada circular, siempre la había atraído. Cuando crecía, había vislumbrado la posibilidad de vivir en una casa así, dada la posición de su madre como hija de un barón.

—Bueno, esa es una buena pregunta —respondió Garrett.

Todavía no había hablado con Joshua sobre los arreglos de vivienda. Hasta que las habitaciones del ala oeste estuvieran terminadas, estaba seguro de que a su jefe le parecería bien que los dos ocuparan la casa de campo de la viuda. Era una casa pequeña, pero bien mantenida, privada y acogedora. Había traído los planos de la casa durante el viaje con la intención de mostrarle a Jane el lugar en el que podrían vivir y como medio para determinar el mobiliario que podría encajar o que aún sería necesario para completar la pequeña casa.

—Podríamos —dijo finalmente Garrett con un movimiento de cabeza—. O, si quieres ser la dueña de tu propia casa, podríamos vivir en una cabaña situada en los terrenos de la finca. Estoy seguro de que todos tus muebles cabrían —ofreció mientras miraba a su alrededor. Le gustaba bastante todo lo que tenía en su salón—. Tiene una habitación delantera que podría ser un salón, y hay una alcoba, y una habitación de día que podría ser una guardería…

La cabeza de Jane se levantó al oír eso, y su boca formó una «o» con esos perfectos y gruesos labios, más rojos que de costumbre por sus besos anteriores.

—Tal vez el dormitorio no sea lo suficientemente grande —dijo—, pero no debería ser demasiado difícil añadir algo a la casa de campo en algún momento. Ya había un equipo de construcción en el lugar terminando el interior del ala oeste. No recordaba mucho de su actual dormitorio, salvo lo que habían hecho en él las dos últimas veces que estuvo allí. Recordó que había *tomado su virtud allí, con una* punzada de *algo que* lo atravesaba.

Jane lo miró con asombro.

—La casa de campo parece… —«*Pintoresca*», pensó, preguntándose si sería como las que había leído en los libros de cuentos. Pero otro pensamiento la golpeó, y sus cejas se fruncieron.

—Creo que no sé *cómo* casarme —dijo entonces—. No tengo ninguna referencia, ninguna guía, nadie que me enseñe lo que se espera.

Garrett comprendió entonces que, habiendo sido huérfana y

viviendo en *el Jack of Spades* todo ese tiempo, Jane no había experimentado una vida con modelos de conducta tradicionales. Pero si no hacía nada más que pasar las noches en la cama con él, pensó que podría estar bastante satisfecho con ella como esposa. Para todo lo demás ya habría criados.

—Yo tampoco —respondió con una sonrisa, y su mente se llenó de imágenes de cómo ella se retorcía bajo él mientras hacían el amor la última vez que había estado en su alcoba—. Pero creo que podemos arreglarlo juntos.

Jane se levantó y le tendió una mano.

—Hay una cosa que creo que disfrutaría mucho como tu esposa —murmuró, sus ojos azules se oscurecieron de repente.

Garrett le cogió la mano y se levantó lentamente, con los ojos clavados en los de ella. Ella le condujo a su dormitorio, una pequeña habitación situada junto al salón. Una cama con dosel ocupaba más de la mitad del elegante espacio, con su contrafuerte de color escarlata y sus edredones ya bajados. Un armario, un tocador y un espejo de mesa, todo en madera de cerezo a juego, se alineaban en las paredes.

Garrett respiró profundamente, consciente del cambio en su futura esposa.

—¿Y qué podría ser? —preguntó, antes de ser consciente de su excitación y del olor de ella.

Jane se puso delante de él, deshaciendo la corbata de su bata. Con un movimiento de las muñecas, la bata se desprendió de sus hombros y cayó al suelo, formando un charco de satén a sus pies. Estaba desnuda ante él, con una pierna un poco flexionada, los pechos levantados con areolas oscuras y pezones endurecidos. Antes de que él pudiera decir o hacer nada, ella se colocó frente a él, desabrochando lentamente su chaleco y desatando su corbata.

Garrett la observó, apenas sin respirar, mientras desenrollaba el pañuelo del cuello, con sus pezones tensos rozando la fina tela de césped de su camisa mientras lo hacía.

Separando las manos, Jane le quitó el chaleco de los hombros, guiándolo con una mano mientras caía hasta unirse al corbatín en el suelo. Luego, sus dedos tiraron de la camisa hasta liberarla de los pantalones, y sus manos se extendieron por el pecho, con las yemas de los dedos acariciando lentamente su piel caliente. Se movieron para rodear sus pezones, suavizando la piel tan ligeramente, que Garrett estaba seguro de que podía sentir las huellas de sus dedos marcándolo. Y entonces sus pulgares le rozaron los pezones, provocando un jadeo que podría haber sido su primer aliento desde que comenzó su seducción.

La boca de Jane sustituyó al pulgar en un pezón, chupando y mordisqueando hasta que los brazos de él, que hasta entonces se sentían como pesos de plomo a sus lados, se movieron para agarrar sus caderas y tirar de ella con fuerza contra su excitación. Los dedos se movieron para desatar los cierres de sus calzones mientras ella sentía que él se quitaba las botas y las medias. De repente, su turgente hombría se clavó en su vientre, con un pulso tan fuerte que estaba segura de que coincidía con los latidos de su corazón.

Uno de sus brazos se movió por debajo de su trasero y, en un instante, los pies de ella se levantaron del suelo y sus largas piernas se enroscaron alrededor de los muslos de él, sus brazos rodearon los hombros de él y fue llevada a la cama mientras sus labios se apoderaban de uno de sus endurecidos pezones.

La sensación de ondulación la invadió, haciendo que su nombre saliera de sus labios mientras se sentía caer y luego aterrizar en el suave colchón de su cama. Las piernas de ella seguían rodeando la cintura de él mientras éste se inclinaba, con un brazo sosteniendo su cuerpo por encima de ella.

En la tenue luz de la alcoba, sus ojos eran oscuros, casi negros, pero sus toques eran ligeros cuando sus dedos se movían para acariciar la piel de sus muslos. Un nudillo se adentró en los suaves y húmedos pliegues de su feminidad, moviéndose alrededor del palpitante capullo que podía llevarla al éxtasis incluso antes de que él se introdujera en su interior.

Garrett observó su cara mientras rodeaba el pezón, presionando y frotando suavemente hasta que Jane arqueó la espalda y gritó su nombre. Su boca se movió sobre el otro pezón, rodeándolo y lamiéndolo hasta que ella le suplicó, y sus maullidos le hicieron enloquecer.

Luego sintió que los dedos de ella rodeaban su virilidad endurecida, que el pulgar de ella pasaba por la punta húmeda y lo agarraba, guiándolo hacia su funda húmeda y aterciopelada. Y entonces se introdujo en ella, tan lentamente como pudo, a pesar de las ganas de introducir toda su longitud en ella de una vez. Jadeó, apenas pudo evitar su liberación mientras se retiraba lentamente y luego volvía a introducirse.

Pensó que debía hacer una pausa para darle tiempo, para que se abriera más completamente a él, para que simplemente respirara, y estaba a punto de hacerlo cuando las manos de ella le agarraron las nalgas y lo atrajeron con fuerza contra ella. La llenó por completo, y un gemido se le escapó de la garganta cuando ella se cerró en torno a él, con la palpitante tensión que rodeaba su polla y amenazaba con quitarle el control.

Se retiró un poco y volvió a introducirse en ella, gruñendo cuando el cuerpo de ella se inclinó contra el suyo, profundizando su empuje. Y entonces un dedo se movió para acariciar la parte posterior de su hombría mientras intentaba retirarse. Su cuerpo se estremeció cuando volvió a introducirse en ella, sobresaltándolo. Sabía que no podía seguir aguantando y simplemente cedió a la demanda de su cuerpo.

La liberación fue sorprendente en su intensidad. Estaba seguro de haber visto estrellas en el borde de su visión mientras todo su cuerpo parecía contraerse en respuesta al orgasmo.

«Mucho más que placer», pensó, consciente de que su nombre era susurrado, de que el nombre de ella provenía de lo más profundo de él y de que los brazos de ella se movían alrededor de sus hombros para tirar de él hacia abajo, con su cara acurrucada en el espacio entre su cuello y su hombro.

Lo último que vio antes de permitir que el sueño se lo llevara fue su rostro relajado y sonriente mientras se cerraban sus pesados ojos.

Las últimas palabras que escuchó fueron:

—Te quiero.

CAPÍTULO 16
SU EXCELENCIA VISITA A LADY CHARLOTTE EN SU ALCOBA

A pesar de haber vivido con la herida en la espalda durante cinco días, Charlotte todavía se sorprendía a sí misma intentando hacer cosas que le causaban mucho dolor. Su criada, Parma, la había ayudado a desvestirse, desabrochando cuidadosamente los cierres de su vestido de gala y quitando las enaguas y las medias sin que tuviera que mover demasiado los brazos. El vendaje que cubría sus puntos y se enrollaba alrededor de su pecho para formar una especie de corsé improvisado no necesitaría ser cambiado hasta la mañana, así que optó por ponerse un camisón satinado y una bata. Esperaba que la fina y resbaladiza tela le proporcionara algo de comodidad mientras intentaba dormir de frente.

Ahora se encontraba en desacuerdo. Había despedido a Parma, pero estaba dispuesta a cepillarse el pelo, una tarea que hacía todas las noches antes de acostarse. Pero mientras intentaba levantar el cepillo hasta la coronilla, sintió un tirón en los puntos y detuvo el movimiento, siseando mientras el dolor agudo se irradiaba desde entre sus omóplatos.

Llamaron a la puerta de su habitación.

—Pase —gritó, pensando que tal vez Parma se había acordado de sus puntos y había vuelto para ayudarla con el pelo. En el espejo del tocador, sin embargo, se quedó atónita al ver el reflejo de Joshua apoyado en la puerta ya cerrada. Levantándose rápidamente, se giró y realizó una reverencia, el movimiento hizo que su bata se abriera—. Buenas noches, Wainwright. —El saludo salió un poco jadeante, su sorpresa al verlo evidente en su expresión.

Joshua dio una paso, su propia bata se mantuvo cerrada con bastante fuerza alrededor de su cintura. Miró a Charlotte por un momento, su respiración ya no estaba bajo su propio control mientras disfrutaba de la vista de ella en el brillante satén color crema, la tela aferrándose a sus curvas femeninas y drapeando sugestivamente a lo largo de sus muslos y a través de la parte superior de sus pies descalzos.

—Pensé que podría ayudarla —dijo finalmente, con una voz repentinamente ronca que le resultaba extraña.

Charlotte se ruborizó, y su rostro adquirió un tono rosado a la luz dorada de la lámpara y la chimenea. Necesitó toda su determinación para no correr hacia él, para rodearle el cuello con los brazos y apretar la parte delantera de su cuerpo contra lo que sabía que era un cuerpo duro de músculos y huesos.

—Muy amable de su parte, Su Excelencia —respondió ella. Cuando lo vio hacer una mueca de dolor, supo casi inmediatamente que se había equivocado al referirse a él como «Su Excelencia» en lugar de «Wainwright».

—Preferiría que me llamaras Joshua cuando estemos solos —dijo mientras se acercaba a ella.

«¿Qué pasó con "Wainwright"?», casi preguntó.

—Joshua —repitió, como si intentara decir el nombre por primera vez. Ella lo observó acercarse, recordando las instrucciones del médico. Sabía que ella no podía acostarse con él, sabía que los puntos de la espalda estarían ahí durante casi una semana—. Estaba intentando cepillarme el pelo —susurró ella, inhalando bruscamente cuando él se detuvo por fin a escasos centímetros de ella.

Joshua dejó que sus labios se curvaran en su lado bueno.

—¿Tuviste éxito? —preguntó en un susurro, sabiendo perfectamente que su masa de rizos rubios aún no había sido peinada. De ser así, las sedosas hebras estarían onduladas y parecerían seda hilada, como las de su madre. Alcanzó el cepillo del pelo, su cuerpo imposiblemente cerca cuando Charlotte se dio cuenta de lo que pretendía.

Un escalofrío recorrió su cuerpo.

—En absoluto —respondió ella, mirándole con recelo. Volvió a sentarse en la silla del tocador y miró hacia el espejo, observando el reflejo de Joshua en él mientras veía cómo pasaba muy lentamente el cepillo por la mitad inferior de su cabello, sujetando con las manos secciones enteras para que los nudos salieran sin causar dolor. Cuando empezó a cepillar más arriba en la cabeza, Charlotte cerró los ojos cuando las cerdas le acariciaron el cuero cabelludo, una sensación tan sensual que casi gimió. Sintió que su cuerpo se quedaba sin huesos mientras él seguía acariciando, tirando lentamente del cepillo desde la parte superior de la cabeza hasta la mitad de la espalda.

—¿Cuántos? —preguntó con una voz apenas superior a un susurro.

La pregunta pareció quedarse en el aire durante varios segundos antes de que los ojos de Charlotte se aclararan.

—¿Cuántos? —repitió ella, sin saber a qué se refería, dado el trance hipnótico en el que la había sumido la sensación del cepillo.

Joshua tuvo que reprimir una sonrisa.

—¿Cuántas pasadas sueles dar cada noche? —le preguntó, observando su reflejo en el espejo mientras evitaba que el lado enmascarado de su rostro apareciera allí.

La boca de Charlotte formó una «o» y le devolvió la mirada.

—Cien —respondió en voz baja, dándose cuenta de que no había llevado la cuenta. Pero sus largas y uniformes caricias se hacían con una mano experimentada. Se dio cuenta de la cantidad de presión que aplicaba y del cuidado que tenía cuando el cepillo se enredaba en su pelo—. Has hecho esto antes —añadió con un suspiro, disfrutando de la sensación del cepillo contra su cuero cabelludo, de las manos de él sujetando y acariciando su pelo, de sus ojos mientras observaban sus reacciones en el espejo.

Sonriendo ante la acusación, Joshua asintió.

—Sólo para mi hermana —admitió, el comentario hizo que se le estrechara la garganta. Reforzó sus facciones para no mostrar su angustia y se imaginó haciéndolo cada noche por Charlotte. Se preguntó si realmente podrían tener una vida juntos como matrimonio, su mente se aferraba a algo que no fuera su hermana para pensar. ¿Habría algún momento en el que Charlotte lo honrara con afecto? ¿Quizás incluso… amor?

¿Era capaz de verle como un simple hombre en lugar de como un duque dañado con el que estaba prometida? ¿Sería alguna vez sólo una mujer a la que él amara por ser quien era? ¿La única mujer por la que había sentido *algo*?

Miró su reflejo y trató de imaginar cómo sería su vida si fueran verdaderos compañeros de matrimonio, en lugar de una pareja obligada a casarse por deber. Tendrían hijos, por supuesto; él debía tener un heredero. Podrían vivir en la reconstruida Wisborough Oaks en los veranos y en Londres cuando él tuviera que estar allí para el Parlamento. Podrían asistir a todos los mejores bailes y organizar sus propias veladas para amigos y aldeanos.

Y pasarían las noches juntos en la misma cama, disfrutando de la compañía del otro, así como de los besos y la conexión. Sintió que sus entrañas se agitaban al pensar en tener su cuerpo junto al suyo cada noche. Al igual que la noche anterior, la mantendría cerca, en su lado no marcado, con un brazo alrededor de ella mientras su cabeza se acostaba en el pequeño hombro de él, sus pechos se apretaban contra el lado de su pecho y sus piernas se entrelazaban con las de él. Sí, así era como iban a dormir juntos, decidió.

Cuando su visión se aclaró, encontró su reflejo mirándole fijamente desde el espejo. Pero Charlotte se había vuelto para mirarle directamente, con una expresión de asombro y perplejidad.

—¿Un centavo por tus pensamientos? —susurró suavemente, sin estar segura de querer romper el hechizo en el que él parecía estar inmerso. Su mirada se había llenado de… ¿era asombro? ¿Afecto, tal vez? *¿Podría sentir amor por mí?*

Joshua tragó con fuerza antes de dejar el cepillo sobre el tocador.

—Te ayudaré a dormir esta noche —dijo, y sus modales sugerían que no toleraría ninguna protesta. Si ella podía invadir su dormitorio en mitad de la noche, él también podía invadir el de ella y compartir su cama.

Charlotte se levantó lentamente y se giró para mirar a su anfitrión, con la cara coloreada. Apenas podía creer lo que escuchaba.

Lo que él proponía era escandaloso, pero ella no estaba dispuesta a señalar cuestiones de decoro con un duque.

Especialmente no a aquel con el que estaba prometida.

—Me gustaría mucho —susurró con un movimiento de cabeza—. Pero no puedo tumbarme de espaldas.

—Sólo pretendo que *no te molestes.* —*Por ahora*, casi añadió. Si ella nunca podía corresponder al amor que él sentía por ella, entonces siempre la mantendría alejada de las molestias; se encargaría de que nadie más se acostara con ella tampoco.

—¿Estás preparada para retirarte ahora? —preguntó, con una actitud de negocios, como si compartir la cama con una virgen fuera algo que hiciera todas las noches.

Entonces se preguntó si era virgen. Una punzada de celos lo sorprendió al pensar en su hermano y en la posibilidad de que el bandido ya se hubiera acostado con ella en algún momento antes de su muerte.

—Lo estoy —susurró Charlotte, asintiendo con la cabeza mientras sentía que su cara se enrojecía de nuevo. Pensó en la venda que le envolvía el torso—. ¿Puedo dejarme el camisón puesto? —preguntó en voz baja, con el labio inferior temblando —. El vendaje es bastante feo. —*«Pero estoy segura de que la cicatriz es aún peor».*

Joshua quería capturar el labio tembloroso con sus propios labios, inmovilizarlo y luego acariciarlo y amamantarlo hasta que lo poseyera, pero se estremeció al pensar que ella esperaba que se aprovechara de ella, sobre todo teniendo en cuenta que llevaba una herida tan reciente. Frunció el ceño.

—Por supuesto —respondió—, y también tu bata, si lo prefieres —añadió para dar una buena medida.

Se dio la vuelta y la condujo a la cama. La idea de su hermano volvió a invadir sus pensamientos.

—¿Eres virgen? —soltó, más sorprendido de haberlo preguntado en voz alta que ella, dada su leve reacción de sólo abrir los ojos.

—Mi virtud está intacta, por supuesto —respondió Charlotte, asintiendo con la cabeza mientras se despojaba de la bata y se sentaba en el borde de la cama—. Te pertenece —añadió mientras se movía para deslizar las piernas por debajo de las sábanas bajadas.

Joshua la miró desde un lado de la cama, a la vez aliviado por la noticia pero aturdido por su declaración. Le sorprendió aún más que ella se quitara la bata sin pedirle que se diera la vuelta. El camisón que llevaba era muy revelador, su tela trazaba todas las curvas femeninas de su pequeño y exuberante cuerpo, incluidos los dos picos de las puntas de sus pechos.

—¿Mi hermano? ¿Él nunca…? —tartamudeó, tratando de mantener su mente en la conversación.

John Wainwright II había sido un mujeriego. Tomar la virtud de una mujer había sido un deporte para él. El hecho de que permitiera que Charlotte conservara su condición de doncella a pesar de los esponsales fue una sorpresa para Joshua.

Charlotte negó con la cabeza.

—Tengo que agradecértelo —dijo, acomodándose en el colchón del lado izquierdo.

Joshua se subió a la cama y su rostro adoptó una expresión de confusión. Desconcertado, preguntó:

—¿Y cómo he ayudado en ese sentido?

—Si prefieres quitarte la bata, me parece bien —sugirió Charlotte, sin intención de cambiar de tema—. También deberías quitarte la mascarilla. El médico dijo que sería mejor para tu piel si lo hacías.

Atónito ante sus sugerencias, Joshua pensó en cómo responder. Se inclinó y redujo la luz de la lámpara a una luz tenue, pues no quería que Charlotte lo viera desnudo, sobre todo por las cicatrices que tenía en el costado izquierdo.

¿Se había dado cuenta de su desnudez la noche anterior?

Su estado inicial de terror sugería que no se había dado cuenta, pero él recordaba los últimos momentos que había pasado en su cama, su conversación completamente coherente y sus dedos palpando y acariciando sus cicatrices de manera que, por única vez desde la noche del incendio, experimentó escalofríos de placer sensual que irradiaban de esa parte de su cuerpo. Recordando la sensación, se giró para que su lado izquierdo no pudiera ser visto desde la cama y se quitó rápidamente la bata.

Desde su lugar en la cama, Charlotte observó, cuidando de no decir nada cuando se le cortó la respiración al ver su erección en la silueta. Un escalofrío recorrió su vientre y sus pechos se sintieron repentinamente pesados.

Joshua se metió bajo las sábanas, con cuidado de dónde se acomodaba en el colchón. Aunque Charlotte le había dejado espacio de sobra, se retorció junto a él y apoyó la cabeza en su hombro mientras sus pechos, cubiertos de raso, le presionaban el lado sin cicatrizar del pecho.

Joshua tragó en un intento de mantener el control de sí mismo.

—No has respondido a mi pregunta. ¿Y cuándo hablaste con el médico sobre mí? —preguntó, con molestia en su voz, mientras se quitaba la máscara y la dejaba caer desordenadamente sobre la mesilla de noche.

Charlotte pensó en cómo responder a ambas preguntas.

—¿Recuerdas haber asistido al baile de los Sothesby? ¿Hace unos tres años? —replicó ella, estremeciéndose cuando la mano derecha de él, en un esfuerzo por encontrar un buen lugar donde apoyarse, se posó en el oleaje de su cadera. Él estaba a punto de apartarla cuando ella colocó su propia mano sobre ella antes de inclinar su cuerpo un poco más contra el de él, haciendo que la mano de él bajara por su trasero.

—Sí —respondió él con cuidado, decidiendo que tener la mano apoyada en su trasero vestido de raso era bastante cómodo, y a ella no parecía importarle—. Alrededor de tu decimoctavo cumpleaños, si mal no recuerdo —murmuró.

—¡Sí! —Charlotte estuvo de acuerdo—. Tu hermano me convenció de ir con él a la biblioteca.

—Oh, Dios —interrumpió Joshua, recordando de repente el incidente mientras seguía pensando en el lugar donde descansaba su mano.

—Y, aunque yo estaba de acuerdo con que me robara un beso, él solía robar más.

Joshua se quedó callado al recordar la noche del baile. Sabía que su hermano intentaría algo con Charlotte esa noche. El muy libertino incluso había hecho apuestas sobre cuánto tiempo permanecería intacta la virtud de Charlotte después de la primera tanda de bailes. Así que cuando su hermano la sacó del salón de baile, supuestamente para tomar el aire, Joshua la siguió. Y observó cómo John la conducía a la biblioteca y al sofá que había dentro.

Cuando los dos no salieron de la biblioteca después de unos momentos, Joshua echó humo. Había estado enfadado con su hermano esa noche, enfadado y celoso, así que cuando oyó las protestas silenciosas de Charlotte procedentes del interior de la biblioteca, abrió la puerta para encontrar el corpiño de Charlotte descolocado y a John con una mano en su pecho desnudo.

Joshua cruzó la habitación, levantó a su hermano del sofá con una mano y le golpeó la cara con la otra. John, sobresaltado, quedó con la nariz ensangrentada y un moretón que le duró más de una semana. Charlotte desapareció de la habitación, y las preguntas sobre su ubicación indicaron que había abandonado el baile quejándose de un dolor de cabeza.

—Nunca te agradecí como es debido que me salvaras —susurró ella, y su brazo derecho pasó por su pecho como si quisiera abrazarlo.

Joshua le besó la parte superior de la cabeza, preguntándose qué tenía en mente como «gracias».

—Ahora bien, si hubieras sido *tú* en esa biblioteca —sugirió Charlotte en voz baja—, no creo que mi reacción hubiera sido la misma. —Se mordió el labio, sorprendida de haber hecho el comentario en voz alta.

«Pensará que soy una libertina».

Era demasiado pronto para admitir sus sentimientos por él.

«¿Acaba de besar mi cabeza?».

No tenía ni idea de lo que sentía por ella, si es que sentía algo por ella. Y no iba a declararle su amor si él no sentía algún tipo de afecto por ella a cambio.

Inhalando bruscamente, Joshua consideró lo que ella implicaba. La había deseado, sin duda. Siempre lo había hecho, desde que tenían edad suficiente para conocerse en bailes, veladas y *musicales*. Pero ella iba a ser la novia de su hermano, la condesa de su hermano y finalmente su duquesa. Y él no iba a hacer algo que avergonzara a la familia. Algo que pusiera en peligro su posición en la *ton*.

Eso le obligaría a declarar su amor por ella.

—¿Crees que soy una libertina por haber dicho eso? —preguntó ella.

«*Sí. Dios, sí*», pensó felizmente, esperando haber interpretado correctamente lo que ella quería decir.

—¿Dices que me habrías permitido las libertades que finalmente se le negaron a mi hermano? —preguntó, esforzándose por mantener la voz uniforme.

Charlotte deseaba poder ver su rostro, pero la tenue luz de la lámpara lo mantenía en una profunda sombra.

—Algo así —murmuró somnolienta. Al cabo de un rato, se dio cuenta de que él no había respondido a su pregunta, pero pensó que era mejor repetirla. No había necesidad de hacerle creer que era una libertina repitiendo la pregunta.

Recordando su otra pregunta, cambió de tema.

—Fue el Dr. Regan quien sugirió que no llevaras tanto la máscara. Cuando me estaba cosiendo la espalda esta tarde —dijo mientras utilizaba los dedos de su mano derecha para acariciar el costado de su pecho como había hecho la noche anterior. Estaba segura de haber notado ondulaciones bajo las cicatrices rojas, segura de que su tacto era beneficioso. Por el sonido de su respiración y sus ocasionales suspiros, determinó que al menos no le estaba causando dolor.

—¿Te parece bien que haga esto? —susurró, haciendo girar los dedos alrededor de sus cicatrices para indicar lo que quería decir.

—Mmm —respondió Joshua, sus ojos se cerraron y el sueño se apoderó rápidamente de él. Las suaves caricias eran relajantes, las juguetonas caricias circulares eran sensuales, y el contacto de todo su cuerpo apretado contra su costado era positivamente celestial. Así que, aunque podía imaginarse haciendo el amor con Charlotte en ese mismo momento, Joshua Wainwright se sumió en un sueño profundo y satisfactorio que no había experimentado en muchos, muchos meses.

Charlotte suspiró mientras se acomodaba contra su cuerpo, consolándose con el hecho de que, aunque no se había dicho nada sobre si se casarían, al menos compartían la misma cama.

CAPÍTULO 17

EL SR. MCELLIOTT SE ENTERA DE LA VERDAD DEL INTENTO DE ASESINATO

*H*e decidido que me gusta estar casado —murmuró Garrett somnoliento, con el brazo bajo el hombro de Jane mientras la estrechaba contra él. Seguían tumbados en la cama, con las piernas entrelazadas y los cuerpos apretados en un flojo abrazo, cuando el sol iluminó la habitación, su pálida luz matutina bañando la estancia en un suave resplandor. Sintió que una burbuja de risa surgía de Jane mientras se aferraba a él, con sus hábiles dedos extendidos sobre su pecho.

—¿De alguna manera he conseguido dormir unos días? —susurró ella, con sus labios rozando sus costillas mientras hablaba.

Garrett sonrió ante su comentario y ante la sensación que su boca creaba contra su piel.

—Creo que me he sentido casado... bueno, *prometido*, al menos, desde aquella primera noche que pasé contigo —admitió en voz baja.

Jane sonrió, sus labios se apoderaron de uno de sus pezones para besarlo y mordisquearlo suavemente.

—Porque te di mi virtud, ¿supones?

—Bueno, eso es ciertamente una parte —respondió él. Se había sorprendido mucho cuando la desnudó aquella primera noche, con el cuerpo de ella temblando mientras sus dedos desabrochaban los botones y las varillas y bajaban las medias por sus torneadas piernas. Se había tomado su tiempo, queriendo que ella entendiera que él no estaba allí simplemente para dar un revolcón. Cuanto más tardara, más probable sería que ella se quedara con una buena impresión de él y lo invitara a su cama de nuevo.

Pero no estaba preparado para que fuera virgen.

Al fin y al cabo, trabajaba en un salón de juego, con el equivalente a un pequeño burdel en la tercera planta. Aunque no había asumido que se ganaba la vida a espaldas de ella —no había pensado mucho en ello—, tampoco imaginaba que su virtud estuviera intacta. Tenía veintiséis años, más allá de la mayoría de edad.

—Ha sido el mejor regalo que he recibido nunca —respondió finalmente, pasando un dedo por su hombro—. Aun así, me gustaría que fuera el sábado —replicó, moviendo el otro brazo para que estuviera bajo su cabeza.

—Estoy deseando que se celebre nuestra boda, de verdad, pero necesito unos días para que se me pase el moratón —dijo, sus palabras sonaban perezosas.

Garrett abrió los ojos y se encontró con que Jane le observaba, con los ojos llenos de picardía mientras sus dedos bailaban sobre su piel. Había luz más que suficiente para mostrar el ojo morado que Jane había sufrido a manos de Angus McFarland la noche anterior.

A Garrett no le costó mucho reprimir el siseo que estuvo a punto de emitir al verlo; se le había dado bastante bien reprimir su reacción ante la fealdad. Pasaba horas en compañía de un hombre quemado todos los días.

—¿Quién fue el que te asaltó? —preguntó Garrett, su renovada ira llegó tan rápidamente que le sorprendió incluso a él—. ¡Lo mataré! —juró, tratando de bajar la voz.

No tenía intención de pasar toda la noche en la cama de Jane, pero, dada la situación, tampoco iba a vestirse e irse escabullendo en la noche. Le había propuesto matrimonio y le había prometido ser su protector. Y, a decir verdad, había dormido tanto después de la intensidad de su acoplamiento de la noche anterior, que dudaba que hubiera podido despertarse antes si hubiera querido.

Jane se soltó de su abrazo y se cubrió el lado dañado de la cara con una mano.

—Garrett, no —habló en voz baja—. No fue nada. Estaba

muy borracho y pensó que podía usar su dinero para acostarse conmigo…

—¿Quién era?

—Frank ya se encargó de que le dieran una paliza antes de que llegara el policía…

—¿Quién?

—El policía se lo llevó.

—¿Quién?

Suspirando con fuerza, Jane sabía que Garrett no se rendiría hasta que ella le diera el nombre de su atacante.

—Si te lo digo, debes prometerme que te quedarás aquí y que no harás nada precipitado hasta por lo menos mañana, como mínimo —afirmó con firmeza. Si alguna vez se había preguntado qué sentía Garrett McElliott por ella, Jane sabía ahora que debía sentir más afecto por ella de lo que jamás se había atrevido a esperar.

O eso, o se tomaba muy en serio su voto de protección.

—Lo prometo —dijo Garrett, suspirando mientras la rodeaba con sus brazos y apoyaba la cabeza entre su cuello y su hombro—. Dios, te he echado de menos —susurró con voz ronca, y sus labios se acercaron al lóbulo de su oreja para pellizcarlo suavemente.

Jane sonrió y llevó las manos a los hombros de él, permitiendo que su cuerpo se apretara contra la parte delantera del suyo.

—Y yo te he echado de menos, Garrett —contestó, inhalando profundamente el aroma de sándalo y almizcle.

Garrett acercó sus labios a los de ella y le dio un rápido beso.

—¿Quién? —susurró, besándola profundamente antes de soltar sus labios para pasar los suyos por su mandíbula y por la columna de su largo cuello.

Jane suspiró pero sonrió ante su determinación.

—Angus McFarland. Dijo que había sido contratado por un hombre para matar al primo de éste en algún lugar de Sussex. —Se detuvo al sentir lo tenso que se había puesto Garrett, cómo sus labios habían abandonado su garganta para cernirse sobre su clavícula, su cálido aliento bañándola. Cuando él no se movió durante mucho tiempo, ella se atrevió a girarse para poder verlo—. ¿Garrett? —susurró, asustada por la expresión de su rostro.

—¿Cuándo? —graznó, alejando lentamente la cabeza de ella para poder sentarse erguido.

—Anoche… no, habría sido *anteanoche* —dijo—. Estaba especialmente *contento* cuando llegó anoche. Llevaba un bolso bastante lleno y ya estaba bastante hecho polvo. Cuando me fui de descanso hacia las siete y media, me siguió hasta la escalera trasera. Balbuceaba que había usado explosivos para volar una casa cerca de Kirdford. Estaba muy asustada por ti.

Garrett siguió mirándola fijamente.

—Dios mío —respiró, preguntándose si había conocido al hombre que había colocado los explosivos en el árbol de Wisborough Oaks—. ¿Recuerdas que haya dicho algo más? —preguntó, con sus modales urgentes.

Jane negó con la cabeza, pero se dio la vuelta para recordar mejor más fanfarronadas de Angus McFarland.

—Sí. Dijo que el hombre que lo había contratado era Nicholas Bingham. Lo había contratado para deshacerse de un primo.

—¿Dijo quién era el primo? —Preguntó Garrett, la urgencia aún en su voz. «*Bingham*».

Levantando la vista para encontrar su mirada, Jane se encogió de hombros.

—No dio un nombre…

—¿Le contarás tu historia a un policía? —Preguntó entonces Garrett, con una preocupación evidente en su voz.

—Ya lo hice —respondió en voz baja—. Al que estuvo aquí anoche. Su nombre era… era Marcus Leonarde. Y prometió… —Pero ella vio el miedo en sus ojos—. ¿Qué pasa, Garrett? Por favor, dímelo.

Garrett tragó con fuerza, su mente se tambaleó ante la noticia. Tendría que enviar una misiva a Joshua de inmediato. Si McFarland iba a encargarse de que cierto primo de Bingham muriera en la explosión que dañó Wisborough Oaks, entonces había fracasado.

Pero él no lo sabía.

Y tampoco Nicholas Bingham.

—La prometida del duque se presentó hace un par de días —dijo rápidamente, apartando las colchas de su cuerpo mientras se levantaba de la cama y buscaba su ropa—. Lady Charlotte.

Planeaba casarse con él en cuanto alcanzara la mayoría de edad, que creo que es este sábado.

Jane le observó vestirse, con el cuerpo desnudo extendido de frente sobre el mostrador, los pechos amontonados bajo ella y una pierna doblada con un pie en el aire.

—¿Crees que es una prima de Bingham? —preguntó, frunciendo las cejas.

—Sé que lo es —respondió secamente, recordando su conversación con el conde de Torrington la noche anterior.

Jane le miró fijamente durante un momento, con una expresión de horror que cruzó su rostro al darse cuenta de lo que implicaba su afirmación.

—¿Puso McFarland los explosivos en *Wisborough Oaks*? —preguntó entonces, cayendo su pie en la cama con un ruido sordo. Su temor inicial por Garrett al escuchar la confesión de McFarland había estado justificado.

Garrett asintió.

—¡Justo frente a la ventana de Lady Charlotte! La ventana se rompió durante la explosión, pero si hubo una bola de fuego, la apagó la lluvia. —Pensó en su discusión con Joshua el día anterior. Habían supuesto que la explosión estaba destinada a matar a Joshua, que el duque era el objetivo de lo que debería haber sido un incendio en la casa. Sus suposiciones eran completamente erróneas.

—¡Podrían haberte matado! —Jane casi chilló, levantándose de la cama y mostrando expresiones cambiantes de ira y preocupación y miedo, además de su cuerpo completamente desnudo.

—No con pólvora podrida —respondió con naturalidad. Miró su esbelto cuerpo. Su pelo revuelto por el sueño le daba un aire de libertina. Pensó que sus pechos respingones pedían ser besados. El deseo le hizo querer desnudarse y simplemente pasar todo el día en la cama con Jane. Pero había mucho que hacer, incluidas las visitas a un banco, a un arzobispo, a Bow Street y al hospital.

Tiró de Jane en un rápido abrazo, besando sus labios hinchados hasta que tuvo que apartarse para respirar.

—¿Estarás segura aquí? Tengo que hacer unos recados y conseguir una licencia de matrimonio si tenemos alguna esperanza de casarnos dentro de unos días —dijo apresuradamente.

—Por supuesto —respondió Jane con una sonrisa vacilante, todavía un poco preocupada por lo que había ocurrido en Wisborough Oaks—. Pasaré el día haciendo las maletas.

Garrett asintió.

—Veré cómo conseguirte ayuda. Y volveré para llevarte a cenar a las siete —dijo asintiendo. Con un beso más, Garrett se despidió de Jane.

CAPÍTULO 18
LLEGA LA NOTA DEL SR. MCELLIOTT

*J*oshua se quedó mirando al jinete solitario desde la ventana, preguntándose qué noticias traería el hombre. Se había despertado repentinamente al oír los cascos lejanos, y su primer impulso fue saltar de la cama desconocida. Pero al reflexionar un poco más, descubrió que primero tenía que separarse de Charlotte. Uno de los brazos de ella le rodeaba el pecho de la forma más posesiva, y una de sus piernas estaba firmemente plantada entre las de él, con su muslo sosteniendo una erección que seguía siendo evidente a pesar del aire fresco sobre su cuerpo desnudo.

Sabía que el mayordomo abriría la puerta y recibiría al mensajero a su debido tiempo. En algún momento, sin embargo, la misiva que el hombre entregaba llegaría a Joshua por medio de Gates, y él no estaba en su lugar habitual para recibirla.

Se giró para recoger su bata y se sorprendió al ver a Charlotte de pie junto a él, con los ojos puestos en el jinete mientras éste desmontaba y su montura cojeaba.

—¿Quién es? —preguntó en un susurro, con el pelo alborotado y el camisón arrugado de una forma que sugería una noche de actividades mucho más carnales que los castos tocamientos que había realizado con las yemas de los dedos.

Joshua le puso una mano en la espalda y la acercó.

—Un mensajero, sospecho —dijo en voz baja—. Probablemente lo envió Garrett —añadió, soltando la mano y acercándose a la cama. Se puso la bata—. Debería ver qué hay —murmuró mientras se ceñía la bata por la mitad, molesto porque su erección seguía siendo evidente en los pliegues de la tela.

—¿Podrás dormir de frente un rato mientras no estoy?

Una sensación de satisfacción invadió a Charlotte. Su comentario implicaba que volvería a su cama. Pero se dio cuenta de que estaba muy despierta. ¿Qué tipo de información podría traer un mensajero en mitad de la noche?

No podía ser una buena noticia.

—¿Puedo unirme a vosotros? —preguntó, con los brazos cruzados delante de su cuerpo, presumiblemente contra el ligero frío del aire.

Joshua la miró con la cabeza ladeada, observando la silueta de los pezones endurecidos en el satén que cubría sus pechos.

—Sólo si te pones un poco más que eso —replicó mientras señalaba con la cabeza su bata. Charlotte se sonrojó y se giró para coger la bata de la cama—. Y quizá una manta por encima —añadió al recordar lo reveladora que podía ser su bata.

Con un leve —*hump* — Charlotte sacó una manta de la cama y se la puso sobre los hombros mientras lo seguía por la puerta y bajaba las escaleras. Se quedó en los escalones mientras Joshua seguía hacia el vestíbulo. Como Joshua esperaba, Gates ya había abierto la puerta y estaba permitiendo la entrada del mensajero.

—Por favor, haz que este hombre se alimente y tenga una habitación para pasar la noche —dijo Joshua cuando un sorprendido Gates reconoció su presencia—. Y que un mozo de cuadra se ocupe de su caballo.

—Por supuesto, Su Excelencia —respondió el mayordomo mientras cerraba la puerta principal.

El mensajero se inclinó y sacó un pergamino de su bolsa.

—Muy agradecido, Su Excelencia —dijo mientras entregaba la misiva—. Debo esperar una respuesta y regresar rápidamente a Londres al amanecer.

«*¡Maldito sea!*», pensó Joshua mientras tomaba el pergamino. Garrett sabía que seguía teniendo problemas para escribir, su preferencia por escribir las misivas con la mano izquierda se veía obstaculizada por sus quemaduras. Abrió el sello de cera y desdobló el papel, sosteniéndolo a la tenue luz de un candelabro en la pared del vestíbulo.

Querido Duque de Chichester,

Encontré a Grandby en White's. Se produjo una discusión muy esclarecedora. Ellsworth está en coma por un accidente en su casa la semana pasada. El primo de Lady C, Nicholas Bingham, heredará cuando él muera. Hay preocupación en cuanto a su competencia y más preocupación sobre su capacidad para engendrar un hijo. Sugiero que demuestre a sus detractores que están equivocados en ambos aspectos. Grandby no sabe de otro novio para Lady C., pero dice que podría haber uno. ¿Quién no quiere 10.000 libras? Te recomiendo que te cases con ella cuanto antes. Buscaré la dote mañana. En cuanto a quién inició el fuego, no sabe de nadie que desee su muerte y la de los suyos.

Suyo en el servicio, Garrett McElliott.

P.D. Grandby es el padrino de Lady C.

*J*oshua leyó la misiva una vez y estaba leyéndola de nuevo cuando Charlotte apareció a su derecha.

—¿Son malas noticias? —preguntó ella, apoyando la cabeza en su hombro. Sus ojos se dirigieron al pergamino, pero Joshua sabía que no lo leería a menos que se lo pidieran.

—Depende —respondió, volviendo a doblar la carta—. ¿Vienes a la biblioteca conmigo? —preguntó a medias mientras se dirigía al pasillo, abriendo los bordes inferiores de su bata con su movimiento. Charlotte asintió con la cabeza y lo siguió, abrazando la manta a su alrededor hasta que estuvo en la biblioteca y la puerta se cerró tras ella—. ¿Sabías que tu padre está en el hospital? —le preguntó mientras se giraba para mirarla, mostrando un ceño de preocupación.

Charlotte suspiró y se ciñó más la manta a su cuerpo.

—Sí —respondió con una expresión de tristeza. Luego sus ojos se abrieron de par en par—. ¿Se ha muerto?

Sacudiendo la cabeza lentamente, el ceño de Joshua se frunció.

—No has dicho nada de eso. Y no estás junto a su cama —

acusó, preguntándose qué clase de accidente había puesto a su padre en coma.

—Mi madre se queda junto a su cama por las dos, aunque sospecho que se sentiría aliviada de librarse de él. —Ante el ceño fruncido de Joshua, explicó—: Padre se ha vuelto… imposible… impaciente… fácil de enfadar estos últimos seis meses. Bebe demasiado después de la cena. Teníamos miedo de lo que pudiera hacer. —«*A nosotras*», estuvo a punto de añadir. «*Por mí*».

Joshua consideró sus palabras y pensó en la cronología de sus azotes.

—¿Se… se lesionó la noche en que te dio el látigo en la espalda? —susurró, preguntándose si ella había hecho algo para provocar el accidente que lo dejó en coma.

Charlotte asintió mientras soltaba la manta. Se deslizó desde sus hombros hasta caer en un charco a sus pies.

—Estábamos en la biblioteca. Estaba a punto de levantar el látigo para golpearme por segunda vez cuando… no lo vi pasar porque estaba de espaldas, pero tropezó, se golpeó la cabeza con el borde de su escritorio. —Ella levantó los ojos para encontrarse con los suyos—. Había mucha sangre saliendo del lado de su cabeza. Estaba segura de que había muerto en el momento en que se cayó —murmuró, con los ojos brillando con lágrimas no derramadas.

Colocando un brazo alrededor de su espalda, la atrajo contra su lado.

—¿Y tu madre? —le dijo suavemente—. ¿Dónde estaba ella cuando sucedió esto?

Charlotte tragó saliva.

—Estaba en la biblioteca con nosotros. Estaba fuera de sí. Un poco horrorizada, creo. Dudo que haya visto alguna vez a alguien azotado. No creo que lo creyera capaz de disciplinarme así. Y entonces se cayó, y hubo tanta sangre…

Joshua respiró profundamente.

—¿Y los sirvientes? ¿Alguno de ellos vio lo que pasó?

Sacudiendo la cabeza lentamente, Charlotte dijo:

—No había sirvientes cuando llegamos a casa. Habíamos estado en una velada y tuvimos que entrar por nuestra cuenta, ya que mi padre incluso había despedido al mayordomo por la noche —explicó, volviendo la cabeza hacia otro lado al darse cuenta de que su padre habría tenido que hacer algunos planes con antelación: habría tenido que dar a los criados una explicación razonable de por qué les daba la noche libre, así como recuperar el látigo de los establos, todo ello antes de haber bebido demasiado esa noche—. Mi madre gritó tan fuerte que un hombre de la calle de enfrente corrió a buscar un vigilante. Y nuestro vecino, un médico, fue llamado. Pero papá no se despertaba.

Llevando la mano a un lado de la cabeza de ella, la atrajo contra la parte delantera de su cuerpo vestido con la bata y la abrazó durante algún tiempo, sintió sus susurros de aliento contra el pelo en su pecho donde la bata estaba abierta, la sintió temblar mientras intentaba evitar las lágrimas que él sabía que iba a derramar.

—Lo que dijiste, sobre por qué te azotó. ¿Era cierto? —Preguntó Joshua, moviendo su mano para sujetar la mandíbula de ella y así poder levantar su rostro para que lo mirara.

Una lágrima se le escapó por el rabillo del ojo.

—Sí —dijo ella, asintiendo.

Joshua cerró los ojos, como si al hacerlo pudiera contener la creciente rabia que sentía por lo que le habían hecho a Charlotte, todo porque ella se negaba a denunciar su compromiso con el duque de Chichester, con él, y a considerar a otro como marido.

¿Podría su compromiso, su sentido de la obligación con el ducado, ser tan fuerte como para oponerse realmente a los deseos de su propio padre? ¿O había algo más que la impulsaba a proclamar su devoción al ducado? ¿Al duque? ¿Por él?

—¿Por qué, Charlotte? ¿Por qué no hiciste lo que te pidió? —susurró, acariciando su cabello dorado mientras la abrazaba. Sintió que la cabeza de ella se agitaba contra el lugar donde descansaba, sintió que su mano abierta se deslizaba por el costado de su cuerpo sobre la tela de su túnica, la oyó sollozar en silencio en su pecho. No oyó su respuesta, aunque era consciente de que había dicho algo. Movió las manos a ambos lados de su cara y la inclinó hacia arriba.

—¿Dilo otra vez? —susurró—, no pude entender lo que dijiste —murmuró.

Charlotte moqueó y finalmente se encontró con sus ojos.

—No pude. No pude porque te pertenezco.

Atónito ante su confesión, Joshua la miró fijamente.

—¿Me *perteneces*? —repitió, con una voz apenas audible. Tuvo que reprimir la sensación de euforia que sintió al escuchar sus palabras. Por primera vez, pensó que ella sentía afecto por él.

Si era así, era más de lo que podía esperar. Todos esos años sintió tantos celos porque su hermano iba a tenerla como esposa. Y ahora podía tenerla simplemente porque estaba comprometida con el duque. Tenerla porque estaba obligada a ser su esposa.

Tenerla porque la quería.

Pero amarla y no ser correspondido: Joshua había decidido hacía tiempo que no se conformaría con un matrimonio sin amor. No aceptaría casarse simplemente por un sentido del deber hacia el ducado, aunque eso significara que el linaje Wainwright muriera con él. Quería un matrimonio como el de sus padres, una sociedad en la que se compartieran las responsabilidades de día y la cama de noche.

Todas las noches.

Y, aunque quería a Charlotte Bingham como esposa, quería que ella lo amara.

—¿Me perteneces? —volvió a repetir, con la voz un poco quebrada. Cuando Charlotte asintió tímidamente, con los ojos muy abiertos, como si temiera haber dicho algo malo, él la atrajo con fuerza contra él y le cubrió la boca con la suya, saboreando la sal de sus lágrimas mientras deslizaba sus labios sobre los de ella. Cuando sintió que la mano izquierda de ella se acercaba a su hombro bueno, deslizó su lengua entre los dientes de ella, profundizando el beso.

Al oír el gemido de ella, su respuesta fue poseer su boca, de hecho, su propio ser en la forma en que la sostenía, la forma en que sus manos se deslizaban a lo largo de sus brazos vestidos de satén, sobre sus hombros, bajando ligeramente por los lados de su espalda sobre el satén de su camisón, y finalmente para descansar en los montículos de su trasero. Sintió que todo su cuerpo se estremecía ante su contacto, y se alegró mucho de su silencioso ronroneo. La sensación de su miembro endurecido contra el vientre satinado de ella lo hizo salir a respirar, con la respiración entrecortada cuando los labios de ella se apoderaron de los suyos, mientras los dedos de ella se aferraban a su cabello y lo obligaban a inclinarse para recibir su exigente beso.

Y podrían haber seguido besándose durante varios minutos más si no fuera porque el papel que llevaba en una mano hizo un fuerte ruido de crujido al arrugarse contra el trasero de Charlotte.

Joshua parpadeó mientras se separaba de ella, besando distraídamente su frente al hacerlo. *«Puede que ella crea que me pertenece, pero no me ha profesado ningún amor*, pensó de repente. *No es una posesión, ni la tomaré como amante»*.

—Me disculpo —murmuró, sacudiendo la cabeza como para despejarla—. Yo… debo responder a esta carta para que el mensajero pueda seguir su camino —susurró, todavía con una mano contra el trasero de ella mientras agitaba la carta en el aire con la otra.

Con sus labios de abeja formando una «o», Charlotte asintió con la cabeza todavía en el beso.

—Por supuesto. ¿Puedo ofrecerte mi mano? —preguntó cuando volvió en sí, asegurándose de que podía ponerse de pie por sí misma—. Sé que te duele escribir.

Se preguntó cómo sabía ella que él luchaba con una pluma. Considerando su oferta, Joshua la condujo al escritorio doble y luego consideró cómo podría redactar su respuesta para que ella no supiera que la carta era sobre ella.

Le acercó la silla, admirando su cuerpo vestido de satén mientras ella tomaba el asiento ofrecido.

—¿Tienes otros camisones de noche como el que llevas puesto? —preguntó entonces, reprendiéndose inmediatamente. ¿En qué estaba pensando al preguntarle eso?

Charlotte inclinó la cabeza hacia un lado mientras encontraba el tintero y la pluma cerca de la parte superior del escritorio.

—Tengo al menos otro —respondió con recato.

Joshua sacó una hoja de pergamino de una pila cercana al borde del escritorio, con el sello del duque de Chichester grabado en la parte superior.

—¿Crees que sería posible tener ropa de cama hecha con el mismo tejido? —preguntó, con su ceja buena casi en la línea del cabello.

Cerrando los ojos por un segundo, Charlotte consideró lo que le estaba pidiendo. Evidentemente, el tejido de su ropa de cama era demasiado duro para su piel aún sensible. El material satinado de su bata podía comprarse en cualquier número de pañeros, probablemente en uno de los Hunts de Bishopsgate, pero ¿quién podía hacer ropa de cama con el satén brillante? Un modista, posiblemente.

—Me ocuparé de ello —dijo Charlotte mientras se incorporaba.

—¿Tienes algún color en mente? —preguntó. Aunque había estado en su dormitorio una noche, estaba demasiado oscuro para ver los colores de la habitación—. Lo dejaré en tus manos —respondió, su tono sugería que sería una prueba. Sin embargo, se preguntó qué color elegiría. Seguramente uno que complementara su tez de melocotón y crema, pensó mientras se imaginaba a Charlotte en su cama. Un color que le permitiera relajarse y dormirse más rápidamente de lo que lo estaba haciendo estos días. En ese momento se dio cuenta de que las dos condiciones podrían ser mutuamente excluyentes. Porque la idea de Charlotte Bingham tumbada desnuda sobre unas sábanas de satén de cualquier color no auguraba una buena noche de sueño.

Al menos, no de inmediato.

Pero, sin duda, después de haberla besado hasta que le suplicara que la tomara, y después de haberla complacido hasta que estuviera completamente saciada, y después de haber saqueado su cuerpo para obtener cada gramo de placer que pudiera sacar de ella hasta que su propio cuerpo estuviera agotado y ella estuviera apretada contra toda su longitud.

Tal vez las dos cosas no sean tan excluyentes.

Charlotte le miró mientras esperaba a que empezara a recitar su carta, preguntándose qué podía estar pensando. ¿Se había equivocado al permitirle el beso? Las sensaciones que sus labios habían provocado en ella aún perduraban. Los pechos le hormigueaban, sus puntas se endurecían y ansiaban algo más. Y había un dolor en lo más profundo de su corazón que aún no había desaparecido.

Retrocediendo para ocultar su excitación, Joshua encendió la luz del escritorio y luego se acercó a la ventana, donde la luz del amanecer era cada vez más fuerte. Estaba decidido a concentrarse en lo que tenía que hacer, reprendiéndose a sí mismo por permitirse la ensoñación erótica.

Releyó la carta y luego se aclaró la garganta.

—Estimado Sr. McElliott —habló finalmente, atrapando su labio inferior con un diente—. Gracias por su rápida respuesta. Por favor, informe al padrino de que comenzaré los preparativos para continuar la línea esta misma semana. —Esperó mientras Charlotte transcribía cuidadosamente las palabras que había dicho. Estaba a punto de continuar con las noticias sobre sus inminentes nupcias cuando recordó que aún no había pedido la mano de Lady Charlotte. Pero entonces, aún no sabía si su mano era suya—. Charlotte, querida —dijo en voz baja mientras volvía a acercarse al escritorio.

Asombrada por el uso de un apelativo, Charlotte se enderezó.

—¿Sí? —respondió, sin estar segura de si podía llamarlo «querido» o quizás «cariño».

—¿Tu padre arregló que te casaras con otra persona que no fuera yo? —preguntó sin rodeos, tratando de recordar lo que ella había dicho en el baño el día anterior.

Charlotte miró a Joshua, su buen humor desapareció de repente. ¿Qué había hecho su padre? No sabía nada en concreto, sólo una amenaza por su parte con respecto a un conde, presumiblemente uno que carecía de heredero, tal vez un viudo. «*El conde de Gisborn*», recordó.

Pero ningún pretendiente la había llamado, aunque ella se había encargado de ello, recordando a todos los que conocía que se casaría muy pronto con el nuevo duque de Chichester. Y cuando le dijeron que Joshua no se recuperaría de sus quemaduras, se apresuró a aclararles que se había recuperado rápidamente y que había regresado a Wisborough Oaks.

Les recordó que él poseía más de seis mil acres de tierras cultivadas y un bosque entero. Se apresuró a defender a su prometido cuando sus amigos parecían disgustados de que tuviera que ver a un hombre tan horriblemente desfigurado por sus quemaduras como para ser considerado no apto para ser visto en compañía. Al parecer, los chismes exageraban el alcance de sus lesiones, de modo que, mientras ella esperaba junto a su cama durante el día y ayudaba a cuidarlo cuando el médico se lo permitía, pasaba las noches en diversos compromisos sociales, tratando de corregir la información incorrecta que circulaba entre la *ton de* Londres.

Incluso después de que Joshua regresara a su ducado, ella continuó alabando su buena suerte al estar prometida a él, asegurando a todo el que quisiera escuchar que se estaba recuperando y que sería un excelente duque.

Y pensó que estaba asombrado de lo que él y sus empleados habían podido lograr con respecto a la reconstrucción de la casa de la finca y la supervisión del ducado.

—No lo sé —dijo sacudiendo la cabeza, decidiendo no hablarle del conde de Gisborn. Releyó las palabras que había escrito en su nombre, curiosa por su significado.

—¿Quién es tu padrino? —preguntó mientras fingía estudiar la punta de la pluma que sostenía. Una pequeña protuberancia en uno de los lados hacía que sus «o», «e» y «a» se cerraran demasiado. Buscó un cuchillo para afilarlo cuando la sombra de Joshua bloqueó la débil luz de la ventana. Le quitó con cuidado la pluma de la mano y, a los pocos segundos, la sustituyó por otra—. Me disculpo por no haberte dejado usar ésta para empezar —murmuró, arrojando la mala a la chimenea. Una chispa bailó cuando la pluma golpeó las cenizas—. El Conde de Torrington tiene la poco envidiable tarea de ser mi padrino. ¿Y quién es el tuyo? —replicó él, preguntándose si ella admitiría que era Milton Grandby.

—El mismísimo diablo —contestó Charlotte, curvando el labio mientras levantaba la cara para mirarle, sabiendo perfectamente que su comentario podía considerarse una maldición. Acalló sus rasgos cuando contempló a Joshua. Había algo muy masculino, muy imponente y un poco abrumador en la forma en que la miraba. Como si de repente la conociera. O si supiera algo sobre ella que ella desearía no saber. Sintió que la cara se le llenaba de color. La miraba como si la hubiera desnudado con sus ojos y la hubiera dejado al descubierto, y la estuviera mirando… pero, ¿era *asombro lo que* veía en sus ojos? ¿O adoración, tal vez?

Charlotte fue consciente de él de una manera que no había sido antes. Sus pechos eran repentinamente pesados, su vendaje nocturno demasiado apretado. Estaba segura de que eso era lo que se sentía al querer el cuerpo de un hombre apretado contra el suyo.

Porque si Joshua le hubiera ordenado ir a su cama, ella se habría desnudado en ese mismo momento y se habría apresurado a cumplir sus órdenes. Se habría entregado a él, le habría permitido tomar su virtud —una parte de ella a la que sin duda tenía derecho— y saquearla para obtener cualquier otra cosa que le apeteciera.

Estaba segura de poder ver algo de su deseo cuando su mirada se fijó en la de él. Pero de repente él volvió a centrar su atención en la ventana, y el movimiento fue tan inesperado que Charlotte inhaló bruscamente. Tuvo que contener la respiración un momento mientras se recordaba a sí misma que sólo estaba fantaseando.

¿Y si la mirada que vio en sus ojos era simplemente de lástima?

Joshua tuvo que apartar los ojos de ella. Estaba seguro de que ella lo estaba viendo, todo él, mientras se sentaba y lo miraba. Rápidamente consideró sus opciones. Podía ir al archidiácono de Chichester y conseguir una licencia de matrimonio. Él y Charlotte podrían casarse en pocos días.

—¿Cuántos años tienes? —preguntó entonces, con la atención puesta en el cielo del este. Unas cuantas nubes se extendían sobre el horizonte, sus montículos de color melocotón y púrpura presagiaban un hermoso día para el paseo.

Charlotte levantó la vista del pergamino, un poco sorprendida por la pregunta.

—Cumpliré veintiún años este sábado —respondió, extrañada por la elección de la pregunta, hasta que recordó que tendría la edad suficiente para casarse sin el consentimiento de sus padres.

Cuando Joshua no comentó nada inmediatamente, volvió a prestar atención al pergamino y escribió el resto de sus palabras. Recordando su comentario sobre la ropa de cama, escribió un epílogo al final de la hoja.

P.D. Si tiene la oportunidad, por favor haga a una modista la siguiente petición: Que cree un juego de sábanas y fundas de almohada de su más fino y suave raso azul. Le ruego que se disculpe en mi nombre, ya que este pedido está probablemente por debajo de las habilidades de costura de la mayoría de las costureras. Suya al servicio de Su Gracia, Charlotte Bingham.

Se preguntó si el administrador de la finca adivinaría que las sábanas no eran para ella sino para su amo. Tal vez el modista podría completar la ropa de cama antes de que Garrett dejara la ciudad, y él podría llevarla a Wisborough Oaks.

—¿Quién es el dueño de la carroza y los caballos que te trajeron aquí?

Charlotte se puso rígida, al darse cuenta de que, desde la biblioteca, Joshua podría no haber visto el escudo del conde de Torrington en la puerta del carruaje en el que ella y su criada habían viajado desde Londres.

—El conde de Torrington —contestó finalmente, sin añadir la amenaza del conde de que no volviera a Londres hasta que se hubiera asegurado el título de duquesa de Chichester. El hombre había sido bastante inflexible, insistiendo en que se casara lo antes posible a la luz de lo que le había sucedido a su padre. Si el conde de Ellsworth moría antes de que ella se casara con seguridad, habría luto para retrasar cualquier unión entre ella y el duque.

—Además de Grandby, ¿quién sabe qué estás aquí?

Charlotte inhaló bruscamente cuando se dio cuenta de que él se había colocado justo detrás de ella. Prácticamente podía sentir el calor de su cuerpo a su espalda. A punto de levantar la vista, recordó que le dolería la espalda por el gesto. Con la mirada fija en el frente, enumeró a los que sabía que estaban al tanto de sus planes de abandonar Londres para ir a Wisborough Oaks.

—Grandby, por supuesto. Mi madre. Lady Bostwick y, a estas alturas, Lord Bostwick. Lady Hannah. Los sirvientes que me trajeron. Mi criada. Nicholas —dijo mientras golpeaba con un dedo el escritorio—. Y el Sr. McElliott y sus sirvientes, por supuesto.

Joshua se colocó a su lado izquierdo y apoyó las manos en el borde del escritorio, apoyándose en los brazos mientras consideraba los nombres.

—¿Quién es Nicholas? —preguntó, frunciendo las cejas.

—Mi primo —respondió con un movimiento de cabeza—. Por mi tío, Walter Bingham. Va a heredar el título de conde de Ellsworth cuando papá muera —dijo en voz baja—. Lo cual puede ocurrir en cualquier momento —añadió con una pizca de tristeza. Puede que Ellsworth la haya golpeado con una fusta, pero seguía siendo su padre.

Joshua se apartó del escritorio con una maldición y se restregó el lado bueno de la cara con la mano abierta. Pensó distraídamente en la necesidad de afeitarse antes de que sus pensamientos volvieran a los que sabían que Charlotte estaba en Wisborough Oaks.

«*Nicholas Bingham*». Un jugador. Joshua lo conocía de los infiernos de juego que él y Garrett solían frecuentar.

—¿Qué puede heredar Nicholas? ¿Tienes idea de lo que vale tu padre? ¿Qué tierras posee? —preguntó entonces, con la mente acelerada por la nueva información. No eran precisamente preguntas apropiadas para hacer a una dama, pero en ese momento, tenía que esperar que ella dejara de lado el decoro y respondiera lo mejor que pudiera. Además, ella estaba sentada en su escritorio vestida solo con un camisón de satén, con el pelo hasta la mitad de la espalda. Y él sólo llevaba una bata. ¡Qué indecente, sin duda!

Charlotte frunció las cejas.

—Hay una finca en Oxfordshire. Cerca de Bampton. Seis mil acres y una casa bastante grande con diversas dependencias y un granero. Hay más tierras en otra parte del condado, creo, y también un aserradero, pero no tengo ni idea de su valor —empezó, con la voz un poco desigual—. La casa en Londres, por supuesto, y otra casa en Mayfair. Mi dote de diez mil libras debe estar en alguna cuenta. Probablemente en Barings —dijo en tono despreocupado—. No tengo ni idea de qué otras propiedades puede haber —terminó, su voz sonaba desesperada—. No soy de ayuda, ¿verdad? —suspiró antes de levantar la vista y descubrir que él la miraba con una pizca de picardía en los ojos.

—Lo has hecho bien —le aseguró él, asombrado de que fuera capaz de hacer la lista que hizo—. Ahora, escribe todo lo que acabas de decir. Y la parte de Nicholas, también —ordenó Joshua—. Puede ayudar a Garrett en su búsqueda de respuestas sobre el incendio.

No añadió que también ayudaría a determinar si otro compromiso había sustituido al realizado dieciocho años atrás.

CAPÍTULO 19
EL SR. MCELLIOTT INVESTIGA

Cuando un lacayo abrió las puertas exteriores del Barings Bank a última hora de la mañana, Garrett entró en el vestíbulo y se hizo a un lado, consciente de que varios hombres estaban justo detrás de él. Pasaron, continuando una conversación que parecía haber estado en marcha durante algún tiempo.

—La inversión no es sólida, se lo aseguro —oyó decir a un hombre corpulento mientras otro parecía estar bastante seguro de que era algo seguro.

—El príncipe apoya esto —insistió un hombre alto y calvo mientras lanzaba su sombrero a un lacayo.

Un poco preocupado por cómo proceder, Garrett examinó el vestíbulo del banco en busca de una recepcionista. Vio a un joven que le hacía señas con la mano. Al no reconocer al muchacho, frunció el ceño y se dirigió al mostrador del empleado. Una vez frente al sonriente muchacho, se dio cuenta de que sí conocía la identidad del joven.

—¿Clayton? —adivinó, observando lo mucho mayor que parecía el chaval que cuando lo había conocido en la finca de Chiswick, donde Clayton trabajaba como caddie y Garrett adquirió su experiencia inicial en la gestión de una finca.

—¿Qué haces aquí? —preguntó, extendiendo su mano derecha para encontrarse con la palma extendida de Clayton.

—Ganarme la vida honradamente —respondió el chico con

una sonrisa mientras estrechaba la mano de Garrett. Llevaba el pelo castaño cortado y con un rizo en la frente, aparentemente un intento de copiar el último estilo de moda—. Mi nuevo dominio, señor —dijo, barriendo con una mano abierta en un semicírculo alrededor del escritorio—. ¿Y usted?

Garrett sonrió ampliamente.

—¿Trabajas aquí ahora? —dijo, enarcando una ceja. Al parecer, el muchacho había demostrado su valía en su trabajo de mensajero y ahora tenía la suerte de estar empleado en la ciudad.

Ante el asentimiento de Clayton, Garrett se inclinó hacia delante.

—Bien. Necesito ayuda para rastrear cierta información para mi empleador.

Había recibido la misiva de Joshua apenas una hora antes, sin sorprenderse demasiado de la mano femenina con la que estaba escrita y muy satisfecho con la riqueza de pistas que contenía.

Los ojos de Clayton se abrieron de par en par.

—¿Tienes un patrón? —preguntó, un poco decepcionado—. Pensé que tal vez te habías hecho rico en el faro y que ibas a hacer un gran depósito.

Sacudiendo la cabeza, Garrett fingió una expresión de dolor.

—Ni hablar. Pero mi posición como administrador de la finca me permite un sustento mucho mejor —dijo con orgullo—. Trabajo para el duque de Chichester —proclamó, esperando la reacción del muchacho. Cuando Clayton no proporcionó ninguna, añadió—: El antiguo Lord Joshua.

Al mencionar el nombre del duque, Clayton se puso más erguido.

—¿Su Excelencia con media cara? —preguntó, y sus ojos adoptaron una expresión de asombro.

Haciendo una mueca de dolor ante la conocida frase, Garrett finalmente asintió.

—En realidad no está tan quemado —dijo en voz baja, preguntándose si la frase se utilizaba en todo Londres para describir al duque—. Y está a punto de casarse con una mujer bastante hermosa que no parece inmutarse lo más mínimo por su aspecto —añadió, esperando que Clayton difundiera *esa* noticia a todos sus conocidos.

—Por supuesto que no, si no le importa que lo diga, señor. Se va a casar con un *duque* —replicó Clayton, como si eso explicara por qué el gel no parecía inmutarse por la situación.

Garrett reprimió el impulso de suspirar con fuerza.

—*Por eso* estoy aquí —respondió, bajando un poco la voz—. Su padre está en su lecho de muerte, y hay cierta preocupación por cómo se le proporcionará la dote a Su Excelencia cuando se haya celebrado la boda.

Clayton pareció pensar en esta información durante varios segundos antes de levantar un dedo.

—¿Y la dote está depositada aquí? —preguntó.

Garrett se encogió de hombros.

—¿Lo está? —replicó, con la ceja derecha en forma de pregunta.

Clayton echó un vistazo al vestíbulo y estaba a punto de abandonar el escritorio cuando se apoyó en él.

—¿Cómo se llama el que está a punto de morir? —preguntó en voz baja.

Luchando por no hacer una mueca de dolor ante la aproximación directa del chico, Garrett se acercó.

—Conde de Ellsworth. Edward Bingham, de Mayfair —respondió en voz baja.

Clayton dejó su puesto y se dirigió a toda prisa a un pasillo cercano. Garrett observó cómo el chico desaparecía tras una de las puertas. Siguió observando, preguntándose en qué oficina estaría Clayton y luego se preguntó si tal vez sería una sala llena de registros bancarios.

Al cabo de diez minutos, se sintió tentado de redirigir sus esfuerzos con otra persona cuando Clayton regresó al escritorio, colocando una hoja de papel de aluminio frente a su antiguo jefe.

—Si había una dote aquí, ya no está —anunció Clayton con desánimo—. Al menos, no queda suficiente dinero en esta cuenta para cubrir una dote de… ¿cuánto has dicho?

—Diez mil libras —susurró Garrett.

Los ojos de Clayton se abrieron de par en par—. La cuenta del conde está aquí, pero tiene una nota en la que se dice que un hombre llamado N. Bingham no puede retirar más dinero. La nota fue puesta aquí la semana pasada. Un abogado… —Hizo una pausa mientras consultaba la escritura en la hoja de papel—, Harold Fitzpatrick, actuando en nombre de Edward Bingham, manejó el cambio —dijo, volviendo su atención a Garrett.

El administrador de la finca educó sus rasgos en una expresión de aburrimiento. Así que Nicholas Bingham había estado asaltando el dinero de la familia.

—En su momento, ¿había suficiente para cubrir la dote? —preguntó entonces, esperando que el muchacho derramara la cantidad original en la cuenta.

—En un tiempo había aquí casi cincuenta mil libras —comentó asombrado—. Pero ahora, no tanto —respondió Clayton—. Dos mil cincuenta y tres libras —susurró, moviendo la cabeza de un lado a otro—. Apenas suficiente para que una viuda acostumbrada a una buena vida pueda vivir —añadió.

Garrett contuvo la respiración por un momento. «*Apenas lo suficiente, en efecto*».

—¿Y no había ninguna otra cuenta aquí a nombre del conde? ¿Un fideicomiso, tal vez? —preguntó. ¡Tenía que haber más en alguna parte!

—No que haya podido encontrar en nuestros registros —respondió Clayton.

—¿Tal vez estaba a nombre de otra persona? —sugirió con ánimo de ayudar.

Garrett sopesó la posibilidad, pero la descartó rápidamente. Bingham habría tenido la dote en una cuenta a su nombre, seguramente. Al menos tenía el nombre de un abogado que podía localizar.

Con la ayuda de la hoja de papel, Garrett le dio a Clayton una moneda por las molestias, se despidió de su antiguo empleado y se marchó del banco.

CAPÍTULO 20
SU EXCELENCIA DA UN PASEO

*L*a montura de Joshua entró al galope en Chichester justo antes del mediodía, con los acontecimientos de la mañana aún frescos en la mente del duque.

Incapaz de dormir tras el intento de madrugada de conseguir información para Garrett, Joshua había dejado a Lady Charlotte en su cama apoyada en un montón de almohadas que había dispuesto cuidadosamente en lugar de su cuerpo. Le había besado la mejilla y se había despedido de ella antes de regresar a su propia habitación, decidido a vestirse y estar de camino a Chichester antes de que la mayoría de la casa se levantara. Gates había ordenado a un mozo de cuadra que ensillara su caballo mientras él se tomaba rápidamente un café y una tostada en la sala de desayunos. Estaba a punto de irse cuando la Sra. Gates le recordó que la hermana del vicario lo visitaría esa misma mañana.

«Maldita sea», pensó consternado. No podía permitir que ella llegara y lo encontrara fuera de la ciudad. Ella no era de las que decepcionan. *«Cuando Lady Charlotte se levante, ¿podría pedirle que atienda a las personas que vengan hoy? Tengo un asunto inesperado en la ciudad y debo atenderlo de inmediato»*.

Los ojos de la Sra. Gates se habían abierto de par en par. *«Oh, así que eso es lo que el jinete estaba haciendo esta mañana. Hizo que los sirvientes se pusieran en pie de guerra, al venir aquí tan temprano por la mañana. Estoy seguro de que la señora Thomas estará encan-*

tada de visitar a Lady Charlotte en su lugar, milord, ya que pronto será...». Se detuvo a mitad de la frase, al ver que Joshua levantaba una ceja.

«¿Pronto será qué, Sra. Gates?».

El ama de llaves había fruncido los labios y se había sonrojado antes de inclinarse más hacia Joshua. *«Señora de la casa, por supuesto»*, había susurrado, apareciendo una brillante sonrisa.

Joshua había mirado fijamente a su ama de llaves, dándose cuenta casi inmediatamente de que no debía sorprenderse demasiado de que la señora Gates ya pensara en Lady Charlotte como su futura esposa. «¿Supongo que le *agrada esa posibilidad?*», había preguntado, cruzando los brazos al hacer la pregunta.

Los ojos de la señora Gates se habían vuelto a abrir. *«¡Por supuesto, Su Excelencia! No sabe cuánto tiempo he esperado para verle casado con esa joven. Ella hará que este ducado se sienta orgulloso, lo hará»*, dijo felizmente. *«Todo el personal está preparado para haceros un día de boda perfecto. Solo tenéis que decir cuándo».*

Joshua parpadeó una, dos veces, y finalmente asintió a su ama de llaves. Su marido, Gates, había puesto los ojos en blanco mientras sostenía el sombrero y la fusta de Joshua. *«Por favor, perdone el entusiasmo de mi esposa. Disfrute de su paseo, Su Excelencia»*, había dicho mientras mantenía la puerta abierta.

Asintiendo, Joshua se dirigió a la puerta principal. Y ahora que estaba en la ciudad, descubrió que estaba deseando reunirse con el archidiácono. Había llevado consigo una buena cantidad de tabaco, sin estar seguro de cuánto costaba además de las cinco libras de la licencia que el archidiácono exigiría para celebrar una boda el sábado. Por mucho que costara, decidió que valdría la pena. Bien valía la pena, si una dote de diez mil libras estaba en su futuro.

Y más aún si Lady Charlotte lo amaba de verdad.

El sorprendido archidiácono se dirigió al duque en persona, diciéndole que el ducado se alegraría mucho de saber que su duque estaba a punto de casarse. Aunque el hombre pareció desconfiar de los rápidos preparativos, y su ceja se arqueó de forma que sugería que un posible heredero podría estar ya en camino, fue rápidamente aclarado cuando Joshua dijo:

—Lady Charlotte cumple veintiún años el sábado. Esta boda será parte de su regalo de cumpleaños.

Aunque el cargo por la licencia de matrimonio era sólo de cinco libras, Joshua le dio al hombre otras cinco y le agradeció su consideración. Estaba seguro de que, de no ser el duque, el archidiácono le habría cobrado mucho más de lo que le correspondía.

Al salir del cementerio a paso tranquilo, Joshua contempló cómo iban a ser los próximos días, sus últimos días de soltero. Parecía que un juego de grilletes estaba en su futuro inmediato.

«Y estoy a punto de ponérmelas yo mismo», pensó mientras montaba en su semental y se dirigía a casa.

La hermana del vicario, la señora Thomas, llegó puntualmente a las diez de la mañana. Acostumbrada a que la llevaran al destartalado salón donde se había reunido con el octavo duque de Chichester en dos ocasiones desde su ascenso al título, la señora Thomas se sorprendió cuando el señor Gates la llevó al ala oeste, recién terminada, y le presentó a lady Charlotte Bingham.

—Sra. Thomas, estoy encantada de conocerla —dijo Charlotte mientras completaba su reverencia. Extendió la mano para coger la mano enguantada de la mujer mayor y hacerla entrar en la habitación. Unos cuantos carpinteros estaban clavando molduras en su sitio mientras otros cortaban trozos de madera tallada con sierras de mano—. Le pido disculpas por el desorden, pero quería que fuera usted la primera en ver lo que será el nuevo salón —explicó mientras llevaba a la señora Thomas a la mesa de trabajo donde estaban esparcidas sus muestras.

*L*a hermana del vicario se llevó una mano a su amplio pecho mientras observaba la habitación y echaba otro vistazo a Charlotte. La mujer parecía confundida por la presencia de Charlotte. Por lo visto, la señora Gates no había ido a la iglesia o, si lo había hecho, se había olvidado de decirle a alguien que Charlotte estaba en Wisborough Oaks.

—¿Cree que podríamos hablar donde no haya tanto ruido? —preguntó la Sra. Thomas con una sonrisa tentativa.

Charlotte mantuvo su sonrisa firme cuando se dio cuenta de

que la renovación no estaba teniendo el efecto deseado en la hermana del vicario.

—Por supuesto, señora Thomas. Sólo pensé que podría interesarle. Su Excelencia dijo que usted le ha dado una valiosa aportación sobre el salón de la parte delantera de la casa.

Dirigió la salida del nuevo salón, al principio con un gesto y luego con las manos quietas mientras la Sra. Thomas caminaba a su lado.

—¿Su Excelencia cree que mi aportación *es valiosa?* —repitió la Sra. Thomas, con sus cejas indicando sorpresa. Una sonrisa orgullosa se dibujó en las comisuras de sus labios fruncidos.

Sonriendo, Charlotte se inclinó hacia un lado.

—Está muy avergonzado por el estado de lo que es el actual salón —explicó rápidamente—, Por eso me estoy ocupando de la terminación de este nuevo. Creo que es importante que tenga un toque femenino, ¿no?

La mujer mayor la miró detenidamente, su amplio rostro mostraba un poco de molestia.

—No creo que una casa de dos caballeros tenga que tener un salón sólo para mujeres, Lady Charlotte —respondió la señora Thomas sacudiendo la cabeza.

Al darse cuenta de que no llegaba a ninguna parte con la hermana del vicario, Lady Charlotte la condujo al estudio de Joshua, permitiendo que un sorprendido lacayo abriera la puerta mientras ella entraba y se dirigía a tomar el asiento que Joshua había utilizado el día que ella había llegado.

Observó la habitación, decididamente masculina, con sus muebles tapizados en telas oscuras. Dado que la mujer había dejado clara su aversión por el salón actual, Charlotte supuso que el estudio sería el lugar donde Joshua pretendía reunirse con la señora Thomas.

—¿Podría decirle a la señora Gates que traiga el té, por favor? —preguntó al pasar junto al lacayo, que parecía estar intentando decidir si decirle o no que no podía estar en el estudio. Asintió con la cabeza y salió de la habitación. El olor a puros y brandy flotaba en el aire, pero Charlotte actuó como si no lo notara. La señora Thomas, por su parte, sacó un pañuelo de su retícula y se lo llevó a la boca un momento.

—Oh, querida —dijo la mujer mayor mientras respiraba con cuidado—. El vicario no fuma, y había olvidado lo mal que huele el humo del puro —dijo, forzando una sonrisa conciliadora.

—Me disculpo, Sra. Thomas. Es una habitación que carece de un toque femenino, ¿no le parece? Pero, de momento, es lo más parecido a un salón que tenemos —explicó Charlotte con una sonrisa forzada—. Ahora, Su Excelencia tenía asuntos en Chichester hoy y me preguntó si podía reunirme con usted. Dijo algo sobre una feria del pueblo.

Resignada a la situación, la señora Thomas se sentó más recta en el sofá y miró a Charlotte durante un largo momento, como si intentara decidir si la joven iba a transmitir su petición.

—¿Cómo es que ha venido a Wisborough Oaks, milady? —preguntó entonces, y su atención se desvió hacia la puerta cuando la señora Gates entró llevando el mismo servicio de té que había traído el primer día que Charlotte había llegado.

«Salvada por el té», pensó Charlotte con alivio. Estuvo tentada de responder a la Sra. Thomas con un comentario sarcástico como: *«en carruaje, por supuesto»*. En lugar de ello, siguió sonriendo y dirigió su atención al ama de llaves.

—Gracias, señora Gates —dijo Charlotte cuando el ama de llaves dejó la bandeja y la saludó primero a ella y luego a la hermana del vicario—. ¿Conoce usted a la señora Thomas? —preguntó Charlotte mientras levantaba la tetera y empezaba a servir el té.

—Oh, sí, milady —respondió la señora Gates con una brillante sonrisa—. Es muy bueno verte salir de nuevo, Meg —dijo con un movimiento de cabeza en dirección a la mujer—. Nos tuviste a todos preocupados el invierno pasado. —La Sra. Gates se volvió hacia Charlotte—. Tuvo una terrible fiebre.

Un poco avergonzada, la señora Thomas sonrió con fuerza a la señora Gates.

—Gracias, Agnes. Te hemos echado de menos en el servicio —añadió un poco malhumorada—. ¿Te encuentras bien?

Tras dejar la bandeja de té, la Sra. Gates parecía estar a punto de marcharse.

—Oh, sí.

Charlotte supuso que las dos mujeres mayores se conocerían, y se había dado cuenta de que necesitaba un mediador cuando se trataba de tratar con la formidable hermana del vicario.

—Señora Gates, ¿podría unirse a nosotros? La señora Thomas está aquí para proponer lo que creo que será una idea excelente para el ducado —rogó, esperando que su voz no sonara tan desesperada como se sentía.

—Oh, sí —contestó alegremente la señora Gates—. Déjeme ayudarla con eso, milady —dijo mientras se acercaba y empezaba a añadir azúcar a las tazas de té que Charlotte ya había servido. Charlotte sonrió y se sentó de nuevo en su silla, confiando a la señora Gates el servicio de té.

—Me temo que es culpa mía que la señora Gates se haya ausentado de la iglesia —dijo Charlotte rápidamente—. Aparecí de forma bastante inesperada hace unos días, y creo que ella sintió que no podía dejar la casa por mi culpa.

La señora Gates sonrió.

—Tonterías, milady —le susurró a Charlotte. Dirigió su atención a la señora Thomas—. Lady Charlotte ha llegado justo cuando se la esperaba —dijo el ama de llaves con orgullo—. Va a casarse con nuestro duque —anunció ante la evidente sorpresa de la señora Thomas.

La mujer lanzó una rápida mirada en dirección a Charlotte, dándose cuenta del *paso en falso que había cometido* al estar a punto de dar el corte indirecto a la futura duquesa.

—Llevo casi dieciocho años esperando que reclame esta casa. Incluso se lo dije a Su Excelencia esta mañana antes de que se fuera —añadió, dirigiendo su atención y una brillante sonrisa hacia Charlotte.

El rostro de Charlotte se coloreó al preguntarse cómo había reaccionado Joshua ante esa noticia. Necesitando apartar la atención de ella, preguntó:

—Ahora, ¿qué era lo que quería que el duque considerara, señora Thomas?

Durante la siguiente hora, las tres mujeres charlaron sobre la posibilidad de que el duque organizara una feria en el pueblo. Teniendo en cuenta lo ocupados que estaban los campesinos durante el verano, decidieron que debía celebrarse en otoño para festejar la cosecha y ofrecer un entretenimiento a los habitantes de la ciudad antes de que regresaran a Londres para los meses de invierno.

Cuando la Sra. Thomas se marchó, Charlotte tenía una buena relación con ella, y no sólo porque hubiera aceptado convencer al duque de que fuera el anfitrión del evento.

—Espero que no hayamos puesto en un brete a milady con esta feria —dijo la Sra. Gates después de que la Sra. Thomas se despidiera de Wisborough Oaks en su pequeño currículo.

—En absoluto —respondió Charlotte sacudiendo la cabeza—. Creo que Su Excelencia estará encantado con nosotras, sobre todo si hacemos toda la planificación y nos encargamos de que los hombres del pueblo construyan las casetas y demás —añadió con una sonrisa traviesa—. ¿Quieres almorzar conmigo para que podamos seguir trabajando? —preguntó entonces, sin querer volver aún a la sala en construcción.

—Oh, sí —aceptó la señora Gates, y se dirigieron al comedor.

—¿*Qué vamos a* hacer? —preguntó Joshua, frunciendo las cejas mientras sacaba papeles de una alforja y los colocaba sobre su escritorio.

—Una feria de pueblo. En otoño, justo después de la cosecha —explicó Charlotte, esperando no haberse excedido al asegurar a la señora Thomas que se encargaría de que el duque aceptara la idea.

Joshua la miró por un momento, recordando la visión de ella en camisón de raso. «*No lleva corsé*», pensó con alegría. Se colocó frente a ella y finalmente tomó su mano y rozó el dorso con sus labios. Un escalofrío recorrió la mano de Charlotte y subió por su brazo, haciendo que éste se sacudiera un poco en su agarre.

—Una idea espléndida —respondió finalmente—. ¿Te ofreciste a ayudar en la planificación? —preguntó cuando volvió a prestar atención a los papeles que había colocado sobre el escritorio.

—Por supuesto —asintió Charlotte—. ¿Es… ¿Te parece bien? —preguntó ella, incapaz de determinar sus verdaderos sentimientos al respecto por el tono de su voz o por su lenguaje corporal.

—Es excelente —comentó entonces Joshua—. Mi madre solía organizar una feria en el pueblo. Han pasado años desde la última. Tuvimos una mala cosecha y nadie quiso celebrarlo. Una vez que te saltas un año, es fácil dejar pasar el siguiente también —explicó con un movimiento de cabeza—. Lástima, además, porque allí fue donde aprendí a jugar a las cartas. Y tuve mi primer beso.

Charlotte sonrió al recordarlo.

—¿Quién, por favor, fue la afortunada? —preguntó con voz burlona.

Joshua se apoyó en el escritorio y cruzó los brazos sobre el pecho.

—La hija del herrero —dijo con nostalgia, mostrando una débil sonrisa en su rostro.

—¿Sigues deseando besarla estos días? —preguntó Charlotte, uniéndose a él para apoyarse en el escritorio.

Joshua soltó una sonora carcajada llena de felicidad.

—Dios, no. Está casada con el dueño del pub, me saca unos tres kilos y tiene al menos seis hijos —dijo, sonriendo ampliamente. Su sonrisa abandonó lentamente su rostro mientras estudiaba a Charlotte, con cara de querer preguntarle algo pero sin encontrar las palabras para hacerlo.

Charlotte apoyó la cabeza en su hombro, adivinando la pregunta no formulada.

—Todos los que quieras, Joshua —murmuró, y su sonrisa se volvió recatada.

Sorprendido por su declaración, Joshua rodeó su cintura con los brazos y la atrajo contra la parte delantera de su cuerpo, moviendo una mano hacia la parte posterior de su cabeza para atraerla contra su pecho.

—Gracias —susurró él, besando la parte superior de su cabeza.

CAPÍTULO 21
SR. MCELLIOTT,
INVESTIGADOR
CONTINUACIÓN

*E*l despacho del abogado estaba en Oxford Street, convenientemente metido en un espacio entre una modista y una tienda de instrumentos de cuerda. Garrett conocía a Madame Suzanne, la propietaria de la tienda de ropa, de haberla visitado cuando acompañó a Jane allí en una ocasión.

Madame Suzanne fue muy complaciente con su inusual petición de ropa de cama de satén. Tenía en mente la tela exacta, y tenía una costurera que creía que podría completar el trabajo en un día.

—Siempre que no necesite las iniciales de Su Excelencia bordadas en las fundas de las almohadas, Annette podrá tenerlas listas para mañana a las diez —prometió Suzanne, palmeando la corona que él le entregó al hacer el pedido. Cuando Garrett preguntó por un vestido de gala para Jane, las oscuras cejas de la francesa se arquearon de forma muy diabólica.

—¿Por qué, Monsieur McElliott, no sabe que un hombre no puede comprar un vestido para una mujer? A menos que sea su amante, por supuesto —susurró con un toque de conspiración.

Garrett no estaba familiarizado con esa regla, y su expresión confusa transmitía su ignorancia.

—¿Puedo hacerlo si va a ser su vestido de novia? —preguntó, con la voz baja y sus propias cejas arqueadas con picardía—. ¿Y es mi regalo de bodas para ella?

El modista le miró un momento y luego sonrió.

—¿Ha dicho que sí?

Frunciendo el ceño, Garrett respondió:

—¡No estaría aquí si ella hubiera dicho lo contrario!

Madame Suzanne puso una mano en el brazo de Garrett.

—Estás de suerte. Tengo justo el vestido para tu querida Jane —rezumó, deslizándose con gracia hacia un maniquí que llevaba un vestido de seda glasé azul zafiro bajo una sobrefalda de red dorada—. Es modesto para una boda de mañana, y el corpiño se puede retocar fácilmente para hacerlo más bajo como vestido de noche de moda —explicó Suzanne mientras pasaba la mano por el corpiño de lo que Garrett consideraba un vestido ya escotado—. Lo mejor de todo es que ya es de la talla de la señorita Wethersby. Sin embargo, tendré que pedir a una de mis chicas que le añada un volante extra en la parte inferior, ya que es muy alta —dijo mientras consideraba el vestido—. Y también algunas flores doradas, creo, justo a lo largo de la parte inferior donde añadimos el volante.

Garrett se quedó mirando a la mujer, sin comprender la mitad de lo que decía pero decidiendo que sonaba bien.

—¿Puedes hacer todo eso para mañana a las diez? —preguntó con cuidado, sacando otra corona del bolso que le había dado Joshua.

La ceja de Madame Suzanne se arqueó de nuevo.

— Pero, por supuesto, Monsieur McElliott. Y necesitará unos guantes a juego y un tocado adecuado hecho con la red, por supuesto —le explicó, indicándole que se dirigiera al mostrador donde anotó su factura—. Mañana a las diez —le aseguró, entregándole su recibo.

Garrett se despidió de la modista y se dirigió al despacho del procurador, aliviado al encontrar al hombre detrás de su escritorio.

Harold Fitzpatrick sospechó cuando su visitante le pidió un momento de su tiempo, pero cuando Garrett McElliott sacó su cartera y se ofreció a pagar el tiempo, Fitzpatrick estuvo más que feliz de complacerle.

—Represento a Su Excelencia, el Duque de Chichester —anunció Garrett inmediatamente. Sacó de un bolsillo interior un papel cuidadosamente doblado y se lo entregó al abogado, esperando que el rango de su empleador ayudara a soltar aún más la lengua del hombre.

Aunque el hombre calvo del abrigo mal ajustado y la corbata arrugada no parecía impresionado, asintió.

—¿Y qué podría requerir Su Excelencia? —preguntó, apoyando los codos en el borde de un escritorio repleto de pergaminos y libros que parecía que iban a derramarse por el suelo al menor empujón.

—Su Gracia tenía la impresión de que está comprometido con Lady Charlotte Bingham. ¿Puede confirmar la existencia de tal compromiso o hablarme de cualquier compromiso que Edward Bingham pueda haber arreglado a través de usted para su hija, Lady Charlotte?

El hombre se recostó en su silla y miró a Garrett durante un momento antes de suspirar con fuerza.

—Más bien pensé que sus maniobras serían problemáticas —respondió Fitzpatrick, entrelazando los dedos—. Sólo estaba al tanto de un compromiso de hace muchos años con el conde de Grinstead, el duque de Chichester, si el conde hubiera ascendido — comenzó, pero luego sacudió la cabeza—. Sin embargo, el conde de Ellsworth estuvo aquí el mes pasado alegando que el compromiso había sido sustituido por otro, y quería arreglar la transferencia de propiedades como dote de dicho compromiso — explicó el abogado en tono aburrido.

—¿Propiedad? —repitió Garrett, aturdido por la información —. ¿Por qué no sólo *dinero?* —preguntó, con las cejas fruncidas por la sorpresa.

—Probablemente porque no queda mucho —replicó Fitzpatrick sacudiendo la cabeza.

Garrett miró al abogado con una expresión diferente.

—¿Las diez mil libras de la dote de Lady Charlotte son…?

—La mayoría se ha ido —confirmó Fitzpatrick con un movimiento de cabeza—. Gastado. «Apostado» es probablemente una mejor manera de describir la situación.

Inclinándose fuertemente hacia atrás en su silla, Garrett dejó escapar su aliento en un largo suspiro.

—No sabía que Lord Ellsworth fuera un jugador.

Las cejas de Fitzpatrick se levantaron.

—No lo es —replicó rápidamente—. Es uno de los condes de mejor comportamiento de nuestro tiempo, creo. Sin embargo, su sobrino *es* un jugador.

Conteniendo su reacción lo mejor que pudo, Garrett suspiró.

—¿Nicholas Bingham? —adivinó, ya que conocía el nombre por su anterior conversación con Jane, el documento del banco y la nota de Joshua de ese mismo día. También recordaba haber visto al hombre en muchos infiernos de juego durante sus propios días de jugador. «*Justo el año pasado*».

El abogado asintió.

—Nicholas es el heredero aparente de Lord Ellsworth. El joven consiguió que su tío le adelantara parte de su herencia, y antes de que el conde se diera cuenta de lo sucedido, el señor Bingham vació todo, excepto una cuenta doméstica que desconocía que existía.

La mente de Garrett se aceleró. Si Edward Bingham sabía que estaba siendo desangrado por su propio heredero, ¿por qué no lo impedía? Tal vez no lo supo hasta que fue demasiado tarde. O tal vez había descubierto el problema y había movido el dinero a una cuenta diferente.

O un banco diferente.

—¿Y la propiedad?

Fitzpatrick se encogió de hombros, obligando a su corbata a ponerse un poco mejor que antes.

—Una de las mejores decisiones de su señoría, creo —dijo el abogado con una sonrisa—. Al transferir la propiedad que no está vinculada a su futuro yerno, la finca de Oxfordshire queda protegida de Nicholas, que creo que sólo la perdería en un salón de juego.

Un peso de plomo pareció caer en el estómago de Garrett.

—¿El futuro yerno siendo…?

Los ojos del abogado se apagaron un poco y suspiró.

—Henry Forster. El conde de Gisborn —murmuró—. Debes conocerlo, ya que la difunta chica Wainwright iba a casarse con él en algún momento.

Garrett sintió una sacudida de sorpresa. El conde de Gisborn no era un viejo decrépito; ese hombre había muerto y Henry Forster había heredado el título.

—Un buen hombre, realmente. Se mantiene alejado de los problemas. Dirige su propia finca en las tierras adyacentes a Ellsworth Park en Oxfordshire. Con la adición de las tierras de Ellsworth, Gisborn tiene una finca que pagará rentas decentes y ofrecerá a la familia Forster ingresos durante muchos años. Pero Gisborn necesitaba un heredero y estaba más que dispuesto a aceptar tierras en lugar de una dote monetaria.

«Por supuesto que sí», pensó Garrett con desesperación. *«A Charlotte se le romperá el corazón. Joshua estará…»*, bueno, aún no estaba seguro de lo que Joshua sentía por Charlotte, pero sabía que Charlotte sentía afecto por su jefe.

—Y si Lady Charlotte no… si no se casa con Gisborn, ¿las tierras vuelven a Bingham?

El abogado parecía sorprendido de que pudiera existir esa posibilidad.

—Por supuesto que no. La escritura ya ha sido transferida, en cualquier caso —dijo con un gesto despectivo de las manos.

«¿Ya fue transferido?». Garrett tragó saliva. No habría esperado que el conde de Ellsworth transfiriera la escritura de una tierra asociada a una dote hasta *después de celebradas las* nupcias.

—Entonces, ¿qué incentivo tiene Gisborn para casarse con Lady Charlotte si ya tiene las tierras?

Fitzpatrick frunció el ceño ante la implicación de la pregunta de Garrett.

—Necesita un *heredero*, señor McElliott. ¿Y qué mejor mujer para darle hijos que Lady Charlotte? Al fin y al cabo, ella se dedica a cumplir con su deber. Se lo ha dejado muy claro a *todo* aquel que la escuche.

Cerrando los ojos por un momento, Garrett dejó que la decepción se instalara. Había venido sabiendo que las noticias podrían no ser buenas, al menos en lo referente a la dote. Pero la noticia de la transferencia de tierras fue un golpe.

Sólo le quedaba una duda.

Enderezándose en su silla, suspiró.

—Si le digo en confianza que hace unas noches se intentó quemar la casa de los Wainwright en Sussex, ¿quién sospecharía que fue el responsable?

Fitzpatrick miró a Garrett durante mucho tiempo. Si le sorprendió la pregunta, no permitió que se reflejara en su rostro.

—¿Me estás preguntando quién querría muerto al último miembro superviviente de los Wainwrights?

—Supongo que sí —respondió Garrett, moviendo la cabeza.

El abogado se inclinó sobre el escritorio, bajando la voz hasta casi un susurro.

—Nicholas Bingham aún cree que Lady Charlotte está prometida al Duque de Chichester.

Garrett escuchó las palabras, pero no entendió bien su significado.

—Así que piensa que una dote de diez mil libras será debida y pagadera...

—Pronto —afirmó Fitzpatrick con un movimiento de cabeza.

—Pero, Lord Ellsworth ciertamente habría dejado entrever que conocía sus cuentas...

El abogado movía la cabeza de un lado a otro.

—Por recomendación mía, Lord Ellsworth no ha hablado ni escrito a Nicholas Bingham sobre ningún asunto financiero en el último año.

La confusión de Garrett se aclaró un poco.

—Así que el sobrino cree que el conde no es consciente de la cuenta de la dote vaciada y esperaba poder ganar algo de tiempo para reponerla.

Fitzpatrick asintió con tristeza.

—Y con el conde en el hospital, en su lecho de muerte, dirían algunos, Nicholas cree que está a punto de heredar Ellsworth Park. Él, sin duda, espera vender parte de la finca para engordar las cuentas bancarias. Lord Ellsworth, que según tengo entendido se está recuperando muy bien, ríe el último, por así decirlo. El abogado se enderezó en su silla y volvió inmediatamente a su trabajo.

«La última risa, en efecto», pensó Garrett, su frustración evidente. Una risa a costa de Lady Charlotte.

CAPÍTULO 22
EL CONDE DE GISBORN HACE
UNA VISITA

*J*oshua se levantó rápidamente, sorprendido por la rapidez con que el visitante había llegado desde el vestíbulo hasta su estudio. Evidentemente, el hombre no había esperado a que Gates volviera de haberle anunciado, sino que le había seguido directamente hasta el estudio.

—Lord Gisborn —reconoció cuando el hombre de pelo oscuro entró en la habitación. La rápida mirada hizo que Joshua parpadeara. «*¿Este es Gisborn?*», pensó, aturdido por la visión de un hombre mucho más joven de lo que imaginaba que era el conde. «*Mi hermana iba a casarse con este hombre*», recordó entonces. «*Habría sido mi cuñado*».

Joshua se esforzó por mantenerse lo más recto posible. Desde su regreso de Londres, dos meses antes, no había tenido contacto con un par del reino y quería estar seguro de que Gisborn pudiera ver inmediatamente que no era un lisiado.

Gisborn se detuvo frente al escritorio y asintió profundamente a su anfitrión.

—Su Excelencia —contestó, su mirada se fijó en la máscara de Joshua, pero por lo demás su aspecto era normal—. Tiene usted buen aspecto —dijo, abandonando un poco la fanfarronería.

—A pesar de los informes que dicen lo contrario, estoy bastante bien, gracias —respondió Joshua, con una actitud lo más agradable posible dada la inesperada interrupción—. Confío en que esté bien.

La respuesta de Gisborn fue tranquila.

—Lo estoy. O lo estaba, hasta que descubrí que algo mío había desaparecido. —A pesar de que se dirigía a un duque, había una pizca de amenaza en el comentario mientras miraba a Joshua.

Arrugando las cejas, Joshua señaló las sillas del lado del estudio más cercano a la chimenea. Se dirigió en esa dirección, preguntándose por qué el conde de Gisborn pensaría que podría conocer el paradero de su «propiedad» desaparecida.

Joshua lo sabía, por supuesto, ya que había recibido la larga carta de Garrett explicando lo que había descubierto el día anterior, pero se preguntaba como el conde sabía que había venido a Wisborough Oaks.

—Por favor, póngase cómodo —respondió, esperando a que Gisborn se uniera a él y tomara el sillón que le ofrecían antes de sentarse. Al notar que su mayordomo le dirigía una mirada de disculpa desde la puerta, Joshua hizo un gesto para indicar que necesitaría bebidas. Gates asintió y desapareció.

Joshua volvió a centrar su atención en Gisborn y observó que el conde era al menos un par de centímetros más alto que él. A pesar de lo que debió de ser un largo viaje en carruaje desde Londres, su abrigo superfino de color azul marino no estaba arrugado, su corbata parecía recién planchada y sus botas, que sólo lucían un brillo intenso y no tenían borlas, parecían haber sido usadas sólo en interiores. El chaleco escarlata y los calzones de piel de ante completaban el aspecto del conde. Llevaba el uniforme de los que asistían a Boodles y compraban sus caballos en Tattersall's, y sin embargo Joshua estaba bastante seguro de que el hombre no hacía ninguna de las dos cosas.

Gisborn dudó, su impaciencia era evidente, pero siguió a Joshua y tomó la silla de mala gana.

—Antes de continuar, permítame expresar mis condolencias por la muerte de su tío —dijo Joshua en voz baja—. Tengo entendido por mi propio padre que era un hombre de honor y de temperamento parejo. Como compañero, le respetaba mucho.

Los comentarios, destinados a disipar el aparente enfado de

Gisborn, parecían ayudar en ese sentido. El conde le devolvió la mirada, bajando un poco la cabeza.

—Gracias. Su Excelencia. —El honorífico fue añadido un poco tarde y fue bastante notorio para Joshua.

—¿Puedo decir lo mismo por su pérdida? Fue un accidente bastante desafortunado. Había conocido a su hermana, por supuesto —dijo, con un destello de dolor cruzando su rostro—. ¿Es cierto que el resto de tu familia también se perdió? —preguntó, con la voz mucho más suave que cuando había entrado en la habitación.

Joshua consideró el extraño comentario, erizándose ante la referencia a que su familia se había *perdido*, como si hubieran muerto por haberse desviado del camino en el mar.

—Murieron en el incendio, sí —respondió Joshua con un movimiento de cabeza mientras mantenía el rostro impasible.

Gates apareció con una jarra de coñac y dos roncadores, sirviendo una generosa cantidad para ambos. Mientras lo hacía, Joshua dirigió su atención a su mayordomo.

—Gracias, Gates. Eso es todo —dijo *sotto voce*, con un tono que sugería a Gates que se quedara al otro lado de la puerta. Fue consciente de que Gisborn le miraba fijamente en todo momento, como si el conde estuviera tratando de evaluar a un oponente. «*Tal vez quiera llamarme, pero ¿para qué? Charlotte está aquí por voluntad propia, con una doncella como acompañante*».

Una vez superadas las delicadezas, Joshua dirigió su atención a su invitado.

—Ahora, ¿qué ha pasado, por favor? —preguntó antes de levantar su copa—. ¿Dijiste algo de que te habían robado?

Gisborn levantó el suyo antes de beber un sorbo, con los pelos de punta. Tuvo que reprimir una maldición cuando se dio cuenta de que Joshua había servido su mejor brandy. Respiró profundamente.

—No exactamente. Parece que mi *prometida* ha desaparecido —dijo, manteniendo su mirada en Joshua y encontrando difícil concentrarse cuando una máscara cubría casi la mitad del rostro del duque—. Tengo razones para creer que puede haber venido aquí —continuó, asegurándose de mantener su voz neutral y no adversa.

Joshua levantó una ceja y en la comisura de la boca se dibujó una sonrisa.

—¿Ya te has casado de nuevo? —respondió—. ¿Y quién es la afortunada esta vez? —preguntó, dedicando al conde su mejor sonrisa de felicitación. El peso que había estado sintiendo desde que leyó la carta de Garrett cayó de repente en su estómago; por supuesto, sabía la respuesta incluso antes de que Gisborn diera su respuesta, pero de repente todo era tan *real.*

—Lady Charlotte Bingham —respondió Gisborn en voz baja —. La prometida de su difunto hermano, si he de creer los informes.

Joshua endureció sus facciones hasta lograr una expresión ilegible.

—Ella está comprometida con quien ha heredado el titulo de Duque de Chichester, si he de creer los términos del compromiso contraído hace dieciocho años —aclaro Joshua, con la voz más impasible posible. Ignoró el hecho de que su ritmo cardíaco casi se había duplicado y que sintió una punzada de celos ante la perspectiva de que Gisborn se casara con lady Charlotte, especialmente cuando vio el destello de ira que cruzó el rostro de su visitante.

—¿Afirmas que es *tu* prometida? —contraatacó Gisborn, con el cuerpo repentinamente tenso, como si tuviera la intención de desafiar a la joven allí mismo.

Permaneciendo muy quieto, Joshua miró a Gisborn por un momento y finalmente respondió.

—Supongo que sí. —Cuando Gisborn pareció estar a punto de arremeter contra él, añadió con cuidado—: ¿Con quién has hecho un trato por su mano? —preguntó con cuidado. Joshua se aseguró de que, a pesar de su despreocupado reposo en la silla, sería capaz de levantarse rápidamente en caso de tener que defenderse de un ataque frontal.

—¡Lord Ellsworth, por supuesto! —replicó Gisborn, arqueando una ceja enfadada para que su semblante adquiriera un aspecto de malicia.

Joshua respiró profundamente, dándose cuenta casi de inmediato de que no podía haber un final satisfactorio para esta discusión.

—¿El casi *difunto* Lord Ellsworth? —respondió, con su propia ceja visible levantada en señal de desafío. Apoyó los codos en los brazos de la silla y apretó los dedos frente a su cara—. ¿Tiene algo por escrito a tal efecto? ¿O un contrato para la dote? Se reprendió a sí mismo al considerar que no tenía nada que justificara su propia afirmación, ni siquiera conocía los términos exactos del acuerdo entre su padre y el conde de Ellsworth.

Pero Gisborn no lo sabía.

—Un acuerdo entre caballeros, que es todo lo que se necesita en un caso como éste —respondió Gisborn, repentinamente a la defensiva—. Y un título de propiedad. Estaba dispuesto a renunciar a un acuerdo monetario a cambio de una de las fincas de Ellsworth en Oxfordshire.

Una alarma se encendió en la cabeza de Joshua. Gisborn había accedido a un matrimonio con una dama *de la ton* sin beneficiarse de al menos varios miles de libras, así que o bien estaba prendado de la dama, o bien la finca de Oxfordshire era especialmente valiosa.

—Perdone que le pregunte, pero… ¿ha conocido a Lady Charlotte?

Gisborn dirigió a Joshua una mirada que incluía una ceja arqueada.

—¡Por supuesto! Conocí a Lady Charlotte cuando ambos éramos bastante jóvenes. La finca de su familia es adyacente a las tierras que he heredado recientemente —contestó, con su sospecha todavía evidente—. La finca de la que ahora soy titular.

«¡Maldición!». ¿En qué había pensado Edward Bingham para dar al conde el título de su propiedad incluso antes de que se celebrara el matrimonio?

—¿Sientes *afecto* por Lady Charlotte? —preguntó entonces Joshua. Ella no había mencionado el nombre del conde cuando él le había preguntado por otros posibles pretendientes para su mano. De hecho, había dicho que no lo sabía. Su padre le habría informado de su acuerdo. *«¿No es así?»*.

Gisborn miró a Joshua con desprecio antes de bajar la mirada.

—Mis sentimientos por la dama no son de su incumbencia, Duque. Levantó entonces la vista de forma brusca, con ira en los ojos—. ¿La has *arruinado*? —preguntó entonces, su atrevimiento una vez más evidente—. Te juro que si tienes tanto como…

—No lo he hecho, Gisborn, y harías bien en refrenar ese temperamento —advirtió Joshua, con el cuerpo de nuevo preparado para reaccionar si era necesario.

El aire pareció salirse del conde mientras miraba al duque.

—Le pido perdón. Yo… He estado muy preocupado desde que descubrí que ya no estaba en Londres. Debería estar con su madre. Debería estar al lado de su padre. Se dice que no se espera que viva mucho tiempo.

—Si ese es el caso, sería prudente que no se casara durante al menos seis meses —interrumpió Joshua, recordando al conde que le esperaba un período de luto si su padre moría antes de casarse.

Gisborn inhaló, asintiendo finalmente con la cabeza.

—¿Está aquí entonces?

Joshua consideró cómo responder. Tendría que admitir que lo era, por supuesto, pero ¿cómo podría explicar su presencia en Wisborough Oaks? Tal vez decir la verdad fuera más fácil de lo que pensaba.

—En efecto, lo está. Pero me imagino que querrá permanecer aquí al menos unas semanas, para completar su proyecto —dijo con cuidado, señalando al lacayo que estaba justo en la puerta—. Hazle saber a Lady Charlotte que su presencia es requerida —dijo.

Gisborn casi se levantó de su silla.

—¿Proyecto? —preguntó.

—Sí —asintió Joshua, acomodándose de nuevo en su silla—. Ha tenido la amabilidad de ofrecer su impecable gusto y sus habilidades decorativas a mi casa. Como puedes imaginar, un ala entera de Wisborough Oaks ha tenido que ser reconstruida desde el incendio.

Arrugando el ceño, Gisborn dirigió a Joshua una mirada que delataba su sospecha.

—Desconocía que Lady Charlotte tuviera tales habilidades —respondió lentamente, preguntándose si el duque estaba tratando de engañarlo.

Esperando la sospecha, Joshua logró una sonrisa burlona.

—Lady Charlotte tiene muchas habilidades. Después de todo, ha estado entrenando para ser duquesa toda su vida —dijo con ligereza, sabiendo que el comentario incitaría otro destello de ira en el conde. No le decepcionó. Pero antes de que Gisborn pudiera responder con un desafío, se oyó un ligero golpe en la puerta—. Entra —dijo Joshua, poniéndose de pie al decirlo.

Otro lacayo abrió la puerta y Lady Charlotte, sin saber que había sido convocada, entró en el estudio llevando un manojo de telas. Se sorprendió al ver que Joshua no estaba en su escritorio sino cerca de la chimenea con un hombre que no reconoció inmediatamente. Joshua ya estaba de pie y el invitado, aparentemente sorprendido por su llegada, se puso rápidamente de pie.

—Oh, perdóneme, Su Excelencia. No sabía que tenía una visita. Hizo una reverencia y se dio la vuelta para irse, como si pensara que su encuentro era privado.

—Su presencia es requerida, Lady Charlotte —dijo Joshua, escudriñando sus rasgos para que Gisborn no notara su mirada de adoración.

Charlotte tenía un aspecto realmente deslumbrante mientras los miraba. Él ya la había visto con el vestido de muselina verde pálido que llevaba ahora. Lo había dejado sin aliento cuando llegó a desayunar muy temprano esa mañana, sonriendo alegremente al entrar en el salón de desayunos, haciendo una reverencia a su torpe saludo —se había puesto de pie tan rápidamente que su silla casi se cayó hacia atrás— y luego se puso rápidamente a su lado para poder besarlo en la mejilla antes de dirigirse a la silla adyacente a la suya. Él estaba tan sorprendido que sólo pudo decir *«buenos días»*, cuando ella tomó asiento.

«Es un día absolutamente glorioso», había dicho, aparentemente sin saber que amenazaban nubes grises desde el sur, y entonces se preguntó si tal vez podrían ir a dar un paseo más tarde.

Sintió que el calor le bañaba la cara y que sus entrañas se tensaban, aturdido por su beso y muy consciente del ligero y fresco aroma que le envolvía mientras ella se movía para tomar asiento.

Entonces pensó en cómo sería su vida con ella ahora que había decidido casarse con ella. Se dio cuenta de que todas las mañanas serían así de brillantes. Ella era como la luz del sol encarnada, entrando en la habitación como si pudiera controlar el clima interior, su sonrisa proporcionando luz y su aroma el mismo aire que él respiraba.

«¿No te dolerá mucho la espalda?», había respondido, frunciendo un poco el ceño al mirarla, recordándola cuando estaba

desnuda en la bañera de cobre con el corte rojo brillante en la espalda, pero por lo demás parecía una Venus surgiendo del océano.

Charlotte estaba indicando al lacayo lo que quería en su plato de desayuno, sin darse cuenta de lo excitado que lo había puesto en el medio minuto que llevaba en la habitación. «*Mi sirvienta me ha puesto un nuevo vendaje esta mañana y he sentido muy poco dolor*», había replicado, asintiendo con la cabeza al lacayo mientras éste le colocaba un plato lleno de huevos, jamón y tostadas. «*Y te vendrá bien salir un rato*», había añadido, extendiendo una mano para tocarle la manga.

Aceptó entonces el viaje, sin sentirse en absoluto molesto por su comentario. Luego le preguntó por su proyecto. Ella habló de las habitaciones para las que se habían tomado decisiones y en las que se estaba pintando, y su expresión dejaba claro que dudaba de que a él le interesara. Sin embargo, se mostró atento y expresó su satisfacción por el hecho de que el albaricoque fuera el color principal del salón de la planta baja, ya que la hermana del vicario parecía tener predilección por ese color.

Y entonces, antes de que él se diera cuenta, ella terminó de desayunar y pidió que la disculparan porque tenía que reunirse con el capataz para hablar de las suites de los huéspedes en el segundo piso. Salió de la habitación tal como había entrado, aunque el aire parecía haberse ido con ella, notó Joshua mientras miraba su desayuno a medio comer. Inconscientemente levantó una mano para tocarse la mejilla donde ella le había besado.

Casarse con Charlotte Bingham sería lo mejor para él, recordó haber pensado mientras terminaba su desayuno. Ahora ella parecía aún más atractiva que aquella mañana.

¿Qué aspecto tendría dentro de unos momentos?

—Es *usted* quien tiene una visita, Lady Charlotte —declaró Joshua al ver a la hermosa mujer rubia entrar en la habitación, vio la sorpresa en su rostro cuando él hizo su comentario, y también vio algo más en sus rasgos.

Reconocimiento.

—¡Vaya, señor Forster, qué agradable sorpresa! —dijo alegremente, acercándose rápidamente al visitante con la mano derecha extendida, como si pretendiera estrecharle la mano. Gisborn la cogió con la suya y se la llevó a la boca, rozando sus nudillos con los labios. Charlotte se quedó sin aliento por la sorpresa.

—Lady Charlotte, me alegro mucho de volver a verla —dijo Gisborn, bajando la mano pero aferrándose a ella demasiado tiempo.

El rostro de Charlotte se sonrojó mientras retiraba la mano y la enterraba bajo el montón de telas que acunaba contra su cadera. Sintió que su cara se sonrojaba al notar su intensa mirada.

—¿Qué le trae a Wisborough Oaks, señor Forster? —preguntó, dando cuidadosamente un paso atrás y a un lado cuando recordó que el duque estaba en algún lugar detrás de ella.

—Así es, mi señora —respondió Gisborn con una inclinación de cabeza.

Ante las cejas levantadas de Charlotte y la rápida mirada en su dirección, Joshua se aclaró la garganta.

—Lady Charlotte Bingham, te presento a Henry, el *conde de Gisborn* —dijo formalmente. Inconscientemente, contuvo la respiración mientras observaba atentamente la reacción de ella, mientras sus ojos se abrían de par en par y su boca formaba una «o» perfecta.

—¿Gisborn? —repitió incrédula. Tragó saliva visiblemente. Parpadeó. Parecía tener problemas para respirar—. Perdonadme, mi señor. No tenía ni idea de que fuerais un *conde* —se disculpó sacudiendo la cabeza—. *«No es el hombre viejo y decrépito»*, pensó para sí misma, preguntándose cuándo su padre había hecho los arreglos para que se comprometiera con *este conde* de Gisborn—. La última vez que nos vimos...

—Todavía era sólo Henry Forster —terminó Gisborn por ella, sus manos se movieron para juntarse detrás de su espalda mientras se quedaba mirándola. Era más hermosa de lo que recordaba. Algo en su porte era más regio, su peinado más maduro. Pensó que sería una perfecta condesa—. Recientemente he heredado el título de mi difunto tío —explicó mientras observaba a Charlotte hundirse en una silla adyacente, con un rostro que mostraba que aún estaba asombrada por la noticia.

Una vez sentada, tanto Gisborn como Joshua se sentaron, y ambos la observaron cuidadosamente mientras lo hacían. Joshua pensó que parecía que iba a desmayarse y se preguntó por qué mientras se acomodaba en su silla. *«¿Cuándo se habían visto por última vez?»*, *se* preguntó, ya que no había visto a Gisborn en ningún baile de *la* temporada anterior.

—A pesar de tener una esposa y setenta años en esta tierra, murió sin descendencia —explicó Gisborn con ligereza—, y, por tanto, me encuentro en una posición de cierta fortuna y responsabilidad. Se inclinó un poco hacia delante en su silla, con toda su atención puesta en Charlotte mientras daba su explicación.

Charlotte asintió a su comprensión. *«¿Qué había dicho Joshua sobre lo que trajo a Henry a llamar hoy?»*.

Lo haces, había dicho.

¿El conde había venido desde Oxfordshire? Su estomago pareció dar una vuelta que espero no fuera visible para los dos hombres que la miraban.

—¿Y *qué* os trajo a Wisborough Oaks, mi señor? —preguntó entonces, con las palabras de su padre resonando en su memoria. La había amenazado con un compromiso con el conde de Gisborn, pero había insinuado que el conde era mayor y necesitaba un heredero. Henry Forster no era en absoluto viejo. *«Tal vez tenga treinta años»*, pensó mientras trataba de recordarlo de cuando su familia pasaba los veranos en Ellsworth Park.

Ella era mucho más joven que él; nunca habían tocado juntos, pero cuando era niña, recordaba que lo consideraba bastante guapo. Luego, cuando lo vio en el *musical* de Lady Worthington el año pasado, descubrió que seguía siendo igual de guapo, aunque los planos de su rostro eran más severos que cuando era joven.

Ahora lo miraba con un poco de temor. *«Atractivo, masculino, muy peligroso»*, consideró. No había pensado *eso* de él cuando lo conoció en el *musical* de Lady Worthington el pasado febrero. Su pelo oscuro, con un mechón que le caía en la frente justo por encima del ojo derecho, estaba cortado de forma que apenas tocaba su corbata. Las cejas arqueadas y las largas patillas daban a su rostro un aspecto severo que, cuando no sonreía, podía considerarse amenazante. Cuando sonreía, como lo hacía ahora, parecía amistoso. Una nariz larga y recta, que no era exactamente la de un aristócrata, ya que carecía de gancho, conducía a unos labios que podían ser bastante besables. Sus ojos de párpados pesados eran sorprendentemente azules, su color era tan intenso que era difícil mirarlo directamente sin sentirse como si estuviera atrapado en una trampa. *Su trampa.*

Como Charlotte estaba sintiendo en este mismo instante.

—Según el acuerdo al que llegué con tu padre la semana pasada, eres mi prometida —dijo con suavidad, y su rostro se coloreó un poco al hacer la declaración. Se atrevió a mirar a Joshua, preguntándose si el duque interrumpiría o rebatiría su explicación—. Me *preocupé* cuando descubrí que habías dejado Londres tras la hospitalización de tu padre. Estaba seguro de que te encontraría junto a su cama —continuó Gisborn en voz baja.

Charlotte lanzó una rápida mirada a Joshua antes de volver a prestar atención a Gisborn. «*Atrapada en una trampa, en efecto*», pensó mientras se preguntaba cómo responder.

—Tengo entendido que mi madre pasa los días junto a la cama de mi padre. Como estoy alejada de él, me parece que sería una pérdida de tiempo hacerlo. En cuanto a los esponsales, mi señor, ya estoy comprometida con Su Excelencia —señaló en dirección a Joshua—, y lo he estado desde que tenía tres años. No creo que sea *adecuado* que mi padre me prometa a otro —tartamudeó—. Siento mucho que te haya hecho perder el tiempo. Espero que no os haya *costado* —añadió, preocupada en ese momento por saber hasta dónde había llegado Gisborn para descubrir su ubicación y viajar a Sussex.

Se atrevió a echar otra mirada en dirección a Joshua. La expresión de su rostro era totalmente ilegible, pero su postura sugería que era un animal enjaulado listo para atacar, tan pronto como se abrieran las puertas.

Gisborn se enderezó en su silla y Joshua le siguió.

—Su padre insistió mucho en que se casara *conmigo* —replicó Gisborn, con el tono de voz que se emplea con un niño testarudo —. De hecho, ya ha firmado la escritura de la finca de tu familia en Oxfordshire —razonó, sacando un paquete de papeles doblados del bolsillo de su abrigo.

Charlotte inhaló ante esta noticia.

—¿Cómo *se atreve*? —susurró, frunciendo las cejas hasta que hubo una línea entre ellas. «*¿En qué estaría pensando su padre para regalar simplemente Ellsworth Park?*»—. Perdóneme. He pasado toda mi vida aprendiendo a ser la esposa de un duque, pero mis lecciones no incluían cómo manejar los esponsales en duelo.

El conde extendió las manos en el aire frente a él.

—Estoy seguro de que debéis saber que un compromiso hecho en el pasado se pierde cuando se hace otro después —afirmó Gisborn, su tono sugería una pizca de superioridad, como si estuviera orgulloso de haber ganado algo que un duque poseía antes.

Joshua notó el tono de voz de Gisborn y dirigió su atención a Charlotte.

—¿Estuviste presente en los esponsales con Gisborn? —preguntó amablemente.

Los ojos de Charlotte, abatidos durante los últimos momentos, levantaron la vista y encontraron los suyos. Estaban llenos de lágrimas no derramadas, y él se preguntó por qué. Cuando había entrado en la habitación, parecía muy contenta, incluso feliz, de ver a Gisborn, ofreciéndole la mano como si fueran amigos queridos. Ahora se preguntaba cuánto sabían el uno del otro. Pensó que ella debería estar contenta por la noticia de Gisborn de su compromiso... tal vez lo estaba, pues significaba que quedaba liberada de su deber de casarse con el duque de Chichester.

«Para casarse conmigo».

Ahora, mientras observaba la interacción entre los dos, se dio cuenta de que ella no podía saber el acuerdo más reciente de su padre para casarla con el conde. Si lo hubiera sabido, ¿por qué habría venido a Wisborough Oaks?

—*No* estuve presente —dijo con un movimiento de cabeza—. El anuncio de mi señor hoy es la primera vez que oigo hablar de un acuerdo de este tipo.

Joshua volvió a centrar su atención en Gisborn.

—Estoy seguro de que debes saber que un compromiso hecho sin que una de las partes esté presente no es vinculante —afirmó con firmeza, sintiendo una sensación de triunfo que no podía explicar.

Los ojos de Gisborn brillaron con una pizca de ira, pero fue Charlotte quien se enderezó de repente.

—Y estoy segura de que *ambos* deben saber que los esponsales ya no son vinculantes en Inglaterra —afirmó con frialdad, haciendo lo posible por reprimir un sollozo. Tragó con fuerza y luego respiró profundamente—. Si me disculpan —añadió, levantándose de su silla tan rápidamente que los dos hombres se vieron sorprendidos. Se esforzaron por levantarse—. Tengo *trabajo* que hacer. —Salió por la puerta antes de que ninguno de los dos hombres pudiera responder.

Joshua miró a Gisborn sólo un momento antes de que el enfadado conde ladease la cabeza.

—¿Qué quiere decir con «tengo trabajo que hacer»? —bramó, agitando un brazo en dirección a la repentina partida de Charlotte.

Suspirando, Joshua hizo lo posible por calmar sus propios nervios, una práctica en la que se había vuelto muy bueno en los últimos días.

—Como decoradora de Wisborough Oaks, es la encargada de elegir la decoración y el mobiliario de las nuevas habitaciones, y se esfuerza por adelantarse al equipo de construcción —dijo a modo de explicación—. Mi capataz parece pensar que debería abrir su propio negocio y contratarse a sí misma para este tipo de trabajos —añadió en tono de conversación, sabiendo que el comentario y el tono de su voz no harían más que molestar al conde.

No le decepcionó ver cómo Gisborn se quedaba con la boca abierta ante la sugerencia de que una dama se dedicara al comercio para ganarse la vida.

—¡Al diablo! —Gisborn maldijo con disgusto—. ¡Espero que lo pongas en su lugar! —

Joshua suspiró y decidió cambiar de tema.

—¿Tienes planes para pasar la noche en algún sitio? —preguntó en voz baja.

Gisborn bajó la mirada, creyendo que lo estaban despidiendo. Charlotte había dejado muy claro su punto de vista: por el momento, no parecía inclinada a querer casarse con ninguno de los hombres que la reclamaban. Gisborn sabía que no podía obligarla a casarse, ni lo haría. Pero no quería simplemente rendirse.

—Me despediré de ti y me ocuparé del alojamiento en la ciudad —dijo, asintiendo a Joshua.

—Creo que puede haber una habitación extra disponible en algún lugar de esta casa —dijo Joshua, sintiendo la necesidad de ofrecer al conde una habitación—. Por favor, acepte mi hospitalidad —instó cuando Gisborn le lanzó una mirada de sorpresa.

Sabía que tendría que llevar a Charlotte a un lado más tarde y explicarle sus razones para hacer la oferta.

—Es muy amable de su parte, Su Excelencia. Yo… Acepto, por supuesto —respondió Gisborn con dudas, obviamente humillado por la oferta. Pensó que lo mejor era mantenerse cerca, aunque sólo fuera para tener la oportunidad de presionar su caso con Charlotte.

Gates se paró cerca de la puerta de la biblioteca.

—Si me seguís, mi señor, os llevaré a vuestra alcoba.

Mientras Gisborn se dirigía a unirse a Gates, sonó un golpe en la puerta del estudio.

—Será Lady Charlotte que regresa —dijo Joshua antes de gritar—: ¡Pasa!

Las cejas de Gisborn se juntaron en confusión.

—¿Cómo…? —El lacayo abrió la puerta y, como Joshua esperaba, entró Charlotte, que aún llevaba los muestrarios de tela que había sostenido durante su anterior discusión. Los hombres se inclinaron y ella hizo una reverencia a su vez.

—Por favor, disculpe mi intromisión, Wainwright —se dirigió a Gisborn—. Mi señor. —Volvió a prestar atención a Joshua y se acercó a él—. Debo preguntarle por su preferencia en cuanto a la tela principal para la nueva suite principal —dijo mientras se colocaba a su lado, con un comportamiento que sugería que la discusión anterior ni siquiera había tenido lugar—. Lo he reducido a estas tres, y teniendo en cuenta las otras selecciones para la habitación, cualquiera de ellas sería adecuada.

Ella le tendió tres telas diferentes, todas muy elegantes y de colores que a Joshua le parecían muy agradables. Se preguntó si a ella le gustaban o sólo pensaba que a él le gustarían. Joshua mantuvo la voz baja al responder:

—Si tuviera que entrar en una suite principal, digamos, porque su marido ha solicitado su presencia en ella, ¿qué tela la haría sentir más cómoda, mi señora? —preguntó *sotto voce*.

El aroma de su pelo le llegó de repente a las fosas nasales, e inhaló lentamente, recordando cómo olía y cómo se había sentido apretada contra su cuerpo desnudo hacía apenas dos noches, cómo se había sentido apretada contra él la noche anterior. «*Debería haberla arruinado»*, pensó, y luego se reprendió a sí mismo por la rencorosa reacción.

Charlotte se quedó sin aliento y su rostro adquirió ese tono familiar que a él le había parecido tan atractivo cuando vio cómo el médico le cosía la herida.

—Wainwright —susurró, tragando nerviosamente y deseando amonestarle por su incorrección. Entonces se le ocurrió una idea que la ayudó a aplacar su sentimiento de ira hacia el duque. *«¿Estaba sugiriendo que le pediría que se reuniera con él en la suite en algún momento?* ¿Que le pediría su mano, a pesar de la reclamación de Gisborn y del hecho de que las tierras de su familia en Oxfordshire aparentemente ya habían sido cedidas al conde?».

Si es así, ¿por qué el conde seguía aquí? ¿Y por qué Joshua no había pedido su mano?

«¿Por qué no me arruinó cuando tuvo la oportunidad?».

Dejó caer sus ojos sobre los muestrarios y tomó una decisión sobre cuál prefería. Levantó la mano para indicar un terciopelo azul marino oscuro y estaba a punto de señalarlo cuando Joshua le quitó la misma muestra de la mano y la levantó. Ella esbozó una débil sonrisa y asintió con la cabeza, pero su expresión seguía siendo de fastidio.

—Creo que será éste —murmuró, dándole la muestra.

—¿Qué estás haciendo? —susurró con voz ronca, colocándose entre el conde y Joshua. De repente se sintió furiosa con él por haber permanecido en silencio durante la invitación de Gisborn, furiosa con él por no haberle ofrecido su mano cuando ella había llegado. Y ahora estaba simplemente *furiosa*.

Joshua respiró profundamente y miró a Charlotte durante unos instantes antes de darle una respuesta.

—Lady Charlotte —dijo en voz baja, acercándose para tomar su mano entre las suyas—. No tengo intención de dejar que te tome como esposa sólo porque crea que tiene derecho a ti. Pero aún no eres mayor de edad. Hasta que no alcances la mayoría de edad, no puedes casarte sin el consentimiento de tus padres. Y no se te puede obligar a casarte contra tu voluntad —le recordó en voz baja—. Ahora que ya no tienes que casarte por obligación, ésta es tu oportunidad de ser cortejada, Charlotte, como cualquier otra debutante que hace su aparición en un baile de *gala*. No te niegues esta oportunidad de elegir a tu propio marido. Observó el juego de emociones que cruzaba el rostro de Charlotte mientras consideraba sus palabras—. Tal vez incluso puedas casarte por amor —sugirió, esperando que su deseo por ella no fuera tan evidente en su voz.

Sus ojos se abrieron de par en par, pero por una razón diferente, Charlotte asintió a su comprensión. *«¿Podrías amarme alguna vez?»*, quiso preguntarle.

—¿Crees que alguna vez desearás cortejarme? —preguntó en cambio, con el rostro repentinamente sonrosado. Desvió la mirada, obviamente avergonzada por su pregunta.

Joshua sintió una repentina alegría, pero luego, al considerar más detenidamente su pregunta, frunció el ceño.

—Creía que ya había empezado —respondió, dejando entrever una pizca de diversión en su rostro. Se llevó la mano de ella a la boca y rozó el dorso de sus dedos con los labios.

A Charlotte se le cortó la respiración.

—Espero que continúen las insinuaciones —respondió en voz baja. Cerró los ojos un momento y los volvió a abrir para encontrar la cara de Joshua imposiblemente cerca de la suya. Se inclinó y la besó rápidamente en la comisura de los labios.

—¿Quizás aceptes una reunión conmigo mañana para que pueda revisar lo que has hecho hasta ahora? —preguntó en voz más alta—. Me gustaría que me mostraras lo que has elegido. —El tono de su voz era casi comercial. No había ni una pizca de diversión o ironía que sugiriera que quería decir algo diferente con la pregunta.

Decepcionada por la naturaleza poco romántica de su propuesta, Charlotte se agarró el labio inferior con un diente.

—Eso sería agradable, Su Excelencia —respondió sin emoción. Ahora que la había molestado, le interrogó sobre su oferta de hospitalidad a Gisborn—. ¿Por qué le permitiríais alojarse bajo vuestro techo? —susurró con voz ronca. Había escuchado la oferta desde el exterior de las puertas del estudio y casi no volvió a entrar. Lo único que quería era esconderse del conde con la esperanza de que se fuera y no volviera nunca.

Sonriendo, Joshua se inclinó para susurrarle al oído, asegurándose de que sus labios tocaran el borde de una espiral mientras decía:

—Mantén a tus amigos cerca, a tus enemigos más cerca.

La sonrisa de Charlotte era vacilante, un poco porque se preguntaba hasta dónde llegaría Joshua para mantener la ventaja, pero sobre todo porque su toque íntimo había hecho que un escalofrío bastante agradable recorriera todo su cuerpo.

—Lady Charlotte, tenemos asuntos pendientes con el conde —añadió en voz que pretendía ser escuchada por Gisborn. Mientras miraba a Charlotte, era consciente de que, con sus ojos, le rogaba que le pidiera a Gisborn que se despidiera. Pero si lo que el conde había dicho era cierto que ya tenía el título de propiedad de las tierras de Bingham en Oxfordshire, pensó que Charlotte debía considerar la oferta de Gisborn.

—En efecto —intervino Gisborn, preguntándose si su discusión en voz baja era sólo sobre telas o si se estaba diciendo algo más—. Mi señora, sé que no debería obligarla a un matrimonio que tal vez no desee, pero dado que ya se me ha otorgado el título de propiedad de su familia, parece razonable que me conceda su derecho. Creo que sería un marido adecuado, y usted sería una perfecta condesa.

Lady Charlotte miró al conde por un momento y luego dirigió su atención a Joshua. Su expresión no le daba ninguna pista sobre cómo se sentía él ante la situación, y no había dado señales de pedir su mano a pesar del tiempo que habían pasado juntos. Se habían besado un par de veces, una cerca del lago y otra ayer por la mañana. Habían compartido la cama, aunque de forma bastante platónica, las dos últimas noches. Pero Joshua no había dicho nada que indicara que hubiera un matrimonio en su futuro. Las conversaciones que habían compartido tampoco habían tocado el tema.

Entonces recordó su comentario sobre el número de hijos que él podría querer: todos *los que quieras, y* se dio cuenta justo en ese momento de lo que quería decir cuando dedujo que la había estado cortejando.

¿Lo había dicho sólo para apaciguarla? «*Tal vez la cicatriz de mi espalda le recuerda demasiado a la suya*», pensó entonces, con una tristeza que la invadía. Lo había deseado como marido desde antes de la muerte de su hermano.

Volvió a mirar al conde y tuvo que admitir que se sintió atraída por su porte fuerte, su pelo oscuro y su aspecto peligroso. Esperaba que fuera su tío, mucho mayor, incluso tullido. En cambio, era Henry Forster, joven y bastante masculino. La había seguido desde Londres. La idea la hizo sentirse *deseada*.

«¿Qué pensará de mi cicatriz?», se preguntó entonces. *«¿Le repugnará tanto como para retirar su demanda y su oferta?»*.

—Creo que sería una condesa adecuada, mi señor…

—Gisborn, por favor —interrumpió el conde, con los ojos cada vez más pesados.

—Pero tal vez, Gisborn —continuó diciendo su nombre como si lo probara en su lengua por primera vez—, sería aconsejable que pasáramos algún tiempo descubriendo si seríamos una pareja adecuada.

Joshua tuvo que aquietar todo su cuerpo en ese momento para no agarrarse a Lady Charlotte y tirar de ella contra él. Reconoció su impulso por lo que era: celos. Quería a Charlotte Bingham para sí mismo, aunque sabía que no estaría completamente satisfecho a menos que ella lo deseara de la misma manera.

—Tal vez Lady Charlotte acepte dar un paseo por los jardines traseros con usted —sugirió Joshua, y las palabras casi se le atascaron en la garganta—. Les daría la oportunidad de conocerse. Oyó la respiración de Charlotte y esperó que Gisborn no lo hiciera.

Charlotte se volvió por fin para echarle una mirada, y su enfado se transformó en otra cosa.

—Por supuesto, si a Su Excelencia no le importa que le quite tiempo a mi tarea —contestó, con demasiada dulzura.

Joshua reconoció el tono, pero decidió no reprenderla delante de su invitado.

—No habría hecho la sugerencia si me importara —replicó con una sonrisa traviesa.

Un poco receloso, Gisborn miró a Joshua antes de volver su atención a Charlotte. Asintió una vez.

—Es un día precioso, y no debería pasarse trabajando en casa. ¿Me harías el honor de dar una vuelta por los jardines? —preguntó con las manos a la espalda mientras hacía su petición.

Sorprendida por la formalidad del conde, Charlotte asintió a su vez.

—Me gustaría mucho, Gisborn —respondió sin una pizca de sarcasmo. El conde le dedicó una cálida sonrisa que lo hacía aún más guapo. Le tendió un brazo y ella le puso la mano encima.

—¿Debo llamar a tu criada para que te acompañe? —preguntó Joshua, preguntándose si Charlotte quería la seguridad de una carabina.

—Eso no será necesario. Estaremos en los jardines —respondió ella, de nuevo con su dulce voz. Dejó caer la pila de telas en una mesa cercana y, con un movimiento de sus faldas, pronto salió por la puerta del brazo del conde.

Joshua tomó aire y lo retuvo durante varios segundos. Sólo podía culparse a sí mismo, pero durante la siguiente hora, más o menos, sentiría una agonía al saber que Charlotte estaba sola en sus jardines con el conde de Gisborn.

CAPÍTULO 23
EL SR. MCELLIOTT HACE ARREGLOS

*L*a sensación de desorientación que sintió Garrett al abrir los ojos se disipó rápidamente al percibir el aroma de la mujer desnuda que se apretaba contra su costado, con la cabeza metida en el espacio entre su cuello y su hombro. Inhaló profundamente, dejando que el aroma de rosa y el cabello sedoso le hicieran cosquillas en la nariz mientras se movía para besarle la frente.

Una risita brotó de Jane mientras bajaba un dedo para acariciar su tumescencia.

—¿Siempre estás tan *ansioso por la* mañana? —preguntó con voz burlona.

Garrett se agachó y capturó su mano entre las suyas, apretándola contra su hombría mientras dejaba escapar su propia risa.

—Creo que todo esto es culpa suya, señora, y será mi destino cada mañana durante el resto de nuestros días —acusó en respuesta, sus ojos pesados le hacían parecer que estaba a punto de dormirse de nuevo.

—¿De verdad? —Jane ronroneó y sus dedos rodearon su polla, haciendo que Garrett abriera los ojos un poco más. Un gruñido escapó de sus labios, y cuando Jane no retiró su mano, Garrett inhaló profundamente mientras se levantaba sobre un codo. Aunque aún no estaba completamente despierto, podía ver que sus pechos estaban llenos, con los pezones erectos y de color rosa oscuro a la luz de la mañana.

Jane respiró profundamente, su pecho se elevó eróticamente antes de susurrar:

—Soy tuya.

Garrett no necesitaba otra invitación. Se subió encima de ella, se inclinó y la besó completamente en los labios. Cuando sintió que las piernas de ella se abrían y los muslos de ella se apretaban contra el costado de sus caderas, se mantuvo sobre su cuerpo, deteniéndose un poco para contemplarla. Sus pechos eran más llenos y redondos de lo que recordaba, y la vio retorcerse bajo él. Mientras ella lo miraba con las pestañas bajadas, él la penetró lentamente, sintió que su humedad lo rodeaba, sintió que ella lo agarraba, sintió que todo su cuerpo temblaba antes de que él le metiera la polla hasta el fondo.

Jane arqueó la espalda cuando la cálida sensación de plenitud llenó la parte inferior de su cuerpo, su larga garganta expuesta por completo ante la lengua y los labios de Garrett. Sus movimientos eran cuidadosos pero deliberados, burlándose de ella mientras saboreaba su piel, mientras sentía su calor abrasando su piel donde se tocaban. Empujó dentro de ella y luego se retiró, repitiendo sus movimientos rítmicos lentamente para que durara lo más posible.

Sin embargo, los labios de ella se apoderaron de uno de sus pezones y, con la suave succión y las caricias de los dedos de ella a los lados de su torso, Garrett ya no pudo contenerse. Mientras empujaba dentro de ella tan fuerte y tan rápido como podía, la liberación que sintió fue intensa y pareció consumir todo su cuerpo. Casi gritó cuando Jane arqueó la espalda en respuesta a la oleada de placer de su cuerpo, y sus muslos lo agarraron con fuerza. Forzó su boca sobre uno de sus hombros para reprimir el gruñido que emanaba de su garganta. Oyó sus suaves gritos y su acelerada respiración y finalmente sintió que su cuerpo se estremecía y se derretía bajo él. Se relajó, con toda su energía agotada y los últimos vestigios de su clímax disminuyendo.

Bajando sobre ella y cayendo rendido, Garrett dejó que su cabeza descansara sobre el hombro de Jane mientras sentía los dedos de ésta enredarse en su pelo en la nuca y acariciar ligeramente su espalda. El sueño se apoderó de los dos durante un tiempo feliz mientras se abrazaban.

Cuando los sonidos de la calle los despertaron, Garrett se desenredó de las sábanas y de Jane, gimiendo al hacerlo. La besó, pasando el pulgar por su carnoso labio inferior antes de ponerse de lado.

—Los de la mudanza vendrán a cargar tus muebles a la una —murmuró con sueño—. ¿Necesitas ayuda para empaquetar los objetos pequeños? —preguntó, restregándose la cara llena de rastrojos con la palma de la mano abierta—. Sólo tengo que ir al hospital a ver a los Bingham en algún momento de la mañana y luego recoger un paquete para Lady Charlotte a las diez.

Había regresado de sus gestiones con el abogado el día anterior con varias cajas de madera pequeñas y dos baúles grandes. Su visita a una empresa de transporte londinense había dado como resultado un acuerdo por el cual varios vagones serían cargados con las posesiones de Jane esa tarde y conducidos a Wisborough Oaks para que llegaran en algún momento de la tarde siguiente. Para garantizar una entrega puntual y un cuidado extra de sus muebles, Garrett dio una propina al transportista y al conductor y les explicó que habría más recompensa una vez que los objetos estuvieran descargados y trasladados a la casa de campo de la viuda en Wisborough Oaks.

Jane se estiró, enderezando los brazos por encima de la cabeza mientras su cuerpo se retorcía junto al de él. Un pezón se asomó por el borde del edredón y Garrett aprovechó la oportunidad para besarlo, y al hacerlo se llevó la mano al pecho. Sorprendida, Jane inhaló bruscamente mientras sus manos se dirigían a la cabeza de él y sus dedos recorrían el espeso y oscuro cabello. Cuando ella no respondió inmediatamente, Garrett levantó la cabeza y dirigió su atención a su rostro. La zona que rodeaba el ojo se había aclarado, el moratón púrpura se había vuelto un poco verde y se había hundido justo por encima del pómulo. Le besó el pómulo con cuidado y movió el dorso de la mano para apartarle el pelo de la cara.

—Sigues queriendo venir conmigo, ¿verdad? —le preguntó, temiendo que hubiera cambiado de opinión sobre su traslado a Wisborough Oaks.

Los ojos de Jane se abrieron de par en par.

—¡Por supuesto! —respondió ella, apareciendo por fin una sonrisa. Lo besó entonces, un beso ligero, como una pluma, que hizo que él cerrara los ojos y gimiera juguetonamente.

Se preguntó si sus mañanas en la casa de campo serían así, los dos desnudos y enredados en la ropa de cama el uno con el otro. Tal vez llevarían ropa de dormir en invierno.

Garrett sonrió.

—Ojalá estuviéramos ya casados —murmuró.

Jane lo miró con una ceja arqueada, cuya elegante línea hizo que Garrett la trazara con la punta de un dedo.

—¿Y eso por qué? —susurró ella, moviendo su cuerpo para colocarse encima de él.

Consideró su respuesta por un momento.

—Si ya estuviéramos casados, no me sentiría tan culpable de salirme con la mía.

Una lenta sonrisa pareció iluminar su rostro.

—Garrett McElliott —habló en voz baja—. Yo, Jane Anne Wethersby, te tomo como mi esposo, para tenerte y mantenerte desde este día en adelante, en lo bueno y en lo malo, en la riqueza y en la pobreza, en la salud y en la enfermedad, para amarte, cuidarte y obedecerte, hasta que la muerte nos separe, de acuerdo con la sagrada ordenanza de Dios; y a ello te entrego mi trofeo.

Garrett la miró con los ojos abiertos.

—Yo también —respondió antes de besarla a fondo en los labios.

CAPÍTULO 24

EL CONDE DE GISBORN
CORTEJA A LADY CHARLOTTE

—¿*Ll*evas mucho tiempo aquí en Wisborough Oaks? —preguntó Gisborn al iniciar su conversación privada con Lady Charlotte. Acababan de salir por la puerta trasera de la casa y se dirigían por el camino de losas hacia los jardines que se encontraban al sur de la casa. Charlotte no se había excusado para ir a buscar un gorro o una pelliza, y él se preguntó si habría suficiente sombra en el jardín para proteger su piel blanca. Estuvo a punto de preguntar, pero decidió que su encuentro inicial estaba demasiado cargado de tensión. Su comportamiento irritable podría volver a aparecer rápidamente si pensaba que él la estaba cuestionando por el simple hecho de que le faltaba un gorro.

Era consciente de que Charlotte llevaba un rato mirando en su dirección, desviando rápidamente la mirada cada vez que él se giraba para mirarla. Pero con su pregunta, ella hizo contacto visual con él.

—Llegué la semana pasada —respondió, asegurándose de mantener su voz lo más neutral posible. Charlotte sintió el brazo de él tenso bajo su mano, percibió su desaprobación en la forma en que llevaba su cuerpo. Le parecía muy diferente a como le conocía en la sociedad. Henry Forester era un hombre apuesto, amable y agradable. Pero el conde de Gisborn era, de repente, oscuramente guapo, casi peligroso, y sus modales eran de lo más desagradables. Se preguntó si el amigo del año pasado y el conocido de su juventud seguían ahí, en alguna parte.

—¿Has venido por invitación del duque? —preguntó entonces. Aunque intentó mantener un tono de conversación, en su voz se percibía una pizca de celos.

Charlotte se permitió sonreír en ese momento, decidiendo que no era tan terrible que un hombre mostrara interés por ella. Incluso si él quería un matrimonio y ella no.

—En absoluto —dijo sacudiendo la cabeza—. Su Excelencia fue muy amable al recibirme, sin embargo, ya que no había enviado una noticia por adelantado.

—¿Y por qué fue eso? —replicó Gisborn, un poco rápido, con sus oscuras cejas fruncidas en una combinación de ira y preocupación.

Inhalando lentamente, Charlotte estuvo a punto de responder que en realidad no era de su incumbencia, pero con el espíritu de su tiempo juntos, dijo en cambio:

—Tengo una obligación con este ducado. Mi vigésimo primer cumpleaños es el sábado, y tenía la impresión de que iba a casarme con Su Excelencia. —Sintió que el brazo de Gisborn se tensaba de nuevo.

—Ya veo —contestó, y su rostro adoptó de repente una expresión de decepción que Charlotte encontró encantadora. Acababan de entrar en el jardín más cercano a la casa y tomaron el camino que llevaba a la derecha—. *¿Quieres casarte* con él? —preguntó, las palabras salieron antes de que pudiera detenerlas—. Perdóname, no me corresponde…

—Lo he hecho. Lo he deseado desde que tengo uso de razón —interrumpió Charlotte—. Me he pasado toda la vida esperando ser la duquesa de Chichester, después de pasar unos años como condesa de Grinstead, por supuesto —explicó, refiriéndose a la época en la que pensaba casarse con John.

Gisborn escuchó sus palabras, y se animó al ver cómo ella respondía «sí, no, sí». Tal vez, después de todo, había esperanza para su unión.

—¿Has cambiado de opinión por lo ocurrido con los Wainwright? —preguntó entonces—. ¿Sentiste afecto por el hermano mayor? —Aunque sólo conocía a lord John por su fama de libertino y jugador, Gisborn pensó que tal vez Charlotte se había sentido atraída por el hermano mayor. Las mujeres siempre parecían sentirse atraídas por los peligrosos, pensó, sin ponerse nunca en esa categoría.

—No sentía ningún afecto por John, ni hubiera *querido* estar casada con él —casi escupió Charlotte—. Él dejó muy clara su posición sobre los términos de nuestro matrimonio hace varios años.

Sorprendido por su vehemente respuesta, Gisborn pensó que lo mejor era cambiar de tema.

—Pero sí que sientes algo por Su Excelencia.

Habían llegado a un banco de piedra, y Gisborn se detuvo para permitir que Charlotte se sentara antes de unirse a ella, cuidando de mantener una distancia respetuosa entre ellos.

Charlotte se enfadó al oír la declaración, sus sentimientos actuales hacia el duque no eran tan caritativos. ¿Por qué no podía Joshua simplemente pedir su mano y obtener una licencia cuando ella llegó? Podrían casarse este sábado y Gisborn no tendría nada que reclamar. Podía casarse con el único hombre por el que había sentido afecto. «*¡Maldito sea!*».

—Yo… no conozco mis sentimientos al respecto —respondió ella, las palabras estaban muy cerca de la verdad—. Dígame, mi señor…

—Gisborn, por favor —interrumpió suavemente—. Preferiría que me llamaras «Gisborn».

Asintiendo, Charlotte se preguntó si debía concederle la misma cortesía, pero decidió continuar con su pregunta.

—Dime, Gisborn, ¿has estado casado alguna vez?

Frunciendo el ceño, el conde negó con la cabeza.

—No. Acabo de cumplir treinta años el mes pasado.

Charlotte se enderezó.

—Así que, ¿acaba *de* buscar un matrimonio? —aclaró, arqueando una ceja de forma que le daba a entender que él había pasado sus últimos diez años o más frecuentando burdeles e infiernos de juego. En realidad no lo creía: el hombre que conocía parecía muy honorable y no era de los que apuestan—. Dime, Gisborn. ¿Cuántos hijos has tenido?

Gisborn inhaló bruscamente y exhaló su aliento lentamente,

pero en su rostro no había un atisbo de ira como Charlotte esperaba.

—Tenía responsabilidades… —Le soltó la mano y juntó las dos, con los antebrazos apoyados en unos muslos musculosos que tensaban los calzones—. Mi tío ha estado enfermo durante muchos años. He estado en Oxfordshire supervisando sus propiedades… mis propiedades —se corrigió con un suspiro—. Nunca me he tomado el tiempo de pasar una temporada entera en Londres para buscar una esposa.

Observando su manera de juntar las manos, Charlotte hizo lo mismo.

—Me disculpo. Habiendo pasado…

—Tengo un hijo —dijo entonces, con los ojos mirando al frente. Permaneció en silencio durante un largo momento, pero Charlotte se dio cuenta de que quería decir algo más, así que no habló—. Nathaniel tiene diez años. Aunque su madre se negó a casarse conmigo, he atendido todas sus necesidades desde antes de que naciera —añadió finalmente, exhalando como si hubiera estado conteniendo la respiración durante varios minutos.

Charlotte sabía que debería haber sentido repulsión ante la idea de que Gisborn tuviera un hijo ilegítimo, pero descubrió que no podía sentirla si el hombre le proporcionaba fondos para su cuidado. Al cuestionar sus primeras impresiones sobre él, se agarró el labio inferior con un diente.

—¿Puedo preguntar por qué su madre lo rechazaría? —Lo primero que pensó fue que había tenido un affaire con una mujer casada.

Sin esperar una respuesta tan tranquila, Gisborn volvió a centrar su atención en Charlotte.

—No nació en nuestra clase —tartamudeó, con un rostro tan triste que Charlotte tuvo que apartar la mirada. Cuando ella lo hizo, él añadió—: me enamoré, ya ves. Acababa de volver de Eton, a punto de irme a Oxford, y Sarah y yo… La conocía desde que estábamos en las primeras filas. A pesar de todo lo que mi padre me había dicho mientras crecía, pensé que sería posible que los dos nos casáramos. Pero Sarah era mucho más sabia que yo. He tenido que conformarme con que sea simplemente mi amante —dijo en voz baja, pronunciando las palabras como si nunca antes hubiera hablado, quizás ni siquiera pensado, en Sarah en ese sentido—. Y, por eso, busco una esposa. Necesito un heredero legítimo.

Hubo un largo silencio antes de que Charlotte se acercara para poner una mano sobre la suya. Había hablado de Sarah como si aún la amara. Quizás todavía la amaba. Ella le había dado un hijo y, sin embargo, el niño nunca podría ocupar su lugar como próximo conde de Gisborn.

—¿Y por qué yo? —susurró ella. *«Estoy condenada a un amor no correspondido»,* pensó entonces. A Gisborn con seguridad y a Joshua… quizás.

Gisborn se incorporó, sorprendido por la pregunta.

—¿Tu padre no…? —Ante el movimiento de cabeza de Charlotte, frunció las cejas y sacudió su propia cabeza con incredulidad.

Charlotte se inclinó hacia delante.

—Como sabes, tuvo un accidente y ha estado en coma durante más de una semana —susurró—. Creo que estaba intentando hablarme de su acuerdo con usted cuando ocurrió el accidente. —No era de extrañar que su padre estuviera tan enfadado. Ya había firmado la escritura de Ellsworth Park pensando que ella se casaría con Gisborn.

Consternada, Charlotte se preguntó por la lógica de su padre. No tenía herederos directos, por lo que Nicholas, su primo, lo heredaría todo. Dar las tierras no desamortizadas a Gisborn significaba que Nicholas no tendría acceso a ellas, lo que le impediría venderlas para obtener fondos para pagar las deudas de juego.

«Entonces mis hijos se beneficiarían», pensó. Un plan brillante, ahora que lo pensaba.

Pero su padre no se había explicado ese día.

O esa noche.

Gisborn apoyó los codos en las rodillas.

—Como probablemente recuerdes, mis tierras y las de tu padre son adyacentes en Oxfordshire. He pensado en unirlas, en hacerlas lo suficientemente grandes como para justificar el trabajo que hay que hacer. Ante la mirada interrogativa de Charlotte, añadió:

—Para el riego, la mejora de las técnicas agrícolas y la mejora de la silvicultura. Sabía que tu padre era dueño de Ellsworth Park, así que, cuando me convocó a Londres el mes pasado, pensé que su intención era venderme la propiedad.

Una alarma empezó a sonar en la cabeza de Charlotte, tan fuerte que casi no escuchó sus siguientes palabras.

—Imagínate mi sorpresa cuando me ofreció las tierras como dote —dijo en tono despreocupado.

—Imagínate —repitió Charlotte en voz baja. Se le ocurrió una idea y miró a Gisborn—. ¿Y eso era *además* de las diez mil libras? —preguntó en voz baja, con la respiración entrecortada por el sollozo que tenía en la garganta. Sabía la respuesta incluso antes de que Gisborn le dirigiera una mirada de sorpresa aún mayor que la suya.

—No hubo oferta de dinero, Lady Charlotte. Sólo la tierra. No creo que pueda aceptar la tierra *y el dinero* —razonó, con una sonrisa que le hacía parecer muy guapo.

Y no podía tomar el dinero que ya no existía.

Una sensación de temor se apoderó de ella. *«Oh, padre, ¿qué has hecho?».*

—Si aceptara tu propuesta, cuando… si hay una, Gisborn, ¿podrías… suponer…? —Charlotte suspiró y apartó la mirada, con el rostro encendido por la vergüenza. *«¿Es demasiado pedir que un hombre me quiera?»,* se preguntó, sintiéndose de repente como una tonta.

La mano de Gisborn había vuelto a capturar la suya.

—Aunque amo a otra, y creo que siempre lo haré, te aseguro que te trataré con la amabilidad y el respeto que mereces. Te prometo que te proporcionaré casi todo lo que desees —dijo en voz baja, apretando su mano mientras hacía la promesa—. Sólo te pido que me permitas acostarte en exclusiva hasta que me proporciones dos hijos. Y entonces no me importará que decidas tomar un amante.

Charlotte respiró hondo y miró al conde, asombrada por sus condiciones. Su oferta era generosa, lo sabía. Le permitiría ser cornuda con él. *«Nunca podría».* Y él ya tenía las tierras. Podía marcharse ahora mismo y seguir siendo dueño de Ellsworth Park.

—¿Podría pensarlo un poco? —preguntó entonces, sin empezar a saber cuál sería su respuesta.

—Por supuesto. Sin embargo, debo regresar pronto a

Bampton —dijo mientras asentía con la cabeza—, pero me parece justo darte todo el tiempo que necesites. Lamento que no supieras de la intención de tu padre. Yo no habría sido tan grosero allí dentro —susurró, y sus modales daban a entender que estaba avergonzado por su comportamiento anterior.

—Acepto tus disculpas, por supuesto. Y yo te doy una a cambio. Mi comportamiento de antes no fue muy femenino —murmuró, con los ojos bajos.

Gisborn se llevó un dedo a la barbilla.

—Eres obstinada. Tu padre me lo advirtió. Pero creo que forma parte de tu encanto. —La miró fijamente a los ojos durante unos instantes y luego, inesperadamente, se inclinó hacia ella y la besó.

El beso duró sólo un momento, pero Charlotte se lo devolvió. «Un *beso para sellar un contrato*», pensó al sentir que sus cálidos labios se pegaban a los suyos y los apretaban suavemente. Y entonces se acabó tan rápido como había empezado, cuando él se separó. Uno de los brazos de él le había rodeado el hombro y se estaba apoyando en su espalda cuando ella sintió el escozor de los puntos y se estremeció. Al sentir los puntos apretados, inhaló entre los dientes mientras se inclinaba rápidamente hacia delante y se alejaba del pesado brazo de él.

—¿Te he hecho daño? —preguntó Gisborn mientras retiraba rápidamente su brazo y extendía la mano de ella para tomarla entre las suyas. Unos largos dedos envolvieron su pequeña mano, rodeándola de una calidez que Charlotte encontró reconfortante. Cuando lo miró a los ojos, encontró una preocupación genuina.

—Yo… tengo una herida que aún está cicatrizando. Tengo que tener cuidado, eso es todo —respondió ella, tentada de *culparle* por el corte entre sus omóplatos.

Alarmado, Gisborn se tensó y su mano apretó la de ella casi con demasiada fuerza.

—¿Chichester te ha hecho algo? ¿Chichester te ha hecho algo para herirte? —se enfadó, su ira fue tan repentina que Charlotte tuvo que apartarse de él.

Charlotte negó con la cabeza.

—¡No! —insistió rápidamente—. Mi padre… se enfadó cuando me negué a considerar nuestros esponsales —intentó explicar—. Había estado bebiendo y no se explicó bien esa noche y….

—¿Qué te ha hecho? —La voz de Gisborn era repentinamente áspera, su deseo de venganza estaba tan cerca de la superficie, que Charlotte recordó la reacción de Joshua. «*Esos hombres eran muy parecidos*».

—Él… él me azotó —susurró, sus ojos evitando la intensa mirada de Gisborn. Las palabras salieron antes de que se diera cuenta de que las había dicho, y ya era demasiado tarde para contener la oleada de ira que inundaba al conde. Sus manos llegaron a los hombros de ella y la empujaron para que se pusiera frente a él mientras él inclinaba su propio cuerpo.

—¡Lo mataré! —juró Gisborn, con sus manos agarrando sus hombros con tanta fuerza que estaba segura de que le quedarían moratones.

—No —murmuró ella, moviendo la cabeza de un lado a otro —. No debes. Además, puede que ya esté muerto —gimió. En ese momento, toda la rabia contenida contra su padre se desató, y sin poder gritar o chillar o usar sus puños para golpear al hombre que se sentaba a su lado, las lágrimas punzaron las esquinas de sus ojos. Los sollozos acabaron por vencerla y Charlotte dejó caer su cabeza contra el hombro de Gisborn. Lloró, las lágrimas fluyeron libremente por sus mejillas mientras lloraba.

Gisborn le soltó los brazos y se apresuró a quitarle los botones de la espalda. Una vez desabrochado el corpiño del vestido, separó la tela y deslizó suavemente los dedos por debajo de la capa de vendas de la espalda. Charlotte oyó y sintió su súbita respiración cuando miró su herida por encima del hombro, sintió en su cuerpo la sensación de repulsión y horror al contemplar la serie de puntos negros que marchaban por su espalda. Sintió la ligera presión de la yema de un dedo al recorrer la herida, y la sensación le produjo un cosquilleo en la espalda.

Gisborn volvió a colocar con cuidado el vendaje sobre la herida y rodeó su cintura con el brazo, abrazándola a él tan fuerte como pudo.

—Si aún no está muerto, lo mataré —susurró con voz ronca, su propia voz sonaba extraña a sus oídos—. Lo siento mucho, Lady Charlotte. No se suponía que fuera así —susurró, y sus labios se posaron en la sien y la frente de ella para dejar duros y urgentes besos.

—Por favor, no —consiguió entre sollozos—. Me curaré —dijo en voz baja, con hipo al decir las palabras.

Gisborn la abrazó durante mucho tiempo, hasta que dejó de sentir su respiración agitada y estuvo seguro de que había dejado de llorar. Volvió a abrochar con cuidado la espalda de la bata, y su aliento bañó de calor el hombro de ella mientras lo hacía. Cuando ella levantó la vista para encontrarla, él tragó saliva y apartó la mirada.

El conde no esperaba que Charlotte lo amara alguna vez, ni quería que lo hiciera, dados sus sentimientos por Sarah. Pero ahora sentía afecto por ella y esperaba que al menos pudieran compartirlo algún día. Pero cada día que tuviera esa cicatriz sería un día en el que recordaría cómo había llegado ahí, y por qué.

—Me temo que si eres mi esposa, me odiarás todos y cada uno de los días que me veas, durante el resto de mi vida, por lo que tu padre te ha hecho —dijo en voz baja—. Por mi culpa —añadió con fiereza, su rostro era un retrato de dolor y sus ojos brillaban con lágrimas no derramadas.

Charlotte consideró sus palabras y supo que, hasta cierto punto, tenía razón. Pero negó con la cabeza—. No creo que pueda *odiarte* nunca, Henry —murmuró, tomando aire y volviendo a mirar a los ojos de él. Ni siquiera era consciente de que había utilizado su nombre de pila—. Pero es cierto que no creo que pueda olvidar.

Gisborn la soltó, una vez que estuvo seguro de que podía sentarse por sí misma. Sacó un pañuelo del bolsillo y se lo ofreció.

—Me encargaré de que Ellsworth Park sea devuelto a tu familia —dijo, con los ojos cerrados como si le doliera.

—¡No! —casi gritó Charlotte, sacudiendo la cabeza mientras cogía el pañuelo y se secaba las mejillas y las pestañas inferiores húmedas—. Debes mantenerlo lejos de las manos de mi primo. De lo contrario, se perderá —explicó, viendo la sorpresa en sus cejas fruncidas y sus ojos azules—. De verdad. Apuesta, y no muy bien. —Ella continuó secándose los ojos—. Y la próxima vez que vayas a Londres, debes visitar a mi amiga, Lady Hannah Slater. Su padre es el marqués de Devonville.

Ante la mirada de confusión de Gisborn, añadió:

—Por fin ha salido esta última temporada y este año cumplirá veintiún años. Es una belleza, Gisborn, rubia, como yo, pero más alta. Parece una princesa de un cuento de hadas. Tiene muchas ganas de tener hijos, y no le importa en absoluto con quién los tenga —añadió, haciendo una mueca al darse cuenta de cómo debían sonar sus palabras para Gisborn.

Su ceja se arqueó y una sonrisa amenazó con sustituir su mirada de dolor.

—Quiero decir que te dará tantos hijos como desees, y será una buena madre para todos ellos. Y los amará. —Charlotte se limpió los ojos y la nariz y le dedicó al conde una débil sonrisa, preguntándose si el hombre tendría en cuenta su recomendación.

Gisborn asintió.

—Sé de su padre, por supuesto —susurró mientras la miraba durante unos instantes—. ¿Crees que los dos encajaríamos?

Charlotte asintió.

—Así es. Creo que la encontrará encantadora.

Gisborn estudió el rostro de Charlotte durante mucho tiempo.

—Haré lo que dices. Te lo prometo.

Asintiendo, Charlotte respiró profundamente.

—Quizás no debería mencionarlo, pero Lady Hannah tiene un perro. Un perro bastante fiel —ofreció, esperando que la noticia no hiciera cambiar de opinión al conde sobre la posibilidad de conocer a la hija del marqués de Devonville—. Ella lo quiere mucho.

Las cejas de Gisborn se alzaron, pero la más mínima sonrisa se dibujó en sus labios.

—Supongo que es un mordedor de tobillos —aventuró. Le vinieron pensamientos de otras mujeres aristócratas con perros. Había visto a algunas que llevaban a sus pequeños perros en sus retículas o los sostenían en sus brazos como si fueran bebés. Pero la mayoría de esas mujeres eran mayores. Mucho mayores.

—Oh, no, Harold no pellizca los tobillos —replicó Charlotte con bastante rapidez mientras pensaba en cómo describir al mastín Alpino que compartía la cama de Hannah. Ciertamente, el perro se comportaba con el conde, aunque si Harold percibía el más mínimo peligro por parte de un hombre hacia su ama,

Harold simplemente saltaba sobre la amenaza y lo tiraba al suelo.

Y luego sentarse sobre él hasta que se pueda llamar a un agente de la ley.

—¿Harold? ¿Ha llamado a su perro «Harold»? —preguntó Gisborn, extendiendo un poco la sonrisa. Miró a Charlotte mientras observaba cómo se esforzaba por hablarle de la mascota de gran tamaño. Impresionado por su intento de revelar todo sobre Lady Hannah, alargó la mano para cogerla con la suya. Se la llevó a los labios y le besó el dorso mientras Charlotte lo observaba, con los ojos muy abiertos.

—Harold MacDuff es un perro bastante grande —ofreció entonces Charlotte, repentinamente nerviosa por la extraña reacción del conde—. Un mastín Alpino.

Gisborn asintió a su comprensión de una bestia bastante grande criada para rescatar a los perdidos en los puertos de montaña y las tormentas de nieve. Un granjero muy cercano a la mansión de Gisborn tenía una perra de este tipo, una perra que había parido cachorros unas semanas antes de que él partiera hacia Londres. Aunque nunca había visto a la perra ni a su camada, el personal de su casa había manifestado su afecto por los cachorros.

Bajó la mano de Charlotte antes de soltarla.

—Gracias, Lady Charlotte. Creo que utilizaré esta información con buenos resultados —dijo, y su mente ya estaba trabajando en cómo podría cortejar a Lady Hannah por medio de su perro—. Y enviaré un mensaje si necesito más ayuda con respecto a Lady Hannah. Espero que no le importe. Esto último lo dijo de una manera que sugería que el conde podría perseguir a la joven.

Con esas palabras, Gisborn se levantó del banco, tomó las dos manos de Charlotte entre las suyas y le besó el dorso de los dedos.

—Serás bienvenida en la Mansión Gisborn cuando quieras —dijo, con los ojos brillantes. Después de un largo momento, respiró profundamente—. Hasta que nos volvamos a encontrar, Lady Charlotte —dijo formalmente.

Charlotte observó con sentimientos encontrados cómo se inclinaba y se despedía, recorriendo el camino del jardín hasta desaparecer en la casa.

CAPÍTULO 25
SU EXCELENCIA HACE UNA PROPUESTA

Charlotte observó al conde mientras se alejaba, con una parte de ella angustiada por su repentina marcha y otra aliviada de que se hubiera marchado. Un poco asustada por haberle permitido irse con la escritura de Ellsworth Park, se tranquilizó al saber que su primo no podría venderla al mejor postor para financiar más deudas de juego.

Tuvo que volver a calmarse cuando pensó en su dote, preguntándose si le quedaría algo para poder asegurar su futuro con un hombre que estaba dispuesto a casarse con ella porque la amaba, no porque fuera a ser su yegua de cría o porque fuera su deber hacerlo.

Charlotte se quedó en el jardín durante otra media hora, dejando que el sol le calentara la cara y le secara las lágrimas, con los ojos cerrados para poder concentrarse en los sonidos de los pájaros y los insectos y el viento acariciando las hojas y la sensación de unos labios cálidos y húmedos besando los suyos...

Sus ojos se abrieron de golpe para encontrar a Joshua de pie junto a ella, con una sonrisa en los labios al ver su expresión de sorpresa.

—Pareces una hermosa flor recién florecida al sol —murmuró en voz baja.

—¿Oh? —respondió ella con un suspiro, tratando aún de orientarse. Parecía un dios canalla de pie sobre ella, con su pelo oscuro brillando con reflejos dorados y su máscara añadiendo misterio e intriga a la mirada de diversión en la parte de su cara que era visible. *«Su Excelencia con media cara, en efecto»*, pensó con otro suspiro.

—Gisborn me ha dicho que va a Londres a visitar a la hija de Devonville —dijo en voz baja. No añadió que Gisborn pensaba que Joshua debía perseguir a Lady Charlotte por sí mismo. *«Ella no te ama por sentido del deber»*, había dicho con un movimiento de cabeza y una actitud que exigía que le escuchara con atención. *«Simplemente lo hace»*. El comentario le pareció extraño, pero no había dedicado mucho tiempo a considerarlo.

—¿Estás…?

—Estoy bien —respondió Charlotte con una sonrisa acuosa —. Gracias por… por hacerme *considerar* su oferta. Fue bastante generoso —murmuró, asintiendo con la cabeza. *«No tengo nada que ofrecer a un marido ahora»*, pensó, sabiendo que su dote original había desaparecido hace tiempo, y ahora las tierras de Ellsworth en Oxfordshire también. Si su padre moría, su madre tendría que quedarse con la casa de Londres sólo para tener un lugar donde vivir.

Joshua asintió, e indicó un papel doblado que tenía en una mano.

—Recibí esto de Garrett hace unos momentos —habló en voz baja, tendiéndoselo—. ¿Puedo acompañarte?

Charlotte inhaló bruscamente, dándose cuenta de que no se había levantado a su llegada para hacerle una reverencia adecuada.

—Me disculpo —dijo mientras se ponía en pie y luego lo hizo, sorprendiéndolo.

—No hace falta… —empezó a decir, y luego suspiró. Se inclinó sobre su mano y se sentó a su derecha, donde antes había estado Gisborn. Ella miró para ver el lado de él que normalmente mantenía alejado de ella. Aunque llevaba su máscara, los bordes de sus cicatrices eran evidentes, al igual que la zona en la que el pelo aún era fino detrás de la oreja.

Charlotte tomó el papel de Joshua y lo abrió. Leyó la extensa descripción de todo lo que el administrador de la finca había descubierto esa mañana y las primeras horas de la tarde, sin sorprenderse de ninguno de los hallazgos de Garrett. Era casi un alivio saber que lo que había adivinado era realmente cierto.

No había dote.

Su primo se había encargado de ello. Pero la astucia de su padre al menos había salvado a Ellsworth Park de Nicholas. Sin embargo, se quedó perpleja con la última línea de escritura y levantó la vista para encontrar a Joshua observándola.

—¿Se encargará de la detención de Nicholas? —preguntó ella, sin entender—. ¿Obtuvo los fondos de las cuentas de mi padre ilegalmente?

Joshua se humedeció los labios y se acercó para tomar una de las manos de Charlotte entre las suyas.

—Probablemente no, pero contrató a un hombre para que prendiera fuego a Wisborough Oaks.

Charlotte se levantó y se llevó una mano a la boca antes de que Joshua pudiera reaccionar. Él también se puso de pie, observando cómo Charlotte se daba cuenta por sí misma, sus expresiones cambiantes sugerían que estaba a punto de enfermar o de desmayarse.

—Él sabía que estabas aquí, por supuesto. Tú mismo lo dijiste. ¿Crees que tenía la intención de que tú…?

—Sí, estoy segura de que lo hizo —interrumpió Charlotte, con una voz bastante áspera. Su cabeza se movía hacia arriba y hacia abajo, su ira apenas controlada—. Se jugó mi dote y sabía que yo… Le reñiría el resto de sus días por ello —explicó con su ira apenas controlada, amenazando de nuevo con las lágrimas.

Joshua extendió una mano sobre uno de sus brazos y la atrajo suavemente hacia él.

—¿Puedo cometer un acto impropio? —le preguntó, viendo su angustia y queriendo aliviarla en la medida de lo posible. Al ver su expresión de confusión, le rodeó la cintura con el otro brazo y la atrajo contra su cuerpo, dejando que su cara descansara en el hombro izquierdo de él. Sintió una mezcla de horror, al saber que su primo prefería verla muerta junto a una hoguera antes que enfrentarse a su ira, y diversión ante Joshua. El hombre había acudido a su dormitorio desde hacía dos noches para dormir con ella, acunándola contra el calor y la dureza de su cuerpo desnudo, supuestamente para asegurarse de que no se hiciera más daño durante el sueño.

Un simple abrazo en el jardín parecía bastante inocente en comparación.

La abrazó así durante varios minutos, frotando suavemente la parte baja de su espalda y besando su pelo. Al cabo de un rato, bajó los brazos y luego todo el cuerpo al suelo, arrodillándose ante ella. Tomó su mano izquierda entre las suyas.

—Lady Charlotte Bingham —dijo, apareciendo una expresión muy seria en su rostro—. ¿Me haría el honor de ser mi esposa? —le preguntó suavemente.

Los ojos de Charlotte se abrieron de par en par, sorprendida. *«¿Cómo se atreve a hacer esto ahora?»*, pensó consternada.

—¡No tengo dote! —replicó a la defensiva, casi dando un pisotón para dejar claro su punto de vista.

Joshua no había esperado su reacción y no estaba seguro de qué hacer. Metió la mano en un bolsillo y sacó un anillo, una banda de oro con un único zafiro montado. Lo colocó en el cuarto dedo de su mano izquierda y la miró con una ceja alzada.

—Y no me importa —respondió con sinceridad.

Sin palabras, Charlotte miró su mano como si la viera por primera vez. Su otra mano se movió para cubrir su boca.

—Oh, Joshua —murmuró, cerrando los ojos.

—¿Es eso un sí? —preguntó él, sin dejar de mirarla. Había empezado a entrecerrar los ojos, con el sol poniente directamente en sus ojos, y ahora su pierna doblada protestaba.

Charlotte se agachó y le ayudó a levantarse.

—Sí —dijo en voz baja—. Sí, sí, sí.

—Que sea un «sí» más y me casaré contigo el sábado —ofreció Joshua, con un brillo en los ojos.

«¡Mi cumpleaños!».

—¡Sí! —gritó Charlotte con alegría, y sus brazos rodearon a Joshua para abrazarlo tan fuerte que casi le dolió—. Pensé que nunca lo pedirías —murmuró Charlotte en la tela de su abrigo. Inhaló profundamente, deleitándose con el aroma de sándalo, brandy y cítricos.

Joshua estuvo a punto de reírse, pero sabía que el sonido quedaría atrapado en su garganta. Casi se lo había pedido la noche anterior mientras le cepillaba el pelo. ¡Qué diferentes serían las cosas hoy si lo hubiera hecho!

¿Qué habría hecho Gisborn si hubiera encontrado a su prometida ya prometida? Tal vez el hombre hubiera protestado antes de marcharse enfadado. Así, al menos, el conde se había ido, aunque decepcionado, en buenos términos tanto con Charlotte como con él. Y se había insinuado que, al recibir las tierras de Oxfordshire, Gisborn sería un buen administrador. Incluso había insinuado que una parte de ellas podría ser un hogar adecuado para uno o varios de los hijos de Charlotte.

«Mis hijos», se dio cuenta Joshua entonces, el pensamiento un poco humillante.

—Si lo permite, me gustaría informar a la señora Gates lo antes posible. Parece que piensa que hay mucho que hacer para preparar una boda —dijo Joshua con voz burlona, sin añadir que pensaba que la mujer había estado planeando su boda desde el incendio.

—Por supuesto —respondió Charlotte, asintiendo con la cabeza contra su abrigo—. Y debo escribir a mis padres. ¿Te parece bien que los invite a la ceremonia? La cabeza de Charlotte se separó de su pecho para mirarle.

Joshua sonrió e inhaló profundamente.

—Por supuesto. ¿Y puedo invitar a Grandby? —preguntó, pensando que su padrino común debería estar presente como testigo.

—Oh, sí —respiró Charlotte, ampliando su sonrisa.

—¿Y dónde nos casaremos? —preguntó entonces—. ¿Y la licencia?

Sonriendo, Joshua le frotó la parte baja de la espalda en señal de seguridad.

—Hay una capilla en Plaistow —explicó—, y una licencia de matrimonio en mi bolsillo—. Oyó y sintió la respiración de Charlotte.

—¿Cuándo…? —preguntó ella, frunciendo las cejas al considerar sus palabras.

—Ayer. Hice una visita al archidiácono mientras estaba en Chichester —susurró Joshua—. Estuve a punto de pedírselo anoche, pero… —A Charlotte se le cortó la respiración de nuevo y finalmente la dejó salir lentamente.

—Todo este tiempo… ¿estabas *dispuesto* a casarte conmigo? —preguntó en voz baja, preguntándose cuándo había cambiado de opinión sobre el matrimonio. ¡Y pensar que podría haber aceptado la propuesta del Conde de Gisborn!

—Ahora lo soy, y eso es lo único que importa —respondió con cuidado, todavía decepcionado de que su matrimonio fuera de conveniencia y no uno basado en el amor, o al menos, en el afecto.

Charlotte se puso rígida, pero asintió con la cabeza. Finalmente, levantó la vista hacia él, con los ojos brillantes por las lágrimas no derramadas, se puso de puntillas y le besó la comisura de los labios.

—Wainwright, haré todo lo que esté en mi mano para ser la mejor esposa que puedas esperar —susurró.

Joshua enarcó una ceja visible y la miró por un momento.

—Puedes empezar llamándome «Joshua» cuando estemos a solas —contestó con un ligero toque de humor. Sus labios encontraron los de ella entonces, ajustándose a ellos en un suave beso que profundizó lentamente cuando sintió que los brazos de ella se alzaban para rodear sus hombros. La sintió hacer una mueca de dolor cuando su movimiento estiró la herida. Alcanzando con sus manos, tomó las de ella de su cuerpo y las bajó suavemente, para finalmente terminar el beso apartándose.

—Hay mucho que hacer —dijo, un poco sin aliento. Besando su cabello, se inclinó y abandonó rápidamente el jardín, dejando atrás a una futura novia muy sorprendida y algo desconcertada.

CAPÍTULO 26
LADY CHARLOTTE CONOCE A LA SEÑORITA WETHERSBY

De vuelta a su dormitorio, Charlotte se acercó a la ventana en la que los trabajadores del proyecto de restauración del ala oeste habían sustituido los cristales rotos aquella mañana. Los cristales abatibles, más claros que el único cristal que se había roto en la explosión, le permitían una vista hacia el este, bucólica y luminosa, bajo un cielo sin nubes.

Recordando su paseo con Joshua, trató de encontrar los distintos puntos de referencia por los que habían pasado, y sus ojos se detuvieron finalmente en la casa de la viuda. Esperaba verla tranquilamente entre unos árboles y junto al arroyo que atravesaba la finca, pero se sorprendió al ver varios carros y gente moviéndose. Deseó tener un catalejo y se reprendió a sí misma: sería totalmente inapropiado espiar a quienquiera que estuviera trabajando en la casa.

Después de haber tomado suficientes decisiones de diseño en algunas habitaciones del ala oeste para adelantarse al equipo de trabajo, se había despedido del proyecto y había ido a su habitación a buscar un gorro y una pelliza. Dados los acontecimientos del día anterior, quería tener tiempo para pensar y reflexionar sobre lo que había sucedido, y pensó que un paseo al final de la tarde le permitiría hacer ambas cosas.

La noche anterior había enviado una breve nota a sus padres, junto con una carta que Joshua había escrito al conde de Torrington, informándoles de sus próximas nupcias. A pesar de que Joshua le había asegurado que no esperaba una dote a cambio de casarse con ella, Charlotte seguía sintiéndose engañada por lo que era suyo por derecho. La nota más reciente de Garrett desde Londres confirmaba la información que le había proporcionado el conde de Gisborn, pero insinuaba que podría saber más al visitar a sus padres. *«Eso habría ocurrido en algún momento de ayer»*, pensó.

Curiosa por el trabajo en la casa de campo, Charlotte se puso su gorro y su pelliza y salió por la puerta principal, saludando a Gates mientras lo hacía. Consideró la posibilidad de buscar a una criada para que la acompañara, pero el terreno que iba a recorrer estaba en su mayor parte abierto y a la vista desde la casa principal.

Los diez minutos que tardó en llegar a la casa pasaron rápidamente mientras observaba la actividad. La razón por la que había salido a pasear se olvidó cuando se dio cuenta de que, además de los tres carros alineados en las losas, con sus caballos disfrutando de la hierba junto a la entrada, el carruaje del duque también estaba aparcado allí. Los obreros llevaban muebles y cajas a la casa.

«¿Qué está pasando aquí?», se preguntó, de repente un poco preocupada. Cuando dos lacayos sacaron un baúl de la parte trasera del carruaje, un mozo de cuadra subió al asiento y puso el carruaje en movimiento, aparentemente para llevarlo de vuelta a la casa de carruajes. Aunque no reconoció a ninguno de los peones, éstos asintieron en su dirección mientras se ocupaban de sus cargas.

Cuando Garrett McElliott apareció en la entrada de la casa, se fijó en ella y la saludó. Charlotte se apresuró a acercarse a él cuando bajó a los adoquines que conducían a la casa desde la entrada. Él se inclinó y le cogió la mano después de que ella hiciera una reverencia.

—Lady Charlotte —dijo Garrett mientras se llevaba su mano enguantada a los labios y le daba un rápido beso—. ¿Va todo bien? —preguntó mientras le soltaba la mano. Había una actitud despreocupada en él, su sonrisa le hacía parecer muy parecido a cuando Charlotte lo conoció en un baile.

Al menos los acontecimientos de los últimos días no parecían haberle afectado, consideró Charlotte mientras se sonrojaba en respuesta a su pregunta.

—Me lo ha pedido. Le dije que sí, por supuesto —respondió con una amplia sonrisa—. Nos vamos a casar este sábado.

El administrador de la finca se permitió una sonrisa.

—Entonces estoy en buena compañía —respondió. Ante la mirada de confusión de Charlotte, añadió—: Le pregunté. Ella dijo que sí. Y también nos casaremos el sábado por la mañana.

Charlotte parpadeó.

—¿Te vas a *casar*? —contestó, y su rostro sonrojado se iluminó —. ¿Es algo repentino? —preguntó, sabiendo que su pregunta era un poco inapropiada—. Perdóname. No sabía que estuvieras *cortejando a* alguien.

Garrett respiró profundamente.

—A decir verdad, hace tiempo que no pienso en nadie más que en mi Jane. Y creo que ha llegado el momento de convertirla en mi esposa. No podría imaginarla con otro sin... —Se detuvo, su rostro se coloreó al darse cuenta de a quién estaba haciendo su confesión.

—¿Te sientes muy celoso? —terminó Charlotte por él. Ante su renuente asentimiento, añadió—: Te deseo que seas muy feliz. Joshua debe estar feliz... *aliviado* de saber que no es el único que está a punto de ser «encadenado». Apreciará la compañía — bromeó ella, apareciendo una brillante sonrisa.

—¿Puedo pedirle algo? —preguntó, y un destello de preocupación cruzó de repente su rostro.

Los ojos de Charlotte se abrieron de par en par mientras miraba al administrador de la finca.

—Por supuesto. ¿Qué pasa, Garrett? —preguntó, tratando de no fijarse en la mujer más bien alta que apareció de repente en la puerta de la casa de campo.

—Todavía no le he contado a Su Excelencia mis planes de casarme, ni de ocupar la casa de la viuda —dijo con la voz baja, frunciendo los labios. El color enrojeció su rostro, resaltando la vergüenza que sentía por haberse mudado subrepticiamente a la casa de campo sin decir siquiera una palabra a Joshua sobre su regreso a Wisborough Oaks.

Una lenta sonrisa se dibujó en el rostro de Charlotte.

—No seré yo quien se lo diga. Pero solo si me presentas a la encantadora dama que veo detrás de ti —se burló, y su sonrisa se amplió al ver a Jane Wethersby, una rubia alta y con aspecto de sauce que llevaba un delantal blanco sobre una bata redonda de muselina azul. La mujer, que parecía un poco mayor que Charlotte, sonreía tímidamente mientras se limpiaba las manos en el delantal. Pero lo que llamó la atención de Charlotte no fue la belleza de la mujer, era una belleza clásica, pensó Charlotte, con su cara en forma de corazón y sus grandes ojos almendrados, sus labios carnosos y sus altos pómulos, sino el moratón que tenía debajo del ojo.

—Hay alguien que me gustaría que conociera, Lady Charlotte —empezó a decir Garrett mientras saludaba a Jane, con una sonrisa de oreja a oreja.

—¿Le has *pegado*? —Charlotte se enfadó tan repentinamente que se sorprendió a sí misma.

La cabeza de Garrett se echó hacia atrás como si le hubieran dado un puñetazo.

—¿Qué? No, no, claro que no —respondió rápidamente, frunciendo las cejas. Al escuchar la acusación, Jane jadeó y levantó una mano para cubrirse la cara—. Yo nunca…

—¿Cómo te atreves a golpear a una mujer? —replicó Charlotte, interrumpiendo a Garrett mientras sus puños se cerraban a los lados. La ira la invadía tanto que su visión empezaba a volverse gris. Nunca en el tiempo que había conocido a Garrett McElliott había sospechado que levantara un dedo para hacer daño a una mujer.

—No me ha pegado, milady —dijo Jane, su alarma evidente mientras se apresuraba a ir al lado de Garrett, con la cabeza temblando de un lado a otro. Garrett rodeó con un brazo la cintura de Jane y la atrajo contra su lado—. De verdad —añadió. Entonces hizo una reverencia, el movimiento se hizo incómodo porque Garrett la tenía sujeta—. Milady.

Charlotte volvió a prestar atención a la mujer, sus labios se comprimieron en una línea mientras consideraba las palabras de la mujer y sintió una oleada de vergüenza. La diferencia de su altura con la de ella no hizo más que magnificar lo pequeña que se sentía en ese momento.

—Oh —logró antes de cubrirse la boca con una mano por un momento—. Me disculpo. Sr. McElliott, *por favor* acepte mis disculpas. No sé por qué… fue horrible por mi parte pensar mal de usted…

En todos sus años de entrenamiento, nada podría haberla preparado para una situación como ésta. Antes de ser azotada, probablemente no habría reaccionado así, pensó. La sensación de impotencia que había experimentado esa noche no se parecía a ninguna otra. No deseaba volver a sentirse así. Ni tampoco quería que lo hiciera otra mujer.

Si se había puesto nerviosa ante la perspectiva de conocer a la futura duquesa de Chichester, ahora Jane no sabía qué hacer para ayudar a aliviar la evidente vergüenza de la dama.

Garrett suspiró.

—Su disculpa es aceptada, Lady Charlotte. —Hizo una incómoda pausa antes de añadir—: Lady Charlotte, me gustaría presentarle a la señorita Jane Wethersby. La señorita Wethersby ha aceptado ser mi esposa —dijo, observando atentamente cómo Jane esperaba que Charlotte le tendiera la mano para estrecharla o asintiera en señal de reconocimiento.

Charlotte no hizo ninguna de las dos cosas.

Rodeó a Jane con sus brazos, y la diferencia de altura la obligó a agacharse un poco mientras soltaba un:

—Oh, sí —y se reía nerviosamente.

—Oh, ¿y dónde están mis modales? —preguntó Charlotte retóricamente mientras retrocedía un poco—. Es un placer conocerla, señorita Wethersby. Espero que podamos ser amigas —dijo mientras extendía su mano derecha y estrechaba la de Jane. No pudo evitar notar que los dedos de Jane eran largos y delgados, con las uñas cuidadas hasta formar óvalos. Un anillo de oro con zafiros adornaba su cuarto dedo.

Jane asintió, una ola de alivio la invadió al decidir que vivir cerca de un duque no sería tan intimidante como había pensado al principio.

Charlotte se volvió hacia Garrett.

—¿Y dónde la has tenido? —preguntó en un tono que sugería que Garrett había estado ocultando deliberadamente a su prometida. Se acercó a él para darle un rápido abrazo, haciendo una mueca de dolor cuando sintió que le tiraban los puntos.

Volviendo a sonreír, Garrett tiró de la mano de Jane en el pliegue de su codo.

—La señorita Wethersby ha estado viviendo en Londres. Era crupier de faro y distribuidora de veintiuno. Su Excelencia y yo hemos jugado muchas partidas en su mesa estos dos últimos años —explicó con orgullo, sin darse cuenta de cómo le sonarían sus palabras a Charlotte.

—Perdió una buena cantidad de dinero, es lo que realmente quiere decir —dijo Jane rápidamente, con un ligero matiz escocés en su voz—. Pero lo va a recuperar casándose conmigo —añadió con una ceja arqueada, su burla hizo que Garrett enrojeciera pero sonriera cohibido. El silbido constante de una tetera hirviendo sonó en la casa de campo—. Oh, eso será el agua para el té. ¿Nos acompaña a tomar el té, milady? —preguntó entonces—. Estamos un poco atrasados con eso hoy, con la mudanza y todo.

Charlotte sonrió, decidiendo que le gustaba bastante la intención de Garrett.

—Sí, por supuesto. Y llámame Charlotte —le instó mientras se dirigían a la casa de campo.

Los últimos muebles habían sido descargados de dos de los vagones y ya estaban colocados en la pequeña casa de la viuda. Maravillada por la calidad y la artesanía de las piezas, Charlotte se preguntó si eran de Garrett o de Jane. Una alfombra de Aubusson, bastante nueva o, al menos, no muy desgastada, cubría casi todos los tablones de madera que formaban el suelo de la habitación delantera. El sofá de terciopelo era más fino que cualquiera de la casa principal. Frente a él había una mesa baja de cerezo, y otra mesa auxiliar de cerezo estaba junto a una silla auxiliar. Los accesorios ya habían sido desempacados y colocados alrededor del salón, como si todo en la habitación hubiera sido diseñado específicamente para el espacio.

Charlotte se fijó en una gran hoja de papel de aluminio colocada sobre una mesa de comedor Chippendale, con un plano de la casa dibujado. Alguien había utilizado un trozo de carbón para dibujar los muebles en el plano, y ahora todas esas piezas estaban colocadas para que coincidieran con lo que se mostraba en el plano. «*Trabajo de Garrett, sin duda*», pensó. Había estado trabajando con dibujos como éste en la casa principal.

—Apenas se diría que te acabas de mudar hoy —comentó Charlotte mientras se dirigía a tomar asiento en una silla Chippendale tapizada. Garrett esperó a que ella se sentara antes de hacerlo él en un sillón con respaldo, su acción sugería que se había sentado en ese mismo sillón muchas veces antes.

—El señor McElliott es muy bueno motivando a los trabajadores —dijo Jane mientras traía una bandeja de té de la zona de la cocina. Dio las gracias en silencio a Annie por haber tenido la previsión de mandarla esta mañana con una lata de galletas holandesas, varias empanadas de carne y suficiente queso y pan para varios días. Aunque podía cocinar si era necesario, aún no tenía artículos de primera necesidad para la cocina, ni comida, ni utensilios. Garrett había dicho que harían un viaje rápido a Petworth cuando estuvieran listos para abastecer la despensa. Dada la hora de la tarde, supuso que lo harían por la mañana.

Charlotte se dio cuenta de que el juego de té de porcelana era de alta calidad de Wedgwood y, dado el costoso mobiliario que la rodeaba, se preguntó cómo podía la mujer permitirse semejante extravagancia.

—Los sobornos hacen que los hombres trabajen más rápido —reconoció Garrett con una sonrisa socarrona—. Pero me preocupaba más que no rompieran nada. La señorita Wethersby tiene algunas piezas muy bonitas. Habría sido una lástima perder una silla o una copa de cristal por estar mal embaladas —comentó, inclinándose hacia delante cuando Jane dejó la bandeja para que él pudiera deslizar una mano por su brazo.

A Garrett parecía costarle mantener las manos alejadas de su prometida, notó Charlotte, reprimiendo la sonrisa que sintió al verlo admirar a Jane. La mujer mayor se había quitado el delantal, y Charlotte pensó que su alta figura se adaptaba bien al vestido que llevaba. Garrett ayudó con el servicio, colocando las tazas en los platillos mientras Jane servía y añadiendo azúcar cuando Charlotte asentía.

—No hay leche —dijo a modo de disculpa.

—El azúcar estará bien —dijo Charlotte asintiendo con la cabeza—. El hecho de que incluso puedas servir el té en tu primer día en una casa es bastante notable, creo —añadió mientras observaba a tres hombres que trasladaban lo que parecían ser muebles de dormitorio a una habitación trasera. Hermosos muebles de dormitorio. «*¿Todo de Jane?*», Garrett había hecho una buena elección de esposa, aunque la hubiera encontrado en un salón de juego.

—Tu gusto por la decoración es exquisito —comentó Charlotte mientras tomaba la taza que le ofrecía Jane.

—¿Has trabajado en el sector de la decoración?

La mujer alta sonrió pero negó con la cabeza.

—No, pero gracias. Suelo *copiar las* habitaciones que me gustan. No he tenido la oportunidad de visitar muchas casas, pero mi madre era hija de un barón, así que crecí en una casa con grandes muebles y telas y todo tipo de fruslerías —dijo con un gesto de la mano.

Charlotte miró a Garrett antes de decir:

—No sé si el señor McElliott se lo ha dicho, pero he estado ayudando a elegir el mobiliario y la decoración del ala oeste de la casa principal.

Garrett resopló, recostándose en su silla.

—¿Ayudar? —repitió en broma—. Lady Charlotte es la que elige, si la palabra del duque es de fiar.

Sonrojada, Charlotte dejó su taza de té.

—Me vendría bien algo de ayuda, si te apetece hacer ese tipo de cosas. Después de que te hayas instalado, por supuesto —añadió, al notar la expresión de incredulidad de Jane.

—Oh, sería un honor —respondió Jane, con el rostro iluminado—. Debo admitir que he pasado buena parte de mi tiempo de camino hacia aquí preguntándome qué podría hacer para pasar el tiempo mientras el señor McElliott está trabajando en asuntos de la finca. Estoy acostumbrada a ganarme la vida —dijo.

—Parece que te ha ido bien en tu profesión —dijo Charlotte mientras agitaba una mano para indicar la sala en general.

Jane sonrió y le dio las gracias.

—El señor O'Laughlin, el dueño de *The Jack of Spades*, fue muy generoso, además de actuar como mi protector durante estos últimos ocho años —explicó, con un ligero matiz que hacía que su voz sonara un poco musical—. Pero ya era hora de marcharse —tartamudeó entonces, cambiando el tono de su voz para sonar como si no estuviera muy segura de haber tomado la decisión correcta al aceptar venir a Wisborough Oaks. Su mano se dirigió inconscientemente a su rostro magullado.

Charlotte quería preguntar desesperadamente cómo había sufrido la mujer el ojo morado. Tal vez su ceja arqueada hizo la pregunta por ella, porque Jane suspiró y dijo:

—Uno de los clientes *del Jack of Spades* me golpeó. —Hizo una pausa, pero antes de que pudiera decir nada más, Garrett se inclinó hacia delante y le puso una mano en el muslo.

Tratando de ignorar cómo el hombre tocó a Jane, Charlotte desvió la mirada.

—Qué horror. ¿Lo arrestaron? —preguntó entonces, dirigiendo su atención a Garrett.

—Angus McFarland —afirmó con un movimiento de cabeza—. El secuaz de Nicholas Bingham. —Esperó a que Charlotte reaccionara, y no le sorprendió ver cómo se llevaba una mano a la boca, oír cómo se le cortaba la respiración y se le escapaba un «oh» sorprendido—. McFarland fue el que intentó volar la casa principal —añadió Garrett escuetamente.

—¡Garrett! —le amonestó Jane rápidamente, bajando su mano sobre la de él para estrecharla y sacudirla un poco.

—No pasa nada —interrumpió Charlotte, con el corazón martilleándole en el pecho—. Quiero decir que no está bien, por supuesto, pero soy muy consciente de lo que el diablo de mi primo intentó hacer. Sólo lamento mucho *que hayas* tenido que sufrir también sus maquinaciones —dijo en voz baja, esperando que la mujer no la hiciera responsable de las acciones de un horrible pariente. Después de que Londres se enterara de que su primo había organizado un asesinato y vaciado las cuentas bancarias de su tío, el apellido Bingham dejaría de ser honorable.

—Sí, tiene usted suerte de estar viva, Lady Charlotte —dijo entonces Jane—. Si el señor McFarland no hubiera sido tan inepto, la casa podría haberse incendiado o derrumbado —añadió, con los ojos muy abiertos—. Me asusté mucho cuando el señor McFarland dijo que su objetivo era una casa cerca de Kirdford. Estaba muy asustada. Por ti y por mi Garrett —susurró solemnemente, arriesgándose a mirar en dirección a Garrett mientras hacía la admisión.

Se encogió de hombros y tomó nota de que le daría un beso más cuando Lady Charlotte se marchara.

—Se rompió una ventana y un hermoso roble se partió en dos —explicó Charlotte—. Tienes razón al referirte al Sr. McFarland como inepto —añadió con una sonrisa desganada—. Pero espero que él y mi primo sean arrestados. —En su opinión, Nicholas Bingham no merecía ninguna piedad. Ver lo que Angus McFarland le había hecho a Jane le hacía desear que lo colgaran.

Cambiando de tema, se dirigió a Garrett y le preguntó:

—¿Fue productivo tu viaje a la ciudad?

Garrett sonrió, un poco aliviado y divertido ante la pregunta de Charlotte. Aquí estaba una mujer que había sido sometida a una flagelación, a puntos de sutura, a un intento de asesinato, a dos esponsales, a un trato diario con un capataz de la construcción malhumorado y a Joshua Wainwright. Era una maravilla que fuera a casarse el sábado.

—Bastante —dijo con un movimiento de cabeza—. Pude visitar a todos los que Su Excelencia me indicó que viera y pedir la mano de la señorita Wethersby en matrimonio —dijo, acercándose para tomar la mano de Jane en la suya.

Charlotte estaba asombrada de cómo Garrett siempre parecía estar tocando o abrazando a su prometida.

—Dígame, señor McElliott, ¿ha podido visitar a una modista? —preguntó mientras se servía una galleta holandesa. Volvió su atención hacia Jane—. Le envié una nota mientras estaba en Londres para preguntarle si podía ocuparse de la creación de unas sábanas especiales para Su Alteza —explicó rápidamente, esperando que la mujer no se ofendiera por su correspondencia con Garrett.

El administrador de la finca se enderezó, apareciendo una sonrisa traviesa.

—He visitado a una modista. La modista de Jane es bastante eficiente, de hecho, y tengo un paquete por aquí —dijo mientras echaba un vistazo al salón. Observó los ojos redondos de Charlotte y se alegró de poder traer el proyecto terminado en persona. La mujer estaba a punto de convertirse en la duquesa de Chichester, y él tenía toda la intención de asegurarse de que estuviera contenta.

—¿Tan rápido? —preguntó Charlotte, sorprendida de que la ropa de cama estuviera terminada en sólo un par de días.

Asintiendo con la cabeza, Garrett se levantó de su silla y recuperó el paquete envuelto en papel y cuerda de una mesa junto a la puerta.

—Tenía otro pedido para ella, así que no fue un inconveniente pedir las sábanas al mismo tiempo —comentó Garrett mientras volvía a su silla—. Cuando le comenté que las necesitaba rápidamente, mencionó la necesidad de probar las habilidades de una nueva costurera que estaba pensando en contratar. —Se inclinó hacia Jane, rozando con el pulgar sus faldas mientras añadía—: Creo que Lady Charlotte quiere que Su Excelencia esté más cómodo, con sus cicatrices y todo eso.

Charlotte se sonrojó, en parte porque se preguntaba si Garrett había adivinado que había estado compartiendo su cama con Joshua estas últimas noches y en parte porque seguía notando la forma en que Garrett trataba a Jane. Era tan atento, casi cariñoso, mientras sus manos seguían encontrando la forma de acariciarla o tocarla. No abiertamente, por supuesto. Todavía no estaban casados. Pero si Garrett era visto por alguien más, podría pensar que su comportamiento era escandaloso.

—¿Qué más le hiciste hacer? —Charlotte preguntó, su curiosidad se despertó un momento antes de recordar que no era asunto suyo.

Garrett se sonrojó.

—Yo… —Hizo una pausa y se atrevió a mirar a Jane—. Quería que mi novia tuviera un vestido especial. ¿Quizás podrías echarle un vistazo y decirme si te parece apropiado para el día de nuestra boda? —preguntó, volviendo a centrar su atención en Charlotte.

Jane inhaló mientras miraba fijamente a Garrett.

—¿Me has comprado un *vestido?* —susurró.

Garrett asintió y le cogió la mano, besando el dorso de la misma.

«La quiere», pensó Charlotte.

Y una ola de celos la invadió. No por el afecto de Garrett hacia Jane, por supuesto, sino por el hecho de que Jane fuera amada por su prometido.

Charlotte había intentado esa táctica con Joshua durante el desayuno del día anterior. Pensó que si le mostraba al duque su afecto directo, besándole en la mejilla, él se sentiría atraído por ella. Pero su reacción había sido reservada. Tal vez sólo se había asustado un poco, porque la miró con una sorpresa rápidamente disimulada mientras ella le decía al lacayo lo que quería en su plato de desayuno. Luego, apenas había comido mientras ella devoraba su comida y mantenía una conversación más bien unilateral.

Convencida de que su táctica no había funcionado, Charlotte se excusó y se retiró al ala oeste para seguir trabajando allí.

«Sin embargo, ¿puedo hacer que Joshua Wainwright me ame?».

—Estaré encantada de ver el vestido, señor McElliott —respondió, mirando a Jane.

—¿Supongo que no lo ha visto?

Jane miró entre Charlotte y Garrett antes de negar con la cabeza.

—No. Pero no me sorprende que haga algo así —dijo en voz baja, con una mejilla fruncida mientras miraba a Garrett. Queriendo quitarle la atención de encima, preguntó por el duque.

—¿Está bien Su Excelencia? —Cuando ni Garrett ni Charlotte respondieron inmediatamente, añadió—: En Londres se oyen historias tan sórdidas.

Garrett apoyó los codos en las rodillas, una pose tan casual que Charlotte tuvo que reprimir una sonrisa.

—Está bien, de verdad —respondió con un gesto de cabeza—. Al menos, lo estaba cuando me fui el domingo —enmendó, mirando a Charlotte en busca de confirmación.

—Creo que se está recuperando bastante bien —aceptó Charlotte con un movimiento de cabeza—. Y una vez que has visto sus cicatrices, realmente no son tan aterradoras.

Asintiendo, Jane tomó un sorbo de su té.

—¿*Permite* que la gente lo visite? —preguntó.

—¿Supones que deberíamos visitarlo mañana? Para desearle felicidad y, bueno, hacerle saber que nos hemos instalado en su casa —aclaró, con un matiz de culpabilidad en su voz.

—Por supuesto —le aseguró Charlotte, asintiendo mientras lo decía—. Le encantará volver a verte, estoy segura.

Garrett había puesto una mano en el dorso de la de Jane.

—Iré allí después de la cena de esta noche para informarle de nuestros planes —dijo amablemente—. Como administrador de la finca, creo que tengo algo que decir sobre quién vive aquí —añadió con una risa.

Los obreros salieron de la alcoba y se quedaron a un lado, esperando a que Garrett se fijara en ellos.

—Disculpen —dijo mientras dejaba el té y se acercaba a los hombres. Charlotte se percató de que dejaban caer monedas en sus palmas y de los murmullos de agradecimiento, de las manos que se estrechaban.

Terminado su trabajo, los hombres salieron de la casa. Los sonidos de los caballos despertándose de su sueño precedieron a los sonidos de las ruedas de madera crujiendo mientras los carros abandonaban el lugar, uno tras otro. Garrett había ido a la habitación trasera y regresó, sonriendo.

—Ya estáis instalados —le dijo a Jane mientras volvía a su asiento.

Jane sonrió y Charlotte captó la mezcla de alivio y agotamiento en el rostro de la mujer. *«¡Pobre mujer! La he visitado al menos un día antes de tiempo».*

—Tengo que volver a mis quehaceres —dijo Charlotte mientras dejaba su taza de té, preguntándose por el comentario de Garrett. ¿No iba a vivir con Jane después de la boda? Recordó entonces que sus pertenencias estaban probablemente en la casa principal—. Muchas gracias por el té, señorita Wethersby. Ha sido encantador.

Con una amplia sonrisa para Charlotte, Jane se reunió con ella en la puerta para despedirla, asegurándose de que tenía el paquete de la tienda de Madame Suzanne—. Llámame Jane. Y gracias por llamarme. Me siento honrada de que una futura duquesa lo haga —dijo con toda sinceridad.

—Oh, por favor, no pienses en mí de esa manera —insistió Charlotte—. Deseo ser tu amiga. Y, tal vez, una co-conspiradora en la remodelación de Wisborough Oaks. Volviéndose hacia Garrett, dijo—: su secreto está a salvo conmigo, señor McElliott. Después de un momento, se calmó—. Esperen, ¿vendrán a cenar a la casa principal esta noche? —insistió, con su mirada implorante primero en Jane y luego en Garrett.

La mirada de pánico de Jane era inconfundible. Al ver la reacción de Jane, Garrett negó con la cabeza.

—Creo que cenaremos aquí esta noche, Lady Charlotte. Ha sido un día bastante largo, y creo que a Jane le gustaría descansar antes de llamar al duque.

Charlotte asintió entonces.

—Por supuesto. Tendré una sonrisa tan secreta en mi rostro durante toda la cena de esta noche, que me temo que nuestro duque se enfadará bastante. —Tras una pausa, añadió—: Pero se lo dirás esta noche, ¿no? No puedo retrasar la buena noticia mucho más allá de la cena.

Garrett se rió.

—Me reuniré con el duque para tomar un oporto después de la cena, por supuesto. ¿Quizás usted y la señorita Wethersby podrían hacerse compañía mientras le explico el asunto a Su Excelencia? —sugirió con cuidado—. Preferiría no dejar a Jane aquí sola al anochecer.

—Por supuesto —aceptó Charlotte, asintiendo a Jane. La mujer le respondió con una sonrisa tentativa—. Os veré a las dos después de la cena —dijo mientras se despedía, prácticamente saltando en su prisa por volver a la casa principal.

Jane observó cómo Charlotte también se marchaba.

—Parece muy agradable —dijo Jane con cierto alivio—. ¿Crees que lo que dijo sobre que yo ayudaría con la decoración iba en serio?

Garrett rodeó a Jane con sus brazos y le acarició la nariz en el cuello.

—Lady Charlotte es muy agradable. Y sí, le gustaría mucho que la ayudaras con la decoración. Su gusto es exquisito, debe saberlo. Por mucho que quisiera llevar a Jane a conocer al duque en ese momento, Garrett reconoció lo cansada que se había puesto durante el té.

Jane sonrió, permitiendo que sus brazos se dirigieran finalmente al cuello de Garrett.

—No me he sentido tan cansada en toda mi vida —dijo ella, asentando su peso contra los duros planos de su cuerpo.

—Gracias por el té, mi amor —susurró mientras le pasaba las manos por la espalda y luego se movía para levantarla en brazos—.

Creo que se ha ganado una siesta, milady —dijo mientras la llevaba a la alcoba.

Aunque la habitación era más pequeña que la de la casa principal, seguía siendo más grande que la del apartamento de Jane en Londres. Los obreros habían colocado los muebles según el plano que él y Jane habían hecho en el autocar mientras venían de Londres. Aunque todavía había que hacer la cama, Garrett bajó a Jane sobre el colchón, alisando sus faldas antes de inclinarse para besarla en la frente. Se sentó junto a ella en la cama.

—Creo que ya es hora de que duermas un poco —le dijo suavemente, apartando con un dedo un rizo suelto de la cara de la joven.

Jane murmuró algo sobre una bata, pero se durmió antes de poder terminar su pensamiento.

CAPÍTULO 27

EL SR. MCELLIOTT VISITA A
SU EXCELENCIA

—¿*L*a has visto? —preguntó Joshua antes de dar una calada a su pipa, con los zarcillos de humo saliendo de la cazoleta. Sabía que una de las razones por las que Garrett estaba ansioso por volver a Londres era la oportunidad de compartir la cama con su amante. Aunque el término *amante* quizá no fuera del todo correcto para Jane Wethersby. Joshua sabía que Garrett sólo había pasado dos noches con ella en el último año, evitando los burdeles en favor de esas veladas con la tranquila pero bonita rubia.

Garrett no respondió inmediatamente, pero finalmente asintió.

—Por supuesto —murmuró, con una punzada en el pecho que le recordaba lo difícil que había sido despedirse de ella hacía unos instantes. Jane y Lady Charlotte se dirigían al ala oeste para dar una vuelta antes de que Garrett encontrara a Joshua en la biblioteca. Pero su humor era repentinamente ligero, y Joshua se preguntó por el cambio en su amigo.

—¿Supones que alguna vez te casarás con ella? —preguntó entonces Joshua, sabiendo que Garrett había favorecido a una sola mujer durante mucho tiempo.

El administrador de su finca se inclinó hacia delante y apagó su colilla en el cenicero de cristal, con los ojos aún desenfocados.

—La verdad es que nunca me he considerado del tipo casadero —respondió, con un «pero» tácito en el aire.

«*Yo tampoco*». Joshua miró a su amigo por un momento, un pensamiento repentino lo invadió.

—La amas —acusó en voz baja. Había habido un sutil cambio en Garrett en los últimos meses, que Joshua había atribuido al trabajo que hacía en los asuntos de la finca.

Pero quizás había algo más en la repentina madurez de Garrett.

Cuando Garrett se limitó a mirar en su dirección y luego volvió a prestar atención a los restos humeantes de su puro, Joshua agitó la mano libre y colocó la pipa en el cenicero junto al puro.

—¿Por qué no has dicho nada? —preguntó, con la voz baja.

Garrett lo miró con desconfianza.

—¿Decir qué? —respondió con un gruñido.

—¿Que he ido a caer de cabeza por una mocosa de ciudad? —Se mordió el labio, sin añadir que ella podría estar encinta. Había visto a Jane sujetando una mano de forma protectora contra su vientre mientras se giraba frente a un espejo de mesa y miraba su reflejo desnudo. Luego recordó lo llenos que se sentían sus pechos en sus manos, cómo brillaba su piel a la luz de las velas después de su suave relación amorosa, cómo se había aferrado a él las últimas noches mientras dormían. Y no podía olvidar su promesa murmurada de que él era el único hombre al que había entregado su cuerpo y su corazón.

La creyó, y no sólo porque sabía que había tomado su virtud. Ella había insistido entonces, después de su primera noche juntos, en que era *suya* y que tenía derecho al regalo de su virginidad. Él no había entendido la importancia de lo que había sucedido, no entonces. Pero ahora… ahora…

—Entonces, ¿qué te detiene? —preguntó Joshua mientras se levantaba del profundo sofá de cuero y se dirigía al aparador. Sirvió una generosa porción de brandy en una copa y se la tendió a Garrett. El hombre lo tomó, pero no lo bebió inmediatamente.

—Casi nada —afirmó Garrett con un movimiento de cabeza, apareciendo una sonrisa de satisfacción—. Pero me sentiría más inclinado a casarme si supiera que hay algún ingreso en mi futuro. —Era cierto que tenía la dote de Jane, los dos podrían vivir con eso durante mucho tiempo, aunque tuviera que alquilar una casa de campo para ellos en Kirdford, pero quería tener alguna garantía de que tendría unos ingresos con los que podrían vivir el resto de sus vidas. La dote de ella debería reservarse como una indemnización para ella y sus hijos en caso de que él muriera antes de que alcanzaran la mayoría de edad.

Joshua se sirvió un brandy.

—Hmm —dudó por un momento—. Dado el éxito que has tenido en este ducado en el poco tiempo que has sido su administrador, diría que ya es hora de que te compense —anunció Joshua, con una mano en la cadera—. Creo que deberías recibir —hizo una pausa para pensar un momento—. Quinientas libras por tu trabajo hasta ahora. ¿Qué dices?

Las cejas de Garrett se dispararon.

—¿Quinientas libras? —repitió, bastante asombrado. «Puede que la hacienda no gane cinco mil libras este año», pensó. Nunca había sacado más de cien libras en su mejor mes de juego en un salón de juego—. ¿Hablas en serio? —preguntó, apoyando los codos en las rodillas y restregándose distraídamente la cara con una mano abierta.

Preguntándose si tal vez había subestimado lo que un administrador de fincas debía recibir como salario, Joshua miró a Garrett.

—¿Te sientes insultado? —preguntó, sin estar seguro de cómo abordar el tema de la remuneración adecuada.

Garrett levantó la mirada para captar la mirada preocupada de su amigo.

—No —respondió con un movimiento de cabeza—. Es una suma muy generosa, estoy seguro —añadió, pensando que su recompensa por cuidar la propiedad de Chiswick durante más de tres meses apenas había ascendido a cien libras, y esa propiedad, con todos sus empleados e inquilinos y los jardines y céspedes de alto mantenimiento, había sido mucho más difícil de supervisar que todas las propiedades del ducado de Chichester juntas.

Joshua asintió.

—Redactaré una nota que podrás llevar contigo a Londres cuando vayas a reclamar a tu novia —prometió, alzando su copa como para brindar por la decisión—. Luego la traerás aquí y asistirás a mi boda el sábado por la mañana —terminó con otro saludo de su copa.

Pero Garrett, apenas capaz de reprimir su sonrisa, no ofreció su vaso a cambio.

—Todavía queda la cuestión de un lugar para vivir —murmuró. Sabía que no podía alojar a Jane en su habitación de Wisborough Oaks. Aunque Jane y él habían compartido su cama mientras él estaba en Londres, no le parecía adecuado que no tuviera una habitación propia en la que llevar a cabo sus negocios. Trasladarla a la casa de la viuda parecía el mejor plan por el momento, pero él quería estar allí con ella.

—Usarás la casa de la viuda, por supuesto —contestó Joshua, como si estuviera afirmando lo obvio—. No es que vaya a haber una duquesa viuda que la utilice en un futuro próximo o lejano —añadió, esperando que fuera realmente así. Con suerte, pasaría mucho tiempo antes de que él muriera, antes de que su duquesa necesitara la casa de campo de la viuda. *Años,* se aseguró—. Puedes seguir utilizando el estudio como despacho. Mejor aún, podemos hacer que Charlotte cree un despacho para ti en una de las habitaciones que está decorando.

Garrett enarcó una ceja sorprendido.

—¿Podemos? —repitió, contento de escuchar la confianza de Joshua en las habilidades de Charlotte.

—Efectivamente —contestó Joshua, con un comportamiento repentinamente muy serio—. De hecho, puedes elegir la habitación —dijo, sabiendo que su oferta sonaba más bien a soborno—. Si la casa de campo es demasiado pequeña, digamos que cuando estés listo para empezar tu guardería, el ala oeste estará completa y podrás tomar habitaciones allí —razonó.

Garrett respiró profundamente.

—Muy bien, entonces. Acepto su oferta de la casa de campo por el momento. —Colocando su vaso vacío en la mesa ante él, Garrett se levantó—. Sin embargo, no volveré a Londres en breve —dijo mientras se enderezaba el abrigo, con una sonrisa de satisfacción en la comisura de los labios.

Joshua miró al hombre más alto.

—¿Por qué... por qué no? —preguntó, con su única ceja visible arrugada.

—Traje a Jane conmigo. Junto con una licencia especial. Hemos decidido que nos gustaría casarnos. Este sábado.

Joshua miró fijamente a Garrett durante varios segundos antes de que una sonrisa le partiera la cara.

—*¡Perro!* —Se abalanzó sobre Garrett y su amigo se sobresaltó por el gesto mientras Joshua le golpeaba la espalda—. Lo haremos doble. Estoy seguro de que a Lady Charlotte no le importará —ofreció, apartándose de repente, con los ojos encendidos de alegría—. Oh, tendremos que decírselo a la señora Gates. Lleva meses planeando esta boda —dijo con un gesto mientras se dirigía a la campana del servicio.

Garrett miró a Joshua por un momento, con una ceja arqueada.

—¿Meses? —repitió con incredulidad.

—Mm —respondió Joshua con un movimiento de cabeza—. Una romántica empedernida. Ha estado llevando la cuenta de la edad de Lady Charlotte y decidió que celebraríamos la ceremonia en el vigésimo primer cumpleaños de Charlotte. —Tiró de la campana y volvió a prestar atención a su administrador de fincas—. Tuve que ir a Chichester para conseguir una licencia de matrimonio.

Con la boca abierta, Garrett miró a Joshua con incredulidad.

—¿Todo este tiempo *sabías que ibas* a casarte con Lady Charlotte? —Había asegurado a varias personas en Londres que la boda se celebraría pronto, pero en el transcurso de su estancia en Londres, había renunciado a que Joshua fuera el novio.

Joshua empezó a responder y luego cerró la boca. Pensó por un momento. Aunque había fantaseado con que Lady Charlotte podría ser su esposa algún día, cuando su hermano aún vivía, pasó el tiempo transcurrido desde el incendio convencido de que no podía comprometerla. No era justo para una mujer de su belleza casarse con un hombre con su aspecto, sobre todo si lo hacía por sentido del deber.

Los acontecimientos de la última semana, incluidos los celos que había sentido al pensar que el conde de Gisborn acabaría con ella, y la insistencia manifiesta de Charlotte en que se casara con ella, le habían convencido finalmente de que tenía que pedir su mano. Tendría que trabajar en cortejar a Charlotte después de la boda y esperar que algún día ella sintiera afecto por él.

—Sólo lo sé con certeza desde ayer por la tarde —respondió finalmente Joshua—. Sin embargo, otros llevan mucho más tiempo conspirando para que este matrimonio se produzca —añadió con una pizca de diversión. Volvió a su asiento frente a Garrett.

—¿Informaste a Grandby? —Preguntó entonces Garrett. El Conde de Torrington estaría esperando la información, dado lo que Garrett le había dicho en White's.

—¿Ha enviado Charlotte un mensaje a los Ellsworth?

La breve visita de Garrett al hospital había sido un alivio. Encontró a Edward, conde de Ellsworth, vivo y bastante bien, con su cariñosa esposa a su lado. El viejo estaba despierto y era plenamente consciente de lo que había ocurrido durante su coma. Enfadado con su sobrino, estaba intentando organizar el arresto de Nicholas desde su cama de hospital e insistiendo en que su abogado lo viera lo antes posible para poder reorganizar sus cuentas y desheredar a su sobrino. Mientras Garrett se disponía a abandonar la habitación, Bingham le decía a su esposa que no podía morir hasta que el hijo de Lady Charlotte tuviera la edad suficiente para heredar. Cuando Lady Bingham le recordó a su marido que Lady Charlotte aún no estaba casada, el conde ordenó a Garrett que se encargara de que Lady Charlotte se casara antes del fin de semana.

Por supuesto, Garrett no tenía forma de saber que se estaba ofreciendo una propuesta en ese mismo momento.

—Le escribí una invitación ayer, así como una a los padres de Charlotte —respondió Joshua con un movimiento de cabeza—. Debían ser entregadas en mano esta mañana.

Tres días de aviso de una boda. Bueno, Grandby no debería estar muy sorprendido. Y tampoco los Bingham. Después de todo, se le ordenó que se ocupara de ello. La *ton tendría* sus cotilleos para los bailes de principios de temporada, a pesar de la insistencia de Lady Charlotte a todos los que conocía de que se casaría con Joshua Wainwright cuando estuviera lo suficientemente recuperado de sus quemaduras.

Joshua suspiró.

—¿Invitaste a alguien a tu boda? —preguntó, curioso por saber si Jane o Garrett querían que algún familiar estuviera presente como testigo.

—No —respondió Garrett sacudiendo la cabeza—. Frank O'Laughlin tiene que supervisar a un nuevo crupier de faro en *el Jack of Spades*, y mi carta a mis padres no llegará a Edimburgo hasta dentro de varios días. Tendrás que acompañarme.

—Tendrás que hacer lo mismo por mí —replicó Joshua con un movimiento de cabeza.

Garrett lo miró por un momento.

—¿Estás seguro de que quieres una boda doble? No parece apropiado que dos plebeyos se casen al mismo tiempo que un duque y su duquesa. —Había imaginado que su propia boda sería un asunto pequeño, con sólo ellos dos y sus testigos ante un vicario.

Joshua negó con la cabeza.

—Me vas a obligar a ponerme de pie primero, ¿no? —preguntó, con la cabeza aún temblando de lado a lado.

—No —respondió Garrett con sobriedad—. Yo voy primero. Además, soy mayor.

Joshua suspiró pero se permitió una amplia sonrisa.

—Así no tendré que pensar en lo mío —aceptó con un movimiento de cabeza.

La Sra. Gates se apresuró a entrar en la biblioteca, ya que estaba presente en el ala del servicio cuando sonó la campana.

—¿Llamó, Su Excelencia? —preguntó con una agradable sonrisa.

De repente, sin palabras, Joshua miró a la sirvienta durante varios segundos mientras se preguntaba cómo decirle que debía modificar sus planes para el desayuno de boda del sábado.

Garrett se enderezó.

—Señora Gates, Su Excelencia quería informarle de que mi prometida y yo nos casaremos el sábado por la mañana, justo antes de su ceremonia —dijo formalmente—. Quería asegurarle que no espero que cambie ninguno de los planes que está haciendo en nombre de Su Excelencia, pero pensé que debía saberlo.

La señora Gates se quedó mirando al administrador de la finca durante un rato, con los ojos muy abiertos.

—Bueno, así será. Me preguntaba cuándo iba a escuchar una noticia así. Llevamos quince años sin una ocasión trascendental en esta casa, ¡y luego tenemos *dos* en un día! —se quejó, extendiendo las manos y apoyándolas a los lados de la cabeza.

—No espero invitados extra para mi boda —dijo Garrett sacudiendo la cabeza—. Podemos tener nuestro desayuno de boda al mismo tiempo que el suyo —asintió hacia Joshua—, ya que yo estaré de pie con él y él conmigo.

El ama de llaves bajó los brazos a los lados.

—Oh, bueno, si lo dice así, supongo que podremos acomodarlo bien, señor McElliott —dijo, con un poco de sarcasmo en su voz. Se volvió para mirar al duque.

—¿Desde cuándo sabe que este soltero empedernido se va a casar? —preguntó en tono acusador.

Joshua se quedó con la boca abierta antes de poder defenderse.

—El momento en que toqué el timbre, señora Gates, fue el primer momento en que supe algo de que se iba a casar —afirmó con un movimiento de cabeza.

La cara del ama de llaves se convirtió en una enorme sonrisa.

—Oh, Sr. McElliott, mis mejores deseos para usted y los suyos. Por cierto, ¿dónde está la afortunada?

Garrett se mordió el labio, sabiendo que recibiría una reprimenda por haber dejado a Jane con Lady Charlotte.

—Uh, ella vendrá en breve —dijo con ligereza—. Está de visita en la casa —añadió cuando la señora Gates enarcó una ceja.

—¿Tiene un nombre? —replicó la Sra. Gates, preguntándose si el administrador de la finca se casaba con alguien que pudiera conocer.

—Señorita Wethersby. Jane Wethersby —respondió con un movimiento de cabeza—. Aunque nació muy cerca de mi casa en Escocia, la conocí en Londres hace un par de años.

La señora Gates dio una palmada.

—¡Oh! Esa sería la hija adoptiva de Frank O'Laughlin —dijo felizmente—. Una chica tan bonita, además, aunque sea un poco mayor. Hermosos dedos, tan hábiles. Es tan bueno escuchar que tendrá un marido respetable. No debe ser fácil para una mujer conocer hombres buenos cuando vive en un establecimiento de juego como el del señor O'Laughlin —añadió sacudiendo la cabeza—. He oído decir que tiene un burdel en el último piso de ese lugar —continuó, con un toque de escándalo en su voz—. Bueno, si me disculpan, tengo que avisar a Cook de que necesitaremos otro pastel. Empezó a apresurarse hacia la puerta mientras Joshua y Garrett miraban fijamente al ama de llaves, con la boca abierta como testimonio de su sorpresa al oír que la señora Gates conocía a Jane.

—Señora Gates —llamó Joshua tras ella. El ama de llaves se detuvo en la puerta y le hizo una reverencia—. ¿Cómo es que conoce a Frank O'Laughlin? —preguntó, frunciendo el ceño. ¿Cuándo habría tenido su ama de llaves la ocasión de conocer al propietario de un salón de juego? ¿Y mucho menos saber que su establecimiento incluía un burdel en el tercer piso?

Sonrojada, la mujer mayor juntó las manos delante de ella y bajó la cabeza.

—Juego al faro siempre que estoy en Londres, Su Excelencia —respondió. Luego hizo una reverencia y dejó a los dos hombres mirándola con incredulidad.

—No sabía que tu mayordomo jugaba al faro —comentó Garrett.

—Yo tampoco sabía que mi ama de llaves jugaba —murmuró Joshua, imaginando cómo sería tener a Jane haciendo de crupier mientras todos jugaban al faro alguna fría noche de invierno. Suspiró—. Supongo que querrán hacer un viaje de bodas.

—Ya he viajado lo suficiente como para que me convenga un poco quedarme, y me atrevo a decir que Jane probablemente piense lo mismo —respondió el administrador de la finca. Aunque había pagado a varios hombres para que se encargaran de embalar, cargar y descargar las pertenencias de Jane, él y un lacayo habían trasladado su baúl de ropa y artículos de aseo de la casa principal. Habiendo pasado la mayor parte del día en el camino, y a pesar de la comodidad de la carroza del duque, sentía como si cada hueso de su cuerpo se hubiera sacudido fuera de su lugar. Estaba cansado, y sólo podía imaginar cómo se sentía Jane. No era de extrañar que se durmiera después del té.

Garrett se sentó en silencio durante unos instantes, la primera oportunidad que tenía desde que se fue a Londres para hacerlo. Se estaba mudando a una casa de la viuda, estaba a punto de ser encadenado a las piernas, y tal vez se convirtiera en padre, y no se sentía ni un poco arrepentido. De hecho, se encontró bastante feliz en ese momento.

—Creo que me despediré de ti ahora —dijo mientras se levantaba del diván sobrecargado en el que se había plantado hacía una hora.

Joshua lo miró por un momento, con la sorpresa evidente en la parte de su rostro que no estaba cubierta por la máscara.

—¿Y a dónde vas? —preguntó, poniéndose en pie y gimiendo por la rigidez de su costado izquierdo.

Sonriendo, Garrett dijo:

— A recoger a Jane y llevarla a la casa de la viuda.

—¿Ya? —El asombro de Joshua iba en aumento—. ¿Esta noche?

—Mm. Si tengo que elegir entre pasar tiempo contigo o con Jane, elijo a Jane —dijo, con un tono que no era de disculpa—. Si yo fuera tú, vería de pasar algún tiempo con Lady Charlotte. Y con eso, salió de la habitación, caminó por el pasillo hacia el ala oeste y desapareció.

Joshua se quedó mirando a su amigo. *«Está realmente enamorado, maldito sea»*. Y después de un momento, añadió:

—¡Maldito *sea!*

El duque salió a buscar a Charlotte. Como Garrett pasaría la noche en la casa de la viuda, él y Charlotte tendrían el ala este para ellos solos.

CAPÍTULO 28
LOS MÉRITOS DE UN
APARTAMENTO

A la mañana siguiente, Jane y Garrett estaban en el estudio con Charlotte estudiando los planos arquitectónicos del ala oeste. Habían desayunado tarde los tres y habían pasado la mañana discutiendo las habitaciones que debían crearse en el ala reconstruida. El duque había dejado dicho a Gates que iba a dar un paseo por la propiedad y que no volvería hasta la tarde.

Bastante curiosa por la noticia, Charlotte se preguntó cuándo había decidido Joshua dar el paseo. Habían pasado la noche en la alcoba de ella, igual que las noches anteriores, hablando en voz baja mientras se abrazaban. Pero el duque parecía pensativo, un poco preocupado. No se habían besado ni una sola vez, ni había hecho ningún movimiento para quitarle la virginidad. Charlotte se preguntó si Joshua estaba siendo honorable o si todavía tenía reservas para convertirla en su duquesa. Decidió que el viaje le vendría bien, aunque deseaba poder estar con él.

Charlotte se obligó a concentrarse en el plano de la planta que tenía delante.

—Tal vez estas habitaciones del final del pasillo deberían convertirse en un apartamento —sugirió, señalando el espacio al final del pasillo del ala oeste—. No estoy segura de cuántas habitaciones había en la casa original...

—Yo tampoco —intervino Garrett, estudiando el plano de la casa. Aunque el ala oeste tenía la misma huella que antes, ninguno de los espacios interiores, excepto un salón en la parte delantera de la casa, había sido enmarcado todavía. Las habitaciones que se crearan en el espacio restante podrían configurarse como se considerara oportuno. De lo contrario, los carpinteros simplemente comenzarían a enmarcar una serie de habitaciones a ambos lados de un salón central, tal y como mostraban los planos actualmente —. Aunque sé que el duque y la duquesa tenían sus habitaciones ahí abajo, al igual que su hija —añadió Garrett.

Charlotte echó una mirada a Garrett, observando cómo su mano había encontrado la de Jane. Sus dedos estaban entrelazados, los de él eran grandes y anchos, mientras que los de ella eran largos y delgados.

Se preguntó si Joshua la tomaría de la mano alguna vez.

—Si lo permites, Jane y yo podemos pensar en la mejor configuración para el apartamento. Querremos que sea lo más cómodo posible, y nos aseguraremos de darte una guardería y una sala de estar, y necesitaremos un cuarto de escuela a lo largo del pasillo...

—¿Qué? —interrumpió Garrett, enderezándose hasta alcanzar sus dos metros de altura. Asombrada por el tono de su voz, Jane se enderezó también mientras miraba a la futura duquesa con los ojos abiertos.

Charlotte abrió los ojos y miró a los dos.

—Bueno, su apartamento debería tener todo lo que necesitan para vivir cómodamente aquí en Wisborough Oaks —explicó, preguntándose por qué los dos parecían tan afligidos.

—¿Nuestro apartamento? —Garrett repitió con incredulidad —. No tenemos necesidad de...

—La casa de la viuda es bastante cómoda —dijo Jane en voz baja, atreviéndose a echar una mirada en dirección a Garrett.

Charlotte enarcó las cejas mientras miraba a la pareja.

—Pero pronto necesitarán una guardería y la casa de campo es demasiado pequeña. Aunque supongo que podríais ampliar la casa de campo, si queréis seguir allí —añadió, y un diente se le clavó en el labio inferior al pensar en esa posibilidad.

Una de las manos de Jane se dirigió a su vientre, apoyándose en él de forma protectora. Garrett notó el movimiento, recordó que ella lo había hecho varias veces en los últimos días.

—Tal vez sería una buena idea configurar el apartamento para el futuro —comentó Garrett—. Digamos, para usarlo dentro de seis meses o así, y concentrarnos en otras habitaciones ahora. —Sacó otra gran hoja de pergamino.

Charlotte observó el movimiento de Garrett y se preguntó si Jane le habría dicho algo. Observó cómo Garrett extendía otro plano, teniendo que soltar la mano de Jane para hacerlo. Sin embargo, tan pronto como el pergamino estuvo plano, volvió a coger la mano de ella con la suya.

—El salón de baile y un comedor ocupaban casi todo el primer piso, según la señora Gates —ofreció, señalando la amplia zona abierta del plano—. Ella parece pensar que debería ser igual, pero con una terraza de losas fuera del salón de baile y algunos jardines.

—Un lugar para las asignaciones, ¿supones? —susurró Jane con una ceja arqueada, su malvada sonrisa rápidamente escondida.

Garrett le devolvió la sonrisa.

—Creo que la señora Gates pensó que ofrecería a los invitados acalorados un lugar para refrescarse, pero me gusta más tu idea —murmuró contra su oído.

Charlotte fingió no darse cuenta mientras miraba el plano del primer piso.

—Todo eso suena muy bien —dijo, preguntándose cuándo podría organizar su primer baile—. Tal vez deberíamos añadir una sala de cartas y un guardarropa —sugirió, pensando que la casa actual no contaba con esas comodidades.

Una de las cejas de Garrett se arqueó con diversión.

—No obtendrá ninguna discusión de mi parte sobre esa sugerencia, Lady Charlotte —aceptó.

—Ni de mí —dijo Jane sacudiendo la cabeza, con evidente diversión.

—Muy bien. Creo, señor McElliott, que le he robado demasiado tiempo. Gracias —dijo Charlotte mientras cogía los planos y los enrollaba en un tubo.

Garrett asintió y sintió que le tiraban de la mano. Sus dedos seguían entrelazados con los de Jane. La soltó de mala gana, llevándose la mano de ella a los labios antes de hacerlo.

—Te veré más tarde —dijo con una sonrisa, besando el dorso de su mano.

Jane se coloreó un poco antes de dar un paso atrás y salir de la habitación con Charlotte.

La futura duquesa enlazó los brazos con Jane.

—Ven. Te enseñaré el salón. A la luz del día se ve muy diferente de lo que parecía anoche —prometió. La visita a Jane de la noche anterior le hizo darse cuenta de que, aunque la mujer mayor pudiera haber estado acostumbrada en algún momento a la vida en una casa de campo, debido a la posición de su madre como hija de un barón, Jane no estaba acostumbrada a una casa llena de lujos.

Pero era obvio para Charlotte que Jane quería ser la dueña de su propia casa, tomar las decisiones sobre el funcionamiento de la misma y elegir su propio mobiliario y decoración. Charlotte estaba dispuesta a permitir que Jane hiciera eso cuando llegara el momento de completar las habitaciones del ala oeste.

Charlotte observó cómo Jane entraba en el salón, vio cómo su expresión se convertía en agradecimiento y sonrió al ver que se le dibujaba una sonrisa.

—Esto es tan bonito —dijo Jane mientras una mano se dirigía a su centro y se posaba allí. Dio una vuelta por la habitación, asegurándose de no estorbar a los carpinteros que aún trabajaban en las molduras. La habitación había sido pintada, y los suelos estarían listos para ser pulidos en un día más o menos. Entonces se podría traer y colocar una gran alfombra de Aubusson y el mobiliario.

«Está radiante, como Elizabeth», pensó Charlotte, reconociendo la mirada de una mujer embarazada. En ese momento, Charlotte sintió *una* punzada de deseo, una necesidad que no podía describir.

—Gracias —respondió Charlotte, dejando entrever una débil sonrisa. *«¿Me atrevo a preguntar?»*, se preguntó, deseando desesperadamente saber si Jane estaba realmente embarazada.

«¿Es por eso que Garrett se casa con ella?».

Charlotte salió de su ensoñación y se encontró con que Jane la miraba fijamente. La mujer más alta tomó aire y lo soltó antes de salir a toda prisa del salón.

—¿Qué pasa? —preguntó Charlotte mientras seguía a Jane por el pasillo.

—¿Es… es tan *obvio?* —susurró Jane mientras hacía una pausa y dejaba que Charlotte la alcanzara.

Colocando una mano en el brazo de Jane, Charlotte arqueó una ceja.

—¿*Qué es* tan obvio?

Jane se agarró el labio inferior con un diente y volvió a respirar.

—No se lo he dicho a nadie —susurró con voz ronca, como si estuviera a punto de llorar.

Charlotte la tomó del brazo y la llevó al final del pasillo y a una de las habitaciones sin obreros.

—Jane, parece que…

—Estoy embarazada —dijo entonces Jane, soltando el aliento y sacudiéndose un poco—. No lo sabía con seguridad, pero, hace dos meses que… —Dejó que la frase se interrumpiera antes de que una lágrima se le escapara por el rabillo del ojo.

—¡Felicidades! —exclamó Charlotte, tomando las manos de Jane entre las suyas. Sin embargo, al no ver alegría en el rostro de Jane, bajó los ojos.

—¿O no? —aventuró con cuidado.

—¿El señor McElliott no es…? —Se dirigió a un largo cajón y les indicó que se sentaran. Jane lo hizo, negando con la cabeza.

—Él no lo sabe. Sólo he estado con él, debe saberlo. *Es* su hijo —dijo con vehemencia, preguntándose si Charlotte había pensado que se había acostado con otra persona y luego había utilizado el embarazo para atrapar a Garrett en el matrimonio. Después de todo, trabajaba en un salón de juegos, con dos prostitutas que ocupaban el último piso y ejercían su oficio mientras ella repartía faro en el primero—. Pero no tengo ni idea de cómo reaccionará cuando se lo diga.

Charlotte miró a Jane por un momento, recordando el día anterior, durante el té, cuando Garrett no pudo evitar que sus manos tocaran a Jane. La forma en que la miraba, como si la adorara. La forma en que su dedo acariciaba su manga o la falda de su vestido cuando ella se sentaba cerca de él. La forma en que su mano se posaba sobre la de ella. «*La ama*», recordó haber pensado.

—*Lo sabe* —dijo Charlotte en voz baja—. Perdóname, pero te

tengo mucha *envidia*. Tienes un hombre que te quiere tanto, ¡y ya te ha hecho el amor y te ha dado un hijo!

Los ojos de Jane se abrieron de par en par, sorprendidos, y su rostro se coloreó tan rápidamente que tuvo que llevarse la mano libre a la mejilla.

—No habría esperado un sentimiento así de una mujer que está a punto de convertirse en duquesa —susurró Jane, pasando el dorso de la mano por su mejilla llena de lágrimas.

Suspirando, Charlotte se permitió una débil sonrisa.

—Supongo que parezco muy desequilibrada —dijo, y su cara se volvió de color rosa—. No puedo evitarlo. He oído que así es como se hace en los países del norte. Los hombres no se casan con su prometida hasta que ésta les da un hijo, o hasta que al menos aumenta. Y a pesar de estar prometida desde los tres años, siempre he albergado la esperanza de casarme con alguien a quien amara. Alguien que me amara a su vez.

Jane negó con la cabeza.

—¿Pero no lo haces? —preguntó en voz baja, con el ceño fruncido—. Tenía la impresión, por Garrett, de que tú….

—Oh, sí, amo al duque —admitió Charlotte con un movimiento de cabeza—. Sin embargo, aún no sé si Su Excelencia me amará alguna vez.

Un sollozo sacudió a Jane justo en ese momento, y asintió a Charlotte.

—Si no lo hace, entonces es un tonto —dijo, cambiando su mano para que sostuviera la de Charlotte.

—¿No lo son todos? —preguntó Charlotte de forma retórica, reapareciendo la sonrisa débil. Permanecieron en silencio durante unos instantes—. Ahora deberíamos pensar en la mejor manera de darle la noticia al señor McElliott.

Jane asintió con la cabeza y su sonrisa se desvaneció.

—O simplemente podrías decírmelo ahora —dijo una voz masculina desde la puerta.

Charlotte y Jane jadearon al unísono, volviéndose para encontrar a Garrett apoyado en la jamba de la puerta inacabada, con un gran ramo de rosas rojas en una mano. Tan sorprendida estaba por su aparición y por las rosas rojas, que Charlotte tuvo que recordarse a sí misma que debía cerrar la boca. Le dio un codazo a Jane. Jane la miró rápidamente y luego respiró profundamente.

La expresión de Garrett cambió, su buen humor se volvió repentinamente sobrio cuando entró en la habitación y miró primero a Jane, luego a Charlotte y de nuevo a Jane.

—¿Está todo bien? —preguntó, con un poco de pánico en su voz.

—¿Has cambiado de opinión? —preguntó con una voz que casi se quebraba mientras la mano con las rosas rojas caía a su lado.

Jane se puso en pie rápidamente, demasiado rápidamente, ya que su visión se tornó un poco gris y tuvo que volver a sentarse o correr el riesgo de desmayarse. Sin embargo, Garrett estaba a su lado en un momento, usando su brazo libre para tirar de Jane contra su cuerpo mientras miraba a Charlotte de forma interrogativa. Charlotte se puso de pie, pensando que podría ayudar a Jane si la mujer se desmayaba después de todo.

—No, por supuesto que no he cambiado de opinión —dijo Jane, con una burbuja de risa nerviosa que estalló contra su pecho.

—¿Y el bebé?

Ambas mujeres miraron sorprendidas a Garrett.

—Tú… ¿sabes? —susurró Jane, su boca formando una «o» que Garrett quería capturar en un beso en ese mismo momento.

—Yo… Bueno, sí —dijo finalmente con un movimiento de cabeza, preguntándose por qué Jane parecía tan afectada mientras Charlotte mostraba una brillante sonrisa—. Era difícil no darse cuenta. Brillas, como una vela alta con una llama en el centro. Y parece que has comido demasiados pasteles en la merienda —se burló antes de presionar sus labios contra la frente de ella en un rápido beso. Le besó el pelo antes de apoyar el lado de su cara en la parte superior de su cabeza—. Soy tan afortunado —susurró para que sólo Jane pudiera oírlo.

Charlotte siguió sonriendo mientras se sentaba de nuevo en el cajón.

—Sabía que lo sabías —dijo orgullosa, mirando el ramo de rosas con otra puñalada de celos. Se quedó sentada un momento y luego suspiró—. Me despido de vosotros y os veo en la cena —añadió mientras salía de la habitación.

Una sensación de melancolía se apoderó de ella mientras se dirigía al nuevo salón, pensando en comprobar los progresos de los carpinteros.

Sin embargo, Gates se dirigía desde las escaleras y la saludó.

—Lady Charlotte, el doctor Regan la ha llamado —dijo mientras le tendía la tarjeta de visita del médico. Charlotte cogió la cartulina del mayordomo, preguntándose por qué había venido el médico—. Le he puesto en el salón de abajo.

—Gracias, Gates —dijo Charlotte mientras bajaba los escalones. Encontró al doctor acomodado en un sillón con respaldo, con su maletín de cuero negro en la alfombra junto a sus pies—. Dr. Regan. Qué agradable sorpresa —dijo mientras se apresuraba a entrar en la destartalada habitación.

El médico se levantó rápidamente a su llegada y realizó una ligera reverencia.

—Lady Charlotte. He venido a ver sus puntos y a desearle que sea feliz —dijo el doctor Regan con una sonrisa.

Charlotte sonrió, preguntándose cómo es que el doctor ya sabía de los planes de boda.

—Gracias, doctor Regan —dijo Charlotte mientras hacía una reverencia—. ¿Ya es hora de quitármelos? —preguntó sorprendida.

—Déjeme echar un vistazo. ¿Hay algún lugar al que podamos ir donde una criada pueda atender sus botones?

Charlotte sonrió al recordar la tarde en que le había puesto los puntos.

—Llamaré a Parma —dijo mientras conducía al médico a su dormitorio.

Una vez dentro, Parma reconoció al doctor y sonrió antes de asentir en su dirección. Él le devolvió el saludo y se dirigió al cuarto de baño, dejando su bolso sobre el tocador.

—Ya que no he tenido noticias tuyas esta semana, supongo que te estás curando satisfactoriamente —preguntó mientras Charlotte se dirigía a tomar asiento en el tocador. Parma le siguió y, con un gesto de la mano de Charlotte, empezó a desabrochar la hilera de botones de color azabache que había en la espalda del vestido de Charlotte.

—Eso espero. Me pica muchísimo, pero no ha habido sangre en las vendas cuando Parma las cambia por las mañanas —

contestó, echando los hombros un poco hacia delante una vez que Parma le bajó las mangas del brazo y le abrió la espalda de la bata.

Como el médico la había visto con mucho menos ropa de la que llevaba ahora, Charlotte no estaba tan nerviosa como cuando le puso los puntos por primera vez, pero Parma obviamente sí lo estaba. Al parecer, tenía la intención de acompañar la visita del médico.

Charlotte observó en el espejo cómo el Dr. Regan se inclinaba sobre su espalda y bajaba suavemente el vendaje para mirar debajo de él.

—Mi señora, creo que esto se está curando bastante bien. De hecho —empezó a decir antes de buscar en su bolso unas tijeras —, quizá pueda quitarle la mayor parte, si no todo —murmuró. Charlotte contuvo la respiración al sentir la fría hoja de acero de las tijeras contra su piel. En un momento, sintió que la envoltura se aflojaba alrededor de su torso y que el aire frío acariciaba la herida.

Por el reflejo que vio en el espejo, Charlotte pensó que Parma podría desmayarse al ver cómo el médico cortaba cuidadosamente los puntos de sutura y utilizaba unas pinzas para arrancarlos de su piel. La sensación, una especie de cosquilleo, hizo que Charlotte se estremeciera un poco al arrancar los trozos de hilo.

—Ya casi está, milady —dijo el doctor Regan en voz baja, concentrándose en cada puntada mientras cortaba y retiraba—. No puedo asegurarlo, pero es posible que pueda llevar un corsé bajo el vestido de novia —murmuró con un toque de diversión.

Charlotte miró el reflejo del médico.

—¿Tan pronto? —respondió, con una sonrisa débil en el rostro. Descubrió que no había echado de menos el corsé, ya que el vendaje era mucho más cómodo para sujetar sus pechos.

El Dr. Regan se enderezó y luego estudió la herida aún roja entre sus omóplatos.

—Tire un poco de los brazos hacia delante —le indicó, observando cómo se estiraba la piel al hacerlo—. ¿Le duele? —le preguntó, mientras uno de sus dedos pinchaba una zona cercana a uno de los puntos blancos.

—Tira, supongo que se podría decir, pero no duele exactamente —contestó Charlotte con cuidado, probando la zona subiendo y bajando los hombros.

—La piel se ha unido bastante bien —comentó el Dr. Regan con satisfacción—. Si promete no tocarla durante otra semana, creo que puede prescindir de llevar un vendaje.

Los ojos de Charlotte se abrieron de par en par, al igual que su sonrisa.

—Oh, gracias, doctor Regan —contestó contenta. Parma empezó a abrocharse el vestido, pero Charlotte le hizo un gesto para que se retirara cuando se dio cuenta de que el doctor no se movía para recoger su maleta. Levantó la vista y lo encontró mirándola en el espejo.

—¿Qué pasa? —Podría jurar que el doctor se estaba sonrojando, y se giró para mirarle directamente.

—Debo hablar con Su Excelencia sobre... sobre... sobre su noche de bodas —dijo en voz muy baja, su voz entrecortada delataba su incomodidad. Ante la mirada de alarma de Charlotte, guardó las tijeras en su bolso y lo cerró.

—¿Y mi noche de bodas? —susurró, sin querer que Parma escuchara su discusión.

—No se le puede permitir tener una reunión con usted de la manera habitual —tartamudeó entonces el médico, manteniendo la voz baja.

Charlotte se quedó atónita ante las palabras del médico. No había considerado que su herida fuera un impedimento para el congreso sexual con el duque. Había estado más preocupada por las heridas de Joshua, especialmente la de la cadera, que por las suyas propias.

—Su Excelencia está fuera de cabalgata hoy. Yo... Se lo diré. Nos arreglaremos —respondió en voz baja, con un rubor que subía por su garganta hasta las mejillas.

El Dr. Regan asintió, decidiendo que su paciente sabía lo suficiente como para protegerse de más lesiones.

—Me despido de usted entonces. Le deseo que sea feliz —dijo antes de inclinarse y salir de la cámara de baño.

Charlotte suspiró y volvió a mirar a Parma. La doncella le dio un espejo y ella lo sostuvo para poder ver el reflejo de su espalda en el gran espejo del tocador. La rápida inhalación de aire a través de sus dientes produjo un sonido silbante mientras estudiaba la fea cicatriz. Se veía mejor sin las huellas negras que marcaban su trayectoria, pero el corte rojo junto con los puntos blancos de donde habían estado los puntos seguía siendo bastante aterrador. Tal vez llevaría una venda bajo el vestido de novia, pensó.

No había necesidad de que Joshua viera su cicatriz en la noche de bodas.

CAPÍTULO 29
SU EXCELENCIA DA UN PASEO

*J*oshua, octavo duque de Chichester, montó en su caballo y se dirigió al sur. *«Mi último día de soltería»*, pensó, no sin un poco de ansiedad. Sin intención de visitar siquiera Kirdford, se sorprendió cuando su caballo frenó en la amplia carretera que atravesaba el centro del pequeño pueblo. El semental, percibiendo su falta de concentración, simplemente lo había llevado por donde cabalgó por última vez como parte de su círculo alrededor de la parte sur de sus tierras ducales.

«¿Cómo puede Garrett estar tan tranquilo con el matrimonio?», se preguntó, recordando cómo su amigo hablaba de Jane y de su nueva vida juntos como si lo estuviera deseando. Como si fuera una vida que él *quisiera*.

Se detuvo frente a la taberna del pueblo y decidió que una cerveza y un poco de conversación con quien estuviera dentro le vendrían bien. Un joven corrió hacia él y se inclinó profundamente, cogiendo las riendas. Sonriendo, le lanzó una moneda y entró en el pequeño edificio. La taberna estaba tranquila, aunque el tabernero, Seamus, no tardó en hacer una reverencia.

—¿Qué puedo ofrecerle, Su Excelencia? —preguntó con una sonrisa torcida, a la que le faltaba un diente en la parte delantera. Se limpió las manos en el delantal bastante limpio que llevaba. La barra estaba limpia y pulida, por lo que brillaba a la luz del sol de la mañana.

Joshua pensó por un momento, todavía sorprendido de encontrarse en un pub en Kirdford.

—Sólo una cerveza. —Miró a su alrededor, sorprendido por lo vacío que estaba el local, incluso para ser media mañana.

—¿Dónde está todo el mundo? —preguntó, volviendo su atención al camarero.

—Trabajando. Y, bueno, montando los adornos para tu boda de mañana —respondió, como si le sorprendiera la pregunta.

—¿Frippery? —repitió Joshua, con un poco de pánico.

La sonrisa de Seamus se amplió.

—Tu ama de llaves se está ganando el sustento esta semana —respondió felizmente, sirviéndose una cerveza y apoyándose en la barra—. Tiene a todas las señoras haciendo cintas y lazos, o cortando flores.

—¿De verdad? —No estaba necesariamente sorprendido por la noticia, pero escucharla lo puso aún más ansioso—. Dios mío.

—Ha hecho que los hombres construyan mesas y bancos para el gran desayuno con ese roble que se cayó en la tormenta —comentó Seamus antes de tomar otro trago—. Dice que podemos tenerlos después de la celebración para usarlos como leña este invierno, si es necesario. Me parece una pena. Si me lo permite, Su Excelencia, me gustaría comprar algunos para usarlos aquí. Me vendrían bien unas mesas nuevas para cuando sirvamos el almuerzo —explicó cuando Joshua no pareció entender lo que quería decir.

—Eso suena muy razonable —aceptó Joshua, asintiendo—. Pero no veo por qué tendrías que pagar por ellos si los regalan como leña. *«Ese pobre roble»*, pensó Joshua, recordando justo entonces que si Lady Charlotte no hubiera venido a Wisborough Oaks, el árbol seguiría en pie.

«Al menos se le da un buen uso», consideró.

—Si no le importa que le pregunte, Su Excelencia —decía Seamus—, ¿es ella atractiva?

La pregunta cogió a Joshua por sorpresa. ¿«Atractivo»?, repitió. Sacudió la cabeza como para despejarla.

—Oh, ¿te refieres a Lady Charlotte?

—Su novia, sí —confirmó Seamus con un movimiento de cabeza—. ¿Es atractiva? He oído que es de Londres y muy bonita.

El duque miró al tabernero por un momento.

—La verdad es que es bastante guapa —dijo asintiendo con la cabeza—. Tendremos que venir a almorzar algún día para que la conozcas —ofreció antes de dar otro trago a la cerveza, notando por primera vez el regusto agrio. Se dio cuenta de que varias mujeres habían entrado en la taberna, tomando asiento en el lado donde se servía la comida. Su conversación era animada, sus voces agudas se transmitían fácilmente hasta donde él se sentaba en la taberna.

—El césped va a quedar precioso —decía una con alegría.

—Y tenemos suficiente ropa blanca para cubrir las mesas —dijo otra.

—El vestido es simplemente divino. No sé cómo se las arregló la señora Gates para hacérselo tan rápido, pero lo hizo —dijo una tercera como si estuviera asombrada.

—¿Has visto ya a la novia?

—No, pero he oído que es una belleza.

—Lástima que se case con un hombre tan feo.

—¡Qué cosa tan terrible!

—Pero es verdad. Mira tú. Tomará un amante antes de que nazca el primer heredero.

—Yo creo que el duque es un hombre bastante guapo, incluso con su máscara.

—¡Tienes edad para ser su madre! —Una ronda de carcajadas siguió a esta afirmación antes de que la camarera interrumpiera para tomar su pedido.

Joshua Wainwright no escuchó los últimos comentarios, los anteriores le quemaron los oídos hasta sentirlos en llamas. Otra vez.

Habiendo escuchado fácilmente la charla de las mujeres, Seamus sabía que el duque también la había oído.

—No le haga caso a esa vieja, Su Excelencia —dijo mientras se inclinaba—. Según me han dicho, Lady Charlotte está muy enamorada de usted.

«Enamorada». Joshua estuvo a punto de sonreír al escuchar la palabra, pero el comentario de la anciana le vino a la mente y apagó rápidamente cualquier humor que pudiera haber sentido en ese momento.

—Gracias, Seamus. Debo seguir mi camino. Tengo un buen viaje por delante —dijo Joshua mientras colocaba una moneda en la barra.

Se levantó y salió rápidamente de la taberna, esperando que ninguna de las mujeres mirara hacia él mientras salía, pues si lo hacían, lo reconocerían inmediatamente por la máscara que llevaba.

Joshua estuvo a punto de arrebatarle las riendas al chico que se las tendía, asintiendo con la cabeza y montando tan rápido que su caballo casi se asustó. En lugar de atravesar el pueblo al galope, como hacía normalmente, Joshua impulsó a su caballo a todo galope.

«Tomará un amante antes de que nazca el primer heredero».

Joshua trató de borrar el sonido de las palabras en su cabeza, su intento de hacerlo sólo hizo que se burlaran aún más de él. Lady Charlotte era hermosa. Estaba obligada a casarse con él. Y puede que con el tiempo llegara a interesarse por él, tal vez incluso a sentir afecto por él. Pero él siempre tendría las cicatrices del incendio. Siempre tendría «la cara fea». Siempre sería «Su Excelencia con media cara».

Tan absorto estaba en sus oscuros pensamientos, que Joshua no se fijó en el paisaje a su paso, no se fijó en los inquilinos que se levantaban de sus labores para saludar o inclinarse en su dirección, no se fijó en los sonidos del canto de los pájaros y de los insectos en el prado.

Y casi no reparó en el Dr. Regan antes de que su montura frenara de repente y se encabritara al ver al médico sobre su caballo. Casi desmontado, Joshua se aferró a las riendas y mantuvo sus botas firmemente plantadas en los estribos hasta que su semental recuperó el equilibrio.

—Buenos días, Su Excelencia —dijo el Dr. Regan mientras se inclinaba el sombrero, recuperando su expresión de conmoción del momento anterior—. Me disculpo por estar en su camino —dijo, maniobrando expertamente su caballo en el lado del camino.

Joshua respiró hondo, sabiendo que era él quien tenía la culpa de haber estado a punto de provocar una colisión.

—Yo... me disculpo, doctor. Estaba demasiado metido en mis

pensamientos, supongo —murmuró, bastante avergonzado por lo ocurrido.

—Disculpa aceptada, por supuesto —respondió el Dr. Regan con un movimiento de cabeza—. Permítame ser el primero… o el segundo… en desearle felicidad —añadió, con la mirada fija en la postura tensa de Joshua. Se dio cuenta de que el duque no le devolvía la mirada y se preguntó qué pasaba.

Al principio se quedó perplejo por el comentario, pero Joshua recordó que se iba a casar por la mañana.

—Gracias —dijo con un movimiento de cabeza brusco, su expresión aún no era cordial.

El doctor Regan miró al duque durante un largo momento, vio cómo respiraba profundamente, como si él, en lugar del caballo, hubiera corrido la distancia desde Kirdford.

—¿Estáis bien, Su Excelencia? —preguntó con cuidado.

Los ojos de Joshua por fin se encontraron con los de la doctora.

—Sí, sí, por supuesto —respondió, un poco a la defensiva. Cerró los ojos y luego los abrió lentamente—. Me duele la cara. Mi lado izquierdo está rígido. Todavía no puedo levantar el brazo izquierdo. —Enumeró sus males sólo porque sabía que el médico se los sacaría a la fuerza si no ofrecía la información.

—Pero ya veo que está durmiendo —dijo el Dr. Regan.

El ceño visible de Joshua se arrugó mientras miraba fijamente al médico.

—Sí —admitió entonces, dándose cuenta de que estas últimas noches pasadas con Charlotte apretada contra su costado eran las únicas noches desde el incendio en las que había podido dormir toda la noche. Las únicas noches en las que sus sueños no fueron consumidos por pesadillas de llamas lamiéndole, del sonido de los rugidos en sus oídos, de sus pulmones cesando por el exceso de humo, del cuerpo sin vida de su hermana en sus brazos mientras la llevaba a través del pasillo en llamas, y bajando las escaleras, y al aire fresco de la noche.

—Ha sido buena para su recuperación, entonces —comentó el anciano con una ligera sonrisa.

Joshua sintió que un rubor subía y coloreaba su garganta y su cara. «*¿Cómo se atreve a hablar de Charlotte de esa manera?*», pensó, y luego tuvo que reprenderse por suponer que las palabras del médico eran salaces.

—Sí —contestó Joshua finalmente, sin ningún atisbo de pregunta en el comentario.

El Dr. Regan notó la creciente tensión del duque y se preguntó si Joshua se estaría arrepintiendo de su decisión de casarse con la hija del conde de Ellsworth.

—Acabo de llegar de Wisborough Oaks —dijo finalmente, con un poco de cautela en su voz. Ante el comentario, Joshua volvió a prestar atención al médico—. He quitado los puntos de la espalda de Lady Charlotte. Se está curando bastante bien —dijo con satisfacción. Desvió la mirada un momento y luego volvió a prestar atención a Joshua—. Sin embargo, tendrá que permanecer sin acostarse de espaldas durante un tiempo —dijo, con la voz teñida de advertencia.

Consciente del significado de las palabras del médico, Joshua asintió.

—Le aseguro que no se le permitirá acostarse de espaldas hasta que usted diga que es aceptable que lo haga —espetó, sin querer que sus palabras sonaran tan enojadas. *«Al menos puedo estar seguro de que no buscará un amante para compartir su cama en breve»*, pensó, su actitud rencorosa le sorprendió.

—¿Puedo preguntar qué es lo que le molesta, Su Excelencia? —preguntó amablemente el Dr. Regan. Había movido su caballo para que estuviera casi al lado del de Joshua. Vio los músculos tensos bajo la ropa de montar del duque, vio la tensión en sus hombros y la forma en que la mandíbula de Joshua parecía temblar—. ¿Se está acobardando? —preguntó de repente, con una mirada divertida que cambió su expresión seria lo suficiente como para que el doctor pareciera un hombre mucho más joven de lo que el duque sabía que era.

Joshua endureció sus facciones para parecer más relajado.

—Creo que debe ser eso —mintió, antes de preguntarse cuál era la verdad.

«Tomará un amante antes de que nazca el primer heredero».

—Tengo que volver ahora —dijo mientras tomaba las riendas sueltas—. ¿Nos veremos mañana? —preguntó, su voz sonaba mucho más ligera—. ¿En el desayuno?

—En efecto. No me lo perdería, Su Excelencia. La Sra. Gates insistió mucho en que todos los habitantes del ducado asistieran al banquete de bodas, debe saberlo. Con eso, el doctor asintió y se fue hacia el pueblo.

«¿Todos en el ducado?», pensó Joshua con consternación. Tal y como estaban las cosas en ese momento, pensó que podría haber un banquete, pero dudaba que fuera un banquete de bodas.

«Tomará un amante antes de que nazca el primer heredero».

CAPÍTULO 30

LADY CHARLOTTE Y SU
GRACIA COMPARTEN UNA
DISPUTA

—¿*T*uvo un buen paseo, Su Excelencia? —preguntó Charlotte al encontrarse con Joshua cerca de la puerta principal. Se había despojado de su abrigo y sombrero de montar y se los estaba dando a Gates cuando ella bajó las escaleras desde el ala oeste.

Joshua asintió, con un estado de ánimo algo sombrío. Al usar su título, su columna vertebral se puso rígida.

—¿Cómo te dije que me llamaras? —preguntó en voz baja, con una pizca de veneno acechando bajo la pregunta.

Charlotte tragó saliva, pero enganchó su brazo al de él y lo condujo hacia el comedor.

—¿Querías que me dirigiera a ti como «Joshua» delante de los sirvientes? —preguntó en voz baja, con un comportamiento bastante reservado.

Joshua suspiró y negó con la cabeza.

—Wainwright —replicó, su impaciencia era evidente—. Llámame «Wainwright» cuando estés en compañía de otros y «Joshua» cuando estemos en privado —dijo, con palabras que sonaban cortantes.

Un poco asustada por él, Charlotte asintió y respondió:

—Por supuesto, Wainwright. —Caminaron en silencio, pero antes de llegar al comedor, Joshua los condujo a la biblioteca. Le quitó la mano del brazo y se colocó cerca de la ventana, apoyando un codo mientras la rabia le invadía de nuevo.

—Joshua, ¿qué pasa? —susurró Charlotte, acercándose a él. Pero se detuvo cuando el duque se volvió y le dirigió una mirada amenazadora.

—¿No crees que he oído el *on dit* de Londres? —preguntó de repente, señalando con un dedo su oreja buena. Sorprendida por su enfado, Charlotte dio un paso atrás, llevándose una mano al pecho.

—¿Cuánto tiempo pasaría, Lady Charlotte, antes de que decidiera que la vida con «Su Excelencia con media cara» no era lo que quería?

Charlotte inhaló bruscamente.

—¡Joshua! —habló con voz ronca—. ¿Qué…?

—¿Cuánto tiempo pasará antes de que busques un amante porque no soportas la idea de compartir el lecho con un hombre que está tan marcado que la *ton* piensa en él como una abominación? —espetó—. ¡Dicen que tomarás un amante antes de que nazca el primer heredero! —La oyó jadear de nuevo, vio que sus ojos se abrían de par en par por la conmoción y que sus manos se llevaban al vientre como si le hubieran dado una patada. Sabía que la había sorprendido con sus venenosas palabras.

Apenas podía creer que las estuviera diciendo.

—¡Pues a mí *no me van a poner los cuernos*! —gritó, y un puño cayó con tanta fuerza sobre el alféizar de la ventana que los libros cercanos temblaron en sus estantes y el cristal de la ventana vibró.

—¡Cómo *te atreves*! —replicó Charlotte con incredulidad, manteniendo la voz lo más baja posible para que el lacayo de la puerta no les oyera. ¿Qué había oído Joshua, se preguntó, para que dijera esas cosas? «*¿Dónde ha estado toda la mañana?*».

—¿Cómo *me* atrevo? —repitió asombrado—. Soy yo el que se ve obligado a casarse con una mujer de una familia deshonrada. Una mujer que no tiene dote.

Charlotte dio un paso atrás. Y luego otro, la conmoción de su ira se hundió, las palabras penetraron en su cerebro hasta el punto de que comprendió exactamente lo que estaba diciendo. «*¡Él realmente cree que lo voy a engañar!*». Y ahora su falta de dote y la situación de su familia parecían importar, cuando hace unos días él había dicho que no le *importaba*.

«Y pensar que quería a este zoquete testarudo como marido, y no porque sea un duque». Se creyó enamorada de él, pensó que podría hacer una vida con él, dar a luz a sus hijos, ser su duquesa a pesar de sus quemaduras y de la inconstante *ton* que lo rechaza.

Charlotte se esforzó por recuperar el aliento, consciente de repente de lo apretado que estaba el corsé. Al no haber llevado uno durante varios días, había olvidado lo restrictiva que podía ser la prenda. Y sólo había hecho que Parma se lo pusiera después de la visita del médico porque había muchos sirvientes y mujeres del pueblo pululando por ahí, todos ocupados con los preparativos del desayuno de boda.

Las mejillas de Charlotte se encendieron de ira.

—¿Y tienes la audacia de preguntar cómo *me* atrevo? —replicó Joshua, sin molestarse en bajar la voz—. ¡No fui *yo quien se* presentó y esperó una ceremonia de matrimonio y un felices para siempre cuando mi padre casi había muerto hace una semana!

Al oír la declaración, Charlotte se tambaleó cuando su visión se volvió gris.

—Me presenté porque era mi *deber* hacerlo —escupió, dándose cuenta de lo estridente que debía sonar para los sirvientes que sin duda estaban escuchando—. Estoy casi... —Hizo una pausa mientras intentaba en vano que entrara aire en sus pulmones, «Uno y dos...». El gris había llenado su visión y se sentía caer. «Veinte», consiguió decir antes de que el mundo se volviera negro.

Joshua vio con horror cómo la cabeza de Charlotte rodaba hacia atrás y sus rodillas se salían de debajo de ella. Sin pensarlo, se abalanzó hacia delante, cogiéndola por un hombro y por debajo de un brazo. Se estremeció al ver que su peso muerto era soportado de repente por su hombro y brazo izquierdos.

Bajándola suavemente para poder pasar un brazo por debajo de sus rodillas, se maldijo. Maldijo su brazo dolorido. Maldijo la situación en la que se encontraba. Y se maldijo porque parecía lo único que podía hacer en ese momento.

—Dios mío, hombre, ¿qué ha pasado?

Joshua giró la cabeza para encontrar a Garrett de pie justo

dentro de la puerta abierta. Sacudió la cabeza y levantó a Charlotte del suelo, ignorando su hombro que se quejaba.

—Se ha desmayado —respondió en voz baja, y su enfado se disipó tan rápido como había llegado. «*¿Qué he hecho?*», se preguntó, y su mirada se dirigió a su rostro. Estaba sereno, pero pálido, apoyado en el lino blanco de la manga de su camisa. La imaginó durmiendo en sus brazos, en su cama, y en ese momento sintió que no había nada que deseara más en el mundo.

Garrett se apresuró a acercarse, sabiendo que el brazo de su amigo le daba problemas.

—Permíteme —ofreció mientras extendía sus brazos.

Pero Joshua negó con la cabeza y se dirigió al sofá de terciopelo, acomodándose en el centro para poder sostenerla en su regazo.

—Ven a desabrochar estos malditos botones, ¿quieres? —susurró, doblándola para que estuviera sentada, desplomada contra la parte delantera de su cuerpo.

Frunciendo las cejas, Garrett se mantuvo en su sitio.

—Te conozco desde hace tiempo para saber que no eres un libertino… —empezó a decir en señal de protesta.

—¡Necesita aire! —respondió el duque con una voz que desafiaba a su amigo a discutir—. Tenemos que aflojar su corsé. O cualquier artilugio que las mujeres lleven bajo sus vestidos hoy en día.

Como acababa de pasar las últimas noches en compañía de su prometida, Garrett sabía exactamente qué artilugios llevaban las mujeres bajo los vestidos. Se apresuró a desabrochar hábilmente la hilera de botones azabache.

—Estoy celoso —comentó con una ceja arqueada. Ante la mirada interrogativa de Joshua, Garrett añadió con ligereza—: Debo de conocer a Jane desde hace varios meses antes de que se desmayara sobre mí. —La insinuación de que Jane se había desmayado deliberadamente para dar a Garrett la oportunidad de abrazarla se le escapó a Joshua.

—Estábamos intercambiando unas palabras —murmuró Joshua, cerrando los ojos mientras aspiraba el ligero aroma a jazmín que desprendía el pelo de Charlotte.

Gruñendo al desatar los lazos del corsé, se fijó en el ligero vendaje que cubría su cicatriz. Garrett miró a su amigo por un momento.

—Lo he oído —contestó con aspereza—. Creo que todo el mundo en esta planta lo ha oído—. Se tomó un momento para admirar los pequeños lazos azules que adornaban cada ojal del corsé y se preguntó dónde podría encontrar un corsé así para Jane —. Has sido un poco duro con ella, ¿no crees? Y nada menos que el día antes de la boda. —Se levantó, desviando la mirada para no ver a Lady Charlotte en una posición tan comprometida. No todos los días una mujer se encontraba destapada contra su intención con el vestido desabrochado.

—Joshua, ¿qué es lo que realmente te preocupa? —preguntó finalmente Garrett, pensando que si algún sirviente entraba y veía lo que él se esforzaba por ignorar, Charlotte se arruinaría y Joshua tendría que casarse con ella de todos modos—. ¿Te lo estás pensando mejor? ¿O es algo más serio?

Joshua abrazó inconscientemente a Charlotte más cerca de su cuerpo, colocando la cabeza de ella para que descansara contra su pecho. Podía sentir su suave respiración a través del lino de su camisa. «*¿Por qué me lo estoy pensando?*», se preguntó por décima vez.

—Quiero el tipo de matrimonio que tuvieron mis padres —contestó finalmente en voz baja, alisando una mano a lo largo de la manga de ella para que acabara cubriendo una de sus manos que descansaba sin fuerzas a su lado.

Garrett tomó asiento frente a ellos y consideró las palabras de su amigo.

—¿Supongo que el suyo no fue un matrimonio de conveniencia? —aventuró. Aunque había visitado Wisborough Oaks con Joshua durante su etapa como jugadores, no había conocido al duque y a la duquesa lo suficiente como para saber qué tipo de matrimonio compartían.

—Al principio, estoy seguro de que lo era —respondió Joshua con un largo suspiro—. Pero después de un tiempo, fue un encuentro de amor —dijo en voz baja, besando distraídamente los rizos del peinado de Charlotte mientras aspiraba el aroma de jazmín y cítricos. Pensó en plantar toda su cara en su sedoso cabello sólo para poder respirar profundamente y embriagarse con su aroma.

Inclinándose hacia delante para que sus codos descansaran sobre sus rodillas, Garrett permitió finalmente que su mirada se posara en la pareja.

—¿No crees que un matrimonio con Lady Charlotte lo será? —replicó, con un tono que sugería incredulidad.

Recordó lo que Charlotte había hecho por el duque, recordó el susto en sus ojos cuando se dio cuenta de lo cerca que había estado de morir su prometido, recordó cómo pasó incontables horas junto a su cama mientras se recuperaba en el hospital. Recordó haberla visto inclinarse sobre su amigo para besarle la frente y los párpados mientras dormía, a pesar de la fealdad de sus crudas cicatrices. Recordó cómo lo defendió ante sus amigas cuando éstas insistieron en que no podía casarse con semejante abominación.

Charlotte Bingham amaba a Joshua Wainwright, estaba seguro de ello.

Joshua escuchó el tono de voz de Garrett.

—Estoy seguro de que la has oído decir que se casará conmigo porque es su *deber* hacerlo. Eso no me parece la base de un matrimonio por amor —replicó a la defensiva.

—Se necesitan dos para hacer una pareja de enamorados, creo —respondió Garrett en el mismo tono.

—¿Estás diciendo que no sientes afecto por Lady Charlotte?

Como si le hubieran pillado con la mano en el bote de caramelos, Joshua levantó la cabeza de golpe.

—Por supuesto que sí —respondió demasiado rápido. Tras una pausa, añadió—: Creo que te he dejado bien claro lo que siento por ella.

—Pero nunca me lo dejaste claro a mí —dijo Charlotte en voz baja y lentamente, con los ojos aún cerrados.

Tras recuperar la conciencia en el momento en que sintió que el corsé se aflojaba alrededor de su cintura, Charlotte se obligó a permanecer quieta y sin fuerzas contra lo que lentamente determinó que era la parte delantera de Joshua. Era consciente de que debería haber sentido un mínimo de… bueno, de *alarma* por estar en esa posición. La espalda de su vestido estaba obviamente abierta, su corsé estaba desatado hasta cierto punto. Pero había algo bastante reconfortante en ser abrazada así, su nariz absorbiendo el aroma de jabón de lavandería cítrico y sándalo y almizcle. Oyó sus palabras como si fueran habladas desde muy lejos, escuchó con una sensación de distanciamiento, como si la conversación fuera sobre alguien más que ella. Y se habría conformado con permanecer en su estado de semiinconsciencia, cómodamente apoyada en un cuerpo bastante cálido y sólido, si no fuera porque la conversación versaba de repente sobre sentimientos afectivos y sobre el matrimonio y *ella*.

Joshua se calmó y observó cómo Garrett se levantaba y asentía en su dirección.

—Creo que los dejaré para que discutan su falta de afecto mutuo —dijo secamente—. Mientras yo voy a pasar un rato con la mujer que amo. La mujer que me ama. La mujer que dará a luz a mi hijo dentro de unos siete meses. Cerró la puerta tras de sí y, de repente, hubo un silencio total en la habitación.

Aunque Joshua escuchó las palabras de Garrett, no captó su significado de inmediato, su atención en la mujer que tenía contra su cuerpo.

—Me tienes en desventaja, me atrevo a decir —susurró Joshua, dejando caer su rostro sobre los rizos de ella. Sintió que el cuerpo de ella vibraba mientras una risa brotaba.

—Ya que soy yo la que tiene la bata abierta, me atrevería a discrepar, Wainwright —replicó Charlotte en un susurro que coincidía con el suyo.

—Joshua —dijo en tono de regaño—. ¿Y qué demonios haces con un corsé? —preguntó, sin cambiar un ápice su tono—. El médico dijo que nada de corsés. Tengo ganas de llevarte a mi alcoba y... —Se detuvo y dejó escapar una bocanada de aire, permitiendo que un poco de ira lo acompañara—. Hacer que me ames —susurró exasperado.

Charlotte se quedó callada durante unos instantes.

—No tendrías que esforzarte mucho —murmuró—. Quizá no, pero estaría muy dispuesta a dejar que pensaras que necesito que me convenzan. —Volvió a apoyar la cabeza en su hombro y sus dedos jugaron con los pliegues de su corbata.

—¿Puedes al menos decir que sientes afecto por mí? —le preguntó, moviendo una mano para acariciar su rostro.

—Puedo decir eso desde la primera vez que bailamos —respondió Charlotte con una sonrisa irónica, las palabras le salieron con facilidad—. Hoy en día, tendría que decir que te quiero. —Hizo el comentario en voz baja, consciente de que estaba admitiendo que amaba a un hombre que tal vez nunca sentiría eso por ella. Pero algo en la forma en que la abrazaba…

Joshua la miró fijamente, deseando tanto desnudarla en ese mismo momento y darle placer hasta que ella sollozara para que se detuviera. «*¿Cuánto tiempo me ha amado?*».

—¿Puedes decir que sientes afecto por mí? —preguntó entonces, subiendo su mano para acariciar el lado enmascarado de su cara.

—Yo también puedo decir eso desde la primera vez que bailamos —respondió Joshua con un movimiento de cabeza. Suspiró de forma bastante larga y sonora—. Siento mucho lo que he dicho hace unos momentos. —Volvió a suspirar, abandonando la última tensión de su cuerpo—. Estaba en el Foresters Arms de Kirdford y escuché a una anciana decir que tomarías un amante. Antes de que naciera el primer heredero.

Charlotte inhaló bruscamente.

—¡No haré tal cosa! —susurró mientras su cabeza se movía de un lado a otro—. ¿Por qué iba a hacer semejante afirmación?

Joshua la miró un momento y se encogió de hombros.

—Soy «Su Excelencia con media cara», y al parecer, feo —explicó con una ceja arqueada.

Con una expresión inquisitiva, Charlotte examinó la parte de la cara de Joshua que podía ver.

—La verdad es que eres bastante guapo, y la máscara te da un aire de intriga. De misterio, supongo —respondió—. Si yo fuera una damisela en apuros, querría que mi salvador fueras tú. Pero no lo soy. Soy simplemente la hija de un pobre conde. Y estoy perdidamente enamorada—susurró.

—Te quiero, Charlotte —murmuró Joshua, y sus labios capturaron los de ella en un beso posesivo y a la vez contenido. «*Nuestro matrimonio será un matrimonio por amor*», pensó con gran alivio. Pero mientras sus labios seguían aferrados a los de ella, su lengua saqueando su boca, sintió que sus entrañas se agitaban y supo que si no la soltaba en ese momento, estaría haciendo lo que quisiera con ella allí mismo, en la biblioteca. Terminó el beso tan rápido como lo había empezado.

—Charlotte —susurró, con la respiración agitada—. Si no detenemos esto ahora mismo, te quitaré tu condición de doncella un día antes de lo que me corresponde. —Sus palabras sonaron duras, pero Charlotte pensó que se debían más a su intento de mantenerse en control de sí mismo que a una reprimenda hacia ella.

—Entonces, por favor, no te detengas —replicó ella antes de rodear sus hombros con los brazos y besarlo suavemente. Joshua empezó a protestar, pero Charlotte negó con la cabeza—. ¿Qué importa si te acuestas conmigo esta noche o mañana por la tarde? —razonó en un susurro—. Estarás en mi habitación esta noche de todos modos. Hazme tu esposa entonces si no quieres hacerlo aquí mismo.

No era tanto que no quisiera hacer el amor con ella en ese mismo momento en la biblioteca, *«sino que lo deseaba», al* igual que en cualquier otra habitación de Wisborough Oaks, una vez que su aturdido cerebro lo pensara un momento más. Pero la idea de que pudieran ser vistos u oídos por un sirviente era suficiente elemento disuasorio.

Se movió para levantarse, contento cuando Charlotte movió su propio cuerpo para ponerse de pie frente al sofá, con los brazos todavía alrededor de su cuello.

—¿Estás segura? —susurró con voz ronca, su polla cobrando vida contra la caída de sus calzones.

Charlotte sonrió seductoramente.

—Estaré en mi alcoba, Excelencia —susurró, sus labios casi rozando el lóbulo de su oreja.

—No —respondió con un movimiento de cabeza—. Ven a la mía.

Cerrando los ojos por un momento, Charlotte asintió. Luego, con un rápido beso en la comisura de la boca, retiró los brazos del cuello de él, hizo una útil reverencia y salió del estudio en un remolino de faldas.

Joshua contó hasta veinte antes de moverse para seguirla.

CAPÍTULO 31
SU EXCELENCIA COMPARTE SU CAMA

—La última vez que una mujer estuvo a punto de compartir mi cama —comenzó Joshua en voz baja—, con la intención de tener relaciones —añadió, sintiendo la necesidad de diferenciar su tiempo juntos en la cama de Charlotte—. Ella me echó un vistazo sin la máscara puesta y vomitó sobre mis botas. —Su voz era repentinamente ronca y su respiración era demasiado rápida.

Intentó bloquear el recuerdo no deseado de la cortesana que Garrett había organizado para él. La mujer, una belleza clásica de unos treinta años, era un modelo de discreción cuando se trataba de sus clientes de la *ton*. Una noche llegó tarde en un carruaje privado a su casa de Londres y se deshizo de su manto en el suelo del vestíbulo sin dar tiempo a su mayordomo a quitárselo. Luego se acercó con valentía a Joshua, le besó mientras un lacayo cercano hacía todo lo posible por no darse cuenta, y se presentó con una elegante reverencia.

Cuando él se inclinó y se dirigió a besar el dorso de su mano, ella utilizó la mano libre para estirar y apartar con valentía la máscara de su rostro. Su serena confianza flaqueó, dio un paso atrás, o tropezó quizás (él no estaba seguro), echó sus cuentas a sus pies y luego anunció que no podría atenderlo esa noche.

«Al menos tuvo la decencia de disculparse mientras cogía su manto de Webster y se dirigía a la puerta», consideró.

Charlotte enarcó una ceja en un elegante arco.

—Puedo asegurar, Wainwright, que no lo haré —contestó, alargando la mano para quitarle la funda de cuero de la cara. Sin embargo, antes de hacerlo, hizo una pausa y añadió—: A menos, por supuesto, que esté embarazada de su hijo y de repente tenga un ataque de náuseas matutinas.

A punto de recordarle que le llamara «Joshua», su repentina inhalación lo dijo todo. Charlotte dejó la máscara sobre la mesa y separó los labios, inclinando la cabeza como si estuviera preparada para que él la besara.

—¿Harías algo así? —tartamudeó, su boca se cernía sobre la de ella como si aún estuviera decidiendo si le permitiría besarla. «*¿O era yo quien debía besarla?*».

Alargando una mano para acariciar suavemente el lado dañado de su cara, Charlotte lo miró con una sonrisa débil.

—Si te refieres a si voy a tener un hijo tuyo, entonces, sí, por supuesto —susurró, mientras sus ojos se desviaban para observar su cabello alborotado y la inclinación de su mandíbula—. ¿Cómo si no voy a darte un heredero? ¿Uno o dos o tres? —preguntó, arqueando de nuevo una ceja mientras volvía a fijarse en sus ojos —. En cuanto a lo otro...

Joshua le rodeó la cintura con un brazo y tiró de su cuerpo con fuerza contra el suyo, sus labios se apoderaron de los de ella con una intensidad que le sorprendió incluso a él. Retrocedió un poco, suavizando el beso, deslizando sus labios sobre los suyos hasta que ella pudo devolver el beso, siempre con suavidad. Abrió un poco más la boca, deslizó la lengua por los labios de ella y probó sus dientes con la punta. Cuando ella abrió aún más la boca, él profundizó el beso, deslizando la lengua dentro de la boca de ella, y luego contra la lengua de ella, y finalmente apartándose sólo un poco para poder respirar, todo el tiempo consciente del suave toque de las yemas de los dedos de ella en sus cicatrices, por el lado de su cuello y alrededor de sus hombros mientras ella continuaba besándolo. Abrazándolo. Acariciar sus brazos y su cuello. Para hacerle sentir como si fuera el único hombre del mundo.

Cuando Joshua se apartó por completo, Charlotte le miró con los ojos pesados.

—Me esforzaré por evitar tus botas a toda costa —murmuró,

con una pizca de diversión en las comisuras de los labios. Sus dedos se movieron para desabrochar los botones de su chaleco.

Asintiendo, Joshua la miró, con el cerebro tan aturdido que no recordaba por qué había mencionado sus *botas*. Embriagado por el aroma a jazmín de su pelo y la visión de sus labios picados por las abejas, volvió a acercarla a él, con cuidado de no pasarle el brazo por la espalda, donde la cicatriz de la carne cosida aún estaría sensible. Sus labios encontraron la mandíbula de ella, bajaron por la columna del cuello, pasaron por la clavícula y llegaron al hueco de la garganta mientras ella se inclinaba hacia atrás y le permitía los tiernos pero urgentes besos. Los dedos de ella se enroscaron en su pelo, sus uñas apenas tocaban su cuero cabelludo.

Su cuerpo se estremeció y se le escapó un gruñido cuando volvió a acercar sus labios a los de ella. Fue consciente de la mano de ella sobre la suya, guiándola hacia uno de sus pechos y presionándola contra ella de forma sugerente. La mano de él cobró vida propia, y se acercó al montículo por encima de la tela del corpiño y luego subió hasta los hombros, donde la deslizó por debajo de una manga, forzando el vestido por el brazo de ella y el escote para liberar la parte superior de su pecho a su boca hambrienta. Joshua estaba seguro de que ella se apartaría cuando recuperara el sentido común y se diera cuenta de lo que estaban a punto de hacer. En lugar de eso, sacó los brazos de las mangas de la bata y luego llevó las manos a los pliegues de su corbata. Ninguna mujer le había hecho una invitación tan descarada.

A Charlotte se le cortó la respiración ante las sensaciones que le recorrían el cuerpo, el placer le llegaba en oleadas que le dificultaban deshacer el nudo de su corbata y desenredar el lienzo doblado alrededor de su cuello. Sin embargo, le pareció imperativo abrirle la camisa para poder pasar las palmas de las manos por la piel desnuda y los duros planos de su pecho y su estómago.

Incluso mientras se concentraba en los besos que esparcía por la mandíbula y el cuello de Charlotte, Joshua era consciente de que ella le desabrochaba los botones y la corbata y extendía las palmas de las manos bajo la camisa para levantársela por la cabeza. Las mujeres nunca le habían ayudado a desnudarse antes de acostarse con ellas. Y desde el incendio, que le había dejado unas cicatrices tan horribles, nunca había pensado en volver a acostarse con una mujer. Sin embargo, ahí estaba Charlotte, sin el menor horror por lo que ya había visto, por lo que ya había sentido con la punta de los dedos, no sólo dispuesta a compartir su cama, sino a ser su *esposa*. Vería su espantoso rostro todas las mañanas cuando se despertara y todas las noches cuando se retirara a la alcoba.

Ella estaba a punto de ver la masa de cicatrices a lo largo de su lado y hombro izquierdos. Apartó los labios de su garganta y se esforzó por recuperar el aliento.

—¿Cómo puedes... cómo puedes no asustarte al verme? —susurró con voz ronca, jadeando como si hubiera estado corriendo.

Los ojos de Charlotte, vidriosos por la pasión, se aclararon lentamente. Respiró profundamente mientras le miraba, preguntándose qué le había hecho pensar en sacar a relucir sus cicatrices ahora. Sacudió la cabeza de un lado a otro.

—Sólo me asustaron cuando pensé que ibas a morir por ellas —respondió finalmente.

Joshua frunció las cejas al considerar sus palabras.

—¿Cuándo fue eso? —dijo, con la respiración entrecortada y una excitación tan completa que no quería otra cosa que enterrarse dentro de ella y permitirse la liberación que no había experimentado en casi un año.

Acariciando una mano junto a su rostro lleno de cicatrices, Charlotte tragó saliva antes de decir:

—El día después del incendio.

Se dio cuenta de que su vestido le llegaba a la cintura y, sintiéndose un poco pudorosa, se agarró al corpiño con la otra mano para subirlo.

Con la cabeza moviéndose de un lado a otro, Joshua la miró.

—¿Dónde... dónde estaba yo? —preguntó, su cara mostraba toda la confusión que sentía.

—En Kirdford. En la clínica del Dr. Regan. Él sabía de sus días como médico del ejército cómo tratar tus quemaduras. Iba a llevarte a Petworth, pero... —Ella encogió un hombro descubierto, el movimiento hizo que Joshua mirara sus clavículas y el hueco de su garganta.

Joshua siguió sacudiendo la cabeza.

—¿Y cómo llegué a Londres? Recuerdo... —Había pensado que no quería recordar nunca el viaje a Londres, donde parecía estar atrapado en un cabestrillo, y la sensación de balanceo le había provocado náuseas—. Iba en un vagón, balanceándome —salió por fin.

Charlotte asintió.

—Contraté a un hombre de Petworth, el señor Putnam, que tenía un carro de heno largo. Era bastante nuevo y tenía un buen juego de ruedas. La morfina del Dr. Regan estaba casi agotada, ya ves...

—¿Tú? —susurró Joshua, con los dedos peinando su cabello en la parte superior de la cabeza mientras consideraba sus palabras —. Estabas allí —afirmó, recordando sólo voces ocasionales y fragmentos de conversación. Y luego—: Lloraste.

—Traté de no hacerlo —respondió rápidamente—. Pero, yo... Estaba muy asustada. —Enterrando su cara en el espacio entre el brazo y el hombro de él, Charlotte recordó todo el sórdido viaje y los días posteriores en el hospital, donde el médico que había contratado para ocuparse de su cuidado no parecía tener piedad de su paciente, ni de ella, cuando le exigió que hiciera el desbridamiento que tanto dolor le causaba a Joshua—. Tenía tanto miedo de que murieras. Te quería. No podía imaginar una vida sin ti —murmuró ella, luchando contra las lágrimas. «Ya *he llorado bastante por esto»*, pensó entonces mientras luchaba por mantener el control. «*Estás vivo. Nos vamos a casar por la mañana».*

Joshua escuchó sus palabras. Escuchó lo que ella acababa de admitir.

—¿Me querías incluso antes del incendio? —preguntó en voz baja, mirándola con sorpresa.

Asintiendo con la cabeza contra su pecho, Charlotte dijo:

—Sí. Te dije que lo había hecho desde la primera vez que bailamos.

—¿Así que realmente no te vas a casar conmigo sólo porque es tu deber hacerlo? —preguntó, frunciendo de nuevo las cejas.

«¡Maldita sea! Todo este tiempo perdido cuando podría haber estado amándola, demostrándole a ella y a mí mismo y a la ton que estaba recuperado, que estaba listo para asumir los deberes del ducado».

—¿Por qué no me lo dijiste, Charlotte? ¿Por qué no lo hiciste mientras estaba en el hospital, o cuando estaba en la casa del pueblo? —tartamudeó. «*¡Todo este tiempo me ha amado!*».

—Porque pensé... No sabía que sentías afecto por mí —replicó ella, sintiéndose muy tonta por no haber admitido sus sentimientos por él cuando podría haberle dado algo más por lo que vivir—. Si te hubiera dicho...

—No te habría creído —murmuró entonces Joshua, sacudiendo la cabeza. No habría estado preparado para su amor. Preparado para enfrentarse a los detractores o quizás ni siquiera para enfrentarse a sus propias dudas—. Habría pensado que simplemente me compadecías —susurró.

Charlotte respiró profundamente. Era cierto que se compadecía de él cuando había sufrido tanto dolor, pero nunca por las cicatrices.

—Realmente quería una pareja de enamorados. No sabía si alguna vez podrías amarme —respondió ella, inclinando la cabeza hacia atrás para mirarlo—. Puedo ser muy obstinada, ya ves.

Joshua la miró durante mucho tiempo y su expresión cambió a una de diversión.

—¿Cómo podría no amarte? Sus labios capturaron los de ella en un beso abrasador que Charlotte sintió hasta el fondo.

Ella le rodeó el cuello con los brazos para poder subirle la camisa. Sin nada que la sostuviera, la bata cayó hasta sus caderas. Fue consciente de que las manos de Joshua se deslizaban por los costados de su cuerpo, empujando la bata y el corsé hacia abajo al mismo tiempo.

—Hay veces que te miro y me parece que no puedo respirar —murmuró él, acercándola. Sus labios le presionaron la frente, luego pasaron por la sien y bajaron hasta la línea de la mandíbula, antes de posarse en la sensible piel de la oreja.

Mientras la besaba suavemente, sintió que su cuerpo se relajaba, casi se derretía contra el suyo. Pasó un brazo por detrás de su cintura con la intención de apoyarla, pero en realidad se convirtió en una invitación para que se acercara. Ella lo hizo, y un gemido se le escapó cuando él acercó sus labios al hueco de su garganta y su mano a la parte inferior de su pecho. Ella llevó una mano a la nuca de él, arqueando la espalda para que sus pechos desnudos rozaran ligeramente el pecho desnudo de él.

Algo en su interior se encendió. Se le cortó la respiración y tragó saliva. La mano que tenía en el pecho de ella ahuecó el montículo, amasándolo suavemente antes de presionar el pulgar contra el capullo que se endurecía, rodeándolo hasta que oyó su respiración, sintió que su cuerpo se licuaba, vio sus labios de abeja abrirse para su boca hambrienta. Sus labios se apoderaron de los de ella mientras su mano se extendía por su pecho y luego se deslizaba por la parte delantera de su cuerpo, acariciando con su luz el vientre y las caderas mientras la bata caía hasta el suelo. Deslizó ambas manos a lo largo de los calzoncillos y las enaguas, tirando de los lazos que los mantenían en su sitio y empujándolos hacia abajo sobre su trasero hasta que también se encharcaron en el suelo bajo ellos.

La mano que tenía en la cintura inclinó su cuerpo un poco hacia un lado para que su otra mano pudiera abrirse paso entre el pelo oscuro y rizado de la parte superior de sus muslos. Sintió que su cuerpo se estremecía. Se preguntó si ella podría alejarse de él. Pero bajo sus labios, la boca de ella intentaba formar palabras. Terminó el beso, curioso por lo que ella quería decir, y apoyó su frente en la de ella.

—Por favor —susurró antes de que sus labios estuvieran sobre los de él, chupando primero su labio inferior y luego toda su boca, con su lengua enredándose con la de él.

«*¿Por favor?*». ¿Le estaba suplicando que continuara? ¿O que se detuviera?

Su mano continuó su viaje hacia el espacio en los suaves y húmedos pliegues de su feminidad, y su dedo corazón encontró la protuberancia que había allí. Al tocarlo ligeramente, se emocionó cuando ella pareció acercarse más, su boca se separó de la de él mientras inhalaba con fuerza. Frotando varios dedos alrededor del punto sensible, vio cómo la cabeza de ella caía hacia atrás y empezaba a gemir. No se había dado cuenta de lo cerca que la había llevado al borde del abismo hasta que una de sus rodillas se apoyó repentinamente en su muslo, y oyó cómo se le escapaba de los labios un «¡sí!». Entonces, de repente, todo su cuerpo se puso rígido, se estremeció varias veces y luego se quedó sin fuerzas contra su cuerpo mientras emitía silenciosos gemidos.

Dejando de tocarla, la dejó descansar contra él un momento

antes de levantarla en brazos y llevarla a un sillón tapizado cerca de la chimenea. La bajó en él, teniendo cuidado de no tocar su cicatriz. Se preguntó si se había desmayado. Pero la encontró mirándolo con los ojos semicerrados, con sus largas pestañas como cortina parcial mientras se recostaba de lado contra el respaldo del sillón.

—Hazme tuya —le suplicó ella, alargando la mano para coger la suya cuando la retiró de debajo de sus rodillas.

La miró con una ceja enarcada, decidiendo que no había vuelta atrás. Asintió con la cabeza y se abrochó rápidamente los botones restantes de los pantalones. Mientras Charlotte le observaba desvestirse y quitarse las botas y las medias, él la observaba a ella, con su propia excitación volviéndose incómoda.

Una vez que se quitó la ropa, le tendió una mano y la levantó. Ella se puso de pie y, con su mano derecha, acarició toda la longitud de sus cicatrices desde el lado de su cara hasta su cadera. El suave tacto le provocó escalofríos de placer, un placer que nunca había pensado experimentar de nuevo, que le recorrió todo el cuerpo. Estuvo a punto de perder el control que apenas mantenía y casi permitió la liberación que deseaba, que necesitaba, tan desesperadamente.

Pero Charlotte sería su esposa en menos de doce horas, y estaba decidido a no tomar simplemente su virginidad en el rápido acoplamiento que su cuerpo exigía. Quería que fuera lo más placentero y, por primera vez, lo menos doloroso posible para ella. Su esperanza era tenerla todas las noches, tal vez incluso a la luz del día, pero la forma en que la tratara en esta ocasión determinaría si ella sería una amante dispuesta para el resto de su matrimonio.

La rodeó con los brazos por la cintura y la besó con fuerza mientras su virilidad se apretaba contra su vientre. Bajó a la silla y la hizo descender con él para que sus piernas se pusieran a horcajadas sobre su cuerpo, sus pliegues húmedos acunando su longitud turgente mientras los dedos de los pies la anclaban a la alfombra. Cogiendo un pezón en la boca, pasó la lengua por el endurecido nódulo y luego hizo lo mismo en el otro lado, obligando a Charlotte a inhalar cuando sintió el repentino placer.

Ella se levantó desde donde su trasero descansaba sobre los

muslos de él. Él aprovechó el movimiento para deslizar sus manos por debajo de ella y levantarla de nuevo para que la punta de su virilidad pudiera abrirse paso en la caliente y resbaladiza envoltura de su centro. Manteniéndola muy quieta al principio, le permitió bajar sobre él, dejar que la llenara un poco antes de usar sus manos para levantarla de nuevo, manteniendo su hombría apenas dentro de ella.

—Charlotte —susurró entre jadeos—. Dulce, dulce Charlotte.

—Bájame —jadeó ella, con una súplica urgente que no coincidía con el modo en que su cuerpo temblaba. Se aferró a su hombro bueno con una mano mientras apoyaba la otra en su muslo. Joshua soltó su agarre en el trasero y dejó que se deslizara sobre él, con su longitud aterciopelada llenándola, y justo en el momento en que se dio cuenta de que algo lo detenía, Charlotte se sostuvo sobre las puntas de los pies. Entonces, con un rápido siseo y un jadeo, se levantó y bajó para que la longitud de él la empalara hasta donde pudiera llegar.

El fuerte pellizco que sintió pasó rápidamente, sustituido por la sensación de estar completamente llena de su virilidad. Gimió y se aferró más a él, consciente de que sus músculos se contraían sobre él, pareciendo que lo empujaban más adentro de ella. La sensación de incomodidad se transformó en algo profundo cuando vio que estaban realmente unidos.

Joshua no pudo contener el gruñido que sintió salir de alguna parte de su cuerpo. Sus labios estaban en sus pechos, en su clavícula y en sus labios mientras sus manos la guiaban para que se levantara y bajara, manteniéndola empalada en su palpitante polla hasta que ella pudiera seguir su ritmo levantándose y bajando con las puntas de los pies. Una cortina de su sedoso cabello se deslizó hacia abajo para ocultar sus rostros de la luz de la chimenea, y justo cuando Joshua estaba seguro de que no podía aguantar más, presionó la yema de un pulgar contra el punto de congestión donde su hombría se unía a sus húmedos pliegues.

En cuestión de segundos, Charlotte gritó su nombre en una ola de increíble placer. La llenó con su semilla, su propia voz grave diciendo su nombre antes de que su mundo estallara en luces brillantes y una súbita negrura.

Con el cuerpo todavía agitado por una oleada de placer, Charlotte se soltó del hombro de Joshua y se dejó caer sobre la parte delantera de su cuerpo. Sin huesos, sin aliento y temblando, apretó las palmas de las manos contra los lados de su cuerpo y su cabeza en el espacio entre su cuello y su hombro. Fue consciente de que sus brazos la rodeaban en la base de la espalda, aprisionándola contra él en un capullo de calor y almizcle y latidos suaves.

Podría haberse quedado dormida así si no fuera porque todo su cuerpo palpitaba, con las terminaciones nerviosas en carne viva por sensaciones que nunca antes había sentido.

Cuando la respiración de Joshua volvió a la normalidad (ella sintió que había dormido un rato), le besó la mejilla y le preguntó en un susurro si estaba cómoda. Sus brazos rodearon la parte baja de su espalda y las puntas de sus dedos acariciaron su trasero.

—Podría dormir así toda una noche —murmuró feliz, el calor de sus brazos y del fuego era tan reconfortante como si estuviera cubierta por una manta.

—¿Te he hecho daño? —balbuceó entonces, con sus pensamientos postcoitales en primer plano. Sabía, por su forma de hacer el amor, que le había desgarrado la cabeza de la doncella, y recordaba su expresión cuando el dolor se apoderó de ella, antes de que sus rasgos se suavizaran y sus ojos adoptaran una mirada llena de deseo.

Charlotte suspiró, sin saber qué admitir.

—Apenas recuerdo eso, ya que todas las demás sensaciones eran tan... —Dejó de hablar, sin estar segura de la palabra que debía utilizar para describir lo que había sentido—. ¿Es así para ti? —preguntó, pensando que su cara parecía agonizar por un momento al final.

La sonrisa que se dibujó en su rostro era una que ella nunca había visto antes.

—Oh, no tienes ni idea —se burló felizmente, sus ojos tomando pequeños trozos de ella a la vez—. La palabra «placer» no empieza a describir lo que se siente al estar dentro de ti.— «*Sí,* decidió, *estar enamorado de tu amante ciertamente lo cambia todo*». Recordó, tardíamente, que aún estaba dentro de ella. Charlotte no se había movido para levantar las caderas, pero él no podía retirarse hasta que ella se levantara.

Mirando a su alrededor, se dio cuenta de que su corbata estaba en el suelo junto a la silla. Se agachó, cogió el largo de la misma y la dobló rápidamente formando una bola, colocándola donde estaban unidos.

—¿Puedes ponerte de pie? —susurró, sin estar seguro de que ella supiera que habría sangre de su primer acoplamiento.

Charlotte lo observó y luego asintió, tomando el corbatín de él y colocándolo entre sus muslos mientras se quitaba de encima de él. Gimió un poco al hacerlo, sintiéndose deliciosamente dolorida pero despojada por el repentino vacío que sentía en su interior.

Joshua se levantó rápidamente y la atrajo hacia él, besando su frente y sus párpados.

—¿Me permitirás que te ayude a lavarte? Tengo unas ganas repentinas de llevarte a la cama —bromeó en un ronco susurro, sabiendo que su cuerpo le exigiría poseerla de nuevo antes de la luz de la mañana.

Sin embargo, no estaba dispuesto a pasar la noche sentado en la silla.

Charlotte nunca había oído hablar de un marido que ayudara a su mujer a bañarse, pero se dio cuenta de que la idea le gustaba bastante, sobre todo cuando notó que su mirada recorría todo su cuerpo. Suponía que debería sentirse avergonzada, pero después de haber pasado una tarde llevando sólo toallas cuando Joshua le había visto todo el trasero mientras estaba desnuda en la bañera, descubrió que no podía.

Desde luego, no tenía nada de lo que avergonzarse, pensó mientras sus ojos contemplaban su desnudez, las largas líneas de su esculpido torso, su virilidad aún erecta en la parte superior de los muslos. Sus dedos lo habían tocado casi todo durante las noches que pasaron en su cama. Sus ojos lo habían visto casi todo después del incendio.

Su mirada abandonó el cuerpo de él mientras miraba el fajo de tela que había sacado de entre sus piernas.

—Tu corbata está estropeada —susurró mientras observaba las pruebas de su primera relación.

Sacudiendo la cabeza, Joshua le quitó el paño del cuello.

—Difícilmente —respondió con un movimiento de cabeza—. Es una prueba de que me diste tu virtud —dijo en voz baja.

Se dirigió a la cámara de baño contigua y cogió una sábana del montón, recordando la última vez que le había sujetado una toalla. Ahora era aún más hermosa, con su cabello en cascada de ondas rubias, sus pechos con pezones aún erectos, sus larguísimas piernas coronadas por un trasero tan perfecto que él quería tenerlo pegado a su ingle siempre que estuvieran juntos en la cama.

Él no había visto todo esto cuando ella había estado en la bañera ese día. Le sorprendió que Charlotte permitiera su presencia mientras ella completaba sus abluciones, y luego se vio obligado a permitirle que se quedara observando mientras él completaba las suyas, tomando una toalla de ella cuando terminó.

—Realmente no te asusta verme —murmuró, con un poco de asombro en su voz.

Charlotte lo miró un momento, observando su virilidad.

—Lo estaba cuando lo vi —susurró, con el labio curvado para indicar que estaba bromeando.

Joshua se permitió una sonrisa mientras tomaba una de sus manos entre las suyas, enlazando sus dedos con los de ella mientras la guiaba hacia la cama. Las sábanas eran oscuras, notó, y cuando se acomodó en ellas, supo que Charlotte había logrado un pequeño milagro. Las sábanas no eran de lino, sino de un tejido suave y satinado que permitía que su cuerpo se deslizara entre ellas. Cuando Charlotte se unió a él en la cama, tiró de su cuerpo para que se amoldara al suyo de la misma manera que la había abrazado las últimas noches.

—¿Crees que…? —Charlotte comenzó a preguntar y luego se detuvo, su cara enrojeciendo por lo que estaba a punto de decir.

Joshua le sonrió.

—¿Qué? —preguntó, con los brazos sujetándola contra su costado.

—¿Podríamos hacer esto todas las noches? —preguntó ella, mientras una de sus yemas trazaba un camino por su pecho y alrededor de un pezón.

Inhalando ligeramente ante el cosquilleo que sentía, Joshua cerró los ojos.

—Todo lo que quieras o estés dispuesta a permitirme, supongo —murmuró somnoliento.

Charlotte se lamió el labio inferior mientras le dedicaba una sonrisa incierta.

—¿Podríamos hacerlo por las mañanas?

Joshua abrió un ojo y la miró.

—Oh, Dios mío, me voy a casar con una mujer deseosa —bromeó, con su actitud juguetona, una deliciosa sorpresa.

Charlotte inhala, su mano abierta baja sobre el pecho de él en una casi bofetada.

—¡Joshua! Si lo soy, es sólo porque tú… me has hecho así —replicó ella, con el labio inferior indicando que estaba a punto de hacer un mohín.

Inclinándose, Joshua capturó sus labios con los suyos. El beso fue corto, pero lleno de promesa y humor.

—Eso es lo que le diré a Gates cuando venga por la mañana —susurró.

Los ojos de Charlotte se abrieron de par en par.

—Oh, Dios. —Se movió para salir de la cama, pero Joshua aumentó su agarre sobre ella.

—¿Adónde crees que vas? —le preguntó mientras la acercaba de nuevo a su pecho.

—¡Nos casamos por la mañana! —respondió ella, con un poco de pánico en su voz—. Hay arreglos que necesitan ser…

—Shh —respondió Joshua, llevándose un dedo a los labios—. Ya están hechos —susurró.

Charlotte le miró fijamente.

—¿Sí?

Joshua volvió a sonreír, moviendo una mano para acariciar su rostro.

—La señora Gates lleva seis meses planeando mi boda —dijo en respuesta mientras reprimía un bostezo—, y ha tenido mucha ayuda de las mujeres del pueblo. Todo lo que tienes que hacer es presentarte en la capilla vestida y lista para decir tus votos. —Él sintió que ella se relajaba contra su cuerpo mientras consideraba sus palabras. Y entonces, de repente, ella estaba medio fuera de la cama de nuevo.

—¡No tengo un vestido que ponerme! —anunció, con la voz bastante alta y su cara adoptando una expresión de horror.

Joshua suspiró y tiró de ella hacia él.

—Y ahora toda la casa lo sabe —replicó, con una sonrisa

todavía divertida—. ¿No *has* estado planeando casarte conmigo durante los últimos seis meses? *Soy el hombre más afortunado.*

—Pensé que tendría unas semanas para hacerme la ropa de novia —respondió Charlotte, un poco indignada mientras se retorcía encima de él.

—Estoy seguro de que la señora Gates también se ha ocupado de eso —dijo Joshua, y otro bostezo cortó el resto de lo que iba a decir. Sus brazos la sujetaron con más fuerza hasta que ella se calmó y finalmente bajó la cabeza para apoyarla en su hombro.

—Si estás seguro —suspiró finalmente, sonriendo al pensar en el día de su boda.

—Buenas noches, señora Wainwright —murmuró con sueño.

Una risita brotó en Charlotte mientras deslizaba una palma por el pecho de Joshua.

—Buenas noches, Su Excelencia.

CAPÍTULO 32

LADY CHARLOTTE Y SU EXCELENCIA POR LA MAÑANA

Cuando Joshua mencionó que la Sra. Gates ya había hecho los arreglos para su boda, Charlotte no había empezado a imaginar hasta dónde llegaban los arreglos de la mujer mayor. Hasta que se despertó con el sonido de mujeres hablando. En algún lugar del exterior.

Seguía apoyada en el costado de Joshua, aunque al abrir los ojos se dio cuenta de que estaba en su lado izquierdo, con las cicatrices rojas de las quemaduras al lado de la cara de ella metida en el hueco de su brazo. Levantó la mirada hacia su cara, las cicatrices del lado izquierdo todavía rojas pero en proceso de curación. Aunque estaba muy quieto, sintió que estaba despierto. «*¿Qué debo decir?*» se preguntó al sentir que su ritmo cardíaco aumentaba. «*¿Buenos días?* ¿O «te *quiero*»? ¿O que me *hagas el amor?*».

O bien, podía no decir nada en absoluto y simplemente… sus labios se apoderaron de las cicatrices más cercanas a su cara, su lengua se unía ocasionalmente a sus labios para deslizarse sobre su tierna piel. Sintió que él se estremecía un poco, pero también escuchó un leve suspiro. Bajó por su costado, besando y chupando suavemente, de modo que cuando llegó a su cadera, su respiración se había vuelto casi agitada. Alcanzando su cuerpo con la mano, bajó las yemas de los dedos hasta que apenas tocaron su piel y el oscuro vello rizado que apuntaba a su virilidad. Hubo una inhalación aguda, pero no hubo palabras para decirle que se detuviera o que continuara.

Al levantarse sobre un codo, se encontró con los ojos a la altura de su erecta hombría, con los dedos muy cerca de su base. Colocó un dedo índice en la punta húmeda y lo hizo descender por el largo y aterciopelado tallo, observando cómo parecía cobrar vida ante su contacto. Y, en algún lugar, en lo más profundo de su ser, floreció el deseo. Su corazón parecía palpitar, el espacio entre sus muslos estaba húmedo y exigente, y su respiración era tan audible como la de él. Se impulsó hacia arriba y sobre su cuerpo, besó suavemente la punta de su longitud turgente antes de deslizarse hacia arriba para que se deslizara entre sus pechos.

—Oh, gracias, Señor —oyó susurrar desde algún lugar por encima de su cabeza. Intentó reprimir una sonrisa mientras dejaba que las puntas de sus pezones acariciaran la piel de su vientre y su pecho hasta que supo que su hombría se alineaba con los húmedos pliegues de su entrada. Al balancearse un poco para que se deslizara entre sus muslos, Charlotte tuvo que reprimir un jadeo. La sensación que creaba en ella era poderosa. Se sentía poderosa. «¿Se siente así el *deseo?*», se preguntó, y entonces levantó la vista, con su pelo revuelto ocultando un ojo, para encontrar a Joshua mirándola fijamente. Parecía sorprendido. ¿O era dolor lo que veía? Levantó una mano de la cama para apartar el pelo de sus ojos.

—Estoy teniendo la mañana más increíble de toda mi vida, así que, por favor, no te detengas ahora —imploró, una sonrisa finalmente reemplazando la mirada de shock en su rostro.

Levantó un poco las caderas y bajó hacia su erección. A pesar de saber lo que le esperaba, inhaló fuertemente cuando él la llenó, rodeándola con su piel resbaladiza y contrayendo sus músculos internos hasta que él estuvo dentro de ella. Las caderas de él se levantaron para encontrarse con las de ella y luego se relajaron, y pronto se movieron al ritmo que enviaría el cuerpo de ella hacia un océano de olas de placer, seguido por el bendito olvido, y el de él hacia el puro placer de un poderoso orgasmo que lo dejaría sin sentido y sin huesos, listo para seguir durmiendo.

Joshua apenas fue consciente del peso de Charlotte cuando se desplomó sobre él. El pelo que caía en cascada sobre su hombro parecía de seda y olía a jazmín. Había una manta en alguna parte.

Tanteó hasta que encontró un borde y la puso por encima de los dos, con la esperanza de proporcionar un poco de modestia en caso de que Gates llegara antes de que Joshua tirara de la campana para convocarlo. El sonido de las mujeres parloteando en algún lugar de los jardines del este le devolvió los sentidos. Hubo un momento en el que se preguntó por qué habría mujeres en el césped del este cuando recordó.

«¡Me voy a casar hoy!».

—Charlotte, mi dulce —susurró, sus labios besando la parte superior de uno de sus hombros—. No hay nada que prefiera hacer que lo que estamos haciendo ahora —murmuró en voz baja, besándola de nuevo—, pero realmente tenemos que levantarnos y vestirnos.

Levantando un poco las caderas para que él pudiera deslizarse fuera de ella y ella pudiera rodar a su lado, Charlotte gimió.

—¿Tenemos que hacerlo? —contestó, con sus pesados párpados haciéndole ver a Joshua que estaba muy sexy.

El sonido de una ligera risa se filtró por la ventana y los ojos de Charlotte se abrieron de par en par.

—¡Oh! —soltó de repente. Luchó por salir de la manta y estaba a punto de levantarse de la cama cuando el brazo de Joshua la agarró por la mitad y la volvió a tumbar. Riendo, se encontró cara a cara con él.

—Te amo —dijo Joshua en voz baja, su mano se acercó para empujar su cabello detrás de su hombro—. Y no sólo porque seas la mujer con más deseo que he conocido. —Había hecho todo lo posible por reprimir su sonrisa burlona, pero ahora su rostro se dividía en uno de pura felicidad.

El color floreció en el rostro de Charlotte al escuchar sus palabras.

—Yo también te quiero —murmuró ella, sin que su atención se centrara totalmente en él. Miró nerviosamente hacia la puerta—. ¿Cómo voy a entrar en mi habitación sin que me descubran? —preguntó entonces, con un poco de pánico en los ojos.

Joshua se levantó de la cama y, sin ponerse la bata ni ninguna ropa, se dirigió a una puerta situada en el lado sur de la habitación. Giró el pomo ovalado de porcelana y abrió la puerta. Charlotte inhaló al ver que sus suites estaban unidas. *«Si lo hubiera sabido la primera noche».*

Recogió su ropa y se apresuró a entrar en su dormitorio, dando a Joshua un rápido beso y luego una reverencia cuando pasó junto a él.

—¿Cuándo volveré a verte? —preguntó desde su lado de la puerta, tratando de ignorar su desnudez. Incluso a la luz de la mañana, sus cicatrices no estaban tan mal. Sin embargo, si las hubiera visto por primera vez, sabía que se habría horrorizado, incluso asustado. Pero ahora… ahora eran sólo parte de Joshua. *«¡Mi prometido!»,* pensó felizmente. *«Mi marido».*

Joshua la miró un largo momento, dejando que su mirada la recorriera. No era de extrañar que hubiera pasado la noche con una erección constante.

—En nuestra boda, espero —respondió con una sonrisa, y luego cerró la puerta.

CAPÍTULO 33

SU EXCELENCIA Y EL SR. MCELLIOTT SE PREPARAN PARA UNA BODA

—¿*L*levarás eso puesto? —preguntó Garrett mientras miraba el chaleco y los pantalones de Joshua. Gates sacaba un abrigo negro y un par de Hessians casi nuevos.

—En realidad, se me ocurrió desnudarme hasta los calzoncillos justo cuando se suponía que la ceremonia iba a comenzar —contestó Joshua con aspereza—. Por supuesto, esto es lo que llevaré puesto. —Hizo una pausa, preguntándose por qué Garrett preguntaba—. ¿Por qué lo preguntas? —De repente se cuestionó su elección del chaleco plateado que prefería para las ocasiones especiales.

Garrett dio un largo suspiro.

—Sé de buena tinta que Lady Charlotte llevará seda azul aguada cubierta de algún tipo de hilo de oro —explicó pacientemente—. Más bien creo que tú chocarás con la plata. —No añadió que era el vestido que había comprado para Jane. La Sra. Gates había hecho un vestido destinado a Charlotte, pero cuando vio lo que Garrett tenía pensado para Jane, insistió en que se cambiaran los vestidos y le aseguró a Garrett que se encargaría de los arreglos—. Da mala suerte que el novio vea el vestido de su novia antes de la boda, ¿no lo sabes? —le explicó cuando él le preguntó por qué era tan importante que Jane llevara uno diferente.

Joshua miró al administrador de su finca y al hombre que le acompañaría esa mañana.

—No tengo una de oro —replicó, con el ceño fruncido, haciendo que su visible frente se arrugara. Un artesano local le había hecho una nueva máscara, de cuero negro liso, a juego con su vestimenta formal. Se la había puesto para la ocasión, pensando que le hacía parecer que iba a asistir a un baile de máscaras.

Enarcando las cejas, Garrett salió de la habitación y pronto regresó con un chaleco metálico dorado.

—Puede que te quede un poco grande —consideró mientras se lo tendía. Gates interceptó el chaleco y se apresuró a desabrochar los botones del que llevaba Joshua. En unos instantes, el mayordomo tenía a su amo vestido de nuevo con el chaleco dorado y la espalda prendida con un alfiler para que le quedara bien—. Mucho mejor —comentó Garrett mientras veía al mayordomo vestir al duque. Cuando terminó con el chaleco, Gates salió de la habitación por un momento.

Para su atuendo nupcial, Garrett había elegido un abrigo y unos pantalones negros y un chaleco bordado blanco sobre blanco.

—Esto es lo que llevo puesto —declaró con orgullo mientras se colocaba junto al largo espejo, estudiando su reflejo y esperando que su corbata no pareciera demasiado aplastada para cuando llegaran a Plaistow.

Joshua observó a Garrett mientras se ajustaba el nudo de su corbata con manos firmes.

—¿Cómo es que no estás nervioso? —preguntó, con sus propias manos temblando un poco. *Me voy a casar hoy*.

Garrett echó una última mirada a su reflejo antes de dirigir su atención al duque.

—¿Por qué hay que estar nervioso? —replicó, y sus modales sugerían que se casaba todos los días.

Los ojos de Joshua se abrieron de par en par mientras miraba a su amigo.

—¿Ah, sí? —contestó con fingida incredulidad. Su ceño se frunció mientras seguía mirando a su amigo—. ¡Dios mío, hombre, estás a punto de que te encadenen! —casi gritó Joshua.

—Efectivamente —respondió Garrett con calma, acercándose para ajustar la corbata de Joshua y luego, cuando vio que no respondía a su empujón, se movió para desatarla por completo y poder retirarla.

—¿Qué estás haciendo? Gates acaba de hacer eso.

—Y te las arreglaste para arruinarlo. Quédate quieto —ordenó Garrett mientras hacía el nudo perfecto de la cochera, con los dedos firmes.

Joshua miró fijamente a Garrett.

—Estás demasiado tranquilo. Y suenas como si… —Parpadeó. Y luego parpadeó de nuevo—. ¿De verdad? —preguntó entonces, moviéndose para ponerse delante de Garrett—. ¿Vas a casarte, quiero decir? —preguntó, un poco aturdido ante la idea de que Garrett McElliott estuviera considerando seriamente el matrimonio. El hombre había hablado de ello desde su regreso de Londres, pero Joshua estaba seguro de que se había quedado un poco hecho polvo y que sólo estaba compadeciéndose de sí mismo.

Garrett asintió.

—A las once de la mañana, si es que alguna vez salimos de aquí para que pueda hacerlo —respondió con un poco de impaciencia—. Sigo esperando que te quedes conmigo.

La sonrisa de Joshua se amplió justo cuando Gates volvió con un par de gemelos.

—¡Sería un honor! —exclamó, sintiéndose mareado.

Había pasado toda la mañana de un humor glorioso, debido, sin duda, a haber tenido a una mujer deseosa encima de él, y no sólo una, sino dos veces en las últimas diez horas. Al pensar en el aspecto de Charlotte cuando se arrastraba por su cuerpo aquella mañana, Joshua tuvo que sacudirse y pensar rápidamente en otra cosa.

—Estás demasiado tranquilo —volvió a decir, consciente de los latidos de su corazón.

—Lo estoy, y lo estaré durante, bueno, unos seis meses más o menos, y *luego* seré una ruina —respondió el administrador de la finca, volviendo su atención a ponerse los guantes.

—¿Qué pasará dentro de seis meses más o menos?

Garrett enarcó las cejas con sorpresa.

—Me convierto en padre —afirmó, como si Joshua debiera saber muy bien por qué estaría destrozado—. Lo mencioné anoche, pero supongo que estabas un poco preocupado.

—*¿Qué?* —preguntó el duque, con su propia ceja visible enarcada casi en la línea del cabello.

El administrador de su finca dio un paso atrás y miró fijamente a Joshua.

—¿Lady Charlotte no te lo ha dicho? —Lo pensó por un momento, sorprendido de que la futura duquesa no le hubiera contado a Joshua la noticia. *«A menos que pensara que el duque ya lo sabía»*. Después de todo, Garrett era su amigo además de su empleado.

Joshua dio un paso atrás—. Obviamente no —respondió con cuidado.

—¿Jane está... está embarazada? —susurró entonces, casi preguntando si el niño era de Garrett. «Por *supuesto, es de Garrett»*, se reprendió a sí mismo. Jane había quedado prendada de su amigo desde la primera vez que habían jugado al faro en su mesa *del Jack of Spades*.

Garrett sonrió, obviamente orgulloso.

—Efectivamente. Supongo que no te has dado cuenta del brillo dorado que emana de ella cuando entra en una habitación —preguntó—. Ni siquiera tuvieron que decírmelo —añadió con bastante satisfacción.

Joshua tragó saliva, aturdido por la noticia. Frank O'Laughlin no habría permitido que un libertino se acercara a su hija adoptiva.

—¿Lo sabe O'Laughlin? —susurró, pensando que tal vez el dueño del salón de juego estaba obligando a Garrett a casarse con Jane.

—No —respondió Garrett sacudiendo la cabeza—. Jane planea escribirle con las noticias cuando se le note.

Joshua cerró la boca ante la respuesta. Charlotte no había mencionado nada, a pesar de que habían pasado toda la noche juntos en su dormitorio.

—Si hubieras atendido a tus deberes ducales esta última semana, Lady Charlotte también estaría embarazada —dijo Garrett en un tono regañón que sugería que no estaba bromeando. Sin embargo, recordó la espalda llena de cicatrices de la dama y se preguntó si tal vez pasaría algún tiempo antes de que Joshua se acostara con la belleza—. El abuelo se sintió bastante decepcionado al saber que no te habías casado con su ahijada el día que llegó.

Joshua se quedó con la boca abierta.

—¡No podía! ¡Todavía no tenía veintiún años! —se quejó, un poco molesto por el comentario.

—¿Y quién dice que no he cumplido con mis deberes ducales? —añadió con un toque de enfado—. ¡Te diré que hemos compartido cama todas las noches desde que llegó aquí!

Una lenta y diabólica sonrisa se dibujó en el rostro de Garrett.-

—Entonces, sugiero que vayamos a la capilla en algún momento de esta mañana para que puedas casarte con ella —dijo, girando sobre sus talones y dirigiéndose a la puerta—. Mi propia novia está por aquí, en alguna parte.

Joshua se mantuvo en pie, ajustando los dedos de sus guantes mientras lo hacía.

—Ya que ustedes dos están viviendo en la casa de campo de la viuda —consideró—, ciertamente pueden cenar con nosotros aquí —ofreció, pensando que no habría un cocinero para la casa de campo—. En algún momento, sin embargo, tendréis que mudaros aquí.

Garrett se volvió desde la puerta, con las cejas fruncidas.

—¿Qué quieres decir?

Joshua dejó que Gates terminara de abotonarse el abrigo y se miró rápidamente en el espejo de cortesía antes de volver a prestar atención a su administrador de fincas.

—Charlotte se está encargando de que un conjunto de habitaciones en el ala oeste se convierta en un apartamento para ti y Jane y tu... —Joshua dejó que la frase se interrumpiera al notar la reacción de su amigo.

—¿Qué? —Joshua se dirigió a la puerta para que pudieran marcharse.

La mirada de confusión de Garrett se convirtió en sospecha.

—¿Mi *qué?* ¿Ibas a decir...? —insinuó, apurando el pasillo hacia las escaleras.

—Bueno, tus hijos, por supuesto, ya que parece que ya los estás teniendo —respondió Joshua apresuradamente—. Charlotte dijo que estaba diseñando un conjunto de suites para ti y Jane junto con una guardería y un salón —continuó con cuidado, preguntándose qué había poseído a Garrett para parecer tan sospechoso.

Sonriendo, Garrett asintió con la cabeza, sin dejar traslucir que ya conocía el plan de Lady Charlotte.

—Ya veo —respondió finalmente, bajando las escaleras con un poco más de entusiasmo del que Joshua esperaría para un hombre a punto de casarse—. Hablaré con Jane. Puede que ella prefiera vivir en Kirdford o... —Hizo una pausa y pensó en el cambio de vida que suponía para Jane mudarse al campo. Había vivido en la ciudad durante casi ocho años y había trabajado en *el Jack of Spades* durante la mayor parte de ellos. Aunque parecía estar de acuerdo con dejar su puesto allí, ¿lo estaba realmente?

Jane hablaba como si hubiera estado ahorrando dinero, pero nunca había dicho para qué pensaba utilizarlo. No parecía gastar un exceso de dinero en sus vestidos o adornos, pero siempre iba bien vestida. Quizá esperaba volver a Escocia algún día. Garrett se dio cuenta entonces de que no sabía qué había planeado ella para su vida. Levantó la vista y se encontró con que Joshua le miraba fijamente.

—¿O? —repitió Joshua, dirigiendo a su amigo una mirada que sugería que había estado esperando a que terminara su pensamiento.

—O puede que quiera volver a Londres. Se las ha arreglado muy bien sola todos estos años. Jane es una mujer un poco independiente —terminó Garrett, con su humor un poco sombrío. Si Jane quería volver a la ciudad, él tendría que ir con ella. Había descubierto estos últimos días que no podía vivir sin ella.

Joshua miró a Garrett durante mucho tiempo.

—Eso no es necesariamente algo malo —dijo en voz baja, muy contento de no estar a punto de casarse con una chica insípida que no sabía nada del mundo, excepto los chismes y las últimas modas de Francia. Se enderezó—. Lo que me recuerda —dijo—. ¿No se supone que debemos estar en Plaistow a las diez y media?

Sonriendo ampliamente, Garrett se dirigió a la puerta principal.

—Sí, pero primero debemos encontrar a mi novia. Después de usted, Su Excelencia —dijo, agitando la mano en un simulacro de reverencia ante el cual Joshua sólo pudo poner los ojos en blanco. Al oír que la señora Gates le llamaba desde lo alto de la escalera, Garrett redirigió su atención hacia ella.

Y se congeló.

Porque allí, en el rellano, estaba su novia. ¡Su hermosa novia! Vestida con un vestido de manga larga de satén y tul color crema adornado con cintas de satén color crema, Jane parecía ser el centro de atención en cualquier baile de *gala*. Su cabello era una masa de rizos apretados sobre la cabeza con tirabuzones a lo largo de las sienes y cintas de raso color crema enhebradas en su cabello. Llevaba un sombrero de color crema, casi liso, adornado con rosas de color crema y un poco de tul. Llevaba un ramo de tres rosas en sus manos enguantadas. Y parecía tan feliz, con el rostro radiante, que Garrett no pudo hacer otra cosa que sonreír.

—Dios mío, eres preciosa —dijo finalmente mientras obligaba a sus piernas a moverse para poder subir las escaleras y acompañarla hacia abajo.

—Y tú estás más guapo que la primera noche que te conocí —replicó Jane mientras observaba sus galas. Al ver que no llevaba ninguna flor en la solapa, arrancó un capullo de rosa de uno de sus tallos y lo pasó por el ojal de su abrigo, acariciando el tallo con una mano enguantada antes de alejarse de Garrett.

Joshua observó a los dos con asombro, vio con atención cómo Garrett tomaba la mano de su novia y la colocaba en su brazo y seguía mirando a Jane incluso mientras bajaban las escaleras. Cuando los dos se detuvieron frente a él, Jane hizo una reverencia y Garrett se inclinó formalmente.

—Excelencia —dijo Garrett en voz baja.

Mientras Joshua miraba a la pareja, su corazón martilleante se ralentizó un poco y respiró profundamente. «Me voy *a casar hoy*», pensó, y una sensación de calma se apoderó de él.

—Sigamos nuestro camino —dijo con una gran sonrisa.

CAPÍTULO 34
LADY CHARLOTTE SE CONVIERTE EN NOVIA

*C*harlotte se quedó mirando la puerta cerrada de la alcoba del duque, con la mente puesta en *el día de hoy*.

«*¡Me voy a casar hoy!*».

Se dirigió a tirar de la campana para llamar a Parma y luego se puso a desordenar la cama para que pareciera que había dormido en ella. Tiró su ropa de la noche anterior en el extremo de la cama y se puso una bata justo cuando Parma llamó a la puerta.

—¡Ven! —gritó, dedicando una gran sonrisa a su criada cuando la pequeña mujer entró.

—No pareces una novia nerviosa —dijo Parma mientras señalaba la puerta. Una tropa de criadas entró, con cubos de agua humeantes colgando de sus puños. Les seguía la señora Gates, que llevaba una bata entre los brazos.

—Buenos días, Lady Charlotte —dijo la mujer mayor con alegría—. ¿Podría echar un vistazo para ver qué le parece su vestido de novia? —preguntó, tendiéndoselo a Charlotte.

La joven se quedó boquiabierta. Aunque Joshua había mencionado que la señora Gates se había encargado de un vestido para su boda, Charlotte seguía asombrada al ver la seda azul cielo cubierta de una malla metálica dorada. Charlotte alargó la mano para coger el vestido por los hombros y sostenerlo contra sí misma. La sobrefalda parecía irradiar luz en todas las direcciones, y el efecto se confirmó cuando se giró para mirar su reflejo en el espejo de carrillón.

—Esto es exquisito —respiró sorprendida, observando que la parte trasera del corpiño era más alta que su cicatriz—. Oh, espero que me quede bien.

No tenía nada más adecuado para una boda. La mayoría de sus vestidos para la cena eran demasiado escotados en la espalda y mostrarían su cicatriz, y ninguno podía considerarse apropiado para una boda.

—¿De dónde lo has sacado? —preguntó mientras miraba al orgulloso ama de llaves.

La señora Gates sonrió mientras observaba a la futura dueña de la casa.

—Bueno, es un poco la historia. Madame Suzanne en Londres tenía este vestido ya confeccionado, así que el Sr. McElliott lo compró para que lo llevara su Jane. Mientras tanto, la Sra. Thomas había hecho un vestido de satén crema en Chichester cuando pensó que podría casarse con un joven caballero, oh, esto fue hace años ya. Pero cambió de opinión y su actual marido no quiso que llevara un vestido destinado a otro novio cuando se casaron al año siguiente —explicó—. Bueno, el señor McElliott ya vio el vestido de su novia, lo que da muy mala suerte, así que insistí en que cambiáramos los dos. —Tomó aire—. Creo que éste es más elegante —comentó con un guiño.

Elegante era sin duda la palabra, decidió Charlotte mientras acariciaba la malla dorada y la seda aguada que había debajo.

—Me bañaré y luego me lo probaré. ¿Cuánto tiempo tengo? —preguntó, sin saber qué planes había hecho el personal con la iglesia, o incluso si la ceremonia tendría lugar en una iglesia.

—Te casarás en la capilla de Plaistow —le informó la señora Gates—. Justo después de que el señor McElliott y la señorita Wethersby se casen. A las once. Y luego todos vendrán aquí para el desayuno. La cocinera sacó los pasteles del horno hace una hora, tuvieron que hornearse durante cinco horas, ya ves, y todos los panes están entrando ahora. Tendremos un festín, por supuesto —continuó, agitando repentinamente las manos—. Pero debo irme. Tengo que ocuparme de otras cosas —añadió mientras se dirigía a la puerta.

—Señora Gates —llamó Charlotte antes de que el ama de llaves pudiera salir de la habitación. Cuando la mujer mayor se detuvo y la miró expectante, Charlotte dijo—: Me gustaría estar presente en la ceremonia de boda de la señorita Wethersby.

—Entonces no tiene un momento que perder, mi señora —respondió la señora Gates con un suspiro—. Me encargaré de que haya un carruaje listo para llevarla a Plaistow a las diez —afirmó mientras se disponía a marcharse de nuevo. Sin embargo, antes de salir, se detuvo y miró a Charlotte con la cabeza inclinada hacia un lado—. Llevo dieciocho años esperando este día —dijo mientras las lágrimas amenazaban con salir.

Charlotte le dedicó al ama de llaves una sonrisa acuosa.

—Yo también —respondió. *«Yo también»*. El sentimiento le recordó que no había tenido noticias de su madre; no sabía si la condesa haría el viaje desde Londres. Se preguntó cómo le iría a su padre. Dadas las circunstancias, tal vez dejar Londres había sido una medida egoísta por su parte. Pero su madre había insistido, pues temía que si Edward Bingham moría mientras estaba en el hospital, Charlotte tendría que retrasar la boda al menos seis meses para respetar el periodo de luto. Para entonces, teniendo en cuenta lo que su primo había hecho con su dote y los acuerdos alcanzados con Henry Forster, se encontraría como Condesa de Gisborn y en un matrimonio de conveniencia en lugar de estar a punto de casarse con el hombre que amaba. *«Él me ama»*, recordó, y un escalofrío recorrió todo su ser cuando los recuerdos de sus relaciones amorosas volvieron a surgir sin previo aviso.

Las dos horas siguientes fueron un torbellino de actividad mientras se bañaba y Parma le arreglaba el pelo. Le enhebraron cintas doradas en los rizos que tenía amontonados en la cabeza mientras alguien le enrollaba unas medias translúcidas en las piernas. Cuando se puso el vestido, se sintió como si fuera de la realeza. El corpiño era un poco ajustado, pero Parma le aseguró que mostrar sus «lunas crecientes» para su nuevo marido sería lo adecuado.

Charlotte dudaba de que «adecuado» fuera la palabra correcta cuando se miró en el espejo de cortesía. Sin embargo, el vestido era precioso y reflejaba su luz dorada cuando se giró para ver cómo le quedaba y qué longitud tenía. Decidiendo que la falda era un poco larga, encontró unas zapatillas de baile doradas con tacones para levantarse. Había unas orejeras azules y unos guantes blancos largos, y un gorro de estilo desenfadado que Parma pudo reajustar con una cinta dorada. A las diez, cuando Charlotte Bingham estaba a punto de subir a una calesa conducida por el herrero del pueblo, se sentía preparada para la ceremonia.

La visión del carruaje del conde de Torrington entrando en la entrada fue tan inesperada como encantadora.

—Creo que ése debe ser mi padrino que viene a darme la bienvenida —dijo Charlotte a Parma mientras le indicaba al herrero que debía esperar un momento. Cuando la puerta del carruaje del conde se abrió, Grandby bajó. Sin embargo, se volvió y ayudó a bajar a Lady Bingham antes de que él y su madre se dirigieran a su calesa.

—¡Madre! —llamó sorprendida, alejándose del carruaje.

—¡Charlotte! —Dijo Lady Ellsworth felizmente mientras se acercaba al lado de la calesa y abrazaba a Charlotte—. Te ves — Había lágrimas en los ojos de la mujer mayor mientras miraba a Charlotte—. Como una hermosa novia —dijo finalmente, moqueando.

Grandby estuvo a su lado en un instante, ofreciéndole un pañuelo antes de tomar la mano de Charlotte y besar el dorso de la misma.

—¡Grandby! —Charlotte respiró complacida—. ¿Has venido para la boda? —preguntó, esperando que no hubieran llegado para traer malas noticias sobre su padre.

—Sí —respondió él, como si le sorprendiera que ella lo preguntara—. Alguien tiene que entregarte —dijo el conde con una ceja arqueada—. Y felicitar a la nueva casamentera de Londres. —Iba vestido de la manera impecable de siempre, con el corbatín tan perfectamente doblado y anudado que Charlotte tuvo que preguntarse si su ayuda de cámara estaba con él y lo había vestido hacía unos minutos—. Tu padre te envía su amor y sus bendiciones, ya que su médico le ha negado el viaje hoy.

Charlotte se calmó ante las palabras de Grandby, un poco sorprendida por su significado. Se sintió profundamente aliviada.

—Entonces, ¿no estoy haciendo mal casándome con él? —contestó en voz baja, con los ojos clavados en su madre para ver si Grandby decía la verdad.

—Haces lo *correcto*, cariño —respondió su madre, con los ojos llenos de lágrimas—. Tu padre está muy arrepentido de lo que hizo. Me asegura que te pedirá perdón el resto de su vida.

Inhalando una larga y lenta respiración, Charlotte cerró los ojos por un momento. Entonces, todo estaría bien con su padre.

¿Significaba eso que no se resentiría con ella ahora que las tierras de la familia en Oxfordshire eran propiedad del conde de Gisborn? Si es así, ¡es un alivio!.

—Mi boda es en una hora. ¿Me acompañas a la capilla? —preguntó, justo cuando se dio cuenta de que una mujer elegantemente vestida se encontraba a varios metros del carruaje del conde, ya que un lacayo la había bajado un momento antes.

—¡Lady Worthington! —gritó, y su rostro se iluminó aún más—. ¿Cabalgará usted también conmigo? —preguntó cuando la amante de Grandby se unió a ellos.

La viuda se movió para ocupar su lugar junto al conde.

—Lo haré, Lady Charlotte —respondió alegremente mientras colocaba una mano en la del conde y subía a la calesa—. Vengo a decirte que te perdono por haberte perdido mi *musical* la semana pasada. —Grandby entregó a la madre de Charlotte y luego se unió a las damas, alegando que tendría que sostener a Lady Worthington en su regazo durante el viaje. El ajuste era estrecho, pero al conde, rodeado de cuatro mujeres, no parecía importarle.

—Debo agradecerte todos los cotilleos que nos has proporcionado esta última semana, Lottie —dijo Lady Worthington cuando terminó de arreglarse las faldas, mostrando su rostro una sonrisa pícara.

Una sombra apareció y desapareció rápidamente del rostro de Charlotte cuando pensó que la viuda podría estar sólo bromeando.

—¿Porque por fin puedo casarme con «Su Excelencia con media cara»? —respondió con los ojos en blanco y un suspiro que demostraba que había escuchado la frase demasiadas veces.

Lady Worthington y su madre jadean con incredulidad.

—¡Charlotte! —la amonestó su madre—. ¡Qué cosas tan

horribles dices! —proclamó mientras los caballos salían del camino de circunvalación, en dirección a la carretera que los llevaría al norte, a Plaistow.

—Pero ella sabe de lo que habla —dijo Grandby rápidamente, dando una palmadita a la mano de Lady Worthington con suavidad—. La *ton* no ha sido amable con nuestro duque de Chichester en su *on dit* —murmuró.

Al notar que su mano se cerraba sobre la de ella, Lady Worthington aceptó.

—Es cierto, supongo. Pero no era ese el cotilleo al que me refería. Me refería a las habilidades de Lady Charlotte como casamentera.

Charlotte soltó una risita.

—No sabía que se me pudiera acusar de tal ocupación —respondió sorprendida—. ¿De quién está hablando? —Incluso antes de terminar su pregunta, la sonrisa de su rostro se convirtió en una «o» al darse cuenta de lo que Lady Worthington quería decir—. ¿Lady Hannah? —preguntó entonces, su voz casi un susurro.

Su madre le puso una mano en el brazo.

—Sí. El conde de Gisborn llamó a su padre a primera hora de la mañana del miércoles para pedirle que le permitiera cortejarla. Él y Lady Hannah fueron vistos cabalgando en Hyde Park ese mismo día. —Se detuvo un momento como si estuviera pensando—. Aunque no fue a la hora de la moda —añadió, con una expresión que indicaba que no estaba especialmente contenta con esa parte del chisme.

—¡Y luego le pidió la mano esa misma noche en el baile de los Attenborough! Creo que se van a casar en este mismo instante —explicó Lady Worthington con alegría—. Grandby y yo fuimos invitados, por supuesto —añadió, moviendo un poco el trasero en su asiento—. Pero Grandby pensó que debíamos asistir a esta boda, ya que es el padrino tanto de la novia como del novio. —Se detuvo un momento y miró a su acompañante—. Debemos tener cuidado de no hacer ninguna mención a nuestros esponsales. No querríamos quitarle protagonismo a Henry y Hannah —dijo *sotto voce*.

Lady Charlotte sonrió ante el uso que Lady Worthington hizo de los nombres de pila del conde y de Lady Hannah, pasando por alto el comentario que la mujer mayor hizo al padrino de Charlotte. Con las conexiones de Lady Worthington y el número de amigos que podía reclamar, tenía derecho, supuso Charlotte.

—Me alegro mucho por los dos —murmuró, y una punzada de culpabilidad le hizo preguntarse si había hecho lo correcto al recomendar a Lady Hannah Slater a Henry Forster, conde de Gisborn. Teniendo en cuenta el amor que sentía por la madre de su hijo, era dudoso que llegara a querer a Hannah. Sin embargo, al menos podría sentir afecto por ella. Y aunque Hannah afirmaba no esperar nunca el amor de un hombre, Charlotte esperaba por su bien que al menos Henry sintiera afecto por su amiga.

—El anuncio de tu boda en *The Times* estaba perfectamente redactado —decía su madre—. Lo tengo por aquí —decía mientras rebuscaba en su retícula.

Charlotte dio un respingo.

—¿Hubo un *anuncio* impreso? —repitió, incrédula. ¿Cuándo había habido *tiempo para que alguien enviara la noticia* al Times?

Grandby, con un brazo apoyado tranquilamente en la parte superior de los pabellones detrás de los hombros de Lady Worthington, enarcó una ceja y sonrió.

—Admitiría haberlo escrito yo mismo, pero no puedo atribuirme el mérito —murmuró, y su mano libre se acercó para tomar una de las de Lady Worthington. Se la llevó a los labios y rozó la mano enguantada, cerrando los ojos al hacerlo.

Lady Worthington se sonrojó, el suave color rosa coloreó su rostro al instante.

—Se refiere a que escribió el anuncio de *nuestra boda*, ya ves —explicó mientras miraba felizmente a Charlotte.

Charlotte abrió los ojos y sonrió.

—Oh, me alegra mucho saber que te vas a casar con mi padrino —dijo orgullosa—. También es el padrino de Wainwright. Le deseo que sea feliz —añadió con una enorme sonrisa.

—Oh, Dios. ¿Significa eso que puedo ser un hada madrina? —preguntó Lady Worthington con una sonrisa pícara, volviendo su atención a Grandby.

Le dedicó una sonrisa perezosa.

—Le diré a Rundell que te haga una varita y Bridge puede elegir un diamante para la punta de la misma —bromeó suavemente antes de notar la expresión seria de Charlotte.

—¿Qué pasa, mi querida Charlotte?

—Oh, cariño, no hagas eso. Te saldrán arrugas —la madre de Charlotte la amonestó.

Mirando de Grandby a su madre, Charlotte ignoró la súplica de su madre y preguntó:

—Si *tú* no proporcionaste la información para el anuncio de la boda, entonces… ¿quién lo hizo?

Todos se encogieron de hombros como si no importara. Charlotte pensó un momento más y decidió que la fuente de la información tenía que ser Joshua. De algún modo, había conseguido enviar un despacho a Londres a tiempo para que se publicara un anuncio en la página de sociedad. Había conseguido una licencia de matrimonio. Había pedido su mano y le había dado un anillo. Ella se dio cuenta, con gran sorpresa, *«realmente tenía la intención de casarse conmigo»*. Estaba sonriendo cuando la calesa entró en el patio de la capilla.

—Me voy a casar —murmuró cuando la calesa se detuvo.

Grandby sonrió ante su comentario. Sacó algo del bolsillo de su chaleco y, una vez que comprobó que las damas estaban a salvo en el suelo, se excusó para buscar a los novios.

Los dos hombres estaban en la parte delantera de la capilla, consultando con el vicario, mientras que una mujer que él reconoció vagamente estaba a un lado.

Garrett fue el primero en fijarse en él, haciendo una profunda reverencia al conde antes de apresurarse a estrecharle la mano y presentarle a Jane.

—Ah, mi croupier de faro favorita —contestó Grandby mientras tomaba la mano de Jane entre las suyas y se la llevaba a los labios—. Está usted aún más guapa a la luz del día, señorita Wethersby —afirmó con una ceja levantada—. Si hubiera sabido que aún estaba soltera…

Garrett se aclaró la garganta y se acercó a recoger a su novia del conde.

—Aún así, habrías preferido una viuda —remató para el conde, con las cejas arqueadas para sugerir que el conde estaba siendo travieso.

Una vez terminada su conversación con el vicario, Joshua se volvió para encontrar a Grandby mirándole con una sonrisa orgullosa. Sorprendido por la inesperada visión de su padrino, Joshua se encontró en un abrazo de oso con el anciano estadista antes de darse cuenta de lo que estaba sucediendo.

—¡Grandby! —gritó Joshua mientras devolvía el abrazo—. ¿Cómo diablos estás? —Se dio cuenta de su error inmediatamente. Antes de que el vicario pudiera fruncir el ceño o amonestarle, Joshua se disculpó profusamente—. Nervios, ya ves. Estoy a punto de que me encadenen —dijo a modo de excusa.

Grandby asintió.

—Estoy en el mismo barco que tú. A punto de que me encadenen y me encanta cada minuto —dijo con un toque de picardía. Le entregó a Joshua un billete de banco—. Ellsworth me pidió que te diera esto —murmuró mientras miraba a su alrededor, queriendo asegurarse de que los dos no fueran escuchados.

Los ojos de Joshua se dirigieron al cheque bancario y levantó la vista, sorprendido.

—¿De dónde... de dónde ha sacado esto? —preguntó, señalando el cheque. El importe de la dote de diez mil libras estaba escrito a su nombre, y la firma era la de Edward Bingham, conde de Ellsworth.

El conde frunció las cejas al indicar su sorpresa ante la pregunta de Joshua.

—Creo que ha estado en una cuenta de depósito —respondió encogiéndose de hombros, como si no supiera de ningún problema con la dote.

Joshua miró el nombre del banco en el billete. No era el Barings Bank, sino el Banco de Inglaterra. *«Así que, aparentemente, Nicholas Bingham había estado vaciando una cuenta bancaria completamente diferente, y sin embargo tenía la impresión de que había estado accediendo a la cuenta de la dote de Charlotte todo el tiempo».*

—¿El primo de Charlotte no llegó a esta cuenta entonces? —preguntó, *sotto voce.*

Grandby se permitió una sonrisa.

—Ellsworth es un hombre mucho más inteligente de lo que la mayoría le atribuye —contestó de manera uniforme—. También sabe juzgar muy bien el carácter. Creo que sabía que Nicholas sería una mala elección como heredero. Así que le dio suficiente cuerda para que se colgara, y el chico lo hizo. Pero se colgó con el dinero de una cuenta de la casa. Ellsworth nunca le dio acceso a sus verdaderas cuentas, a la fortuna que tiene escondida en el Banco de Inglaterra.

Bajando la cabeza, Joshua consideró las palabras de Grandby.

—¿Y Ellsworth Park?

El conde de Torrington volvió a encogerse de hombros.

—Una de las muchas propiedades no desamortizadas. No es su favorita, por supuesto. Y ahora está en las buenas manos de un administrador que le hará algún bien —añadió, refiriéndose al conde de Gisborn—. Sus hijos se beneficiarán, por supuesto. Mi abogado me ha informado de que Gisborn ya ha vinculado la propiedad como parte de su testamento. Ellsworth sin duda hará lo mismo con la mayoría de sus tierras.

Suspirando, Joshua pensó en el dolor innecesario que Charlotte había experimentado al creer que la fortuna de su familia se había perdido por culpa de su primo y, por su voluntad, de Gisborn. Y sin embargo, al final, parecía que la única pérdida era un viejo roble.

—Haré lo mismo con esto —prometió Joshua mientras miraba a su padrino, sosteniendo el giro bancario—. Gracias.

El conde sonrió.

—Buena elección, Wainwright. Quiero decir *Chichester*, por supuesto. Es difícil pensar en ti como duque.

Joshua sacudió la cabeza.

—Puedes llamarme Wainwright —murmuró.

—Cuida de mi ahijada favorita, ¿quieres? —dijo entonces Grandby, con la voz un poco más alta mientras señalaba con la cabeza la entrada de la capilla.

—Lo haré —respondió Joshua, con una sonrisa que iluminaba su rostro mientras se giraba para mirar hacia donde Grandby le indicaba. Allí estaba su novia mirándole. Era hermosa. Se sonrojaba. Y sonreía como nunca antes la había visto sonreír.

Su propia sonrisa era brillante en la luz de la mañana que se filtraba en la capilla. Mientras palpaba distraídamente la nueva máscara de cuero negro que había mandado hacer para la ocasión, se dio cuenta de que, por primera vez en mucho tiempo, no le dolía la cara.

POR SIEMPRE JAMÁS

*A*gosto de 1816

Las bodas habían sido un caos. La fiesta de celebración se prolongó hasta casi el anochecer. Los aldeanos y los inquilinos, así como los que vinieron de Londres para los festejos, felicitaron a las parejas y se marcharon. El personal recogió, limpió y guardó todas las pruebas del día. La vida en Wisborough Oaks volvió a la rutina, que ahora incluía más mujeres, más trabajadores en el ala oeste y cenas para cuatro en el comedor, al menos hasta que los Wainwright partieran para su viaje de bodas a Oxfordshire.

Garrett McElliott abrió los ojos lentamente, seguro de que le habían dado un golpe o un empujón para sacarle de su satisfactorio sueño, y se encontró con dos hermosos pezones delante de él. Desnuda, Jane yacía de lado frente a él, con su vientre hinchado presionado contra su torso. A punto de besar uno de los pezones, sintió una clara patada en las costillas y dejó escapar un grito de sorpresa.

Jane abrió los ojos y una sonrisa traviesa apareció en su rostro al captar su mirada de asombro.

—Lleva un rato así —susurró, levantando los brazos por encima de la cabeza para estirarse. Se retorció suavemente durante un momento, inhalando y exhalando lentamente mientras lo hacía —. Se está vengando de mí por lo de anoche.

Garrett arqueó una ceja al considerar sus palabras.

—¿Él? —preguntó, con una mirada de asombro cruzando su rostro mientras observaba el contorno de su cuerpo moviéndose seductoramente bajo la ropa de cama.

—Bueno, espero que sea un niño. No me imagino tener una niña que patee como lo hace este bebé —murmuró—. ¡Sería confundida con un muchachito! —Un bostezo se apoderó de ella y rodó hacia su otro lado antes de volver a acercar su cuerpo al de Garrett, con su cálido trasero anidando en su ingle.

Garrett le rodeó el vientre con un brazo, apoyando su mano en la curva de forma protectora.

—No quiero levantarme —susurró mientras presionaba su pecho contra la espalda de Jane. Le besó el hombro y le acarició el cuello, dejando manchas húmedas en la estela de sus besos.

—Entonces no lo hagas —respondió Jane con una sonrisa—. No es que Su Excelencia se oponga.

El Duque y la Duquesa de Chichester estaban de vacaciones, habiendo tomado el coche ducal hasta Oxfordshire para visitar al Conde de Gisborn y a su nueva esposa, Hannah, Condesa de Gisborn, en su finca.

Charlotte pensó que un viaje con Joshua sería su última oportunidad de viajar antes de que ella entrara en prisión. Todavía no le había dicho al duque que estaba esperando un bebé, pero Jane pensó que el hombre probablemente lo descubriría durante el viaje si Charlotte no se lo decía.

—Además, necesito un poco de cariño —añadió Jane mientras se inclinaba para rodear la mano de él y llevarla a su pecho.

Los dedos de Garrett rozaron el capullo erecto de su pezón, pellizcándolo suavemente mientras Jane inhalaba con fuerza. Con la polla ya dura y atrapada detrás de sus muslos, Garrett no necesitó más estímulos. Se colocó en posición y empujó su palpitante hombría entre los cálidos y húmedos pliegues de la parte superior de los muslos de ella y luego permitió que Jane ajustara su cuerpo para que él pudiera empalarla desde atrás.

No parecía importar la hora del día o de la noche, o lo que hubieran estado haciendo o incluso estuvieran a punto de hacer, pero en su estado de embarazo, Jane siempre estaba madura y lista para él. Anoche, apenas unos minutos antes de que se anunciara la cena, ella había levantado los ojos hacia los de él cuando éste le ofreció una taza de café en la biblioteca.

Sintió que su ingle se tensaba al instante cuando ella aceptó primero y luego bajó la copa, y luego, con esa mirada sugerente, insistió en que la tomara en ese momento. Ella se había subido las faldas alrededor de los muslos, se había sentado en el borde de la mesa de la biblioteca y se había apoyado en los codos, arqueando la espalda para que se le levantara el vientre hinchado.

«*¡Rápido, Garrett!*», había suplicado, con su respiración entrecortada. Apenas se había desabrochado los calzones antes de que su polla se soltara y se sumergiera en ella en un intento de saciar su repentina excitación. El sexo frenético que compartían había sido rápido y potente y una sorpresa tan grande para Garrett, que había llegado al clímax incluso antes de estar seguro de que Jane había sucumbido a la rápida sucesión de contracciones que sentía en su cuerpo. Las largas piernas de ella, envueltas alrededor de las caderas de él, se aflojaron mientras su cuerpo parecía fundirse con la superficie de la mesa y su cabeza se acomodaba lentamente hacia atrás.

—Oh, gracias —había murmurado ella, jadeando mientras una risita brotaba de su garganta.

«*¿Gracias?*». ¿Estaba bromeando? Se pasaba todo el día sin corsé ni ropa interior y estaba muy dispuesta a participar en un encuentro sexual en cualquier momento. «*No es de extrañar que algunos hombres quisieran que sus esposas estuvieran embarazadas todo el tiempo*», pensó Garrett con asombro.

Logró decir:

—*De nada* —antes de oír los pasos de Gates en el pasillo. Rápidamente se abrochó los pantalones y ayudó a Jane a levantarse de la mesa, alisándole las faldas, antes de que el mayordomo entrara y anunciara la cena.

—*¿Parece que me hayan dado un revolcón?* —preguntó Jane una vez que el mayordomo se marchó, con una expresión que combinaba vergüenza, sorpresa y felicidad.

—*Dios, sí* —respondió Garrett mientras intentaba reprimir una sonrisa. Todavía estaba tratando de recuperar el aliento cuando la había besado, y siguió haciéndolo hasta que el hambre finalmente pudo con ambos, y se dirigieron al comedor.

Ahora, en sus nuevos apartamentos de la segunda planta de Wisborough Oaks, se tomó su tiempo para dar placer a su mujer, con movimientos lentos y cuidadosos, casi tortuosos cuando sintió que los músculos internos de ella lo apretaban y lo liberaban, introduciéndolo en su húmedo y resbaladizo núcleo tan profundamente como podía. Gruñó cuando sintió que se acercaba su liberación, y se sintió muy satisfecho al oír los silenciosos maullidos de Jane, al ver cómo su larga y elegante espalda se arqueaba en respuesta a sus movimientos. Pero la mayor satisfacción la sintió cuando oyó su nombre en el repentino grito de su propia liberación, y su mundo se arremolinó en un espasmo de placer tan intenso que casi se desmayó.

—Eso debería enseñarle a no darme patadas —salió Garrett en un susurro mientras trataba de recuperar el aliento, su cuerpo se volvió repentinamente flácido contra la espalda de Jane. Volvió a rodearla con el brazo y le acarició suavemente el vientre.

Jane respiró profundamente y lo dejó salir, bastante feliz de que Garrett siguiera atrapado dentro de ella.

—Tal vez durante unas horas —murmuró Jane divertida—, pero más bien creo que necesitará que se lo recuerden con bastante frecuencia.

En unos instantes, el sopor y los dulces sueños se apoderaron de ambos.

—*C*uéntame tus buenas noticias —instó Joshua antes de llevarse a los labios otro tenedor lleno de carne. Cerró los ojos y saboreó la rica salsa, preguntándose brevemente si la esposa del posadero compartiría su receta. La generosa comida había sido llevada a su salón privado en el segundo piso de una posada en las afueras de Southall, y el aroma del plato cubierto era tan tentador que el duque apresuró a su esposa a sentarse en una silla en la pequeña mesa del comedor antes de que ella tuviera la oportunidad de volverse de donde estaba mirando el fuego. Apenas la tuvo bien sentada, ya estaba tirando de su propia silla para poder empezar a comer en cuanto la comida estuviera colocada en la mesa.

—¿Buenas noticias? —repitió Charlotte, con su propio

tenedor de patatas en el aire mientras miraba a su marido—. Estoy segura de que no sé a qué te refieres —afirmó con un movimiento de cabeza.

Joshua tragó antes de inclinar la cabeza hacia un lado. A pesar del largo día de viaje, pensó que Charlotte estaba tan fresca y encantadora como cuando salieron de Mayfair aquella mañana. Después de haber pasado los últimos días como invitados de la madre y el padre de Charlotte en Ellsworth House y sabiendo que la semana siguiente la pasarían en compañía del conde de Gisborn y su nueva esposa en Oxfordshire, Joshua se sintió aliviado de estar solo con su duquesa durante esta parte del viaje.

Le dirigió a Charlotte una mirada de incredulidad y dejó los cubiertos en el plato.

—Has estado sonriendo. Todo el día. Te he visto en el carruaje…

—¡Estabas durmiendo! —acusó Charlotte con una sonrisa, y su propio tenedor cayó con estrépito en su plato.

—No fue así —respondió Joshua con un movimiento de cabeza—. Bueno, excepto cuando dormiste en mi hombro, y entonces me permití una pequeña siesta, pero sólo por un momento —enmendó, la parte de su cara que no estaba cubierta por su máscara de cuero mostrando una expresión de falsa seriedad.

Charlotte respiró profundamente y dejó que el aire saliera de ella lentamente. Quizás ahora sería el momento adecuado para compartir sus noticias con Joshua, pensó. Sólo deseaba saber cómo reaccionaría él.

—Tengo noticias —admitió finalmente—. Pero debo implorar que respondas a algunas preguntas antes de poder compartirlas.

Joshua frunció el ceño.

—De acuerdo —aceptó de mala gana, con su única ceja enarcada en señal de incertidumbre.

—Hipotéticamente, digamos…

—¿Hipotéticamente? —repitió Joshua, con la ceja aún arqueada.

—Sí —dijo Charlotte con un movimiento de cabeza—. Digamos que eres un noble…

—Soy un noble.

—Sí, bueno, entonces esto no debería ser demasiado difícil de imaginar para ti —replicó ella, su tono burlón—. Recientemente has tomado una esposa...

—Sí que lo he hecho.

Charlotte se mordió el labio inferior y le dirigió a su marido una mirada baja.

—Y ha descubierto, o se ha dado cuenta, más bien, de que es... —Charlotte dejó que la frase se interrumpiera mientras miraba a Joshua, con la incertidumbre cruzando sus rasgos. Sus hombros se hundieron y negó con la cabeza.

—¿Ella es...? —repitió Joshua, inclinándose hacia adelante en la anticipación. Al ver su repentina tristeza, el dolor llenó sus ojos —. Ella... ha cometido un terrible error. Ella... no puede soportar la visión de su marido. Ahora se pregunta si su nuevo marido le dará permiso para pedir el divorcio...

—¡No! —replicó Charlotte, preguntándose brevemente si sus comentarios habían sido dichos en broma o si hablaba en serio—. ¡No es eso en absoluto! —replicó ella, preguntándose cómo podía haber llegado a esa conclusión.

Joshua se levantó de la mesa, con una mano agarrando el borde en un esfuerzo por estabilizarse.

—Cristo, Lottie. *¿Ahora?* Me tenías convencido de que me *querías*. A pesar de... —Usó su otra mano para agitar el lado de su cara cubierto por la máscara de cuero—. A pesar de todo —logró salir.

No estaba bromeando.

—*Sí* te quiero —insistió Charlotte, levantándose de la mesa con demasiada rapidez, alarmada por su maldición y aturdida por su acusación. «*¿Como podía pensar lo contrario? ¿Cómo podía...?*». Mareada de repente, se tambaleó y trató de sujetarse en el borde de la mesa—. ¡Oh! —logró decir antes de que un manto gris cubriera su visión.

—¡Lottie! —Joshua se movió alrededor de la mesa y atrapó a su esposa antes de que cayera al suelo—. ¡Charlotte, querida, despierta! —gritó, levantándola en sus brazos. Pensó en llamar a un médico, pero se dio cuenta de que Charlotte sólo se había desmayado. «*¿Qué he hecho?*», se preguntó. Se reprendió a sí mismo por pensar lo peor al oír sus palabras.

Joshua movió a Charlotte hacia el sofá del salón, manteniendo su atención en el aleteo de sus pestañas mientras la bajaba a los cojines. Siguiéndola, presionó una mano contra el costado de su mejilla.

—Charlotte, querida —susurró—. Por favor, ponte bien.

—Oh, Joshua —susurró en respuesta, con una lágrima escapando por el rabillo del ojo. Dejó un rastro húmedo al deslizarse por su sien. Colocando su mano sobre la de él, se aferró a ella mientras la guiaba por la parte delantera de su bata hasta que se apoyó en su vientre—. No ha cometido ningún *error* —continuó en un susurro—. Bueno, eso es, a menos que su noble piense que tener un hijo tan pronto después del matrimonio es un error, en cuyo caso, realmente he cometido un error. Hipotéticamente, por supuesto —añadió, con los ojos muy abiertos por la alarma.

—¿Hipotéticamente? —repitió Joshua, con la atención puesta en el lugar donde la mano de ella sostenía la suya.

—Bueno, a menos que estés de acuerdo en que es una *buena* noticia que vaya a tener un bebé. Si es así, entonces no es tan hipotético.

—¿No es así?

Charlotte negó con la cabeza, sus ojos buscaban en los de Joshua algún indicio de su reacción.

—No hemos hablado precisamente de tus herederos desde antes de la boda, pero me tomo muy en serio mis obligaciones como duquesa y….

—Estás esperando un hijo —afirmó Joshua, con su mano acariciando distraídamente su vientre mientras la miraba. Sorprendida, su mirada se desvió hacia su mano.

Charlotte asintió.

—En diciembre.

Los ojos de Joshua se abrieron de par en par con asombro.

—¿Me vas a regalar un niño? ¿Por Navidad?

Relajándose en la almohada detrás de su cabeza, Charlotte se permitió finalmente sonreír.

—Hipotéticamente —bromeó, bastante satisfecha de que Joshua pareciera impresionado por la noticia.

El Duque de Chichester miró a su esposa con una sonrisa traviesa.

—Mujer malvada.

Su propia sonrisa se amplió, Charlotte asintió.

—No me tendría de otra manera, Su Excelencia.

Joshua negó con la cabeza.

—No, no lo haría —aceptó—. Ni un poco.

POSTFACIO

Tus comentarios y recomendaciones son fundamentales

Los comentarios y recomendaciones son cruciales para que cualquier autor pueda alcanzar el éxito. Si has disfrutado de este libro, por favor deja un comentario, aunque solo sea una línea o dos, y házselo saber a tus amigos y conocidos. Ayudará a que el autor pueda traerte nuevos libros y permitirá que otros disfruten del libro.

¡Muchas gracias por tu apoyo!

SOBRE LA AUTORA

Anteriormente escritora técnica y autora de veinticuatro novelas de romance histórico, Linda Rae Sande disfruta investigando la época de la Regencia y la antigua Grecia.
Aficionada a las películas de acción y aventura, es frecuente encontrarla en el cine local. Aunque ya no tiene peces tropicales, sigue a los San Jose Sharks y tiene su hogar en Cody, Wyoming.

Para más información:
www.lindaraesande.com
Suscríbete al boletín de Linda Rae:
Romance de la Regencia con un giro
Sigue el blog de Linda Rae:
Romance de la Regencia con un giro